Für Rebecca Thornton
Meine älteste und beste Freundin
Ohne dich würde ich all das nicht schaffen
(mit »all das« ist auch das Leben gemeint,
nicht nur das Schreiben)

Prolog

Vielleicht hätten wir's mit einer Paartherapie versuchen sollen. Oder einem richtigen Kurzurlaub, nur wir zwei, als sich die große Krise abzeichnete. Wenn uns doch unsere Beziehung am Herzen lag, wieso hatten wir uns nicht mehr Mühe gegeben, sie zu retten? Hätten wir uns öfter einen Abend zu zweit gegönnt, wären wir jetzt vielleicht nicht hier, um ein Uhr nachts in einem Naturschutzgebiet in Berkshire, und bedrohten uns nicht gegenseitig mit Jagdmessern.

Ich starrte meinen Mann an; blutende Lippe, die normalerweise perfekt gestylten Haare wirr.

Ein Sommergewitter braute sich zusammen. Endlich war ein Ende der unerträglichen Hitze, die uns seit Tagen plagte, in Sicht. Warmer Wind peitschte uns ins Gesicht, als ich schrie: »Liebst du mich überhaupt noch?«

»Wie kannst du so was fragen? Natürlich! Sonst hätte ich dich schon vor Monaten im Schlaf gekillt!«

Er hatte recht. Daran gab es keinen Zweifel.

Ich berührte mein Kinn, strich mit der Zunge über meine Zähne. Einer fühlte sich locker an, und ich hatte den vertrauten metallischen Geschmack von Blut im Mund.

»Und du?«, schrie er zurück. »Liebst du mich noch?«

Ehe ist ein Glücksspiel, das wissen wir alle. Du setzt deine Chips auf einen anderen Menschen, in der Hoffnung, dass du ihn in zwanzig Jah-

ren nicht hassen wirst. Wir alle verändern uns; man kann eben nur hoffen, dass man es gleichzeitig tut, synchron.

»Bis dass der Tod uns scheidet.« Ich spuckte auf den Boden.

Fox umklammerte sein Messer fester. Es war graviert und hatte ein Lederheft – ein Geschenk zu seinem Vierzigsten. Ich hatte es meinem Mann in einer roten Samtschatulle überreicht, während wir in einem Himmelbett lagen, in einer Suite mit Aussicht auf die Amalfiküste.

Wir waren ein Traumpaar gewesen. Damals war alles perfekt.

Er hatte uns das angetan. Er hatte uns getötet.

Dumpfes Hämmern drang aus dem schwarzen Geländewagen herüber. Das Geräusch kam aus dem Kofferraum. Jemand war aufgewacht.

»Wir müssen eine Entscheidung treffen«, schrie er. »Du oder ich?«

Das konnte ich nicht zulassen.

Ich wusste von Anfang an, dass es in unserem gemeinsamen Leben Blutvergießen geben würde. Aber dass es unser eigenes Blut sein würde, damit hätte ich nie gerechnet.

Teil 1

FLITTERWOCHEN

»Deine Ehe beginnt mit den Flitterwochen.
Du kannst deinem Auserwählten direkt ins Gesicht schauen
und sagen: Ja! Das sind wir! Für immer und ewig!
Es ist beglückend. Alles ist frisch und neu.
Ihr seid die besten Versionen eures Selbst und müsst
einander versprechen, diese Energie euer
Leben lang zu bewahren.«

Candice Summers, Nummer-eins-Bestseller-Autorin von *Ehe fürs Leben: Wie man als Paar für immer glücklich und erfüllt bleibt*

»Gönnt euch, Ladys – es ist nicht von Dauer.«

Hazel Matthews, Ehefrau

1

Drei Monate vorher

Haze

Was für ein Mordsglück ich doch hatte.

Ich schaute mich in unserer nagelneuen riesigen Küche um. Handgefertigte Holzschränke, Marmorarbeitsflächen, ein elektrischer gusseiserner Herd mit fünf Türen. Am Edelstahlkühlschrank eine Zeichnung von drei händehaltenden Strichmännchen.

Als Kind war ich an vielen Orten aufgewachsen, hatte aber nie ein Zuhause gehabt. Ich war mit vielen Menschen aufgewachsen, hatte aber nie eine Familie gehabt.

Jetzt hatte ich beides.

Vermassel es nicht.

Während ich an der Kücheninsel Trauben klein schnitt, blickte ich immer wieder zu der Wand neben dem Fenster, die in vier Weißschattierungen gestrichen war. Unter jeder stand der Farbcode. Entscheidungen, Entscheidungen.

»Niiiiiiuuuuuuu!« Fox kam herein, die Flugzeug spielende Bibi in den Armen. Er trug den Anzug, den er anhatte, als wir uns kennenlernten, im Juni vor dreizehn Jahren. Der Amerikaner, der mir in Paris zu Hilfe geeilt war. Ich spürte einen Stich irgendwo in der Herzgegend, konnte ihn aber nicht deuten.

»Uuund Landung!« Fox setzte Bibi in ihren Hochstuhl an dem Eichenholztisch, wo eine Schale mit Porridge und Bananenstückchen auf sie wartete.

»Paadschi!«, verkündete Bibi, als sie nach ihrem Plastiklöffel griff.

»Porr-idge«, korrigierte Fox und setzte sich neben sie. »Sie ist neunundzwanzig Monate alt und sollte eigentlich schon zweihundert Wörter beherrschen. Beim letzten Zählen waren es nur hundertdreiundsiebzig.«

Ich zuckte mit den Schultern. »Das kommt schon noch.«

Fox beobachtete mich. »Denk dran: Die Trauben müssen vertikal geschnitten werden, nicht horizontal, damit sie nicht daran erstickt.«

Ich hielt inne. Und änderte die Schnittrichtung. Das Messer war scharf. Ich schnitt schneller und schneller.

Fox war dreiundvierzig, nur sechs Jahre älter als ich, alterte jedoch deutlich schlechter. Er hatte zwar keine einzige graue Strähne in den dunkelblonden Haaren und keine Falte im Gesicht und sah immer noch verdammt gut aus. Aber ... Mannomann. Er hörte sich allmählich an wie ein Greis. Vielleicht war sein Ausweis, den ich für echt hielt, auch gefälscht. Vielleicht war er in Wirklichkeit ein gut erhaltener Sechzigjähriger.

»Mit dem Sprechen hängt sie eindeutig hinterher.« Fox räusperte sich. »Studien zufolge fördert es die Entwicklung, wenn es noch ein jüngeres Geschwisterkind gibt.«

Das Messer rutschte ab.

»Scheiße!« Ich schaute auf das Blut, das aus meinem linken Zeigefinger auf das weiße Schneidebrett tropfte.

»Sei-sse!« Bibi gluckste.

»Ausdrucksweise, Hazel!« Fox knallte seinen Kaffeebecher auf den Tisch. Wow, er musste echt sauer sein, wenn er mich mit vollem Namen ansprach.

»Was denn?« Ich zuckte mit den Schultern. »Jetzt liegt sie bei hundertvierundsiebzig.«

Wir besaßen ein Einfamilienhaus mit vier Schlafzimmern in einer bewachten Wohnanlage in Sunningdale. Hier hatten die netten

Mamis, denen ich manchmal mehr, manchmal weniger erfolgreich aus dem Weg ging, jede Menge Stress, ein perfektes Zuhause zu gestalten und perfekte Kinder großzuziehen. Die Methoden zur Stressbewältigung hießen: Pilates, Alkohol am Tage, ein Versand für Designermarken und Jonas mit den engen Shorts, der in der Wellness-Oase die Verspannungen wegmassierte.

Ich hatte meine eigene Methode, mit Stress klarzukommen, aber die war mir jetzt nicht mehr erlaubt.

Seit eintausendeinhundertneunundsechzig Tagen.

Heute Abend kamen ein paar Nachbarn zum Essen zu uns. Wir waren irgendwie in einen Einladungszirkel geraten, bei dem sich alle gegenseitig zu übertrumpfen versuchten. Heute waren wir dran. Während Bibi in der Kindertagesstätte gewesen war, hatte ich die Einkäufe erledigt. Ich ging immer in die kleinen unabhängigen Läden, die etwas abgelegener waren. Um einheimische Unternehmen zu unterstützen und mehr Zeit totzuschlagen. Ich hatte mir die Namen der Angestellten gemerkt und machte mit allen Small Talk übers Wetter. Vom Dauerlächeln taten mir dann immer die Wangen weh.

Nachdem ich Bibi abgeholt hatte, fuhr ich noch zur Reinigung und kaufte Blumen als Tischdeko. Zu Hause legte ich Bibi zum Mittagsschlaf hin und streichelte ihr das Haar, bis sie in ihrem Kinderbett einschlummerte.

»Ich liebe dich mehr als alles auf der Welt«, murmelte ich. »Ich werde dich vor allem beschützen.«

Vermassel es nicht.

Im Zimmer nebenan hatte ich mir ein Atelier eingerichtet. Der beige Teppichboden war mit Planen abgedeckt. Ich saß auf meinem Hocker, den Pinsel im Anschlag, und starrte auf die leere Leinwand. Schließlich tunkte ich den Pinsel in rote Farbe und malte eine kleine Linie in die Mitte. Dann noch eine und noch eine, bis ich ein Strichmännchen vor mir hatte. Ich verpasste ihm ein trauriges Gesicht und starrte es eine Weile an, stieß dann die Leinwand von der Staffelei. Anschließend verplemperte ich eine Stunde damit, mir auf meinem Handy Instagram-Reels anzuschauen. Eine weitere Viertelstunde verbrachte ich mit Photoshoppen, um auszuprobieren, ob mir ein fransiger Pony stehen würde.

Als Bibi aufwachte, hob ich sie aus dem Bett, hielt sie im Arm und drückte meine Nase an ihren schlafwarmen Hals.

Dann ließ ich sie auf mein verschmähtes Bild los und fotografierte, während sie rote und schwarze Handabdrücke darauf hinterließ: #mamakindzeit. Als uns das langweilig wurde, parkte ich sie vor *Peppa Wutz* und bereitete das Essen vor. Dazu gehörte, saubere Backbleche aufs Trockengestell zu platzieren, auf einem Schneidebrett Krümel zu verteilen und die Kartons vom Feinkostladen und der Bäckerei in kleine Stücke zu zerreißen und ganz unten im Müll verschwinden zu lassen. Im Schlafzimmer was vortäuschen – inakzeptabel. In der Küche hingegen – empfehlenswert.

Die drei Paare trafen kurz nacheinander ein.

Ich sah zu, wie Fox das Rinderfilet in Scheiben schnitt. Es war noch ziemlich roh, und er bearbeitete es mit großer Sorgfalt. Er schien nicht einmal zu bemerken, wie das rote Fleisch nachgab, als er hineinschnitt.

Ich nahm Mark am Arm und führte ihn zu Fox.

»Ist er nicht perfekt?«, fragte ich. Fox schaute auf, das große Messer in der Hand. Ich wartete einen Moment, während er Mark mit seinem teuren Anzug und der protzigen Rolex am Arm musterte. »Er hat uns deinen Lieblingsrotwein mitgebracht.«

Mark lachte. »Perfekt ist wohl ein bisschen übertrieben.«

Fox sah mich nicht an, während er mit Mark darüber witzelte, dass ein feiner Gaumen ein kostspieliges Vergnügen war. Mein Gatte schien sich nicht daran zu erinnern, was wir beide früher mit Männern gemacht hatten, die so ähnlich wie Mark aussahen.

Das Essen nahm seinen üblichen Verlauf. Ich zeigte Mitgefühl, als Raquel sich darüber ausließ, wie schwierig es sei, die Genehmigung für den Kellerausbau zu bekommen. Ich nickte betroffen, als Nick und Caro entsetzt von Zinserhöhungen berichteten, die sich auf die Hypothekenraten auswirken würden. Ich drückte Georgie die Daumen, dass sie für den kleinen Arthur einen der begehrten Schulplätze ergattern würde. Dann warf ich verstohlen einen Blick auf die Uhr: 22:37. Letzte Runde, bevor der »Oje, schaut mal, wie viel Uhr es ist«-Chor loslegen würde.

»Ich finde es gar nicht gut, dass es in Florence' Klasse noch drei weitere Florences gibt«, sagte Raquel seufzend. »Ihr habt Glück, dass Bibi so ein außergewöhnlicher Name ist.«

»Sie ist nach meiner Großmutter Sabina benannt«, sagte ich.

»Ach, wie hübsch. Wart ihr euch nah?«

»O ja.« Ich trank einen Schluck Wein. »Sie war die einzige Person in meiner Familie, die nicht ein totales Arschloch war.«

Raquel starrte mich mit offenem Mund an.

Ich stand auf. »Wer will noch von der Himbeer-Pavlova?«

Nachdem das letzte Paar mit Luftküsschen verabschiedet worden war und wir die Spülmaschine eingeräumt hatten, sanken wir auf die Couch. Fox war ein bisschen betrunken, ich war ziemlich betrunken. Ich legte ihm eine Hand auf den Oberschenkel. Fox lächelte und zog mich an sich. Ich griff nach seiner Gürtelschnalle, aber er hielt meine Hand fest.

»Was ist?«

»Bibi spielt auf dieser Couch.«

»Ich mach sie danach sauber«, murmelte ich und drückte ihn nach hinten.

»Es ist …« Fox richtete sich auf. »Das kann man nur chemisch reinigen. Ziemlich aufwendig, deshalb …«

Ich knöpfte meine Seidenbluse auf. »Wir legen ein Handtuch drunter.«

Er klopfte auf ein Kissen. »Und es ist ziemlich weich. Sicher nicht gut für meinen Rücken.« Er tätschelte meinen Arm. »Unser Bett ist doch in Reichweite.«

Als ich die Haustür abgeschlossen, nach Bibi geschaut, mich abgeschminkt und ausgezogen hatte, war Fox bereits eingeschlafen. Ich legte mich zu ihm ins Bett und starrte an die Decke. Er schnarchte leise, und ich hätte am liebsten laut geschrien.

2

Ich beäugte die Truppe, die sich im Gemeindesaal eingefunden hatte. Meine Tochter war eindeutig die Beste in dieser erbärmlichen Bande. Felix konnte die Kastagnetten kaum halten. Sienna hatte keinerlei Rhythmusgefühl, von Lotties kläglicher Stümperei mit der Triangel mal ganz zu schweigen.

Heute nahm ich zum ersten Mal an *»Musik ist Magie – musikalischer Spaß für dich und dein Kind!«* teil. Ich war hier, weil mein Mann fand, ich sollte mit anderen Müttern befreundet sein. Er glaubte, wenn ich Frauen fände, mit denen ich Cappuccino trinken könnte, während unsere Kinder spielten, wäre ich glücklicher. Er glaubte, mehr fehle mir nicht im Leben. Ja, Schatz, Avocado-Toast zu essen und mich dabei über den Mangel an Montessori-Tagesstätten in der Nähe zu beklagen – genau das war's, was mir fehlte, um mich wieder lebendiger zu fühlen.

Kannte der mich überhaupt?

Eintausendeinhundertneunundsechzig Tage.

Vermassel es nicht.

Ich sah, wie Siennas Mutter sich mit geschlossenen Augen zu »Die Räder vom Bus« wiegte. Kam nicht infrage. Mit der wollte ich auf keinen Fall befreundet sein – es sei denn, sie war tatsächlich eingeschlafen. Das hätte ich sympathisch gefunden. Aber dann sah ich, wie sie die Lippen bewegte. Sie sang mit. Ausgeschlossen. Viel zu angepasst.

Lotties Mutter trug einen Hosenanzug und scrollte hastig durch ihr Handy, während sie den anderen Arm um die Taille ihrer Tochter geschlungen hatte. Zu managerhaft. Zu gestresst.

Ein Vater mit Zwillingsjungen an der Hand kam hereingestürzt. »Entschuldigung!« Er setzte sich auf eine freie Krabbelmatte und zog die Jungs neben sich. Sie saßen genau zwanzig Sekunden still, bevor sie aufsprangen und lossausten. »Sammy! Setz dich! Ach, oder bist du Tommy?«

Zu männlich. Zu inkompetent.

Die Mutter von Felix sah aus, als hätte sie sich im Dunkeln angezogen. Falsch geknöpftes Karohemd, Jeans mit merkwürdigen Flecken. Sally, die muntere Lehrerin (aber was konnte man bei der überhaupt lernen?), hatte alle gebeten, ein paar Worte über sich zu sagen. Felix' Mutter laberte schon geschlagene neun Minuten lang über ihr Dasein als alleinerziehende Mutter, ihren ach so wundervollen Sohn, ihren Mutterschaftsurlaub. Sogar Sallys Lächeln wirkte jetzt etwas eingefroren. Felix' Mutter hieß Jenny. Das hatte ich noch mitbekommen, bevor ich auf Durchzug schaltete. Ich sah aber dennoch, wie sie alle reihum anschaute und förmlich darum zu bitten schien, gemocht zu werden. Zu bedürftig.

Als sie zu reden aufhörte, fiel mir auf, dass ich jetzt dran war.

Ich fragte mich, was die anderen wohl über mich dachten. Zu gelangweilt? Zu zickig? Zu heiß? Ich war nicht überheblich, sondern wusste einfach, dass mein aktiver Stoffwechsel andere Frauen frustrierte. Ich dachte zurück an meine letzte Müttergruppe, in der wir mit unseren frisch geborenen Säuglingen erschienen waren. Mittlerweile konnte ich nachvollziehen, dass es ein Ärgernis gewesen sein musste, als ich mit der vierwöchigen Bibi auf der Hüfte in Tanktop und Skinny Jeans aufkreuzte, während alle anderen in Jogginghose und milchbekleckertem Hoodie herumsaßen. Einer Gruppe junger Mütter zu erzählen, dass ich das Schwangerschaftsgewicht mühelos wieder losgeworden war, war vermutlich lebensgefährlicher als alles, was ich bislang gemacht hatte. Was angesichts meiner Vorgeschichte ziemlich bemerkenswert war.

»Ich bin Haze. Ich bin Künstlerin.« Ich wollte eigentlich noch hinzufügen, dass die Kunst sogar mein Beruf war und ich drei Ausstellungen gehabt hatte, deren Gemälde in hochkarätigen Kulturbeilagen als »atemberaubend intensive Darstellungen weiblicher Wut« beschrieben worden waren. Aber ich wollte schließlich Freundschaften schließen, nicht? Deshalb sollte es besser so klingen, als wäre die Malerei für mich ein Hobby, dem ich mich widmete, während der Göttergatte bei der Arbeit war.

»Das hier ist meine Tochter Bibi. Sie spielt am liebsten Gitarre. Und sie soll bald Klavierunterricht bekommen.« Bibi saß kerzengerade da, die Gitarre in den Armen, und erzeugte damit angenehme Klänge.

Alle in der Runde sahen mich an, aber niemand lächelte. Wo war die Herzlichkeit, die allen anderen vor mir vermittelt worden war?

Ich sah mich als furchtlose Kämpferin für Frauen, hatte aber seit jeher Schwierigkeiten, von ihnen gemocht zu werden. Ironie des Schicksals?

Siennas Mutter beugte sich zu Bibi hinunter. »Schätzchen, könnte Sienna die Gitarre auch mal bekommen?« Die Mutter sah mich an. »Jedes Kind soll das Instrument nur ein paar Minuten behalten.«

Und damit nahm sie Bibi die Gitarre einfach aus der Hand und reichte sie ihrer Tochter.

Was zum Teufel ...

Bibi drehte sich zu mir um, Tränen in den Augen.

Ich grub die Fingernägel in die Handflächen, um meine Wut unter Kontrolle zu behalten. Starrte diese Zicke an und stellte mir vor, wie ich sie zurichten würde. Als Erstes würde ich ihr die Nägel rausziehen.

»Felix braucht die nicht mehr. Vielleicht möchtest du sie?« Jenny beugte sich vor und reichte Sienna die Kastagnetten. Die Kleine griff direkt danach und ließ die Gitarre fallen.

»Klack, klack, klack«, kreischte sie.

Jenny nahm die Gitarre und gab sie Bibi zurück. »Hier, für dich.«

Die Frau hatte das Problem schnell und unauffällig gelöst, während ich nur vor Wut geschäumt und mich in Gewaltfantasien ergangen hatte. »Danke.«

Jenny lächelte. »Keine Ursache.« Kurze Pause, dann: »Wollen wir nachher einen Kaffee zusammen trinken?«

Eindeutig viel zu bedürftig.

3

Jenny wohnte derzeit bei ihren Eltern und erzählte mir, dass Felix dort in einem Kinderbett schlief, das am Fuße ihres eigenen Betts stand. Ich fand die Situation deprimierend und wusste nicht, was ich dazu sagen sollte.

»Ich hoffe, bald ausziehen zu können«, fuhr Jenny fort, während sie in ihrem Moccachino rührte. »Ich muss nur wieder arbeiten, eine bezahlbare Wohnung finden und generell mein ganzes Leben auf die Reihe kriegen. Kleinigkeiten also.« Sie lachte, während sie ihre mausbraunen Haare zu einem Dutt hochband. Dem kundigen Auge blieb nicht verborgen, dass sie dringend ein paar Strähnen und einen guten Haarschnitt gebrauchen könnte. Wobei sie offenbar ein paar massivere Probleme hatte, als sich um ein Makeover zu kümmern.

Wir saßen in einem Café in der Nähe des Gemeindesaals, das immer voll besetzt war, wenn ich daran vorbeiging. Jetzt musste ich feststellen, dass nicht die Qualität des Kaffees der Grund dafür war, sondern die Softplay-Ecke, in der Felix und Bibi vergnügt herumtobten.

»Wohnt ihr schon lange hier, du und dein Mann?« Jenny deutete auf meinen mit Diamanten und Rubinen besetzten Ehering.

»Wir sind kurz vor Bibis Geburt aus Knightsbridge hergezogen.« Gott, wie sehr mir unsere großartige Wohnung fehlte. Nachbarn, die nie da waren. Designerläden vor der Haustür. Restaurants, in denen es Essen gab, auf das ich wirklich Lust hatte.

»Für die Kinder ziehen die Leute immer aus der Stadt weg, oder?«

»Fox wollte das unbedingt.«

Von dem Moment an, als die zwei rosa Linien auf dem Schwangerschaftstest erschienen waren, wurde mein Mann zu einem Menschen, den ich nicht mehr wiedererkannte.

Ich schaute zu Bibi, die mit Felix ein Haus aus Schaumstoffwürfeln baute. Das niedliche Stirnrunzeln, weil sie so konzentriert war. Die schulterlangen Locken mit der blauen Schleife.

Noch nie hatte ich es bereut, Bibi bekommen zu haben, keine einzige Sekunde. Aber mir fehlte die Person, die ich früher gewesen war. Mir fehlte Fox von damals. Und ich vermisste schrecklich unser früheres Leben als Paar.

»Haze und Fox – das sind ja glamouröse Namen. Wundert mich aber nicht, schau dich nur an.«

Ich nickte. »Danke.« Komplimente abzulehnen hatte ich immer schon für überflüssig gehalten.

»Wie hat dir die Musikgruppe gefallen?«, fragte Jenny und biss in ein Mandelcroissant.

»Sally finde ich unerträglich. Und ich kann nur hoffen, dass diese Instrumente anständig sauber gemacht werden. Einer der Zwillinge hat die Harmonika in seine Hose gesteckt.« Ich trank einen Schluck Kaffee, der abscheulich schmeckte. »Aber Bibi fand es toll.«

»Also kommst du wieder?«

»Ja.« Ich hatte mich schon damit abgefunden. Bibi glücklich zu erleben war wie Crack. Und ich würde alles dafür tun, um an Stoff zu kommen.

»Schön«, sagte Jenny. »Ich weiß, dass ich eigentlich für Felix da hingehen sollte, aber ich mache es auch für mich. Ich hatte ein paar ziemlich schwierige Jahre, und … na ja, es würde mir guttun, ein paar neue Freunde zu finden. Weißt du, Leute, die verstehen, dass das alles nicht einfach ist.« Sie blickte in ihren Kaffeebecher. »Ich weiß gar nicht, wie ich eine gute Mutter sein soll, wenn ich mich selbst nicht mal für einen guten Menschen halte.«

»Aber geht uns das nicht allen so?«

Großer Gott, wir näherten uns an. Die bedürftige Jenny würde meine Freundin werden, oder? Irgendwann musste so was ja passieren. Aber dann würde Fox endlich die Klappe halten. *»Du bist unglücklich, weil du dich nicht einmal bemühst.«*

Jenny sah mich an. »So jemandem wie dir bin ich noch nie begegnet.« Sie lächelte. »Normalerweise würden jetzt alle sagen, ich sei doch ganz bestimmt ein guter Mensch.«

Ich zuckte mit den Schultern. »Wir kennen uns gerade mal drei Stunden. Du kannst ein guter oder ein furchtbar böser Mensch sein. So oder so geht mich das nichts an.«

»Es gab einen Vorfall bei meiner Arbeit, der mich an mir selbst hat zweifeln lassen.« Jenny spielte mit ihrer Papierserviette. »Das war eine üble Geschichte, aber sie liegt jetzt hinter mir. Und ich habe ein tolles neues Medikament bekommen.«

Ich nickte so bestärkend wie möglich.

Wir alle hatten doch unsere Geheimnisse, ich würde sie ganz sicher nicht verurteilen.

Zumal mein Geheimnis vierzehn tote Männer sind.

Ja, du hast richtig gelesen.

Vierzehn.

Aber weißt du, was?

Sie alle hatten den Tod verdient.

4

Ich habe bereits vieles in meinem Leben hinterfragt, aber niemals daran gezweifelt, dass die Männer, die ich getötet habe, den Tod verdient hatten.

Nachts lag ich nie wach und hatte Gewissensbisse, weil ich diese Typen ins Jenseits befördert hatte. Mein Schönheitsschlaf wurde lediglich durch eine Zweijährige beeinträchtigt, die angetappt kam und verkündete, sie sei gar nicht mehr müde.

Mir ist schon bewusst, dass es ein außergewöhnlicher Charakterzug ist, vollkommen ungerührt davon zu sein, dass man das Leben zahlreicher Menschen beendet hat. Fox hat immer gesagt, Therapeuten wären garantiert begeistert von mir. Deshalb mordest du! Du bist selbst verletzt worden! Du übst Vergeltung! Bla bla bla. Die würden das nicht richtig verstehen. Ich tat das nicht, weil ich selbst so kaputt war, nachdem andere mich (wiederholt) kaputtmachen wollten. Ich tat es, um der Menschheit einen Dienst zu erweisen. Zumindest der einen Hälfte der Menschheit: den Frauen.

Ich hatte bestimmte Auswahlkriterien, einen bestimmten Typ.

Weiße Heteromänner. Ooooh, würde man wahrscheinlich in einer Therapie zu hören bekommen, du verletzt genau den Teil der Bevölkerung, der dich verletzt hat, wie interessant! Ja, okay, so könnte man das sehen – aber auch als feministisches Statement. Ich erklär's dir:

Wer wird am häufigsten ermordet? Frauen. Von wem? Männern. Ich gab mir einfach Mühe, für mehr Ausgleich zu sorgen. Weiße Heteromänner waren die Sieger der Nahrungskette. Privilegiert, hatten alle Rechte, aber waren es nicht wert. Warum sollten die alle Macht haben?

Ich zerschlug das Patriarchat nicht; ich tötete es.

Wortwörtlich.

Mann für Mann.

Während Frauen in der Öffentlichkeit demonstrierten und #MeToo schrien, verbarg ich mich in den Schatten, tötete und flüsterte #YouToo.

Meine Form von Feminismus ist vielleicht etwas ausgefallen, aber was meinst du, vor wem die sich mehr fürchten?

Keines der Opfer war unschuldig, das kannst du mir glauben. Ich hatte die Beweislagen gründlich sondiert und dann über die Schicksale entschieden.

Ich war Richterin, Geschworene und Henkerin und ersparte den Steuerzahlern Geld, weil kein kostenaufwendiger Prozess stattfinden musste, um die Welt von einem Drecksack zu befreien. Ich war eine enorm effiziente, gut organisierte Killerin mit einer Mission.

Seit jeher hatte ich geglaubt, dass kein Mann es wert sei, einen Platz in meinem Leben zu haben. Kein Mann war das Risiko wert, dass ich von ihm verletzt wurde, bevor ich ihn verletzen konnte. Bis ich ihm begegnete.

Meinem wilden Fox.

In einer dunklen Gasse in Paris, der Stadt der Liebe. Er tauchte wie aus dem Nichts auf. Gott, war er schön. Groß, blond, leuchtend blaue Augen. Gelockerte Hermès-Krawatte, gut sitzender Anzug. Ich war wie gebannt. Und das schon bevor ich das Jagdmesser mit dem Perlmuttheft sah, das er in der Hand hielt. Danach schämte ich mich geradezu des gewöhnlichen Küchenmessers, das im Bauch des besoffenen Typen mit dem rosa Hemd steckte, den ich gerade an einer Mauer erledigt hatte.

Ich war Rosa Hemd aus dem Restaurant gefolgt. Er hatte dort eine Szene gemacht, eine junge Kellnerin begrapscht und sie zum Weinen gebracht. Auf halber Höhe der Gasse hatte er mich bemerkt. Weil er die Jägerin für Beute hielt, hatte er mir mit der Faust ins Gesicht geschlagen.

Fox war zu meiner Rettung geeilt.

Nur um festzustellen, dass ich mich gut selbst retten konnte.

Wir vögelten sofort, an dieser Mauer, während das Blut dieses Typen eine Lache vor unseren Füßen bildete.

Als wir danach weitergingen, uns an den blutigen Händen haltend, war ich sicher, dass ich die große Liebe gefunden hatte. Wir waren etwas ganz Besonderes zusammen.

Binnen sechs Monaten waren wir verheiratet. Eine kleine Standesamtzeremonie, gefolgt von Flitterwochen wie aus unseren kühnsten Träumen – die zum Albtraum unserer Opfer wurden. Sex, Mord und Zimmerservice. Meine Lieblingsdinge. Und mir gefiel es auch, ihn meinen Mann nennen zu können: »Mein Mann kommt gleich wieder.« »Mein Mann bezahlt gerade die Rechnung.« »Mein Mann bringt dich um.«

In guten wie in schlechten Zeiten, in reichen wie in armen. Fox gehörte zu mir. Wir waren ein Team und hatten uns gemeinsam in die Lüfte erhoben. Hatten viele Jahre lang Höhenflüge erlebt und zusammen so viel geleistet. Hatten so viele böse Männer erledigt. So viel Spaß und Genuss gehabt.

Und dann änderte sich plötzlich alles. *Er* änderte sich. Ich wollte alles; er wollte alles aufgeben. Die Leidenschaft aus unseren Anfangsjahren verpuffte, die Würze fehlte. Nichts mehr mit *Fifty Shades of Grey*; stattdessen verurteilten mich hundert Weißschattierungen Edeltapete zum Tode.

Wenn ich mir früher manchmal vorstellte, wie meine Messer

eingemottet wurden – meine Flügel beschnitten, meine Lust verbannt, meine Mission beendet –, war ich immer davon ausgegangen, dass ein Polizist mit Handschellen und jeder Menge Beweise daran schuld sein würde.

Nie wäre ich auf die Idee gekommen, dass es der Mann sein würde, den ich liebte. Der mir ein Baby machte, mich in ein Haus in einer Vorstadtsiedlung verschleppte und selbst zu einem Gutmenschen wurde.

Doch genau so war es.

Ich saß in der Falle.

Im Käfig.

Und war gelangweilt.

So.

Mörderisch.

Gelangweilt.

5

Damals

Haze

Als ich acht Jahre alt war, besaß ich einen Schatz: ein kleines Notizbuch mit einem Glitzereinhorn auf dem Einband. Vielleicht hatte ich es von Pflegeeltern bekommen oder von einer Psychologin, die mich animieren wollte, meine Gefühle aufzuschreiben. Aber vielleicht hatte ich es auch im Kaufhaus geklaut. Jedenfalls war es irgendwann da, und ich schleppte es überall mit hin. Monatelang blieb es leer. Ich fand es so wunderschön, dass ich es nicht ruinieren wollte. Und konnte mich nicht entscheiden, was wertvoll genug war, um in so einem hübschen Büchlein zu landen. An einem besonders schlimmen Tag dann kam es nicht mehr darauf an. Ich begann, das Einhorn vom Einband ins Notizbuch zu zeichnen. Das Bild war mir so vertraut, dass ich kaum nachschauen musste. Besonders glücklich war ich nicht mit dem Ergebnis – aber ich war glücklich darüber, eine ganze Stunde lang nur daran gedacht zu haben, wie mir Mähne, Schweif und Hufe gelingen würden. Und damit fing es an. Ich war sofort süchtig danach.

In meiner vierten Schule hatte ich das Glück, von einer Kunstlehrerin unterrichtet zu werden, die mich wahrnahm. Sie hielt mir die anderen vom Hals und erlaubte mir, die Pausen mit ihr im Kunstraum zu verbringen, anstatt einsam in der Kantine herumzusitzen. Mir fiel es noch nie leicht, Freundschaften zu schließen. Ich wusste nicht genau, ob ich Menschen überhaupt mochte. Was auch kein Wunder war, nachdem ich es hauptsächlich mit widerwärtigen Exemplaren zu tun gehabt hatte.

Mit achtzehn war ich zu alt für Pflegefamilien und hatte meinen Schulabschluss vermasselt, wurde aber trotzdem an einer Kunstakademie in Kingston aufgenommen. Bald lebte ich alleine in einer kleinen Wohnung und bekam finanzielle Unterstützung, mithilfe derer ich die Schulgebühren bezahlen konnte. Die Institutionen, die mich vorher hatten hängen lassen, griffen mir jetzt unter die Arme. Ich war nicht so naiv, als dass ich Pläne für mein Leben schmiedete. Aber zumindest war meine Kunst ein Weg, den ich beschreiten wollte.

Männer blieben weiterhin eine Enttäuschung, in jeder Hinsicht – im Gespräch wie im Schlafzimmer.

Aber es gab Ausnahmen. Zwei, genauer gesagt. Einen Dozenten an der Kunstakademie, der mich fördern wollte, mein einzigartiges Talent lobte und versprach, mich an Galerien zu vermitteln. Und ich lernte einen Mann kennen, der tatsächlich mein bester Freund wurde: Matty. Irgendwie hatten wir beide es geschafft, Außenseiter zu sein, wobei alle an der Kunstakademie sich als anders und extravagant betrachteten. Doch so hatten wir uns gefunden. Weil wir beide nicht dazugehörten und die Augen verdrehten über die Was-sind-wir-doch-wild-Normalität um uns herum. Es war eine Wohltat, sich jemandem anzuvertrauen. Ich erzählte von meiner grauenhaften Kindheit und den Männern, die mich verletzt hatten. Matty erzählte von seinem grauenhaften Dating-Leben und den Männern, die ihn verletzt hatten. Ich hatte keine Familie, und er verabscheute seine, und so taten wir uns zusammen – zwei Einzelgänger, die plötzlich nicht mehr allein waren.

Wir genossen unsere Zweisamkeit und verzweifelten an allen anderen.

Eines Tages kam Matty im Gang der Akademie auf mich zugestürmt. »O Gott, hast du Crystals letztes Werk gesehen? Meinst du, irgendwer sagt ihr, dass die Südstaatenflagge rassistisch ist? Auch mit Pailletten?«

»Ich denke, das solltest *du* machen«, erwiderte ich. »Du findest bestimmt den richtigen Ton. Und zum Dank lässt sie sich vielleicht dann mal dazu herab, dich eines Blickes zu würdigen.«

Matty lachte und strich sich durch das platinblonde Haar. »Kannst du vergessen. Die hält sich doch für meilenweit überlegen. Sollen wir ihr stecken, dass die Schnöseltruppe sie trotzdem nie zu ihren exklusiven Partys einladen wird?«

An der Akademie gab es leider auch eine Gruppe von Rich Kids, die in der Schule versagt hatten und nun trotz mangelnden Talents eine Laufbahn in der Kunst anstrebten. Wir fanden es ziemlich unerträglich, dass bestimmt ausgerechnet sie dank ihrer Papas und deren Verbindungen eigene Ausstellungen bekommen würden. Zu allem Überfluss waren sie auch noch laut und protzten ständig herum. Mir fiel es nicht schwer, ihr Gehabe nachzuahmen.

»Bunty, Süße, du musst *unbedingt* am Wochenende zu uns nach New Hampshire kommen! Cocktails und Crocket!«

Matty johlte begeistert. »Unglaublich, wie du diese Stimme hinkriegst!«

»Wie lief dein Seminar?«

Matty war ein extrem begabter Bildhauer, der hauptsächlich mit Kupfer arbeitete. Er schuf große Skulpturen, die auf eine Art Leid ausdrückten, wie es mit Worten nicht möglich war.

»Die Professorin liebt das neue Werk. Ich kann's noch gar nicht fassen.« Er lächelte.

»War doch klar.«

»Aber du weißt doch: An einem Tag hält man es für ein Meisterwerk, am nächsten findet man's scheiße.« Matty schloss die Augen. »So anstrengend.«

Das ging mir nicht so. Meine Kunst war mein Zufluchtsort. Wenn ich damit zufrieden war, interessierte mich überhaupt nicht, was andere davon hielten.

»Los, lass uns im Park Eis essen gehen, damit du ein bisschen Farbe kriegst.« Ich zwickte ihn in die blassen Wangen.

»Ich bin eine Englische Rose. Weiß oder rot, dazwischen gibt's nichts.«

»Wenn du Blüte bist, dann bin ich Dorn.« Ich hakte mich bei Matty unter, als wir ins Sonnenlicht hinaustraten.

Er lachte. »Genau! Die gehören immer zusammen.« Er küsste mich auf die Stirn. »Du bist ein stachliges Biest, aber du bist mein ganz persönliches Stachelbiest.«

Wir zwei bildeten eine verschworene Gemeinschaft, und ich hatte das Gefühl, endlich die Familie gefunden zu haben, die mir so sehr gefehlt hatte.

Während des gesamten Studiums waren wir das Duo, das niemand anderen brauchte, wir genügten uns selbst. Und wir waren uns so nah, dass wir fast alles voneinander wussten. Ich hatte zum Beispiel mitbekommen, dass Matty ziemlich seltsam sein konnte, was Essen betraf. *»Ich hab dir die Nudeln mitgebracht, die du so gern magst. Keine Sorge, die Pilze hab ich rausgeklaubt und gegessen. Ich glaub aber immer noch nicht, dass es Weltraumpilze waren.«* Matty dagegen wusste, dass ich etwas Anleitung im Umgang mit Menschen gut gebrauchen konnte. *»Süße, es wäre besser, wenn du sagst: ›Das ist mein Rucksack, ich nehm ihn da weg‹, statt: ›Scheiße, hackt's bei dir? Wieso fasst du mein Zeug an?‹ Das klingt ein klein wenig aggressiv.«*

Matty erlebte irgendwann auch meine Gewaltbereitschaft. Als wir eines Abends aus dem Pub kamen, schoss ein schlaksiger Jugendlicher auf uns zu. Offensichtlich hielt er eine Frau und einen dürren Typen für leichte Beute. Er stieß Matty zu Boden und packte meine Handtasche, die ich aber nicht losließ. Wir zerrten beide daran, und dann drosch ich dem Kerl die Faust ins Gesicht.

Ich dachte nicht nach, sondern schlug einfach zu. Und wieder und wieder. Irgendwann ging er zu Boden, aber ich war noch nicht fertig.

Dass Matty meinen Namen rief, riss mich lang genug aus meiner blindwütigen Rage, dass der Typ wegkrabbeln und abhauen konnte. Ich wollte ihm nachlaufen, aber Matty hielt mich an der Schulter fest.

»Lass ihn gehen! Du bist doch verrückt, der hätte dir echt was antun können! Was hast du dir nur dabei gedacht?«

»Nichts. War einfach ... Instinkt?« Ich hatte gelernt, stets wachsam zu sein, auf alles gefasst. »Wäre das deine Tasche gewesen, hättest du doch bestimmt genauso reagiert.«

»Niemals! Ich hätte viel zu viel Schiss, zuzuschlagen.«

Ich wollte ihm nicht offenbaren, dass mein Problem nicht das Anfangen war. Sondern das Aufhören.

Am nächsten Tag meldete ich mich in einem Fitnessstudio zum Boxunterricht an. Und in einem Frauenwohnheim nahm ich an einem Kurs für Selbstverteidigung teil. Ich wollte kämpfen lernen, und zwar richtig, mit Technik. Um mich wehren zu können. Mir das einzureden, fiel mir leichter, als mir einzugestehen, dass es mir gefallen hatte, diesen Jugendlichen bluten zu sehen. Dass ich das Geräusch mochte, als meine Faust auf sein Kinn knallte.

Matty wunderte sich über mein neues Hobby, akzeptierte es aber ebenso wie alles andere an mir. Er blieb abends lange im Atelier, um mich vom Boxunterricht abzuholen, meist mit einer Tüte fettigem Fast Food, damit »du nicht so ein klapperdürres Ding wirst«.

Ich hatte zu diesem Zeitpunkt schon ein paar Beziehungen geführt, oder zumindest so was Ähnliches: Männer, mit denen ich Sex hatte und noch mehr Sex haben wollte. Aber emotional hielt ich sie auf Abstand. Keiner von denen lernte mich so gut kennen wie Matty.

Doch er hatte auch seine Probleme. Manchmal bekam ich ihn tagelang nicht zu Gesicht, aber dann kreuzte er irgendwann wieder auf. Mit dunklen Schatten unter den Augen. Noch bleicher als sonst. Er hatte intensive Gefühle, und manchmal wurde ihm alles zu viel, dann verkroch er sich allein in seiner Wohnung. Anfänglich wollte ich ihm helfen, hämmerte an seine Tür, um ihm Sachen zu bringen, die er mochte. Bis er mir sagte, das würde es nur noch verschlimmern.

»Lass mich einfach mein Ding machen, Süße. Okay?«

Ich hielt mich daran. Wir respektierten einander, akzeptierten die beschädigten Teile des anderen und liebten uns bedingungslos.

Endlich verstand ich den Satz »Freunde sind die Familie, die du dir selbst suchst«. Den hatte ich mal in rosa Schrift auf einer Grußkarte gesehen, als ich noch eine einsame Jugendliche gewesen war. Seltsam, hatte ich damals gedacht, ich hatte keines von beiden. Keine echte Familie, keine Wahlfamilie.

Meinen Vater hatte ich nie kennengelernt. Ich wusste nicht mal seinen Namen, auch seine Herkunft nicht. Was für mich nur ein Problem darstellte, wenn ich Formulare ausfüllen musste. Ich schrieb dann »unbekannt«. Und meine Mutter war nutzlos, was die Beantwortung meiner Fragen anging. Sie liebte nicht mich, sondern nur den Alkohol. Als ich sie – am Tag nach meinem achten Geburtstag – endlich loswurde, weil das Jugendamt eingriff, war ich nicht traurig. Ich wartete nur ergeben ab, was jetzt wohl geschehen würde. Und ich hatte Glück, weil das Jugendamt meine Großmutter aufstöberte, mit der meine Mutter keinen Kontakt gehabt hatte – meine Oma Sabina. Drei Monate lang hätschelte sie mich, hielt mich im Arm und fütterte mich mit Kartoffelpüree, weil sie kaum etwas anderes kochen konnte. Dann starb sie an einem Herzinfarkt.

Die Phase, in der ich von Pflegefamilie zu Pflegefamilie geschoben wurde, war übel. Aber es gab zumindest Momente, in denen ich mich wie ein Kind fühlen durfte. Ich bekam zur richtigen Zeit

Essen und hatte saubere Kleidung. Die Leute vom Jugendamt versicherten mir immer wieder, meine Mutter würde an sich arbeiten und eines Tages könnten wir wieder zusammen sein. Aber darauf legte ich überhaupt keinen Wert. Ich brauchte meine Mutter nicht, wusste nicht einmal, wo sie überhaupt steckte. Sie hatte ihre Chance mit mir gehabt und diese gründlich versaut. Deshalb verdiente sie keine weitere.

In unserem letzten Jahr an der Akademie, in dem wir uns auf den Abschluss vorbereiteten, arbeiteten Matty und ich bis spätabends an unseren Projekten. Danach begleitete er mich zu einer 24-Stunden-Tankstelle, in der ich als Kassiererin jobbte; leicht verdientes Geld. Matty futterte Chips und zeichnete Skizzen, während ich die neuesten Modemagazine durchblätterte.

»O mein Gott, schau dir dieses Kleid an.« Ich zeigte ihm ein rotes Valentino-Modell. »Eines Tages wird mein Schrank voll sein mit solchem Zeug.«

»Konzentrier dich lieber auf deine Kunst, meine Stachelrose.« Matty stand auf und dehnte sich.

»Ich kann auch beides haben«, sagte ich grinsend. »Ich komm dann im Designerkleid zu meinen eigenen Vernissagen.«

»Gut so, Süße. Greif nach den Sternen. Du hast sie verdient.« Er beugte sich über die Theke und küsste mich auf die Wange. »Ich muss schlafen. Hab dich lieb.« Er ging raus und winkte noch einmal, bevor er sich abwandte. Ich pustete ihm ein Luftküsschen durchs Fenster zu.

Das war meine letzte Begegnung mit Matty.

Zwei Tage später nahm er sich das Leben.

Einfach so verließ er mich. Ohne Abschied. Das tat fast genauso weh wie die ganze Suizidnummer als solche.

Drei Tage verbrachte ich in einem Nebel aus Wodka und Tränen und schrie in mein Kissen. Dann brach ich abends in Mattys Atelier in der Akademie ein und stahl eine seiner Skulpturen – die einzige, die nicht größer war als meine Hand. Es war ein Vogel mit gebrochenem Flügel. Matty würde sicher nichts dagegen haben, dass seine Eltern ein Kunstwerk weniger bekamen. Und etwas Schönes als Erinnerung an ihn war das Mindeste, was er mir schuldete.

Ich nahm nicht an seiner Beerdigung teil.

Sondern versteckte mich hinter ein paar Bäumen auf dem Friedhof und schaute aus der Ferne zu. Schwarz gekleidete, traurig blickende Menschen, die Verwandte sein mochten. Ein paar Leute in unserem Alter, die ich nicht kannte, wahrscheinlich Schulfreunde. Alle wurden an der Kirchentür von einem älteren Paar empfangen. Mattys Eltern. Sie sahen nicht böse aus. Nur grau. Ich musste die nicht kennenlernen, um zu begreifen, weshalb Matty nicht zu ihnen gehört hatte. Natürlich hätte ich eine Szene machen können. Hätte zu ihnen gehen und brüllen können, sie seien schuld an Mattys Tod, weil sie ihn abgelehnt hatten. Aber ich war zu erschöpft. Niemand hatte mich vorgewarnt, wie anstrengend Trauer ist. Ich war am Ende meiner Kräfte.

Matty hatte mir oft gesagt, wie sehr er mich liebte. Aber offenbar nicht genug, um am Leben zu bleiben. Er hatte immer gewitzelt, es sei sein Job, mich vor Herzschmerz zu beschützen. Und jetzt hatte er mir schlimmer wehgetan, als jeder belanglose Lover es je könnte. Matty wurde vom besten Freund, den ich jemals hatte, zu einem weiteren Mann, der mich hängenließ.

Ich wartete, bis er unter der Erde lag und alle verschwunden waren. An der Kirchentür hob ich ein Liedblatt vom Boden auf. »Alle Dinge dieser Welt« und Johannes 14, 1-3: *Euer Herz erschrecke nicht!* Das hatte absolut nichts mit Matty zu tun. Eine Standardzeremonie von Menschen, die ihn nie verstanden hatten. Während ich meine Papiertüte aus dem Blumenladen umklammerte, sah ich das schockierte Gesicht der Floristin wieder vor mir, die meinen Auftrag erfüllt hatte.

Am Grab legte ich mich auf die Erde, wie Matty und ich es so oft getan hatten – nur dass er jetzt in ihr vergraben war. Ich fühlte mich wie ein Knäuel aus Trauer, Wut und Schuldgefühlen. Weil ich glaubte, dass ich ihn hätte retten können. Dass es ihm schlecht ging, hatte ich gewusst – aber nicht, wie schlecht. Ich hatte diesem Mann mein Herz geöffnet, und das hatte ich nun davon. Mit dem Ärmel wischte ich mir die Tränen aus dem Gesicht. Bis zu diesem Zeitpunkt hatte ich nicht gewusst, dass man jemanden gleichzeitig lieben und hassen kann.

»Scheiße, Matty. Wieso hast du mir diese Scheiße angetan?«

Ich öffnete die Papiertüte und nahm die sechs enthaupteten Rosenstängel heraus. Dornen für meine Rose unter der Erde. Ich legte sie auf das frisch zugeschüttete Grab.

Dann stand ich auf und ging.

Das glückliche Kapitel eines bis dahin beschissenen Lebens war zu Ende. Tot und begraben.

6

Haze

Das Gluckern der Kaffeemaschine unten weckte mich, und ich schaute auf die Uhr. 7:35 Uhr. Fox war pünktlich aufgestanden. Ein Wochentag also. Es dauerte beunruhigend lange, bis mir einfiel, welcher. Donnerstag. Heute musste Donnerstag sein.

Früher hatte ich angesichts eines vor mir liegenden Tages freudige Aufregung empfunden. Was man alles damit anfangen konnte! Aber inzwischen …

Ich warf einen Blick auf die leere Bettseite. Fox hatte immer penibel darauf geachtet, nirgendwo eine Spur seiner DNA zu hinterlassen – nur bei meinem Unterleib hatte er diese Sorgfalt vermissen lassen. Ich liebte Bibi abgöttisch. Niemals würde ich ihr Dasein bereuen. Aber ich vermisste mich selbst. Wer war ich ohne meine Kunst? Wer ohne meine Morde? Musste man wirklich alles Wichtige einbüßen, um Mutter zu sein?

»Mamaaaaa!« Bibi kam hereingestürmt und landete mit einem Hechtsprung auf meinem Bauch.

»Guten Morgen, mein Baby.«

»Nich' Baby.« Sie blickte finster und streckte mir die Zunge raus.

»Doch, doch. Mein süßes Baby bist du.«

Dieser Teil fiel mir leicht. Sie zu lieben. Aber mit allem anderen hatte ich Mühe. Durch unsere grandiosen Jahre vor der Schwangerschaft war ich verwöhnt und selbstsüchtig geworden, und das Muttersein brachte so vieles mit sich, auf das ich keine Lust hatte. Wer wollte sich denn schon um sieben Uhr morgens für matschige Cornflakes aus dem Bett quälen, wenn man ausschlafen und sich einen köstlichen Brunch in einem Edelrestaurant gönnen konnte? Ich wollte eine tolle, engagierte Mutter sein ... aber ohne das ganze Zeug machen zu müssen, das dafür offenbar unumgänglich war.

»Na, komm, wir ziehen dich an, Süße. Heute ist Musikgruppe.«

»Jaaaaaa!« Bibi hopste auf dem Bett herum. »Und dann spielen Felis?«

»Das klappt bestimmt.« Ich vermutete stark, dass Jenny nichts anderes vorhatte.

»Einen schönen guten Morgen, Mädels.« Fox stand mit Schürze am Herd und backte Pancakes. Auf der Schürze stand »Leben ist, was du daraus bäckst«. Aus dem Digitalradio auf der Kücheninsel schallte BBC Radio 2.

Er sah so glücklich aus. War er so gut im Vortäuschen geworden, dass er es inzwischen selbst glaubte? Oder kam hier nun sein wahres Ich zum Vorschein? Vielleicht war seine dunkle Seite nur eine vorübergehende Phase gewesen, die jetzt nicht mehr zu seinem Image als Barbies Ken passte.

Noch nie zuvor hatte ich Fox so lange mit seiner Naturfarbe Blond erlebt. Unser Tarnungszubehör war schon lange in Kartons verstaut. Seitdem wir nicht mehr an den Wochenenden europaweit im Einsatz waren, brauchten wir es nicht. Und seit Fox zum ersten Mal den Herzschlag des Babys gehört hatte, war Haarefärben sowieso verpönt. Er hatte nämlich in einem Artikel gelesen, dass die Chemikalien während der Schwangerschaft gefährlich sein könnten.

Er las jetzt ständig irgendwelche Artikel. Seine gesamte Energie, die er sonst in die akribische Recherche und Vorarbeit für unsere Morde gesteckt hatte, nutzte er jetzt für das Leben unserer

Tochter. Früher hatte er es darauf angelegt, der beste Killer der Welt zu sein; jetzt schien er der beste Vater der Welt werden zu wollen.

Bibi flitzte zu ihm und umklammerte seine Beine. Der Duft der Pancakes, eine Ballade von Bryan Adams im Radio. Das strahlende Lächeln von zwei Menschen, die mich liebten. Die reinste Idylle.

Ich hatte einen verdammt attraktiven Mann, eine glückliche Tochter und viel Kohle auf dem Konto. Warum also gelang es mir nicht, auch einfach glücklich zu sein? In jeder Fernsehshow und jeder Zeitschrift wurde dieses Familienideal vermittelt. Und ich hatte es erreicht und verdarb es mir selbst. Ich atmete tief ein. Vielleicht sollte ich diese Ansprüche loslassen und stattdessen zufrieden sein mit dem, was ich hatte.

Wie aufs Stichwort piepte mein Handy. Jenny hatte eine Nachricht geschickt. Sie bestand aus einem Wink-Emoji, einem Gitarren-Emoji, einem Zwei-Frauen-zwei-Kinder-Emoji und einem Kaffeebecher-Emoji, gefolgt von einem großen Fragezeichen-Emoji. Ich fragte mich, ob es nicht einfacher gewesen wäre, »Kaffee nach Musikgruppe?« zu schreiben, anstatt die ganzen Emojis rauszusuchen. Nach einem tiefen Seufzer schickte ich ein großes Daumen-hoch-Emoji.

Dann sagte ich: »Bibi, die Mama von Felix hat mir grade geschrieben. Nach der Musikgruppe gehen wir zusammen in dieses Spielcafé.«

»Jaaaaaa!« Bibi führte ein Freudentänzchen auf.

Fox drehte sich um, den Pfannenwender in der Hand. »Hast du eine neue Freundin?«

»Kann sein. Sie heißt Jenny und ist ziemlich ...« Wie sollte ich sie beschreiben? Durch den Wind? Instabil? Bedürftig? Ebenso depressiv wie deprimierend? »... okay.«

»Ach, toll. Super.« Fox grinste mich an.

Das reichte schon aus, um meinen Mann noch glücklicher zu machen – ich musste nur freundlich zu den Leuten hier sein und so tun, als genieße ich mein Vorstadtleben. Das würde ich schon irgendwie hinkriegen. Dass ich ohnehin nie wirklich einer Welt angehört hatte, erwies sich jetzt als Vorteil. Ich war eine Meisterin der Anpassung, und im Laufe der Jahre hatte ich so viele unterschiedliche Rollen verkörpert, dass es mir sicher nicht schwerfallen würde, jetzt als Durchschnitts-Mittelschichtsmama durchzugehen.

7

Fox

Das Problem ist: Wenn man in einer Familie aufgewachsen ist, die auf Psychotherapie schwört, glaubt man irgendwann, selbst dringend eine zu brauchen. Und wer möchte sich nicht gern optimieren? Ich war stolz darauf, dass mein Körper in Bestzustand war – und den gleichen Anspruch hatte ich an Geist und Seele.

Aber ich konnte mir eben nicht einfach eine gut bewertete Praxis in unserer Nähe suchen, da alles, worüber ich unbedingt reden musste, mich hinter Schloss und Riegel befördern würde. Das war ein echtes Dilemma. Wie sollte ich mich um meine seelische Gesundheit kümmern, wenn ich befürchten musste, dass jeder Therapeut sofort zum nächsten Polizeirevier rasen würde?

Haze meinte, ich würde zu viel über Therapie quatschen. Sie fand, ich sollte aufhören, so »scheißamerikanisch« zu sein. Was ich nachvollziehen konnte, aber wie sollte ich mir sonst helfen? Wie konnte ich mich selbst verstehen, wenn mir keine Profis assistierten? Ich sehnte mich nach einer Person, die mir erklären würde, wie ich ein besserer Mensch, Vater und Ehemann werden konnte. Da ich jetzt Familienvater war, wollte ich alles richtig machen.

Ich wusste natürlich, dass in Therapien immer zuerst auf die Kindheit geschaut wird. Um den Mann zu verstehen, muss man erst den Jungen kennenlernen und so weiter. Aber was nützte es, sich mit den frühen Lebensjahren von Nathaniel Foxton Cabot II. zu beschäftigen? Die immens privilegierten Verhältnisse zu betrachten, aus denen ich stammte, würde auch nicht mein wahres Ich offenbaren. Ich war zwar im kosmopolitischen New York aufgewachsen, dort aber in der abgeschirmten Welt der reichsten Familien von Manhattan.

Unsere Villa war die größte in einer begehrten Straße an der Upper East Side. Mit acht Jahren hatte ich einen derart vollgestopften Terminkalender, dass erörtert wurde, ob man fünf Minuten einsparen könnte, wenn ich in meiner Essenspause schneller verzehrbare Snacks bekommen würde. Meinem Bruder Julian, zwei Jahre jünger als ich, stand nach der Schule immerhin noch eine halbe Stunde Zeit für »entwicklungsförderndes Spiel« zu. Ich biss mir auf die Lippe, wenn er nebenan lautstark mit einer Rakete spielen durfte, während ich von einem Hauslehrer gequält wurde.

Man könnte behaupten, unsere Eltern wollten nur das Beste für uns, und deshalb sollten wir in allem brillieren. Sie setzten ihre unerschöpflichen Mittel ein, damit wir optimierte Versionen unserer selbst wurden – was überdies für sie den Vorteil hatte, dass wir wenig zu Hause waren. Ich hatte mich schon oft gefragt, ob meine Eltern überhaupt Kinder haben wollten oder ob sie uns nur bekommen hatten, weil es zum guten Ton gehörte. Außerdem hätten sonst ihre Geschwister, die sie nicht leiden konnten, irgendwann das ganze Vermögen geerbt – oder andere Verwandte, die sie verachteten.

Obwohl ich dazu prädestiniert war, erfolgreich zu sein, wusste ich immer schon, dass ich anders war. Mir fiel es schwer, meinen Platz in der Welt zu finden. Ich hatte verschiedene Wege ausprobiert, aber nichts fühlte sich richtig an. Das Medizinstudium war eine interessante Erfahrung, aber meine Talente wurden an der Uni nicht wertgeschätzt. Das Familienunternehmen, ein großer Pharmakonzern, war langweilig und kam deshalb nicht infrage. Bei einem Ausflug in die Immobilienbranche lernte ich, brachliegende Grundstücke zu nutzen, aber diese gesamte Welt war mir zu extrem.

Ich war ein zielloser Junge ohne Berufung. Und dann wurde ich zum ziellosen Mann ohne Heimat.

Aus Amerika verbannt, weil meine Eltern genug davon hatten, immer wieder meine »Missgeschicke« zu vertuschen, blieb mir nichts anderes übrig, als Europa zu meiner Spielwiese zu machen und mein Handwerk dort zu verfeinern. Hier verfügte ich nicht über den Luxus einer einflussreichen Familie, die ihre Kontakte spielen lassen konnte, um hinter mir aufzuräumen.

Zum allerersten Mal war ich von meinen Eltern und ihrer erstickenden Welt befreit. Das Alleinsein zwang mich dazu, erwachsen zu werden und Verantwortung für mein Verhalten zu übernehmen. Und das gelang mir auch. Als ich nach Europa zog, legte ich als Erstes eine Tabelle an, in der ich die Details zu jedem Mord minutiös vermerkte. Die Opfer waren nicht beliebig, sondern mit Bedacht ausgewählt anhand der Verbrechen, die sie begangen hatten oder begehen würden. Pädophile, Vergewaltiger, Frauenmisshandler, Diebe, Betrüger, Erpresser ... Keiner von denen hatte es verdient zu leben.

Wer weiß, wie viele Menschen durch meine Morde von Gewalttaten verschont blieben? Bei meinen nächtlichen Streifzügen begab ich mich zum Wohle anderer in Gefahr. Ich übte Gewalt aus, um andere zu beschützen.

Ich will nicht behaupten, ich sei Batman oder so.

Obwohl ... na ja, wenn der Umhang gut sitzt ...

Ich achtete sorgfältig darauf, für jeden Mord ein Alibi zu haben. Für den Fall, dass jemand mich in der Gegend gesehen haben sollte, hatte ich immer einen Fahrschein oder eine Eintrittskarte von einem anderen Ort parat.

Mit diesen Sicherheitsmaßnahmen begann ich, als ich allein unterwegs war, und ich setzte sie fort, als Haze mein Herz eroberte. Meine Partnerin in Crime. Meine wilde eigensinnige Königin.

Vom ersten Moment an, als ich sie in dieser dunklen Gasse in Paris entdeckte, wo sie gerade einem Mann, der sie belästigt hatte, ihr

Messer in den Bauch gerammt hatte, erkannte ich die verwandte Seele in ihr.

Furchtlos. Blutbefleckt. Wunderschön.

Meine zweite Hälfte.

Sie war mein Zuhause. Es spielte keine Rolle, wo wir uns aufhielten – Hauptsache, wir waren zusammen.

Haze schien nie zu verstehen, dass sie Schutz brauchte – nicht vor den Schurken, mit denen wurde sie im Alleingang fertig. Sondern vor sich selbst. Sie arbeitete spontan, ein Wirbelwind aus Wut und Rache, und ihre Taten waren nie durchdacht. Ich wurde das Eis zu ihrem Feuer. Der methodische Planer, der dafür sorgte, dass man sie nie ertappte. Die Organisation überließ sie komplett mir.

Unsere Heldentaten hatten uns zusammengebracht, aber warum verstand Haze nicht, dass sie uns jetzt wieder auseinanderreißen konnten? Eine furchtbare Kindheit wie ihre eigene würde sie doch wohl unserer Bibi nicht zumuten wollen? Wir mussten alles tun, um unsere kleine Tochter zu schützen. Und wenn das bedeutete, nicht aufzufallen und die Messer stecken zu lassen, dann musste es eben so sein.

Natürlich fehlten mir unsere glorreichen Zeiten, als Blutlust unser Leben prägte. Dieser Teil von mir existierte noch immer. Wenn man ihn nur weckte, würde ich brüllen ... Aber meine Liebste behauptete, ich sei kein schlafender Löwe, sondern ein kastrierter im Koma. So sah mich meine Königin inzwischen. Nur weil ich unserer Sicherheit Priorität gab. Ich liebte meine Frau. Ich liebte meine Tochter. Wir waren eine Familie. Warum konnte Haze sich damit nicht zufriedengeben?

8

Haze

Mein guter Wille verflüchtigte sich. Es ging einfach nicht. Mir bluteten förmlich die Ohren, als vier Frauen misstönend einen George-Ezra-Song schmetterten und im falschen Rhythmus auf die Spielmatten patschten.

»Komm schon, Haze, mach mit!«, schrie Sally.

Bibi schaute zu mir hoch. Ich lächelte sie an und tat, als hätte ich die blöde Sally nicht gehört. Dann nahm ich Bibis Händchen und ließ sie im richtigen Rhythmus klatschen. Mein lebendes, atmendes Püppchen. Ich sehnte mich danach, irgendwo anders zu sein, nur nicht hier. Wie wichtig und unverzichtbar waren diese Kontakte mit anderen Kindern? Ich hatte so etwas nicht gehabt, und aus mir war auch etwas ... Na gut. Stimmte schon. Ich biss die Zähne zusammen. Dieser Horror hier war ein notwendiges Übel, damit Bibi ... kein schlimmer Mensch wurde.

Während ich mich durch die letzten vierzehn Minuten quälte, tröstete ich mich mit dem Gedanken, dass dies eines der zahlreichen Opfer war, die ich bringen musste, damit unsere Tochter nicht unsere Killerinstinkte entwickelte. Ich machte mir keinerlei Illusionen: Ich wusste genau, wozu ich fähig war, und hatte auch nie anders sein wollen. Aber für die Kinder wünschen sich Eltern doch meist etwas Besseres.

Als ich Bibi zum ersten Mal im Arm hielt, schaute ich in ihre großen blauen Augen und versprach ihr, alles für sie zu tun, was in meinen Kräften stand. Als Kind hatte ich absolut nichts mein Eigen nennen können; Bibi dagegen sollte alles bekommen. Ich hatte nie ein eigenes Zimmer gehabt. Meine Kleidung hatte aus Spenden bestanden, die ich in einem Müllsack von einer Pflegefamilie zur nächsten transportierte. Aber wenn ich in Bibis Zimmer kam, trat jedes Mal ein Lächeln auf meine Lippen. Der hellblaue Baldachin mit goldenen Sternchen über dem Bett. Die Decke mit Pinguinmuster. Ein Schrank voller hübscher Kleider und Jäckchen, alles schön sortiert. Ein Puppenhaus, das Fox für sie zu Weihnachten gebaut hatte. Es war mir vollkommen gleichgültig, ob meine Tochter verwöhnt wurde. Ich wollte, dass sie dieses unerschütterliche Selbstvertrauen entwickelte, das ich früher bei anderen Kindern bemerkt hatte. Dass Bibi so sehr geliebt wurde, dass sie sich unangreifbar fühlte.

Ich drückte ihr einen Kuss auf den Kopf. Meine Strategie musste sein, mich auf meine Liebe zu Bibi zu konzentrieren, nicht auf den Hass, den ich für alle anderen empfand.

Sally begann mit dem Aufräumlied, und alle packten artig die Instrumente weg. Sienna war mit ihrer Mutter, der Gitarrendiebin, auch wieder dabei, ebenso wie der inkompetente Vater mit seinen Zwillingen. Auch Lottie hatte teilgenommen, diesmal aber mit einem stummen Kindermädchen, das permanent das Handy auf die Kleine richten musste, während die Mutter über FaceTime Befehle aus dem Büro bellte: »Rosa! Halt das Handy höher, ich kann ihr Gesicht nicht sehen!«

»Auch eine Methode, alles auf einmal zu haben«, raunte Jenny mir zu. »Wie läuft's denn mit deinem Beruf?«

Ich zuckte mit den Schultern. »Ist schwierig, die Zeit dafür zu finden. Das Malen fehlt mir, aber ich werde es schon irgendwie aufschieben können, bis Bibi größer ist.« Ich konnte Jenny schlecht sagen, dass in Wahrheit mein Mann seine Einstellung ändern musste, damit ich wieder arbeiten konnte. Meine kreativen Prozesse verliefen sehr spezifisch.

Siennas Mutter hatte mitgehört und bemerkte jetzt: »Vielleicht kannst du die Zeit überbrücken, indem du ihr Kinderzimmer ausschmückst. Du könntest doch diese Häschen von Beatrix Potter an die Wände malen. So was hab ich kürzlich auf Pinterest gesehen, das war total niedlich.«

»Ooooh, bist du Künstlerin?«, zwitscherte Sally. »Dann könntest du ausrangierte Möbel upcyceln. Dir ein paar schäbige alte Teile bei eBay holen und ihnen neuen Glanz verleihen. Dafür gibt es einen echten Markt, und du könntest nett was dazuverdienen.«

Ich wagte es nicht, etwas zu entgegnen. Meine Kunst. Meine Meisterwerke. Mit läppischen Hobbys zu vergleichen. Ich kaute auf der Innenseite meiner Wange. Natürlich konnte ich diesen Frauen nichts vorwerfen. Die waren eben simpel gestrickt und kapierten nicht, dass ich nicht Malerin war, um bloß mit ein bisschen Farbe herumzuklecksen. Sondern weil ich meinen Gefühlen damit kreativen Ausdruck verleihen konnte. Wenn ich im Flow war, geschah alles wie von selbst.

Schmerz, Leid, Liebe, Hass, Trauma, Wut und Freude landeten auf der Leinwand, für die Ewigkeit. Ich produzierte nicht irgendwelchen Mist, den ich auf Etsy verticken wollte.

»Wollen wir los?«, fragte Jenny neben mir. Vielleicht hatte sie meinen mordlustigen Blick bemerkt und war intelligenter, als ich ihr zugetraut hatte.

»Und was fehlt *dir* am meisten, seit du Mutter geworden bist?« Jenny rührte ihren Kaffee um und beäugte mich so forschend, als erwarte sie eine Antwort, die nicht minder ehrlich war wie ihre eigene auf diese Frage. (»Ein stabiler Beckenboden.«)

»Reisen«, log ich. »Das fehlt mir sehr.«

»Wohin seid ihr denn früher gereist?«

»Ach, wir waren überall in Europa. An den tollsten Orten.« Ich ließ den Blick durch das Café mit den bunten Plastiktischen schweifen.

»Und was war dein Lieblingsort?«

»Saint-Tropez liebe ich sehr. Und den Comer See. Aber mein absoluter Lieblingsort ist San Gimignano. Dieser Künstler von dort, Francesco Argento, ist eines meiner persönlichen Vorbilder. Er hatte eine Ausstellung da, und ich habe ihn sogar kennengelernt. Das war fantastisch.«

Jenny sah mich mit großen Augen an. »Francesco Argento? Von dem habe ich gehört. Hatte er mehrere Ausstellungen in San Gimignano?«

Offenbar war sie gebildeter, als ich vermutet hatte. »Nein, das war die einzige.«

Jenny nickte. »Und wo wart ihr noch?«

»Ach, überall, wo man gut feiern konnte. Griechenland, Schweiz ... Wir sind ziemlich rumgekommen.« Ich trank einen Schluck Kaffee. Liebend gerne hätte ich von unseren glorreichen Zeiten geschwärmt und von den glamourösen Orten berichtet – die arme Jenny verbrachte sicher ihren Urlaub eher in Balkonien. Aber Fox hatte mir immer wieder eingeschärft, Details unserer Abenteuerreisen unter Verschluss zu halten. Was ihm leichtfiel. Reisen gehörte seit jeher zu seinem Leben, er hatte mit sechs seine erste Vielfliegerkarte gehabt. Ich dagegen war zum ersten Mal im Ausland, als ich ihn damals in Paris kennenlernte, was ich ihm erst viel später gestand. Er sagte oft, es sei erstaunlich, dass ich mich seinem Lebensstil so mühelos angepasst hatte, als wäre ich dafür geboren. Mein Mann war echt ein Herzchen. Als müsste man blaublütig sein, um in einem flauschigen Bademantel Zimmerservice zu bestellen. Oder als könnten nur Menschen aus vornehmen Familien mit einer riesigen Gucci-Sonnenbrille auf der Terrasse eines Nobelrestaurants sitzen und in der Landessprache «Danke» murmeln. Sich in die Welt der Reichen einzufügen war so viel leichter, als in Armut unsichtbar zu sein.

Durch die Heirat mit Fox bekam ich Zugang zu einer mir bislang verschlossenen Welt. Aber deshalb musste ich mich trotzdem nicht dauernd zwicken, um mich daran zu erinnern, dass ich nicht träumte. Und ich dankte auch nicht irgendwelchen himmlischen Kräften für mein Glück. Ich nahm es einfach, wie es kam, so wie ich es mit allem im Leben getan hatte. Gutes oder Schlechtes – ich konnte ohnehin nicht wissen, ob es von Dauer war. Jetzt allerdings hatte sich die Lage verändert. Ich konnte mich an alles anpassen, was das Leben mir vorsetzte, aber meine Tochter nicht. Sie war daran gewöhnt, dass es ihr an nichts fehlte. Und es war meine Aufgabe, dafür zu sorgen, dass es so blieb. Aus diesem Grund befolgte ich Fox' Diskretionsregeln, auch wenn ich liebend gerne unsere fantastischen Europatouren geschildert hätte.

Jenny betrachtete mich stirnrunzelnd. »Die Argento-Ausstellung in San Gimignano war 2015, oder?«

Ich lachte. »Wie um alles in der Welt kannst du dich daran erinnern? Das weiß ja nicht mal ich, und ich war dort!«

Jenny versenkte einen Zuckerwürfel in ihrem Kaffee. »Ich habe damals was darüber gelesen.«

»Wir sind in diesen Jahren viel gereist. Bis ich mit Bibi schwanger wurde. Ist nicht mehr so glamourös, wenn man Umstandshosen tragen muss und geschwollene Knöchel hat.«

Jenny schaute zu den Kindern hinüber. »Ich habe es gehasst, schwanger zu sein. Hab den größten Teil der Zeit bei meinen Eltern im Schuppen verbracht und mich gefragt, wie ich mein Leben so verpfuschen konnte.« Sie sah mich mit einem kleinen Lächeln an. »Aber es kommen ja auch immer wieder bessere Zeiten, nicht wahr?«

Was zum Teufel hatte sie in einem Schuppen zu suchen gehabt? Und was sagte das über mich aus, dass meine einzige Mutter-Freundin eine Person wie Jenny war? Vielleicht hatten wir uns deshalb gefunden – weil sie durch ihre bedürftige und ich durch meine abweisende Ausstrahlung Menschen vertrieb. Auf Spielplätzen trug ich auch bei schlechtem Wetter Sonnenbrille, futterte nonstop Chips und beobachtete Bibi mit Argusaugen, um jegliche Gefahr von ihr abzuwenden.

»Und Felix' Vater? Was ist da passiert?« Wir konnten genauso gut mit dem Small Talk aufhören und aufs Ganze gehen.

Jennys Augen weiteten sich. »Ich ... also ... da ist viel passiert.«

»Erzähl.« Ich schob meinen Schokokuchen in ihre Richtung.

»Na ja, man könnte wohl sagen, dass Bill nicht einfach ist.« Jenny aß ein Stück von dem Kuchen. »Wir haben uns bei der Arbeit kennengelernt. Am Anfang lief alles gut zwischen uns. Er war nett, sogar richtig lieb. Als wir dann zusammengezogen sind, gab es ein paar Probleme, aber alles in allem war er ... okay.« Jenny biss sich auf die Lippe und wandte den Blick ab.

»Und dann bist du schwanger geworden?«

Jenny nickte. »Bill sagte, er hätte nie Kinder haben wollen. Hat mich zur Klinik gefahren und gesagt, ich solle es wegmachen lassen. Aber ich ... ich wollte mein Kind behalten.« Sie schaute auf den Tisch. »Als ich zu unserer Wohnung zurückkam, hatte er das Schloss auswechseln lassen, und meine ganzen Sachen standen in Müllsäcken vor der Tür. Er hat nicht auf meine Anrufe reagiert und meine Nummer blockiert.«

»Was für ein Arschloch. Wem gehörte die Wohnung?«

»Einem Freund von ihm, wir hatten sie gemietet. Bill hatte damals Probleme bei der Arbeit gehabt und war gekündigt worden. Es hat eine Weile gedauert, bis er etwas Neues gefunden hatte. Deshalb hatte ich ein halbes Jahr lang für alles bezahlt. Und dann hat er mich einfach rausgeschmissen.«

»Hat er Felix jemals kennengelernt?«

»Nein, nie. Bill schuldet mir vierzehntausend Pfund, die er sich von mir geliehen hatte, und hat nie auch nur einen Penny Unterhalt gezahlt. Er hat jetzt aber wieder einen Job, verdient also auf jeden Fall mehr als ich.«

Ich schüttelte den Kopf. »Du musst das einklagen.«

»Ich weiß, aber ... er ist ziemlich unbeherrscht.« Jenny schnitt mit der Gabel ein großes Stück Kuchen ab. Dann sagte sie: »Ich habe Angst, dass er mir dann droht. Das wäre eine Gefahr für Felix.«

Ich ballte unterm Tisch die Fäuste. Was für ein Typ dieser Bill war, konnte ich mir lebhaft vorstellen.

»Jenny, die Gesetze sind zu deinem Schutz da. Nimm dir einen Rechtsbeistand, und verklage diesen Kerl auf alles, was er dir schuldet. Und sieh zu, dass du ein Kontaktverbot bekommst.«

Jenny murmelte mit vollem Mund: »Ja, du hast schon recht. Aber ... das ist so anstrengend ...«

»Du bist jetzt Mutter. Du brauchst das Geld, damit du mit deinem Sohn einen Neuanfang machen kannst. Solange du noch bei deinen Eltern hausen musst, steckst du doch in einer Scheißklemme.«

»Ja, ich bin Mutter.« Jenny nickte, wie um sich selbst zu ermutigen. »Ich muss das tun, was für Felix das Beste ist.«

»Und für dich. Vergiss dich selbst bitte nicht. Wie willst du jemals wieder Sex haben, wenn du bei Tinder schreiben musst ›alleinerziehende Mutter, die bei ihren Eltern wohnt‹?«

Jenny lachte lauthals, was ihr ganzes Gesicht veränderte. Einen Moment lang sah sie strahlend und auf jeden Fall weniger grau aus. »Das habe ich ohnehin aufgegeben ...«

Ich kannte diesen Bill nicht, genoss aber die Vorstellung, ihn zur Räson zu bringen. Mein altes Ich hätte das mit Gewalt gelöst, aber mein neues Ich musste es eben mittels Ermutigungen und Rechtsmethoden schaffen. Das war völlig unbekanntes Terrain für mich – Frauen mit Worten zu helfen statt mit Waffen.

Die FSK-12-Version von Rache. Stinklangweilig. Das Resultat war garantiert nicht mal halb so ergiebig und befriedigend.

Jenny schüttelte den Kopf. »Ich finde es deprimierend, über mein verpfuschtes Leben zu reden.« Sie beugte sich vor. »Erzähl mir lieber mehr von deinen Reisen.«

9

Fox

Morden oder nicht morden. Es kam mir vor, als stünde ich in der Notaufnahme vor einem Arzt, der betroffen verkündet, er könnte nur eine von beiden retten. Für wen sollte ich mich entscheiden? Für meine Frau oder meine Tochter?

Furchtbare Situation. Aber ich vertraute darauf, dass Haze langfristig ohne unsere Lieblingstätigkeit auskommen würde – damit unsere Tochter nicht in Pflegefamilien aufwachsen musste, weil wir beide hinter Gittern saßen.

Gerade waren die beiden mit ihren neuen Freunden bei dieser Musikgruppe. Haze wollte es vielleicht mir gegenüber nicht zugeben, aber sie fing an, sich zu akklimatisieren. Eindeutig. Vielleicht war das der erste kleine Schritt in die richtige Richtung, damit wir wieder wir selbst werden konnten. Ich lächelte in mich hinein, während der Zug in den Bahnhof Waterloo einfuhr. Wie lange hoffte ich schon darauf, dass meine einstige Sparringspartnerin zurückkehren würde. Die Haze, in deren Blick ich nicht Enttäuschung, sondern feurige Leidenschaft sah.

Ich wusste sehr wohl, wie sehr sie sich danach sehnte, dass ich sie an mich ziehen und murmeln würde: »Lass uns auf die Jagd gehen.« Ich wusste, dass sie sich diese Worte so sehr wünschte wie andere Frauen die Sätze *»Ich liebe dich«*, *»Heirate mich«* und *»Ich will ein Kind von dir«*.

Aber diese Worte würden mir nicht über die Lippen kommen. Wir würden nicht wieder in den Kampf ziehen. Ihr Wunsch würde nicht in Erfüllung gehen, und ich spürte, dass sie mich dafür von Tag zu Tag ein bisschen mehr hasste.

Inzwischen waren wir wie eines dieser Paare, die wir einst verachtet hatten. Die zivilisiert miteinander umgingen, aber ständig gereizt wirkten.

Früher waren wir so gewesen, wie alle anderen sein wollten. Das nervige Liebespaar, das nicht einmal in Spitzenrestaurants die Hände voneinander lassen konnte. Das nichts wahrnahm, weil es so mit sich selbst beschäftigt war.

Mittlerweile gingen wir nicht einmal mehr aus. Jedenfalls nicht richtig, wie auf ein Date. Höchstens zu einem Abendessen mit Nachbarn. Ich hatte es immer wieder vorgeschlagen. Aber Haze hatte noch keine Babysitterin gefunden, die ihr nicht sonderbar/zwielichtig/abstoßend/zugekifft/wie eine Kindesentführerin vorkam.

Meine Frau schlief jede Nacht an meiner Seite und fehlte mir dennoch.

Und jedes Mal, wenn ich diesen Zustand kaum noch ertrug und daran dachte, wie ich mit wenigen Worten das Funkeln in ihren Augen zum Leben erwecken konnte, warf ich einen Blick auf unsere Tochter und wusste, dass es nicht ging.

Eine attraktive Frau im Hosenanzug lächelte mir zu, als sie sich auf dem Sitz mir gegenüber niederließ. Ich starrte auf mein Handy. Als Lockscreen hatte ich ein Bild von Haze und Bibi, beide mit Sonnenbrille. Meine coolen Mädels. Sie waren alle Opfer wert, die ich erbringen musste.

Ich hatte mir nie vorgestellt, dass ich irgendwann nur einer dieser Anzugträger sein würde, die zu ihrem Bürojob pendeln.

So war das nicht geplant gewesen. Kurz nach unseren Flitterwochen hatte ich eine Stelle bei der UBS-Bank bekommen, als Leiter der Vermögensberatung. Ich hatte sie einem Amerikaner zu verdanken, der zwar meinen Lebenslauf nicht kannte, aber den Namen meiner Familie, mit der er gern in Kontakt stehen wollte.

Vielleicht wurden wegen dieser Art der Jobvermittlung auch keine festen Arbeitszeiten im Büro von mir verlangt. Ich verdrückte mich häufig und murmelte dabei etwas von wichtigen Geschäftsessen und Insiderinfos. Dazu kam, dass meine Abschlüsse gut aussahen. Überragend gut sogar. Meine Intuition war ebenfalls tadellos. Aber es gab nun mal nicht viele Leute, die meine Methoden beherrschten und auch noch skrupellos genug waren, sie anzuwenden.

Opfer auszusuchen, deren Informationen bei meinen Investitionen nützlich sein konnten, war eine geniale Strategie. Erfreulicherweise gab es im Finanzwesen jede Menge weiße Heteromänner mit miesem Charakter. Bleibt man denen lang genug auf den Fersen, spucken sie irgendwann genug aus, um ein Todesurteil zu rechtfertigen. Diese Morde waren besonders befriedigend, weil ich auf ein Ziel hinarbeitete: dass sie auspackten, bevor ich ihnen das Lebenslicht auspustete.

Ich verfügte über einen gut gefüllten Treuhandfonds, fürchtete aber permanent, dass er mir irgendwann entzogen werden könnte. Meinen Eltern würde ich durchaus zutrauen, einem Sohn, den sie ohnehin nie verstanden hatten, den Geldhahn abzudrehen. Vor allem, da es auch noch Julian gab, meinen untadeligen jüngeren Bruder.

Anfänglich brachte der Job genug ein, um unseren Lebensstandard zu halten und Haze mit den Designerklamotten einzukleiden, nach denen ihr Körper verlangte.

Eigentlich sollte diese Stelle bei der UBS nur ein kurzer Flirt sein, doch dann wurden über zehn Jahre daraus. Mittlerweile war ich heruntergestuft worden und verdiente deutlich weniger als früher. Aber diese Sorge konnte ich Haze nicht anvertrauen. Sie hatte schon genug Mühe, sich an unser neues Leben zu gewöhnen, und musste jetzt nicht noch erfahren, dass sie weniger Geld ausgeben sollte, als sie es gewohnt war. Einmal hatte ich gewagt zu fragen, ob Bibi wirklich sechs Wintermäntel bräuchte. Damit hatte ich mir einen vernichtenden Blick und die Bemerkung eingehandelt, kein Kind von ihr solle jemals so frieren, wie sie es erlebt hatte.

Ich sah mich um. Alle im Zug geschniegelt und gebügelt. Die meisten starrten auf ihr Telefon. Ein Paar las Zeitung, ein junger Mann um die zwanzig schlief auf dem Tisch neben einem halben Bacon-Sandwich.

Nichts unterschied mich mehr von diesen Menschen. Der Batman-Umhang lag in der Kiste, Bruce Wayne als Fulltime-Job war angesagt.

Mit neunzehn wurde mir meine wahre Berufung bewusst. Als ich während des Studiums an der Eliteuni Dartmouth (wo sonst, da hatte die ganze Familie studiert) eines Abends von einer Party kam, hörte ich bei der Bibliothek eine Frau schreien. Ich rannte hin und sah, dass sie von zwei wuchtigen Männern zu Boden gedrückt wurde. Die Typen erfassten mit einem Blick mein Alter und meinen Ralph-Lauren-Anzug und empfanden das als Anlass zum Lachen. Was ihnen buchstäblich schlagartig verging, als ich sie beide bewusstlos schlug.

Ich hatte einen Schwarzgurt in Krav Maga. Warum meine Eltern so versessen darauf gewesen waren, mich mit sechs in diesen Kampfsportkurs zu schicken, wusste ich nicht genau. Vielleicht wollten sie damit in ihren Upper-Eastside-Kreisen angeben. Kann aber auch daran gelegen haben, dass es der einzige Kurs war, der sonntagnachmittags stattfand und drei Stunden dauerte.

Der überschwängliche Dank der geretteten Frau klang mir noch wochenlang in den Ohren. Ich war ein guter Mensch. Ein Retter. Und wollte es wieder sein. Das Krachen, als meine Faust auf Kieferknochen traf. Das berauschende Gefühl, richtig gehandelt zu haben.

Das war meine erste Begegnung mit moralisch akzeptabler Gewalt, und ich brauchte den nächsten Fix.

Doch trotz meiner Bemühungen musste ich monatelang warten. Dann, an einem warmen Sommerabend auf Long Island, fing ein junger Typ vor dem Countryclub eine Prügelei mit meinem Freund Brandon an. Ich ging dazwischen, und als der Typ mich attackierte, streckte ich ihn mit einem Hieb nieder. Eine bescheuerte Keilerei zwischen betrunkenen jungen Männern. Hätte der Typ das Ganze auf sich beruhen lassen, wäre nichts weiter passiert. Aber er verfolgte uns und wartete, bis ich alleine am Bootshaus stand und rauchte. Er hatte ein Messer und offenbar so ein schwaches Ego, dass er wegen einer Niederlage vor kichernden Zeugen versuchen wollte, mich umzubringen. Drei Bewegungen später steckte das Messer in seinem Bauch, nicht in meinem.

Nicht mal ich selbst hatte geahnt, wie leicht mir das Töten fiel, bei diesem ersten Mal und bei allen weiteren Morden. Es gab mir das Gefühl, außergewöhnlich zu sein. Ich verfügte über die finanziellen Mittel, das Handwerk und den Mut, böse Männer aufzuspüren und zu tun, was getan werden musste. Ich erwies der Gesellschaft einen wertvollen Dienst und machte die Welt zu einem besseren Ort. Meine hervorragenden Leistungen waren nicht die zahlreichen Toten, sondern die zahlreichen Leben, die ich gerettet hatte. Deshalb hegte ich nicht den geringsten Zweifel, dass es meine Bestimmung war, die Welt vom Bösen zu befreien.

Ich schaute auf das Foto von Haze und Bibi. Und merkte, dass diese Gefühle der Vergangenheit angehörten. Jetzt war es meine wahre Berufung, sie beide zu beschützen.

Deshalb hatte ich gelernt, mich anzupassen. Vielleicht würde es Haze auch gelingen. Und vielleicht würde ich sie heute Abend sogar in ihrer neuen, gewandelten Form vorfinden.

10

Haze

Sobald ich den Schlüssel im Schloss hörte, sprintete ich zur Haustür. Als Fox reinkam, lächelte er und sah mich fragend an. Ich trug meine Joggingsachen.

»Du willst jetzt laufen gehen?«, fragte er.

»Ist noch hell.« Wir schauten beide zum Fenster. Es dämmerte bereits. Ich zuckte mit den Schultern. »Die Freuden einer sicheren Wohngegend.«

Ich lief los, bevor er irgendetwas anderes vorschlagen konnte, und fragte mich, weshalb er so enttäuscht aussah. Schließlich hatte ich den ganzen Nachmittag hier festgesessen und darauf gewartet, dass mein Mann nach Hause kam.

Letztes Jahr hatte ich mit dem Joggen angefangen – nicht weil ich plötzlich auf Fitness versessen war, sondern damit ich eine Ausrede hatte, das Haus zu verlassen.

Ich sehnte mich furchtbar danach, allein zu sein.

Ohne meine Tochter zu sein.

Zweifellos war ich ein Monster.

Fox würde das nie verstehen. Er sah Bibi den ganzen Tag nicht, weshalb er jede Minute mit ihr genoss. Ich dagegen verbrachte – von ein paar Stunden abgesehen, in denen sie in der Kita war – den ganzen Tag mit unserer Tochter. Hätte ich ihm abends gesagt, er solle sie mir vom Hals halten, damit ich mich im Schlafzimmer einschließen und lesen oder Netflix gucken konnte, hätte er mich für verrückt gehalten. Und für egoistisch. Für ein verrücktes egoistisches Monster, das sich nicht um unser gemeinsames Kind kümmern wollte. Aber wenn ich mich sportlich betätigte, ging das klar. Auf die eigene Gesundheit zu achten, gehörte zu den Verpflichtungen verantwortungsvoller Eltern. Deshalb hatte ich mit dem Laufen begonnen. Ich joggte langsam. Manchmal ging ich sogar nur spazieren. Und hatte immer AirPods in den Ohren, damit ich jederzeit behaupten konnte, ich hätte einen wichtigen Anruf, falls ich einer redseligen Nachbarin begegnete.

Ich setzte mich in Bewegung, während Dr. Dre mir in die Ohren schrie. Manchmal fragte ich mich, ob ich in dieser Wohngegend nicht nur die einzige Frau war, die Menschen getötet hatte, sondern auch die einzige Frau, die Rap hörte. Hier stand man eher auf softes Zeug wie Adele und Ed Sheeran. Wobei ich mir bei Mrs Bird aus der Nummer vier schon vorstellen konnte, dass sie manchmal ein bisschen abrockte, wenn sie allein war.

Normalerweise drehte ich ein paar Runden um die Siedlung und dann noch zwei durch den Park. Als ich heute am Tor zum Park ankam, sah ich einen Mann dort stehen. Er trug ein geripptes schwarzes T-Shirt und Jogginghose und lungerte eindeutig nur herum. Schon während ich näher kam, merkte ich, dass er mich fixierte. Als ich an ihm vorbeijoggte, warf ich einen kurzen Blick auf ihn, der mir alles verriet.

Ich wusste genau, was für einen Typ Mann ich hier vor mir hatte.

Während ich weiterlief, überlegte ich, wie damit umzugehen war. Ich könnte den Kerl der Polizei melden. Aber aus welchem Grund? Zu erklären, dass ich böse Männer auf den ersten Blick erkannte, würde kaum überzeugend wirken. Ich nagte an meiner Lippe. Ein Kerl wie der konnte nicht in der Gegend geduldet werden, in der meine Tochter lebte und spielte. Bei meiner nächsten Joggingrunde würde ich vorbereitet sein. Es war doch naheliegend, dass Frauen bewaffnet waren, um potenzielle Angreifer abzuwehren. Wenn ich den noch mal sah, würde ich ihn erledigen. Für Bibi. Für ihre Sicherheit. Ich lief schneller. Die Idee gefiel mir gut. Ausgesprochen gut sogar.

Abschlussarbeit: *Verrat* von Hazel Matthews. Juli 2007.
Mixed Media, 30 cm x 20 cm

Zentrales Element des Bilds ist eine Frauenfigur, die Konflikt, Trauer und Wut ausstrahlt. Der Ausdruck ist außergewöhnlich expressiv. Hier ist eindeutig vielversprechendes Potenzial; etwas mehr Leidenschaft könnte noch hinzukommen. Wenn die Künstlerin mehr Erfahrung und Selbstvertrauen gewinnt, wird sie ihr Talent für die Darstellung der weiblichen Psyche sicher voll ausschöpfen können. Da ich absolut von ihrer Begabung überzeugt bin, werde ich sie all meinen Kontakten empfehlen. D. Richards, Dozent.

11
Damals

Haze

Ein paar Wochen nach Mattys Tod zwang ich mich, wieder zu meinen Seminaren zu gehen. Ich wollte meine Abschlussarbeit fertigstellen. Wenn ich das Studium nicht beendete, war alles umsonst gewesen. Und meine Kunst war für mich noch immer das, was sie seit jeher gewesen war – ein Fluchtweg.

Dan, der Dozent, der von meinen Werken begeistert war, sagte, er würde sich meine Abschlussarbeit ansehen und mich beraten.

Es war schon spät, niemand hielt sich mehr im Atelier auf. Wir hatten ein paar Flaschen Bier aus dem Gemeinschaftskühlschrank getrunken, als wir uns vor meine Staffelei setzten.

»Du bist schon richtig weit. Ein zusätzliches Element, dann ist es vollendet, würde ich sagen.« Er streckte die Hand nach mir aus, redete dabei weiter. »Wenn du noch irgendeine Inspiration findest, die alles verbindet …«

Ich hielt den Blickkontakt, während ich mir das Cuttermesser neben der Staffelei schnappte und Dan damit die rechte Hand aufritzte, die sich zwischen meinen Beinen befand. Blut quoll hervor, und er sprang auf.

»Scheiße!« Er griff nach einem Lappen auf dem Tisch hinter uns und drückte ihn auf die Hand. »Tut mir leid, okay? Ich … ich …«

»Hau ab.« Ich wandte mich wieder meinem Gemälde zu.

»Haze, bitte. Das hatte nichts zu bedeuten. War ein Versehen.«

»Hau ab, hab ich gesagt.« Ich hielt das Cuttermesser hoch, ohne ihn anzusehen.

Er ließ den Lappen auf den Tisch fallen und verzog sich. Ich atmete tief durch. Dann schnitt ich das blutige Stück aus dem Lappen heraus, bestrich die Rückseite mit Leim und klebte den Stoff auf mein Bild. Jetzt hatte ich mein fehlendes Element gefunden.

Es war echt lächerlich.

Matty war tot und Dan ein Arschloch.

Das Universum hatte mir ein paar Jahre Pause gegönnt, hatte mir Urlaub genehmigt von der Horrorshow meines Lebens. Aber jetzt schlug es mit aller Macht wieder zu.

Und ich war wütend.

So unfassbar wütend, dass mich mein rasender Zorn auch nachts wachhielt.

Ich würde mir einen Namen machen. Ich würde es allen zeigen.

Doch um das zu verwirklichen, brauchte ich Geld.

Eine angesagte Bar an der Hauptstraße bot Stellen an. Ich telefonierte mit dem Geschäftsführer. Die Bezahlung war nicht gut, aber ich wusste, dass ich mit dem richtigen Maß an Flirten so viel Trinkgeld bekommen konnte, dass sich das Ganze für mich lohnte. Der Geschäftsführer sagte, ich solle am nächsten Abend zum Vorstellungsgespräch kommen. Der Laden war brechend voll. Als der Mann mich an der Bar sichtete, bedeutete er mir, ihm zu folgen. Er hatte einen Dreitagebart, trug ein enges schwarzes T-Shirt und dunkle Jeans und hatte die langen Haare zum Dutt gebunden. Wir betraten ein kleines Büro, wo der Typ erst mal sein Äußeres in dem goldgerahmten Spiegel über dem Schreibtisch überprüfte. Dann plauderten wir zehn Minuten lang unverfänglich, wobei er vor allem auf meine Brust starrte.

»Du hast den Job«, sagte er dann lächelnd. »Haben sich 'ne Menge Leute darauf beworben. Aber du gefällst mir.«

»Super.« Ich stand auf. »Wann kann ich anfangen?«

»Wie wär's mit einem Schlückchen zum Anstoßen?« Er wies auf die Tequilaflasche auf dem Schreibtisch. Der Widerling hatte hier seine eigene Minibar.

»Nein, danke.«

Als ich mich abwenden wollte, hielt er mich fest. »Keine Sorge, hier gibt's nirgendwo Kameras.«

Ich sah ihn ausdruckslos an.

»Niemand kriegt was mit.« Er strich mir über den Arm.

Ah. Er wollte mich auf dem Schreibtisch vögeln und glaubte wahrhaftig, ich würde nur ablehnen, weil irgendein Wachmann sich darauf einen runterholen würde.

»Komm schon, ich weiß doch, dass du's willst.«

»Nein, will ich nicht. Und den Job jetzt auch nicht mehr.« Was für eine Zeitverschwendung.

Zorn blitzte in seinen Augen auf. Der war es nicht gewohnt, abgewiesen zu werden. Er streckte die Hand aus und packte meine rechte Brust. Hart.

Ich schob seinen Arm weg und merkte, wie mich ohnmächtige Wut erfasste. Wie konnte er es wagen?

Er drängte mich an die Wand.

»Erst aufgeilen und dann abhauen wollen.« Er leckte mir die Wange ab und raunte mir ins Ohr: »Ich hab's dir doch gesagt. Keine Kameras.« Er kicherte. Das machte der nicht zum ersten Mal.

Die Wut in mir loderte jetzt glühend heiß.

Verfluchtes Arschloch.

So wie alle anderen Männer in meinem Leben.

Mein Vater, der sich einen Dreck um mich gekümmert hatte. Die Pflegeväter, die keine Ahnung vom Vatersein hatten. Die vielen Jungen und Männer, die mich mit ihren Händen, Worten, Augen attackiert hatten. Dan, der Dozent, dem ich die Begeisterung für meine Kunst abgekauft hatte, während er in Wahrheit nur das wollte, was alle wollten.

Und dann Matty. Der Junge, der mich dazu gebracht hatte, an das Gute zu glauben, und der mir diese Hoffnung dann wieder wegnahm.

Es reichte.

Dies war der Tag, an dem ich beschloss, nichts mehr einfach so hinzunehmen. Weder üble Männer noch üble Erlebnisse. Ich würde meinen ganz eigenen Weg beschreiten.

Der Typ begann, mit einer Hand seine Hose aufzuknöpfen.

Ich drosch ihm die Faust ins Gesicht und dann zweimal in den Magen. Er torkelte rückwärts, die Augen weit aufgerissen. Dann versetzte er mir einen Hieb ans Kinn. Ich verdrängte den Schmerz.

Als er wieder ausholte, packte ich den Korkenzieher vom Schreibtisch, bohrte das Ding in den Bauch dieses Typen und drehte es einmal. Dann zog ich es raus. Er wurde kreidebleich und sackte zu Boden. Ich ging auf die Knie und raunte in sein Ohr:

»Du bist ein Vergewaltiger.«

Er schüttelte langsam den Kopf.

»Wie viele?«

Jetzt zitterte er, der Schock setzte ein.

»Du hast mich gehört.« Ich stieß seine Schulter an. »Wie viele Frauen hast du vergewaltigt?« Ich sprach jedes Wort besonders deutlich aus.

Wieder schüttelte er den Kopf.

»Hör auf zu lügen!« Ich zog mein Handy raus und hielt es ihm vor die Nase. »Spuck's aus, dann ruf ich einen Krankenwagen.«

Er sah mich starr an. »Drei«, hauchte er. »Drei.«

Ich nickte, steckte mein Handy ein und bohrte ihm den Korkenzieher wieder in den Bauch. Und dann ein drittes Mal.

Eine nette symbolische Geste, obwohl wir beide wussten, dass er gelogen hatte. Dass es mehr als drei Opfer gewesen waren.

Ich sah zu, wie er verblutete. Das ging ziemlich schnell. Währenddessen wartete ich auf irgendein Gefühl. Aber keines stellte sich ein. Als ich mich schließlich aufrichtete, schaute ich runter auf die übel zugerichtete Leiche und dachte nur: *Ein gewalttätiges Arschloch weniger.*

In einer der Therapien, zu denen ich als Pflegekind gezwungen worden war, hatte man mir gesagt, es sei wichtig, die Wut rauszulassen, damit sie nicht in einem drinblieb und einen von innen kaputtmachte.

Und es gab doch keine bessere Methode, als die Wut an einem Mann auszulassen, der den Tod verdient hatte, nicht wahr?

Das war Selbstschutz.

Man hätte argumentieren können, dass ich so für mein Seelenheil sorgte.

Nach diesem Vorfall rechnete ich damit, dass die Polizei bei mir auftauchen würde, und bereitete mich darauf vor, das traumatisierte Opfer zu spielen, das aus Notwehr gehandelt hatte. Aber niemand klingelte an meiner Tür. Ich kam damit davon. Und das war ein weiterer Erfolg.

Mein zweiter Mord kam mir ebenso gelegen. Ich hatte ein paar Dates mit einem Mann gehabt, den ich als normal und sogar nett empfunden hatte. Dann bot er an, für mich zu kochen. Als er ungeschickt das Salz auskippte, lachte ich und sagte, er sei ja ziemlich tollpatschig, woraufhin er mir zweimal ins Gesicht schlug. Ein böser jähzorniger Mann, und dafür bezahlte er, als ich ihm mit einer eisernen Bratpfanne den Schädel einschlug. Und wieder kam ich ungeschoren davon.

Kein Wunder, dass ich anfing, mich für unangreifbar zu halten.

Und ich hatte meine Mission gefunden. Ich wollte meine neu entdeckte Lust am Blutvergießen dazu nutzen, Schurken zu töten, böse Männer, die es verdient hatten, aus der Welt geschafft zu werden. Und dann hatte ich eine brillante Idee: Ich würde mit denen anfangen, die einen direkten Einfluss auf mein Leben gehabt hatten.

Ich suchte mir die Adresse von Mattys Eltern heraus. Hätten die ihm die Liebe und Akzeptanz entgegengebracht, die er sich so sehr von ihnen gewünscht hatte, dann wäre er jetzt vielleicht noch hier.

Mattys Vater würde dafür mit seinem Leben bezahlen, so viel hatte ich beschlossen.

Der Mann, der seinen Sohn nicht hatte lieben können, weil er nicht hetero war. Ich würde den bösen Vater töten und damit Matty rächen und meine Treue unter Beweis stellen.

Einen Plan hatte ich nicht; ich klingelte einfach eines Tages an der Tür der Eltern. Seine Mutter öffnete, rief »Haze!« und brach in Tränen aus. Obwohl sie vor Weinen kaum sprechen konnte, gelang es mir herauszuhören, dass sie wohl wegen Mattys Instagram-Account von mir wusste. Da wir die meiste Zeit zusammengesteckt hatten, kam ich da natürlich überall vor. Mattys Eltern hatten versucht, mich nach seinem Tod zu finden, mich aber weder über mein Handy noch über Instagram erreicht. Ich erzählte ihnen nicht, dass ich schon seit Monaten die Handyrechnung nicht mehr bezahlte, weil es keinen einzigen Menschen auf der Welt gab, mit dem ich sprechen wollte.

Das Haus war ein Schrein für Matty. Er hatte keine Geschwister gehabt, und überall hingen Fotos von ihm. Die Mutter rief ihren Mann an und bat ihn, früher von der Arbeit nach Hause zu kommen. Dann erzählten wir uns drei Stunden lang Matty-Geschichten und weinten. Die beiden sagten, sie hätten Matty nie wegen seines Schwulseins abgelehnt; er selbst hatte den Kontakt abgebrochen, weil die Eltern ihn zwingen wollten, Medikamente gegen seine Depressionen zu nehmen. Er hatte ihnen gesagt, von den Pillen fühle er sich so benommen, dass er nicht mehr künstlerisch arbeiten könne, und ohne Kunst habe er keinen Grund zum Leben.

Ich war froh, dass er mir die Wahrheit nie erzählt hatte, weil ich nicht gewusst hätte, wie ich reagieren sollte. Denn ich verstand nur allzu gut, wie wichtig für uns beide unser künstlerisches Schaffen war. Ich konnte mir ein Leben ohne Malen auch nicht vorstellen.

Sein Vater wirkte sympathisch auf mich. Er ergriff meine Hand und sagte, wie froh er sei, dass Matty mich gehabt hatte. Falls sie mir unterschwellig Schuld an seinem Tod gaben, gelang es ihnen jedenfalls, das komplett zu verbergen.

Für mich war der Nachmittag therapeutisch – und für Mattys Vater lebensrettend.

Stattdessen spürte ich einen Pflegevater auf, der es nicht verdient hatte, am Leben zu bleiben. Als ich seine blutende Leiche hinter mir ließ, dachte ich daran, wie vielen Mädchen ich mit diesem Mord geholfen hatte, was berauschend war. Ich wusste zwar, wie riskant meine Tat war, doch das störte mich kein bisschen.

Ich war ein Racheengel, der Männer für all das bestrafte, was sie Frauen angetan hatten. Vielleicht wurde ich deshalb nie ertappt. Weil ich auf der richtigen Seite stand. Wenn es einen Gott gab, hätte er bestimmt mit mir abgeklatscht, weil ich diese widerlichen Schufte in die Hölle beförderte.

Es ist einfacher, kühn und furchtlos zu sein, wenn man nichts zu verlieren hat. Ohne Matty ging es mir miserabel. Wenn ich irgendwann im Knast gelandet wäre, weil ich einen bösen Mann abgemurkst hatte, hätte mir das nicht so viel ausgemacht, glaubte ich. Ich war ohnehin nicht mehr richtig am Leben.

Nach vielen Jahren, in denen ich nur Ohnmacht empfunden hatte, fühlte ich mich jetzt mächtig. Ich bezog Kraft aus dem Moment, in dem die Männer kapierten, dass sie sterben würden. Durch die Hand einer Frau. Und sie hatten nie nur eine Sekunde lang geahnt, dass sie selbst einmal schwach und hilflos und ein Opfer sein würden.

Ihr Tod war der reinste Balsam für meine Seele.

Und inspirierte meine Kunst.

Ich merkte bald, dass ich nach einem Mord am kreativsten war, im Adrenalin- und Blutrausch. Diese Männer waren meine Musen. Sie erfuhren es nur nie. Die konnten geradezu froh sein, denn aus ihrem Tod wurde Kunst.

All das brachte mich zum Erblühen. Ich entwickelte mich, wurde zum Schmetterling; seit jeher hatte ich geahnt, dass es möglich sein würde. Ich brauchte niemanden. Ich hatte meine Kunst, und ich hatte meine Morde. Ich konnte meine bunt schillernden Flügel entfalten und mich endlich frei fühlen.

12

Haze

Es war ein außergewöhnlich warmer Frühlingstag, und wie so viele andere fühlten Jenny und ich uns verpflichtet, das schöne Wetter auszunutzen. Deshalb hockten wir jetzt in einem Park, während Bibi und Felix vergnügt auf dem Spielplatz herumtobten.

»Frische Luft und Sonnenschein – das tut uns allen richtig gut.« Jenny hatte das bereits mehrmals wiederholt. Woraus ich schloss, dass sie auch lieber im Haus auf einem Sofa gesessen hätte als auf einer wackligen Bank mit Aussicht auf ein abgenutztes Klettergerüst und einen großen Busch, der inoffiziell als »Kackaecke« bekannt war, weil er den Kleinen genug Schutz bot, die »mal mussten«.

Ich futterte Krabbenchips, Jenny hielt ein schlaff wirkendes Gurkensandwich in der Hand. Warum sah sogar ihr Imbiss kläglich aus? Den Kita-Small-Talk hatten wir schon hinter uns, und ich fing an, mich zu langweilen.

Jenny schien so ein klassischer Gutmensch zu sein, wie das heutzutage von allen erwartet wird. Aber sogar solchen Menschen musste doch mal der Kragen platzen, wenn ihnen übel mitgespielt wurde.

»Wärst du traurig, wenn dein Ex tot wäre?«, fragte ich übergangslos.

Jenny blieb der Mund offen stehen. »Ich … ich … ganz ehrlich, Haze, so was sollte man eher nicht fragen.« Sie aß einen kleinen Bissen von ihrem Sandwich. Und dann hörte ich es. »Nein.«

»Deshalb bist du kein schlechter Mensch, Jenny. Das ist doch total verständlich.«

»Vielleicht könnte ich ihm leichter verzeihen, wenn er mir nur privat geschadet hätte. Aber er hat auch mein Berufsleben ruiniert.«

»Wie das?«

Jenny zupfte ein Stück Brotrinde ab und ließ es auf ihren Schoß fallen. »Man hatte Bill vorgeworfen, dass er sich am Arbeitsplatz vor jemandem exhibitioniert hatte.«

Ich verzog angewidert das Gesicht.

»Ich habe unserer Chefin versichert, dass das nicht sein könne, weil Bill zum besagten Zeitpunkt mit mir zusammen war.« Sie starrte auf das Sandwich.

»Stimmte das denn?«

Sie seufzte. »Er hat mich dazu gezwungen, das zu behaupten. Sagte, sonst würde man ihn feuern, und wenn ich ihn lieben würde, dann würde ich das nicht zulassen.«

Ich biss auf die Innenseite meiner Wange. Dieser Mann. Dieser böse, böse Mann.

»Aber dann stellte sich heraus, dass es Videoaufzeichnungen gab. Er wurde entlassen, und ich bekam eine Abmahnung. Ich sagte, ich hätte die Zeit verwechselt, und kroch zu Kreuze. Aber alle warfen mir vor, frauenfeindlich und unkollegial gehandelt zu haben. Als ich merkte, dass ich schwanger war, redete am Arbeitsplatz niemand mehr mit mir. Ich bin früher in den Mutterschutz gegangen und habe allmählich den Eindruck, die hoffen, dass ich nicht wiederkomme.«

»Autsch.« Ich bin nicht der Typ dafür, aber wäre ich es gewesen, hätte ich Jenny jetzt umarmt. «Hat Bill dich jemals körperlich misshandelt?»

Sie blieb stumm. Das war mir Antwort genug.

»Hast du nie darüber nachgedacht, ihn bei der Polizei anzuzeigen?«

Jenny holte tief Luft. »Das ... konnte ich nicht.«

Sie sah verängstigt aus, und ich verstand. Manche Menschen fürchten sich vor der Polizei.

»Aber du kannst von deinem Arbeitgeber nicht entlassen werden, weil du von deinem Partner bedroht wurdest. Du musst dahin gehen, hocherhobenen Hauptes, und denen alles erzählen.«

»Ich weiß nicht, ob ich das schaffe.«

»Die Frau, vor der er sich entblößt hat – arbeitet die noch dort?«

»Sie ist ins Ausland gezogen. Aber nicht ... wegen dem, was passiert ist, glaube ich.«

»Weißt du noch, was ich gesagt habe? Als es darum ging, dass du Bill verklagen sollst, damit du dein Geld wiederbekommst?«

»Ich bin eine Mutter. Es ist für meinen Sohn«, wiederholte Jenny dumpf.

»Und so verhält es sich auch mit deinem Job. Du musst ihn dir zurückholen.«

Von der männerkillenden Rächerin war ich zum Selbsthilfe-Guru mutiert. Und Fox glaubte, ich könnte nicht friedlich und fürsorglich sein.

»Ich war nicht immer so, weißt du.« Jenny biss sich auf die Lippe. »Ich war eine energische, kompetente Person. Mein Beruf war mir wichtig, und ich war gut darin. Richtig gut. Diese Jahre mit Bill ... die haben mich verändert. Irgendwie hasse ich mich inzwischen. Schon eine ganze Weile.«

Scheiße.

Matty kam mir in den Sinn. Ich konnte nicht zulassen, dass ein weiterer Mensch, mit dem ich mich angefreundet hatte, sich umbrachte.

Ich nahm mir ein Beispiel an Fox. »Bist du in Therapie? Bekommst du Medikamente?«

Jenny nickte. »Ja, beides. Mach dir keine Sorgen. Ich weiß, dass ich für Felix auf mich selbst achten muss.« Sie setzte ein künstliches Lächeln auf.

Warum nur hatte ich nicht auf meine Intuition gehört? Jenny wirkte so bedürftig, weil sie tatsächlich ein neues Leben brauchte. Und jetzt ... hing ich bereits mit drin. Hatte mich eingelassen. Zum Glück hatte sie hoffentlich kompetente professionelle Hilfe. Aber in einem Punkt konnte ich sie auf jeden Fall unterstützen.

»Lass uns mit einem Basistraining anfangen.«

Jenny runzelte die Stirn. »Was meinst du damit?«

»Dass du an deiner Fitness arbeiten und dabei lernen sollst, wie du jemanden zusammenschlagen kannst. Das wird dir helfen, glaub mir.« Ich zerknüllte die Chipspackung. »Manchmal ist Gewalt wirklich die Lösung.«

13

Damals

Fox

Als ich nach meinem ersten Mord morgens aufwachte, war ich nicht sicher, ob ich nur davon geträumt hatte. Lag wirklich ein Student mit einem Sweatshirt der Cornell University tot im See? Oder hatte ich mir das nur eingebildet, weil ich betrunken gewesen war? Beim Pancake-Frühstück mit Brandon und seinen Eltern fühlte sich alles so normal an, dass ich an Letzteres zu glauben begann.

Erst als ich nach Hause kam, wurde es klarer.

»Nathaniel, komm bitte hier rein.«

Ich hatte versucht, mich an der offenen Wohnzimmertür vorbeizuschleichen, aber meine Mutter hatte das Quietschen meiner Sneaker gehört.

Als ich ins Zimmer trat, sah ich meine Eltern am Kaminfeuer sitzen, beide mit einem Glas Rotwein in der Hand. Es war halb zwölf Uhr vormittags.

»Bitte setz dich.« Meine Mutter lächelte nicht.

»Was zum Teufel hast du dir dabei gedacht?«, blaffte mein Vater mich an, bevor ich mich überhaupt in dem Polstersessel ihnen gegenüber niederlassen konnte.

»Ich hatte euch doch gesagt, dass ich bei Brandon übernachte. Wo ist das Problem?«

»Das Problem? Das ist der Vorfall beim Bootshaus! Devon hat uns sofort alles berichtet.«

Devon war offiziell unser Chauffeur. Inoffiziell war er der Spion/ Ausputzer/Bodyguard der Familie.

Ich atmete tief ein und wappnete mich.

Sie würden die Polizei informieren. Ich hatte eine Zukunft in einer Institution vor mir, die von meinem Großvater keine Bibliothek gespendet bekommen hatte. Mein Leben war vorbei, obwohl es gerade erst begonnen hatte. Aber ich verstand, dass dies die Strafe für mein Verhalten war, und blieb erstaunlich ruhig. Vielleicht stand ich unter Schock?

»Tut mir leid«, sagte ich. »Ich habe euch enttäuscht und weiß, was mir jetzt droht. Besorgt ihr mir einen Anwalt, oder soll ich mir selbst einen suchen?«

»Anwalt? Was redest du da?« Mein Vater beugte sich vor. »Wir haben schon hinter dir aufgeräumt. Niemand wird eine Spur von dem jungen Mann finden. Und Devon hat jemanden bestochen, der aussagen wird, er habe den Mann um zwei Uhr morgens davonwanken sehen, so besoffen, dass er kaum noch stehen konnte.«

Meine Mutter schnaubte verärgert. »Das hat uns eine Menge Geld gekostet und den Sonntagvormittag versaut.«

Sie verloren kein Wort darüber, dass ich ein Menschenleben beendet hatte. Einen jungen Mann getötet, kaum älter als ich.

Sondern sie regten sich nur darüber auf, dass sie einige von ihren geerbten Dollars ausgeben mussten, um meine Spuren zu verwischen.

Waren meine Eltern Soziopathen?

Und mich selbst plagten auch keine Gewissensbisse.

War *ich* ein Soziopath?

Dass meine Familie eigenartig war, wusste ich seit jeher. Der Reichtum sorgte dafür, dass wir ziemlich verzerrte Vorstellungen von Normalität hatten. Bis zu diesem Moment war mir allerdings nicht klar gewesen, dass es uns offenbar auch an Menschlichkeit mangelte.

Hätte ich darauf geachtet, hätte ich die Zeichen, die darauf hindeuteten, aber längst erkennen können.

Vor einigen Jahren hatte ich zu meinem Kindermädchen gesagt, es sei doch komisch, dass alle drei Gärtner, die für uns gearbeitet hatten, Carlo hießen. Das Kindermädchen erklärte, nur der erste habe Carlo geheißen, aber meine Eltern hätten sich keine neuen Namen merken wollen.

Ich lernte also eine wichtige Lektion. Es fängt damit an, dass man Bedienstete eines eigenen Namens für unwürdig hält, und endet damit, dass man nur genervt die Augen verdreht, wenn ein Zwanzigjähriger ermordet wird. Ein langsamer, aber stetiger Abstieg zur Menschenverachtung, bis man den Punkt erreicht hat, an dem man nur noch sich selbst wertvoll findet. Nicht zum ersten Mal fragte ich mich, was meine Eltern wohl empfinden würden, wenn ich zu Tode käme. Nachdem sie so viel Geld für mein Studium berappt hatten, würden sie sich wahrscheinlich über die misslungene Investition ereifern.

Oft habe ich darüber nachgedacht, wie mein Leben verlaufen wäre, wenn meine erste Exkursion ins Killerdasein andere Konsequenzen gehabt hätte. Nachdem ich nur eine unerfreuliche Unterhaltung mit meinen Eltern hatte durchstehen müssen und mir dann aufgetragen wurde, mich zum Mittagessen umzuziehen, war wohl für weitere Morde keine Bestrafung zu erwarten. Und da ich Gefallen daran fand und eindeutig Talent mitbrachte, hatte ich auch nicht die Absicht, meine neu entdeckte Tätigkeit aufzugeben.

Nachdem ich das Mädchen gerettet und den Cornell-Typen getötet hatte, war ich auf einem Weg ohne Wiederkehr. Es kam mir vor, als wäre ich bislang schlafgewandelt und hätte mein Leben jetzt plötzlich in den Griff bekommen.

Bisher war alles darauf ausgerichtet gewesen, später das Familienunternehmen zu leiten. Wäre ich auf Kurs geblieben, hätte ich bis zur Rente leichtes Spiel gehabt: Pro-forma-Auftritte im Büro, mehr Geld, als ich ausgeben konnte, und soziales Geplänkel mit Leuten aus der High Society. Eine perfekte Seifenblase, in der nichts schiefgehen konnte.

Aber ich wollte mehr. Und ich brauchte mehr.

Ich wusste, dass ich Menschen retten konnte, und ich wusste, dass ich skrupellos töten konnte. Deshalb wollte ich die Begegnungen mit bösen Männern nicht dem Zufall überlassen, sondern begann mit eigenen Recherchen.

Weshalb das Herbstsemester ziemlich spannend wurde.

Aber anstatt dass meine Eltern stolz auf mich gewesen wären, weil ich einen Kinderschänder und einen Vergewaltiger aus der Welt schaffte, ohne meinen guten Notendurchschnitt zu ruinieren, waren sie stinksauer.

Devon hatte ein gutes Gespür für meine Fehler, aber ich hatte nach dem Pfusch mit dem Cornell-Typen gelernt, meine Spuren besser zu verwischen.

Zum ersten Mal sah ich meine privilegierte Herkunft mit anderen Augen und merkte, dass ich ihr die perfekte Ausstattung für ein Dasein als Killer verdankte. Ich war ein gebildeter, attraktiver, reicher weißer Mann, für Erfolg prädisponiert. Mir würden sich überall Türen öffnen, ohne dass ich mich darum bemühen musste. Ich war bereits von Geburt an im Vorteil. Minimaler Aufwand, maximale Wirkung.

In den düsteren kriminellen Welten, in denen ich meine Opfer fand, war ich nur Tourist. Die Polizei wäre nie auf die Idee gekommen, dass ich etwas mit den toten Männern zu tun hatte, die ich zurückließ. Sie würden keine Verbindung zwischen uns finden, ganz einfach, weil es keine gab. Ich hatte meine Opfer ausgesucht und aufgespürt.

»Nach allem, was wir für dich getan haben!«, bekam ich ständig von meinen Eltern zu hören, die irgendwann schließlich damit drohten, mir den Geldhahn zuzudrehen. Ich zuckte nur mit den Schultern und erwiderte, das könnten sie von mir aus gern machen, es würde mich aber nicht aufhalten. Dann würde ich eben mein Studium abbrechen und mir einen Job suchen. Was allerdings das Risiko beinhaltete, dass ich dann vielleicht nachlässiger arbeiten musste und leichter ertappt werden konnte … Und das Einzige, was für meine Eltern noch schlimmer war, als einen Killer zum Sohn zu haben, war, einen Killer *und* Studienabbrecher zum Sohn zu haben.

Dieses Theater zwischen uns zog sich über einige Jahre. Sie drohten mir immer wieder, bis ich irgendwann eine zweistellige Mordrate erreicht hatte und sie mich zu einer Unterredung einbestellten, um mir ein Angebot für meine Zukunft zu unterbreiten. Mein Erbe war in einen Treuhandfonds mit zahlreichen Absicherungen investiert, aber meine Eltern waren jetzt zu Zugeständnissen bereit. Sie forderten nicht mehr von mir, dass ich ins Familienunternehmen einsteigen sollte. Sie forderten nicht einmal, dass ich überhaupt einer geregelten Tätigkeit nachgehen musste, sondern genehmigten mir freien Zugang zu dem Fonds. Als ich den Vertrag durchlas, wurde mir klar, dass ich nichts aufgeben musste – außer Amerika.

Und es gab eine weitere Bedingung: Wenn ich irgendetwas tat, das dem Renommee der Familie schaden konnte, würde ich sofort aus dem Fonds rausgeschmissen, also enterbt werden.

Ich unterschrieb schwungvoll, packte meine Siebensachen und verließ mein Elternhaus ohne jedes Bedauern.

Europa fühlte sich für mich bald wie mein Zuhause und meine Spielwiese an. Zusätzlich zur Überwachung meiner ausgewählten Opfer trieb ich mich manchmal in den übelsten Vierteln einer Stadt herum. Dort lief manchmal einiges für mich nicht optimal. Aber ich wurde besser, trainierte härter. Und meine selbst angefertigten Waffen trugen auch zum Erfolg bei.

Ich spielte die Rolle des Klischeeamerikaners. Strahlendes Zahnpastalächeln, hellblaue Hemden, perfekt gebügelte Khakihosen. Niemand witterte irgendeine Gefahr, alle nahmen nur das Geld wahr. Ich wohnte in den besten Hotels, speiste in den besten Restaurants. Der charmante Typ, der reichlich Trinkgeld gab und überall gern gesehen wurde.

Mir war bewusst, dass es normal gewesen wäre, mich langfristig irgendwo niederzulassen. Aber unbegrenzte Finanzmittel, ein Faible für Luxus und ein illegales Hobby sprachen eher dagegen. Wieso sollte ich mich festlegen, wenn es doch so viel zu erkunden und zu erleben gab? Warum sollte ich ein normales Leben führen, wenn es gar nicht nötig war?

Art ReviewED Magazine, November 2011
***Mitternacht in Paris* von Hazel Matthews**
Mixed Media, 100 cm x 200 cm

Dieses phänomenale Gemälde stellt ein Liebespaar dar. Das leuchtende Rot des Kleids der Frau umgibt die Figur des Mannes, fließt durch sie hindurch, himmelwärts und wieder zum Boden zurück. Die breiten Pinselstriche vor dem sternenübersäten Nachthimmel sorgen für einen dramatischen Effekt. Im Mondlicht, dem natürlichen Scheinwerfer, sehen wir die beiden erhöht auf einer dunklen Bühne, die sich aber bei genauerer Betrachtung als ein Berg toter Männer entpuppt. Die Frau trägt High Heels, der Absatz ihres rechten Schuhs scheint sich in die Kehle eines der Männer zu bohren. Dieses Paar hat die Zügel über sein Leben in der Hand; den beiden ist es gleichgültig, wie viele Leichen ihren Weg pflastern. Durch den Gebrauch von Stofffetzen und gezackten Stahlstücken entsteht eine Dreidimensionalität, die dem Bild Lebendigkeit verleiht. Mit diesem pulsierend intensiven Werk etabliert sich Matthews weiterhin als faszinierendes neues Talent.

MATTYS HANDY, gesendet 2. Januar 2011, 02:08

Wie konntest du ohne Abschied abhauen, du Arsch?

MATTYS HANDY, gesendet 29. Mai 2011, 23:22

Hab wieder einen erledigt. Hab jetzt eine Mission. Dich zu

verlieren hat mir die Wut gegeben, die ich dafür brauchte. Du hast das in mir freigesetzt.

MATTYS HANDY, gesendet 11. Juni 2011, 04:32

Sssehr tolllle Partyyyy. Typ da, der wie duuuu aussieht. Aber nicht wie duuuuu tooooot.

MATTYS HANDY, gesendet 29. August 2011, 22:49

Hab einen Freund. Er ist perfekt. Ist perfekt, vögelt perfekt.

MATTYS HANDY, gesendet 3. Oktober 2011, 15:18

Muss dran denken, wie ich immer gesagt hab, Ehe sei doch gequirlte Kacke, und ich würd mich nie an einen Mann binden. Und jetzt hab ich diese glitzernde Fessel am Ringfinger. Würdest du Fox kennen, würdest du mich verstehen. Nie werden wir als todlangweiliges Paar in der Vorstadt enden, das nicht mehr vögelt und sich nichts mehr zu sagen hat. Hah. Totaler Witz, diese Vorstellung.

14

Damals

Haze

Ich konnte nur darüber staunen, wie sehr sich das Leben in solch einer kurzen Zeitspanne verändern kann. Im Frühling reiste ich nach Paris, weil dort zwei meiner Gemälde in einer renommierten Galerie ausgestellt wurden. An diesem Abend fühlte sich alles richtig an, so als hätte ich alles Vorherige durchmachen müssen, um zu diesem Moment zu gelangen, in dem mein Talent gefeiert und ich mit Ehrungen derart überhäuft wurde, dass ich es mir niemals hätte erträumen können.

Als ich danach einem betrunkenen Mann in eine Gasse folgte, konnte ich auch nicht ahnen, dass ich gleich die beste Entdeckung meines Lebens machen würde: Ich fand meinen Fox, meine zweite Hälfte.

Und da waren wir nun.

Verheiratet.

Und im Bett.

»Guten Morgen, Mrs Cabot.«

Ein halbes Jahr nachdem wir uns kennengelernt hatten, heirateten wir. Nach traumhaften Flitterwochen erwachten wir an einem regnerischen Nachmittag in unserer Londoner Wohnung in Knightsbridge.

Ich war in einem Zustand berauschter Glückseligkeit, über den mein früheres Ich gnadenlos gespottet hätte. Eigentlich war ich eine starke, unabhängige Frau. Aber wenn Fox »Kleines« zu mir sagte, bekam ich weiche Knie und den überwältigenden Drang, alles zu tun, was er mir sagte. Ich spürte förmlich, wie der Feminismus aus meinem Körper wich, sobald Fox mich mit diesem wissenden, schiefen Lächeln ansah. Dann wollte ich nur in seine Arme sinken und ihm sagen, er solle bitte für immer und ewig für mich sorgen.

»Guten Morgen, Mr Cabot.« Ich setzte mich auf, streckte mich und klatschte in die Hände. Die elektrischen Vorhänge öffneten sich automatisch und gaben die Aussicht auf die Baumwipfel im Hyde Park frei. Als wir die Wohnung anmieteten, hatten wir uns vorgestellt, wie wir auf dem riesigen Balkon genüsslich frühstücken würden, mit Blick auf den schönsten Park Londons. Aber das berüchtigte englische Mistwetter hatte bislang dafür gesorgt, dass der Balkon ungenutzt blieb.

Fox fühlte sich in Europa an keinen Ort gebunden, verstand aber, dass ich mich London zugehörig fühlte, obwohl ich keine Freunde hier hatte. Doch die Stadt selbst mit ihrer schlechten Luft, den schmutzigen Straßen, den vollgestopften U-Bahnen war mein Zuhause.

In Knightsbridge allerdings kannte ich mich nicht aus. Fox hatte sich dafür entschieden, weil er fand, dass wir in diesem Viertel am besten anonym bleiben konnten. Obwohl wir schon einen Monat hier wohnten, waren wir in dem exklusiven Apartmentgebäude noch nie Nachbarn begegnet.

Es klingelte an der Tür.

Ich räkelte mich. »Du musst aufmachen.«

Fox stöhnte und zog sich das Kissen über den Kopf. »Keine Lust. Ist grade so gemütlich.«

»Na schön, dann geh ich. Aber so, wie ich bin.« Ich war splitterfasernackt.

»Stopp!« Fox sprang aus dem Bett. »Du hast gewonnen. Ich geh schon.«

Er schlüpfte in seinen Morgenmantel und steuerte auf die Tür zu.

Ich legte mich lächelnd wieder hin. Später würde ich in mein Atelier gehen. Ich hatte ein neues Bild begonnen, das mein bestes Werk bisher werden würde, das spürte ich. Mein Atelier war nur zehn Minuten zu Fuß von unserer Wohnung entfernt. Es war geräumig und hell, hatte große Fenster und eine hohe Decke – der reinste Traum für eine Person, die bislang nur in einem winzigen Wohnzimmer gemalt hatte.

Fox kam mit einem Tablett herein, auf dem frisches Obst, Gebäck und zwei dampfende Becher Kaffee angerichtet waren. Sich die erste Mahlzeit des Tages liefern zu lassen, war für mich der Inbegriff von Luxus. Er stellte das Tablett aufs Bett, und ich steckte mir eine Erdbeere in den Mund. »Was haben wir heute Abend vor?«

»Im Loulou's gibt es eine Party, bei der man sich sehen lassen könnte.« Fox setzte sich aufs Bett und trank einen Schluck Kaffee.

Einladungen zu allen Events der Stadt waren uns sicher. Wir hatten jede Menge Freunde, die nicht mal unseren Nachnamen kannten, aber wussten, welche Drinks wir bevorzugten. Durchblätterte man die Hochglanzmagazine, konnte man uns oft im Hintergrund bei glamourösen Events sichten. Alle liebten uns. Von unserer mörderischen Nebentätigkeit ahnte niemand etwas.

»Und in Mayfair wird ein neues mexikanisches Restaurant eröffnet.« Fox nahm sich ein Croissant.

Ich zuckte mit den Schultern. »Ja, könnte man überlegen.«

»Eine Sneak Preview von einem neuen Arthouse-Film in Soho?«

»Auch nicht schlecht.« Ich nahm mir den anderen Kaffee, und wir sahen uns über den Rand des Styroporbechers an.

Fox lächelte. »Wirst du schon zappelig?«

»Ist das so offensichtlich?«

»Na gut, Kleines.« Er trank aus und stand auf. »Dann lass uns auf die Jagd gehen.«

Mein Mann. Mein Fürst.

Wir waren füreinander bestimmt, dessen war ich mir sicher.

Ich sollte einen Mann an meiner Seite haben, der meine Leidenschaft teilte, der mich verstand, der mein wahres Wesen erkennen konnte. Wir wussten beide, dass diese dunklen Seiten in uns Auslauf brauchten und dass wir sie dazu nutzen konnten, die Welt zu verbessern. Es gab viele Männer, die töten konnten, aber Fox war einer der besten. Er mordete unauffällig. Und brachte nur Männer um, die es verdient hatten. Er hatte es also auf böse Typen abgesehen. Aber vor allem auf böse Typen mit viel Geld.

Passend, dass auch ich vor allem weiße reiche Heteromänner ins Visier genommen hatte.

Wir waren auf einer Wellenlänge.

Nach unseren gemeinsamen Kriterien suchte Fox das Opfer aus. Dann folgten wir einem simplen Prinzip: in die Falle locken, fangen, erledigen. Musik in unseren Ohren.

Wir waren Partner, ein perfektes Team. Ein höllisches Duo, mit höchstem Respekt vor den Talenten und Fähigkeiten des anderen.

Unsere Arbeitsmethode war schlicht und einfach.

Meine Aufgabe war es, dafür zu sorgen, dass die Männer allein waren – Kinderspiel. Ich brauchte nur mit einem Blowjob zu locken, und jeder Mann folgte mir überallhin. Geradezu lachhaft, wenn man bedenkt, was wir Frauen immer zu hören kriegen: dunkle Orte meiden, keine Kopfhörer und keine aufreizende Kleidung tragen, wachsam sein, jeden Mann als potenzielle Bedrohung betrachten. Solche Lektionen haben Männer offenbar nie bekommen. Sexbesessen und von ihrer Unangreifbarkeit überzeugt, folgen die jeder wildfremden Frau blindlings an jeden Ort. Selbst wenn »Folterkammer« an der Tür stünde und man von drinnen Kettenrasseln und Messerwetzen hören könnte, würden die noch reintappen und ihren Gürtel aufmachen.

Männer kennen diese Art von Angst nicht, weil sie die nie erlebt haben.

Sie glauben, die Welt gehöre ihnen und sie könnten sich alles nehmen, worauf sie gerade Lust haben. Nur wir Frauen müssen ständig auf der Hut sein: auf unsere Sicherheit achten, nicht zu viel Raum einnehmen, nicht zu laut werden.

Fox und ich waren zwar diejenigen, die das Leben dieser Typen beendeten, aber möglich war uns das nur aufgrund ihrer Vermessenheit. Wären sie nur ein bisschen vorsichtiger und bescheidener gewesen, würden sie immer noch ihre dicken Peniswahn-Autos fahren und auf die gefälschten Orgasmen ihrer Partnerin abgehen.

Bei seinen Mordmethoden erwies Fox sich als wahrer Künstler. Manchmal bereitete er sich tagelang minutiös vor. Er studierte die Funktionsweise des Körpers und erforschte, was er aushalten konnte. Während er mit den Opfern spielte, markierte ich mir auf Instagram Kleider, die ich anschaffen wollte, und Hotels, die mich interessierten. Fox ließ sich Zeit, und dann erschien ich auf der Bildfläche für das große Finale.

Es amüsierte mich immer, wie die Augen dieser Männer aufleuchteten, wenn sie mich sahen. Eine Frau! Die würde doch garantiert schreien, Hilfe holen oder sie gar freilassen! Diese ganzen Klischees von wegen, wir seien das schwächere und gefühlsbetontere Geschlecht. So idiotisch. Dafür durften sie dann noch ein bisschen mehr leiden, und ich erntete Fox' Hochachtung, weil ich das Stereotyp widerlegte.

Jagen, Töten, Sex. Das war unser Liebesleben, wir wussten genau, wie wir die Leidenschaft am Köcheln hielten.

Unsere Dates waren nicht wie die anderer Liebespaare.

Und Heiraten war unsere Vollendung. Noch nie war ich so glücklich gewesen. Dabei hätte ich nicht geglaubt, jemals einem Mann vertrauen zu können. Aber mein Mann war ja auch kein gewöhnlicher Kerl, sondern mein Fox.

Ich stieg aus dem Bett und spazierte splitternackt in Richtung Bad. An der Tür drehte ich mich um. »Warum kommst du nicht mit?«

Ich stützte die Hände in die Hüften. »Sind die Flitterwochen schon vorbei?«

Fox warf sein Handy aufs Bett und sagte grinsend: »Du bist echt unersättlich. Was hab ich für ein Glück!«

15

Fox

Der Morgen begann mit einer tropfenden Mülltüte. Als ich die raustragen wollte, hinterließ sie eine stinkende Tröpfelspur hinter mir auf dem Küchenboden.

Ich seufzte tief und sagte Bibi, sie dürfe auf keinen Fall aus dem Kinderstuhl klettern. Als Haze schließlich reinkam, kroch ich in meinem maßgeschneiderten Anzug auf allen vieren auf dem Boden herum, sprühte Desinfektionsmittel auf die Flecken und wischte sie mit Papiertüchern auf.

»Wird heute der Müll abgeholt?«, bemerkte Haze.

»So ist es.« Ich versuchte, mir nicht anmerken zu lassen, wie gereizt ich war, weil sie das nicht wusste. Meine Frau konnte auch nicht tanken und wusste nicht, wo wir Ersatzglühbirnen oder die Schlüssel für die Fensterschlösser aufbewahrten. *»Du musst das Fenster aufmachen, ich weiß nicht, wie das geht«*, hieß es dann.

»Morgen, mein Schätzchen. Bist du satt?« Sie strich Bibi übers Haar.

»Satt satt. Runter!«

Haze hob Bibi aus dem Stuhl und trug sie ins Wohnzimmer, sorgfältig mir und den stinkenden Flecken ausweichend. Im Fernsehen liefen Nachrichten. Ich hörte, wie sie lauter gestellt wurden, und sah durch die offene Tür, dass Bibi mit großen Augen auf den Bildschirm starrte, sobald sie auf dem Sofa saß.

»Haze, du weißt aber schon, dass sie morgens nicht fernsehen soll«, rief ich. »Und schon gar nicht die Nachrichten! Da bekommt sie doch nur schreckliche Sachen zu sehen!«

Haze kam wieder herein und verdrehte die Augen. »Wir sind heute Abend bei den Thompsons eingeladen. Kann ich mich drücken?«

Ich blickte zu ihr hoch. »Wieso? Das wird bestimmt nett. Und wir haben Mimi schon bestellt.« Mimi war die neunzehnjährige Tochter von anderen Nachbarn. Sie behauptete, Kinder zu lieben, wollte aber immer erst auftauchen, wenn sie schon im Bett waren.

»Beim letzten Mal, als sie hier war, hat sie nach Marihuana gerochen.«

Ich verstand schon, warum Haze Vertrauensprobleme hatte; wenn man so viel Schlimmes wie sie erlebt hatte, war es schwer, überhaupt noch das Gute in Menschen zu sehen.

»Die Thompsons wohnen drei Häuser weiter«, erwiderte ich. »Du kannst jede Viertelstunde nach Bibi schauen, wenn dir danach ist.«

Ich kannte meine Frau und wusste, dass es nicht um Mimi ging. Uns war beiden klar, dass sie verantwortungsvoll genug war, um zwei Stunden auf unsere schlafende Tochter aufzupassen, während wir ganz in der Nähe waren.

Haze band ihren Morgenmantel fester zu. »Wieso willst du überhaupt dahingehen? Das wird garantiert keinen Spaß machen.«

Damit war zu rechnen gewesen.

»Weil es unsere Freunde sind.«

»Aber kennen die uns überhaupt wirklich? Kennen wir sie? Ich weiß immer noch nicht genau, wer da mit wem verheiratet ist.«

»Das kann man sich aber leicht merken. David und Georgie sind die beiden Blonden. Caro ist mit Nick verheiratet, dem Glatzköpfigen. Und Raquel, die mit den roten Locken, mit dem grauhaarigen Mark.«

Haze nickte, aber ich merkte, dass sie in Gedanken woanders war.

»Weißt du, an wen Mark mich erinnert?«, sagte sie. »An diesen Typen in Saint-Tropez. Der ...« Sie warf einen Blick zu Bibi hinüber, die begeistert einem Bericht über einen Streik bei einer Supermarktkette folgte. »... seine Stieftochter *vergewaltigt* hatte. Erinnerst du dich an den?«

»Nur weil Mark dich an einen bösen Mann erinnert, muss er noch lange keiner sein.«

»Und woher willst du das wissen? Wer kennt denn schon wirklich seine Nachbarn? Wenn wir da mal sorgfältig recherchieren, finden wir bestimmt ...«

»Hör auf damit, Haze.«

»Ich hab, glaube ich, neulich gesehen, wie er einen Hund getreten hat, und ...«

»Wir bringen den nicht um!«, raunte ich aufgebracht. »Wir bringen *niemanden* mehr um, hast du das vergessen?«

Sie starrte mich ausdruckslos an, wandte sich dann ab und stürmte hinaus.

16

Haze

Bei den Kanapees wurde darüber getuschelt, dass die Hartnetts aus Haus Nummer zwanzig kurz vor der Scheidung standen. »Das war doch schon länger offensichtlich – ist euch sein neues Auto aufgefallen? Total unpraktisch für einen Familienvater.«

Und Simone aus der Sechzehn wurde von allen geächtet, weil sie Frederica aus der Chorley Lane das Kindermädchen abspenstig gemacht hatte. »Könnt ihr euch das vorstellen? Das ist doch schlimmer, als hätte sie eine Affäre mit Fredericas Mann angefangen!«

Ich stand mit den Frauen im Wohnzimmer. Die Männer hielten sich an der Bar auf, die Nick, der Hausherr, als ein »bisschen kitschig, ist aber ironisch gemeint« beschrieben hatte. Sie redeten garantiert über Geschäftliches, während wir uns das Maul über andere zerrissen, um uns überlegen zu fühlen.

Als ich mich umsah, merkte ich, dass Fox und ich zu unserer eigenen Tarnung geworden waren.

Haze und Fox, das wilde Böse-Männer-killende-Duo, hatten sich in Hazel und Nathaniel verwandelt, bürgerliche Eltern und nette, harmlose Nachbarn.

Die früheren Ausflüge in eine andere Identität waren unversehens unser einziges Leben geworden.

Das war's also dann.

Ich leerte mein Champagnerglas in einem Zug. O Gott, sogar ein

Alkoholproblem würde dem Klischee entsprechen. *»Ich hab das kommen sehen, sie hatte ihr erstes Glas schon lange vor den anderen Mamis intus!«*

Ich starrte auf mein leeres Glas. Ich konnte mich beherrschen. Dieses Erbe meiner Mutter würde ich ganz gewiss nicht antreten.

Es klingelte. Georgie rief: »Ich mach auf, Caro, das ist David!«, und lief zur Haustür.

Wir sahen zu, wie die beiden sich umarmten und innig küssten.

»War David verreist?«, fragte Raquel.

»Nee, er kommt aus dem Büro«, antwortete Caro.

Alle starrten wortlos auf die überschwängliche Begrüßungsszene.

Umfasste David jetzt wahrhaftig das Gesicht seiner Frau? »Sind die beiden immer so?«, fragte ich.

»Ja. Immer.« Raquel lachte und trank einen Schluck Champagner. »Schräg, oder?«

»Kann man wohl sagen.«

Caro beugte sich zu uns rüber. »Ich hab die beiden neulich im Supermarkt gesehen. Da standen sie Hand in Hand vor den Tiefkühltruhen.«

Raquel blinzelte. »Vielleicht hat David Krebs? Oder irgendeine andere tödliche Krankheit?«

»Ja. So was denke ich mir auch.« Ich nickte bestätigend.

Wir beobachteten, wie die beiden sich lebhaft unterhielten und anlächelten.

»Oder … sind die vielleicht einfach … glücklich?«, mutmaßte Caro schließlich.

Wir schwiegen, um das zu verarbeiten.

»Nein. Das kann nicht sein. Halte ich für ausgeschlossen.« Raquel schüttelte entschieden den Kopf. »Sie sind seit fast zehn Jahren verheiratet und haben drei Kinder. Er hat wahrscheinlich eine Affäre mit ihrer jüngeren Schwester und ist so lieb zu Georgie, um sein schlechtes Gewissen zu beruhigen.«

»Klingt einleuchtend.« Caro nickte. »Ihre Schwester ist echt heiß.«

Wir spitzten die Ohren, um zu hören, was die beiden redeten.

»Gott, siehst du schön aus«, sagte David lächelnd. »Dieses Kleid steht dir so gut!«

Caro runzelte die Stirn. »Nick war letzte Woche im Homeoffice. Wir sind uns tagsüber immer wieder begegnet, und um fünf Uhr nachmittags fiel mir auf, dass schon den ganzen Tag Zahnpasta an meiner Wange klebte. Nick sagte, es sei ihm nicht aufgefallen, weil er mich nicht angeschaut hätte.«

Ich verzog das Gesicht.

»Das ist doch vollkommen normal«, meinte Raquel, während sie Caro den Arm tätschelte.

Vielleicht war das Leben in Vorstadtsiedlungen eben genau so. Wer zu glücklich aussah, war entweder dem Tode nah oder untreu.

Ich wollte, dass wir auch wieder so ein Paar wurden, das den Neid anderer erweckte. Ich schaute zu Fox hinüber, der sich, ein schlaffes Kanapee in der Hand, ernst mit Mark unterhielt. So wurde das natürlich nichts. Vielleicht wenn wir mehr Sex hätten. Das wäre sicher hilfreich. An das letzte Mal konnte ich mich nicht mal mehr erinnern. Kein gutes Zeichen.

Was war nur aus uns geworden? Gab es hier irgendetwas im Trinkwasser, das einem die Energie raubte und die Lust abtötete? Oder gehörte das zu einer langjährigen Beziehung und zum Elterndasein? Ich hatte kein Gespür dafür, was »normal« war, wenn es um Eheglück und Familienleben ging. Und ich würde mich ganz sicher nicht gegenüber Nachbarn öffnen, deren Namen ich mir kaum merken konnte. Fox war auch keine Hilfe, weil ich nicht *mit ihm* reden wollte, sondern *über ihn.* Na ja. Ich war gewiss nicht die einzige Person, die bei Google eingibt: *Anzeichen für schlechte Ehe.*

Als wir nach Hause kamen, wartete Mimi schon im Mantel an der Tür.

»Wie war's?«, fragte ich.

Mimi zuckte mit den Schultern. »Hab nichts von ihr gesehen, sie schläft also bestimmt.«

»Ich bring dich nach Hause«, erbot sich Fox, ganz der Gentleman.

»Okay«, erwiderte Mimi gleichgültig und ging raus, während ich Fox einen Blick zuwarf, der besagte: *Warum soll ich dieser bescheuerten Pubertierenden unsere geliebte Tochter anvertrauen?*

Weil er das Daumen-hoch-Zeichen machte, war ich mir nicht sicher, ob er diese Botschaft verstehen wollte.

Ich schaute nach Bibi und deckte sie richtig zu. Dann ging ich in mein Behelfsatelier und starrte auf die Staffelei. Auf meinen kümmerlichen Versuch von heute. Mein Galerist Hamish hatte mir eine Mail geschickt: *»Wollte nur mal hören, wie's dir so geht.«* Daraus war aber eindeutig herauszulesen: WARUM MALST DU NICHT? Auf einem kleinen Tisch neben der Staffelei stand Mattys Vogelskulptur. Ich griff danach und strich über den gebrochenen Flügel. Das glatte Kupfer, die fein ziselierten Federn. Matty hätte noch so viel Großartiges erschaffen können. Aber ohne seine Kreativität wollte er lieber sterben, sah keinen Sinn mehr in seinem Leben. Mir wurde jetzt auch klar, wie eng mein Glück mit meiner Kunst verbunden war. Ohne mein künstlerisches Schaffen war ich nicht mehr *ich*. Meine Liebe für Bibi füllte diese Lücke ein Stück weit, aber verflucht, war das schwer auszuhalten.

Als ich hörte, wie Fox zurückkam und die Haustür abschloss, stellte ich den Kupfervogel auf den Tisch zurück und ging in unser Schlafzimmer.

»Und war das nun wirklich so schlimm?«, fragte Fox, als wir uns im geräumigen begehbaren Kleiderschrank trafen.

Ich dachte an die letzten Stunden. »Totale Vergeudung von Makeup. Und von einem coolen Dior-Teil.« Ich pellte mich aus dem grünen Vintage-Seidenoverall und hängte ihn über die Lehne des Stuhls an der Frisierkommode. Dann setzte ich mich und rieb mir das Gesicht.

Fox trat hinter mich. Ich schaute auf und betrachtete sein attraktives Gesicht im Spiegel.

»Was kann ich tun?« Er legte mir die Hände auf die Schultern. »Damit es dir besser geht?«

»Das weißt du.«

»Davon abgesehen.« Er seufzte. »Denk daran: Unser wichtigstes Ziel muss sein, Bibi zu beschützen. Das bleibt nicht aus, wenn man ein Kind hat, da muss man Opfer bringen. Ich weiß schon, wie schwer das für dich ist.« Er drückte meine Schultern. »Aber wir müssen stark sein und immer daran denken, dass unsere Tochter eine wunderbare Kindheit haben soll, in der beide Eltern für sie da sind.«

Mir war klar, wofür wir diesen Verzicht erbrachten. Das hieß aber noch lange nicht, dass ich damit zufrieden sein musste.

Ich sah ihm im Spiegel in die Augen.

»Hilf mir dabei, mich wieder stark und schön und unbesiegbar zu fühlen.«

Fox nickte. »Okay.« Er küsste mich auf den Kopf und ging raus.

17

Über eine Woche war vergangen, seit ich meinen Wunsch geäußert und Fox aufgefordert hatte, etwas für mich zu tun. Passiert war jedoch rein gar nichts. Keinerlei Hinweis auf irgendwelche Ideen oder Pläne. Keine großen Gesten. Nicht einmal der geringste Versuch, meine Stimmung durch Sex zu verbessern. War Fox' Lust etwa untrennbar mit seiner Mordlust verknüpft? War es ihm gelungen, erfolgreich beides auf einmal zu unterdrücken?

Bibi hatte ich in der Kita abgesetzt, und in einer Stunde war ich mit Jenny zu einem Kurs verabredet, den ich für uns in einem nahe gelegenen Fitnessstudio entdeckt hatte. Ich beschloss, lieber noch eine Weile ziellos herumzufahren, anstatt zu früh da zu sein und dann womöglich Small Talk mit irgendwelchen Fremden machen zu müssen.

Ich gondelte eine stille Wohnstraße entlang, in der alle Häuser gleich aussahen, hübsch und gepflegt. Von so etwas hatte ich in meiner Kindheit nur träumen können. Damals spazierte ich manchmal durch Straßen wie diese und glaubte, dass in den Häusern nur glückliche Familien lebten. Warmes Licht leuchtete in den Fenstern. Risse in diesen Fassaden wären mir nicht aufgefallen.

Vielleicht hatte ich deshalb nie eine eigene Familie haben wollen – um mir diese Illusionen für immer zu bewahren.

Ich hatte Fox um Hilfe gebeten, damit ich mich wieder gut fühlen konnte. Stark und unbesiegbar. Um alles wiederzufinden, was ich durch den erzwungenen Ruhestand eingebüßt hatte. Und Fox ignorierte meine Bitte schlichtweg.

So ein Arsch.

Warum musste ich mich immer derart anstrengen, während ihm alles mühelos zufiel? Ohne mit der Wimper zu zucken, hatte er unsere gesamte Ausstattung auf den Dachboden gepackt. Im Nu hatte er mit dem Morden aufgehört und sich in einen liebevollen, zugewandten, perfekten Vater verwandelt, der sich mit allem auskannte und in allem brillierte. Fox hatte zahllose Elternratgeber gelesen und mit Zetteln versehen. Er hatte diese Bücher so gründlich und fleißig studiert, als gäbe es ein Examen, das er bestehen musste, damit man ihm sein Kind nicht wegnahm. Als wir noch nachts kaum Schlaf fanden, protokollierte er präzise, wie viel Milch Bibi zu sich nahm, welchen Strampler sie trug, wie warm es im Zimmer war, um herauszufinden, unter welchen Bedingungen sie am längsten schlief. Er widmete sich der Optimierung ihres Schlafs mit der gleichen Sorgfalt wie früher dem mittlerweile ungenutzten Mordprotokoll.

Ich hatte das Ende einer Straße erreicht und fuhr langsamer. Vor mir ragte eine große alte Eiche über einem kleinen grauen Haus auf.

Es kam mir bekannt vor, und dann wurde mir auch klar, warum. Ohne es zu bemerken, war ich zum Haus von Mattys Eltern gefahren. Mir war nicht einmal bewusst gewesen, dass ich die Adresse noch in Erinnerung hatte.

Während ich auf das Haus starrte, dachte ich daran, wie ich mich vor all diesen Jahren nach dem Gespräch mit Mattys Eltern gefühlt hatte. Damals hatte ich gerade mit meiner Mission begonnen, die Menschheit im Alleingang von Dreckskerlen zu befreien. Ich erinnerte mich an das Machtgefühl, als ich abwägte, ob Mattys Vater sterben sollte oder nicht. Bis zu diesem Punkt war in meinem Leben nichts so gelaufen, wie ich es mir gewünscht hätte. Und ich hatte mein Schicksal nicht in die Hand genommen, sondern nur damit gehadert, dass mir das Leben immer die Arschkarte gezeigt hatte. Ich reagierte nur, anstatt selbst zu handeln.

Als ich damals dann das Haus von Mattys Eltern verließ, nachdem ich beschlossen hatte, Mattys Vater zu verschonen, kam plötzlich die Einsicht. Ich würde künftig darüber entscheiden, wer leben durfte und wer sterben musste. Endlich hatte ich die Kontrolle über mein Leben – und auch über das von anderen.

Doch jetzt, viele Jahre später, war ich erneut komplett machtlos.

Laute Musik ertönte. Der muskulöse, perfekt gestylte Trainer trug ein Headset. »Guten Morgen, Ladys! Ich bin Alex. Und ich werde euch jetzt zeigen, wie ihr euch fit machen und schützen könnt.«

Die beiden Frauen neben uns kicherten leise. Alex war um die zwanzig und megaheiß, daran konnte es keinerlei Zweifel geben. Er sah eher wie ein Personal Trainer für Filmstars in Hollywood aus, viel zu glamourös für ein angegammeltes Fitnessstudio in Berkshire und eine Gruppe Mütter in Kompressionsleggins.

Jenny starrte Alex mit offenem Mund an. Dann beugte sie sich zu mir und flüsterte: »Vor dem kann ich doch nicht schwitzen!«

Ich beobachtete den Trainer, der jetzt zum Warm-up aufforderte, worauf die Frauen sich gehorsam in Bewegung setzten.

»Ist aber sein Job, Leute zum Schwitzen zu bringen«, erwiderte ich. »Der hat sich freiwillig für einen Beruf mit Schweiß entschieden. Du glaubst im Ernst, der hätte ein Problem mit deinem?«

Jenny zupfte an ihrem schlabberigen T-Shirt. »Warum sind wir noch mal hier?«

»Damit du Selbstverteidigungstechniken lernen, dein Selbstwertgefühl verbessern und begreifen kannst, dass du dich bei deiner Sicherheit auf niemanden verlassen kannst außer auf dich selbst.«

»Ah. Ja. Stimmt.« Jenny sah sich um.

»Hast du so was noch nie gemacht?«

»Ein paar Grundelemente kenne ich, aber ich bin total aus der Übung.« Jenny zuckte mit den Schultern. »Schwangerschaft, Baby und dann … das Gefühl, dass das alles vergebens war.«

»Wo hast du die Grundelemente …«

In diesem Moment rief Alex laut: »Gut, Ladys, macht es mir bitte nach.« Er führte eine einseitige Kniebeuge vor. »Fünfzigmal, dann das Bein wechseln.«

»Großer Gott«, ächzte Jenny. »Da werde ich ja echt fit sein im Sommer.«

Ich schnalzte missbilligend mit der Zunge. »Es geht hier nicht um eine Bikinifigur. Du sollst kämpfen lernen.«

»Mein. Körper. Ist. Eine. Waffe«, schnaufte Jenny gehorsam.

Eine halbe Stunde später war ich echt beeindruckt – nicht von Jennys Fitness, die war katastrophal –, sondern von der Qualität des Kurses, der aus einem guten Aufbauprogramm für Ausdauertraining bestand. So was hatte ich zuletzt vor der Schwangerschaft gemacht, und es fühlte sich fantastisch an, endlich wieder zu trainieren. Dann wurde mir allerdings schmerzhaft bewusst, dass mir die Mission zu meinem Training fehlte. Mir war ja nicht die Selbstverteidigung wichtig gewesen, sondern die Kampftechnik.

Alex hielt die Musik an und sagte, wir sollten uns rund um die große Matte versammeln, auf der er stand. »Ich werde euch jetzt ein paar Techniken im direkten Zweikampf zeigen. Gibt es Freiwillige?«

Alle blickten betreten zu Boden.

»Das erfordert erst mal ein bisschen Überwindung, ich weiß …« Er brach ab, als ich die Hand hob. »Super. Komm bitte zu mir.«

Als ich die Matte betrat, schaute er mir in die Augen und runzelte die Stirn. »Stell dir vor, ich bin ein Angreifer. Es ist dunkel, du bist alleine. Ich stürme auf dich zu, ein Messer in der Hand, was machst …«

Ich trat ihm in die Knie. Er geriet ins Taumeln, und ich brachte ihn mit meinem Ellbogen voran zu Fall und warf mich auf ihn. Er blinzelte verwirrt, weil er nicht kapierte, was gerade passiert war. Einige Frauen hatten aufgeschrien. Eine hatte angefangen zu klatschen und dann abrupt aufgehört.

Ich sprang auf und reichte Alex eine Hand. Immerhin lächelte er, als er sie ergriff.

»Genau so macht man das!« Er sah mich an. »Du hattest offenbar schon Training?«

»Ich lege großen Wert darauf, mich verteidigen zu können.« Weil ich genau wusste, dass mein Leben auf dem Spiel stand. Was es auch kostete, ich sorgte dafür, dass ich diejenige war, die in einem Zweikampf überlebte.

»Wenn du nichts dagegen hast, würde ich einige Moves einzeln mit dir durchgehen, um sie der Gruppe zu zeigen.«

»Klar, gern.«

»Wenn der Angreifer also das hier macht«, er umfasste meine Taille und zog mich an sich, »musst du …«

»Das hier machen.« Ich deutete an, meine Daumen in seine hellblauen Augen zu drücken.

Er nickte bestätigend. »Ganz genau. Du wirst dich jetzt instinktiv gefangen fühlen, weil ich dich hier gepackt habe.« Er strich über beide Seiten meiner Taille. »Aber du darfst nicht vergessen, dass deine Hände frei sind.«

Ich versuchte zu ignorieren, was die Berührung mit meinem Körper machte.

»Als Nächstes stell dir vor, du bist zu Boden geworfen worden.« Er deutete auf die Matte, und ich legte mich auf den Rücken. Alex hockte sich rittlings auf mich, packte meine Handgelenke und drückte sie über meinem Kopf auf den Boden.

Eine Frau keuchte aufgeregt und kaschierte das dann mit einem Hüsteln.

»Jetzt hat dich der Angreifer in seiner Gewalt. Du bist wehrlos, er kann mit dir machen, was er will. Deshalb musst du die Füße aufstellen.« Er nickte mir zu, und ich zog die Knie an, sodass meine Füße fest auf der Matte standen. »Und dann musst du …«

Ich bewegte mein Becken so kraftvoll und ruckartig nach oben, dass er nach vorne rutschte und meine Arme losließ.

Alex lächelte mich an. »Auch das ist genau der richtige Move.« Er schaute zu den anderen. »Ihre Hände sind jetzt frei. Diese Chance muss sie sofort nutzen.«

Das ließ ich mir nicht zweimal sagen. Ich umklammerte seine Arme, machte die Nummer mit dem Becken noch mal und nutzte den Schwung, um Alex abzuwerfen. Dann hockte ich mich auf ihn.

»Habt ihr das gesehen?«, fragte er, den Kopf zu den anderen gewandt. »Mit wenigen gezielten Techniken könnt ihr euch einen Vorteil verschaffen.« Die Gruppe applaudierte.

Er sah mir in die Augen, einen Moment zu lang. Ich kannte diesen Blick. Früher war er lebenswichtig für mich gewesen. Die Anerkennung, das Verlangen. Ich hatte die Macht, die ich über Männer hatte, genossen, hatte ausgekostet, dass ein attraktives symmetrisches Gesicht und ein schlanker Körper ausreichten, um sie gefügig zu machen. Doch diese Wirkung schien ich verloren zu haben, seit ich einen Kinderwagen schob. Es fühlte sich gut an, wieder als Frau wahrgenommen zu werden. Vor allem da mein Mann es nicht mehr tat.

Ich stieg von Alex herunter und stand auf.

Er sprang auf. »Wer möchte es als Nächstes probieren?«

Alle Hände flogen hoch.

»Das war der Wahnsinn. Du warst unglaublich.« Jenny sah mich schwärmerisch an, während wir versuchten, irgendeinen widerwärtigen grünen Saft in der Cafeteria des Studios zu trinken.

»Das sind ganz einfache Techniken, die du nicht mehr vergisst, wenn du sie einmal trainiert hast«, erwiderte ich. »Sie geben dir das Gefühl, niemals wehrlos zu sein, wenn du in eine bedrängte Lage gerätst.«

Jenny nickte. »Ich bin froh, dass wir uns kennengelernt haben.«

Ich war ungeübt darin, Freundinnen zu haben. Korrektur: Ich war ungeübt darin, überhaupt Freundschaften zu haben.

Und ich hatte es mir angewöhnt, mich niemandem mehr zu öffnen. Mit Matty hatte ich die Freuden einer schönen Freundschaft erlebt, und dann hatte er sie mir geraubt. Man kann schwer glauben, eine gute Freundin gewesen zu sein, wenn sich jemand das Leben nimmt. Jedes Mal, wenn ich die kleine Vogelskulptur in die Hand nahm, wurde ich daran erinnert, was ich verloren hatte und dass ich dieses Gefühl nie wieder erleben wollte.

Fox war mit voller Wucht in mein Herz eingebrochen und hatte mir keine Chance gelassen, ihn wieder loszuwerden. Er hatte alle Schutzwälle eingerissen, die ich über Jahre errichtet hatte, und unser großes blutiges Geheimnis verknüpfte uns so massiv, dass er sich wie ein Teil von mir anfühlte.

Aber das hatte sich geändert.

Wir waren jetzt nicht mehr so füreinander da wie früher. Deshalb entstand Raum für andere, vor allem, da ich so viel Leerlauf in meinen Tagen hatte. Man musste kein Genie sein, um sich zu erklären, dass ich Jenny deshalb nicht abgewehrt hatte. Unsere Kinder waren im gleichen Alter, und die Gespräche mit ihr sorgten dafür, dass ich weniger am Handy hing, was bisher meine einzige Zuflucht gewesen war, während Bibi irgendwo spielte. Ich war mittlerweile ziemlich anspruchslos, was Freundschaften anging.

18

Fox

»Cabot, mein Guter, wie geht's, wie steht's?« Hugo Sinclair passte mich ab, als ich aus dem Fahrstuhl trat. Der Mann führte eindeutig etwas im Schilde.

»Super, ich ...«

»Hast du einen Kontakt für mich zu der Chester-Akte? Harry hat Urlaub, und ich dachte mir, ich sollte mich da lieber mal drum kümmern.«

Sinclair war leicht durchschaubar. Er wollte den Kunden eines Kollegen abgreifen.

»Schicke ich dir«, log ich.

»Bestens. Ein paar von uns gehen heute Abend ins Annabel's, kommst du mit?«

»Ich muss nach Hause, fürchte ich.«

»Ach, komm, du kannst in deinem Private Member Club übernachten. Du hast doch bestimmt einen, oder? Sag deinem Hausdrachen, es sei ein geschäftlicher Termin. Dann kann sie nichts einwenden, oder?«

Ich wusste, wie diese Abende aussahen. Eheringe wurden in einer Schreibtischschublade deponiert, es gab Koks und Schampus in rauen Mengen, und man machte mit Frauen herum.

»Aber ich möchte meine Tochter noch sehen, bevor sie ins Bett muss.«

»Ah.« Es machte mir einen Riesenspaß, diese Typen mit Ehrlichkeit in Verlegenheit zu bringen. »So ein moderner Mann!« Er hielt den Daumen hoch und verzog sich.

Ich durchquerte das Großraumbüro, lächelte den Kollegen zu, die ich persönlich kannte, grüßte die anderen mit einem Nicken.

Dann ließ ich mich an meinem Schreibtisch nieder, der tadellos aufgeräumt war. Alles hatte seinen festen Platz. Nichts Privates außer einem Foto von Bibi. Von Haze hatte ich keines aufgestellt, um mir keine anzüglichen Bemerkungen von Kollegen anhören zu müssen. Ich hätte mich dann zu sehr beherrschen müssen, nicht gewalttätig zu werden.

Ich schaltete den Computer ein und checkte den aktuellen Stand meiner Portfolios.

Seit Bibis Geburt hatten wir deutlich weniger Einnahmen, was nicht nur an den Kosten lag, die ein Kind unweigerlich mit sich brachte. Meine Kollegen machten sich inzwischen gern darüber lustig, dass ich mein goldenes Händchen verloren hatte, seit ich Vater geworden war. Und sie hatten durchaus recht – auch wenn sie den wahren Grund dafür nicht kannten.

Haze schien nicht zu begreifen, dass ich härter denn je arbeitete, um die Finanzlücke zu schließen. Sie glaubte, ich würde mich ins Büro verdrücken, während sie zu Hause den Alltag durchstehen musste. Ich wusste auch, dass sie sehr frustriert war. Ihr künstlerisches Schaffen hatte massiv gelitten seit Bibis Geburt. Ich bin kein Künstler, kann aber nachvollziehen, wie schwierig es sein muss, wenn einem das, was man früher geliebt hat, keinen Spaß mehr macht. Wenn ich an ihrem Atelier im Haus vorbeikam, sah ich Haze immer nur vor der leeren Leinwand sitzen, in der Hand die kleine Vogelskulptur von Matty. Die ausbleibende Inspiration dezimierte unser Finanzpolster weiter, denn Haze' Bilder brachten eine Menge ein. Doch sie hatte seit drei Jahren keines mehr vollendet.

Ich wollte sie nicht beunruhigen, aber unsere Lage war inzwischen ziemlich prekär. Falls meine Eltern jemals auf die Idee kämen, mir tatsächlich den Geldhahn abzudrehen, würde ich nur noch Zugang zu meinen Ersparnissen zu haben, und die reichten nicht aus für den Lebensstil, den ich uns ermöglichen wollte. Ich wollte Haze alles geben, worauf sie in ihrer Kindheit hatte verzichten müssen. Und Bibi sollte alles bekommen, was sie sich wünschte. Ich wusste sehr wohl, dass diese Rollenverteilung ein unguter Rückfall in Jäger-Sammler-Verhaltensweisen war, aber ich fühlte mich hundertprozentig dafür verantwortlich, meine Familie zu ernähren. Deshalb ertrug ich tapfer das nervende Bürogelaber, die erzwungene Männerbündelei mit den Kollegen und die miserablen Sandwiches aus der Packung.

Ich starrte auf die Zahlen vor mir, musste aber immer wieder daran denken, wie Haze mich um Hilfe gebeten hatte, damit sie sich wieder stark fühlen konnte. Das kam mir vor wie der Durchbruch zu etwas Neuem. Sie schien akzeptiert zu haben, dass unser Leben sich verändert hatte, und bat mich, mit ihr gemeinsam nach Lösungen zu suchen. Und ich liebte Haze am allermeisten, wenn sie ungeschönt und ganz sie selbst war.

Das fiel ihr selbst nicht auf, weil sie so daran gewöhnt war, ständig andere Rollen zu spielen. In ihrer Kindheit hatte sie gelernt, sofort zu erfassen, wer und wie sie sein musste, um zu überleben; mit einem Wimpernschlag konnte sie Charakter und Akzent verändern. Ein Talent, das aus dem Selbsterhaltungstrieb entstanden war. Haze war das absolute soziale Chamäleon – wenn sie es für nötig hielt, was eher selten vorkam. Aber ich war dankbar, weil sie inzwischen wohl verstanden hatte, dass wir uns den Nachbarn als harmonisches und normales Paar präsentieren mussten, um unsere Sicherheit und unsere soziale Position zu wahren. An den Dinnerpartys nahm sie zwar nur widerwillig teil, aber die Nummer mit dem angeblich selbst zubereiteten Essen bekam sie immer wieder perfekt hin. Ich tat jedes Mal so, als würde ich es ihr auch abnehmen. Obwohl ich wusste, dass sie gerade mal einen Käsetoast zubereiten konnte – und selbst den nur in der Mikrowelle, weil sie nicht gelernt hatte, den Grill am Herd zu bedienen.

Ihre Bitte um Hilfe nahm ich sehr ernst und hatte begonnen, etwas auszuarbeiten. Ich wollte nur noch nicht riskieren, ihr davon zu erzählen, damit sie sich nicht zu viele Hoffnungen machte, falls es doch nicht gelang. Aber ich wünschte mir so sehr, dass sie unser neues gemeinsames Leben lieben lernte. Dass sie es nur noch freudlos ertrug, war für mich kaum auszuhalten.

19

Haze

Zwei Wochen waren seit unserem ersten Training mit Alex vergangen, und Jenny und ich hatten inzwischen mehrmals daran teilgenommen. Sie sah bereits weniger bleich und schwächlich aus. Geht doch nichts über ein bisschen Work-out und einen heißen Mann, nach dem man lechzen kann, um etwas Farbe in die Wangen zu kriegen.

»Ich fühl mich echt besser.« Jenny nickte nachdrücklich, während sie ein Salatblatt aufspießte. »Bin mir aber noch nicht sicher, ob ich wirklich einen Mann fertigmachen könnte.«

Nach der Musikgruppe lunchten wir in dem Café in der Nähe. Es wunderte mich kein bisschen, dass das Essen dort so schlecht war wie der Kaffee.

»Es geht nicht so sehr darum, jemanden zusammenzuschlagen. Sondern um das Gefühl von Empowerment. Selbstwirksamkeit ist auch eine Art Waffe.«

Jenny lachte, verstummte aber, als sie meine ernste Miene bemerkte.

»Hast du mit dieser Anwältin gesprochen?« Ich hatte ihr Kontaktdaten von einer Kanzlei gegeben, die Fox empfohlen hatte. Und zwar ohne nachzufragen, wofür Jenny sie brauchte, was ich ihm hoch anrechnete.

»Ja, die ist super«, antwortete Jenny. »Ich habe ihr die gesamten

Mails und Textnachrichten von Bill geschickt. Sie klingt so zuversichtlich, dass ich sogar ein bisschen Hoffnung habe.«

Ich konnte es mir zwar nicht erlauben, diesen Mann physisch zu misshandeln. Aber ich war zufrieden, weil ich dazu beigetragen hatte, dass er zumindest finanziell bluten musste.

»Und zum Glück hat er keinerlei Interesse am Sorgerecht. Sonst würde nämlich meine psychische Stabilität überprüft werden, und um die ist es nicht sonderlich gut bestellt.«

»Was stimmt denn nicht?«, erkundigte ich mich und biss in mein Bacon-Sandwich.

»Bisschen Depression, bisschen Angststörung. So von allem etwas.« Jenny zupfte an ihrer Serviette. »Und ich weiß nicht recht, ob's vom Leben kommt oder ob was mit der Chemie in meinem Gehirn nicht stimmt. Im Prinzip könnte ich ja glücklich sein, aber ich fühle mich einfach elend. Ist das jetzt also Depression, oder bin ich einfach nur enttäuscht?«

Ich wusste, was sie meinte. Depression war leichter zu diagnostizieren, wenn im eigenen Leben alles gut aussah, man sich aber trotzdem schlecht fühlte. Scheiße. Galt das womöglich auch für mich? War ich depressiv?

Ich verdrängte den Gedanken. Nein, ich war eher wütend als depressiv. Was daran lag, dass mein Mann ein starrsinniger Arsch war.

»Wie geht's Fox?« Jenny stocherte in ihrem Salat, suchte nach den Croutons.

»Gut. Wirkt absurd glücklich auf mich.« Ich sah vor meinem inneren Auge, wie er mit dieser lächerlichen Schürze am Herd stand und fröhlich vor sich hin summte.

»Du hast mir noch nicht viel über ihn erzählt. Nur, dass er Amerikaner ist und in der Finanzwelt arbeitet.«

»Sagt das nicht schon alles aus?« Den Unterhaltungen mit unseren Nachbarn hatte ich entnommen, dass man bereits alles über jemanden wusste, wenn man seinen Beruf kannte.

»Wo habt ihr euch kennengelernt?«

»In Paris.«

»Wo auch sonst. Wie romantisch!«

»Ja, war es. Sehr sogar.« Ich seufzte, als ich an die Schönheit, das Blut, die Leidenschaft des Moments zurückdachte. Das lag eine Ewigkeit zurück. Ich ließ den Blick durch das langweilige Café schweifen.

Jenny legte ihre Gabel ab. »Wie gut kennst du deinen Mann?«

Ich runzelte die Stirn. »Seltsame Frage.«

»Ich weiß nur allzu gut, dass ein Mann ganz anders sein kann, als er auf den ersten Blick wirkt.« Jenny sah mich abwartend an.

Ich zuckte mit den Schultern. »Natürlich kenne ich ihn. Er ist toll. Echt ein super Typ.« Sogar in meinen Ohren klang das ziemlich hohl. Aber wie sollte ich Fox auch beschreiben? Ein Mann voller Widersprüche. Ein regelkonformer, kaltblütiger Killer. Lieb und fürsorglich, berechnend und gnadenlos.

Jenny zögerte. »Weil du so hilfreich warst mit Bill, dachte ich mir, dass du ... vielleicht selbst Erfahrung hast mit einem schwierigen Partner.«

Wow. Sie machte sich Gedanken um *mich*?

»Fox hat mich niemals misshandelt. So was würde er nicht tun.« Allein der Gedanke war albern.

Ich beobachtete Jenny, wie sie methodisch ihren Salat zerlegte. Bisher hatte ich sie für ein bedauernswertes Opfer gehalten, aber das war womöglich etwas voreilig gewesen. Vielleicht sollte ich etwas mehr auf der Hut sein.

»Wie gut kennst du deinen Mann?«

Die Frage ging mir im Kopf herum, während ich versuchte, neben dem schnarchenden Fox einzuschlafen.

Ich spürte, dass die Distanz zwischen uns immer größer wurde.

Kannten wir einander überhaupt? Gemeinsam glücklich zu sein, war einfach gewesen, als wir viel Geld und Zeit gehabt hatten und alles machen konnten, worauf wir gerade Lust hatten. Lunch im Nobel-Fischrestaurant Scott's, der sich dann bis zum Abendessen ausdehnte, als wir einen besonders köstlichen Rosé entdeckten und Appetit auf Austern bekamen … Ein Skiurlaub mit roten Spuren im Schnee, als wir eines Abends in der Dunkelheit einen üblen Kerl erledigten … Auf einer Jacht tanzen bis zum Morgengrauen, weil wir uns in einer Bar spontan mit einem Paar angefreundet hatten, das wir nach dieser Nacht nie wiedersehen würden … So hatten wir gelebt. Wir waren damals so damit beschäftigt, glücklich zu sein und zu genießen, dass wir nicht unterscheiden konnten, ob wir diesen Lebensstil liebten oder tatsächlich den Menschen an unserer Seite. Wenn man Glamour, Jetset und Blut wegnahm – was blieb dann von uns als Paar?

20

Fox

»Ich bin Nathaniel, und ich bin Alkoholiker.«

Das war gelogen.

Ich blickte in die Gesichter der Gruppe, vor der ich stand. Wir befanden uns im heruntergekommenen, modrig riechenden Gemeindehaus einer Kirche, die fußläufig zwanzig Minuten von meinem Büro entfernt war. Obwohl ich fünf weitere Mittagstreffen der Anonymen Alkoholiker in näherer Umgebung hätte aufsuchen können, hatte ich mich für dieses entschieden. Ich hoffte, dass der unattraktive Ort und die Distanz dafür sorgen würden, dass ich niemandem aus meinem Unternehmen begegnete. Mir war nämlich zu Ohren gekommen, dass einige Börsianer die AA-Treffen zum Netzwerken nutzten. Sie täuschten ein Alkoholproblem vor, um sich mit jemandem anzufreunden, von dessen Firma sie Anteile aufkaufen wollten. Man könnte jetzt behaupten, ich hätte keinerlei moralische Berechtigung, das zu verurteilen, weil ich selbst log. Aber es war der einzige Weg für mich, Hilfe zu bekommen.

Ein Suchtproblem hatte ich nämlich durchaus.

Nur nicht mit Alkohol.

Die Mechanismen waren aber ähnlich, sagte ich mir. Man musste lernen, ohne etwas auszukommen. Das wollte ich, meiner Familie zuliebe. Und hatte ich es etwa nicht verdient, jeden Meilenstein genauso zu zelebrieren wie andere? Warum sollte ich darauf verzichten, nur weil ich mir nicht das Trinken, sondern das Morden abgewöhnen wollte? In meiner Sockenschublade bewahrte ich immer noch den bronzefarbenen Chip auf, den ich für mein erstes Jahr »Nüchternheit« erhalten hatte. Im letzten Sommer hatte ich dann als Belohnung für drei Jahre den schwarzen Schlüsselanhänger bekommen. Er hing stolz an meinem silbernen Bund von Tiffany, bei den Hausschlüsseln. Haze hatte sich einmal danach erkundigt, was das war, und gelächelt, als ich sagte, ein Souvenir von einem meiner Opfer.

»Ich bin jetzt seit drei Jahren nüchtern.« Ich hielt inne, um Jubelrufe abzuwarten, bekam aber keine. Manchmal vermisste ich Amerika doch sehr. »Mein Leben hat sich zum Guten hin verändert. Ich kann nicht behaupten, dass mir nichts fehlt. Ich denke jeden Tag daran, wie sehr mir ... der Alkohol fehlt.« Ich holte tief Luft. »Aber abends einschlafen zu können ohne die Sorge, dass mein Verhalten mich meiner Frau und meiner Tochter entfremden könnte, ist ein tolles Gefühl. Und sobald ich glaube, wieder trinken zu müssen, denke ich an die beiden und daran, dass ich sie durch mein Verhalten nicht gefährden will.«

Ich ließ mich auf dem Plastikstuhl nieder. Es gab ein bisschen Applaus. Die Gruppe bestand aus sieben Personen. Sechs davon waren Männer. Pam, die einzige Frau, war um die siebzig, und ich hatte sie in all den Jahren nicht ein einziges Mal sprechen hören. Sie sah immer aus, als döse sie vor sich hin.

Mein Sponsor, ein bärtiger Mann namens Griff, war als Nächster an der Reihe. Er war auch der Gruppenleiter und seit zehn Jahren nüchtern. Ich war kein Experte für Alkoholsucht, hätte aber vermutet, dass er sich nach zehn Jahren entspannen könnte. Er nahm die Neuen gern unter seine Fittiche und berichtete, wie die Alkoholsucht seine Ehe zerstört und dem Verhältnis zu seinem Sohn geschadet hatte. Wegen dieses Themas hatte er wahrscheinlich von Anfang an ein besonderes Auge auf mich gehabt.

Griff und Pam waren die Einzigen, die schon in der Gruppe gewesen waren, als ich anfing. Die anderen Teilnehmer wechselten immer wieder. Ich ahnte, dass sie nicht unbedingt ihre Sucht in den Griff bekommen, aber ein angenehmeres Ambiente gefunden hatten (mit einem guten Kaffeevollautomaten und schimmelfreien Wänden). Oder aber die Gerichtsauflage für die Teilnahme war abgebüßt, und sie mussten nicht mehr vortäuschen, nüchtern zu sein.

Nachdem Griff fertig war, meldete sich keiner mehr. Darauf las er etwas aus dem Blauen Buch vor, das er immer auf dem Schoß liegen hatte, und ich nickte, während er die zwölf Schritte durchging. Ich legte keinen Wert auf das ganze Gotteszeug, und der achte Schritt, »Fertige eine Liste von allen Menschen an, denen du Schaden zugefügt hast, und mache ihn wieder gut«, funktionierte für mich nicht. Ich konnte sie schließlich nicht wieder zum Leben erwecken.

Dann beendete Griff das Treffen und lud alle zu einem bitteren, lauwarmen Kaffee aus der Pumpkanne und einer Plauderrunde ein. Ich wies mit bedauernder Miene auf meine Uhr. Das war der Vorteil der Mittagszeittreffen: Ich konnte mich immer wieder ins Büro verdrücken.

»Du musst Nathaniel sein.«

Ich schaute auf und wischte mir Sandwichbrösel von meiner Seidenkrawatte. Eine große Blondine stand vor meinem Schreibtisch.

»Ich bin Suzanne. Gerade aus Washington hierher versetzt worden. Man hat mich zu dir geschickt, als ich gefragt habe, ob noch jemand aus den Staaten hier arbeitet.«

»Schön, dich kennenzulernen.« Ich stand auf und schüttelte ihr die Hand. Suzanne, die eine tief dekolletierte weiße Bluse und eine enge Hose trug, hatte einen leeren Ringfinger und einen festen Händedruck. Und sie hielt meine Hand ziemlich lange fest, während sie mir in die Augen schaute. Auf dieser Etage arbeiteten dreiundvierzig Personen, die aus den USA stammten. Während ich meine Hand zurückzog, fragte ich mich, ob die neue Kollegin sich wohl ihnen allen vorstellen wollte.

»Hast du heute Abend Zeit für Drinks?«, fragte sie. »Dann könntest du mir alles erzählen, was ich wissen sollte, um mich hier einzugewöhnen.« Sie lächelte und spielte mit dem Goldkettchen an ihrem Hals, wobei der Ansatz eines schwarzen Spitzen-BHs zum Vorschein kam.

»Nein, tut mir leid. Ich bin ein totaler Langweiler und will jeden Abend rechtzeitig bei meiner Frau und meiner Tochter sein. Wir wohnen draußen in Berkshire.«

Suzanne rümpfte die Nase. »Wo ist das denn?«

»Westlich von London, an der M4 gelegen. Ganz gut zu erreichen, man braucht etwa eine Stunde mit der Jubilee Line.«

»Sag mir einfach Bescheid, wenn du es dir anders überlegst.« Suzanne blickte mir noch immer in die Augen. »Wegen der Drinks, meine ich.« Sie drehte sich um und stöckelte davon. Wer nicht gerade in sein Headset schrie oder auf die Tastatur einhackte, schaute Suzanne nach.

Sie drehte sich noch einmal um und stellte fest, dass ich keine Ausnahme war. Ein Lächeln erschien auf ihrem Gesicht, dann ging sie weiter.

Ich übersah Frauen nicht, ich war ja nicht blind. Das hieß aber noch lange nicht, dass mich das zum Handeln veranlasst hätte. Ich wusste Attraktivität einfach ebenso zu schätzen wie ein schönes Gemälde oder einen gut geschnittenen Anzug.

Es war nichts Neues für mich, dass Frauen mit mir flirteten. Und auch immer mal der eine oder andere Mann. Ich lehnte stets höflich dankend ab. Ich war treu, weil ich meine Frau liebte – nicht, weil ich fürchtete, sie würde mir die Kehle durchschneiden, wenn ich es nicht wäre. Und ich erwartete auch keine Medaillen dafür, weil mich andere Frauen ohnehin nicht interessierten. Früher hatten wir immer gemeinsam über die Anmachen gelacht, von denen ich ihr berichtet hatte. Aber heute verdrehte Haze bei solchen Gelegenheiten die Augen und sagte, die Frauen würden mich bestimmt nur anstarren, weil ich was zwischen den Zähnen hätte. Manchmal war ich mir nicht einmal sicher, ob sie mich überhaupt noch leiden konnte.

Mein Handy vibrierte. Eine E-Mail von meinem Vater, der um einen Anruf bat. Ich starrte darauf, löschte sie dann.

Dann wieder eine Nachricht, diesmal von meiner Liebsten. *»Denk dran, wir brauchen Müllsäcke.«* Kurz darauf: *»Und Milch.«* Dann: *»Brokkoli. Küchenpapier.«* Das Piepen hörte gar nicht mehr auf. *»Spülmaschinentabs. Nur Finish.« »Avocados. Aber nur reife.« »Müsli – ohne Zuckerzusatz! Falls nicht gibt feine Haferflocken.«*

Ich stellte den Ton ab und schrie stumm mein Handy an. *Warum kaufst* du *das alles nicht ein, du faule* … Tief durchatmen.

Das Handy brummte erneut. Wieder eine Nachricht, diesmal aber von einer unbekannten Nummer. *»Gerade deinen hervorragenden Bericht über die Grimaldi-Kapitalanlage gelesen. Sehr eindrucksvoll, Cabot. Gut, dass du den Briten zeigst, wie man's macht.«* Darunter ein Zwinker-Emoji und ein S. Suzanne hatte bereits meine Handynummer ausfindig gemacht. Und über mich recherchiert.

Ich hatte schon viele Männer erlebt, die den Verlockungen von Seitensprüngen nicht widerstehen konnten. Davon hielt ich gar nichts.

Vor allem diese klischeehafte Nummer mit einer Arbeitskollegin. Mürrische, lustlose Ehefrau zu Hause, Mann trifft nach langer Pendelstrecke im Büro ein, wo eine hübsche junge Frau mit den Wimpern klimpert und ihm an den Lippen hängt. Auch wenn man schwer arbeitet und zu wenig Lob und Anerkennung bekommt, ist das keine Ausrede dafür, sich von einer Person den Kopf verdrehen zu lassen, die noch immer Wert auf erotische Dessous legt. Was für ein Mann würde denn schon eine Frau betrügen, der er gelobt hat, ihr für den Rest seines Lebens treu zu sein?

Mein Handy vibrierte. Haze. »*Unteres Klo verstopft. Musst Saugglocke kaufen.*« Dann kurz darauf: »*Und Gummihandschuhe, falls du ein Weichei bist.*«

21

Haze

»Denkst du manchmal, dass das Leben noch mehr zu bieten haben sollte?« Ich saß mit Jenny auf einer Bank, während Felix und Bibi im überfüllten Planschbecken des Freizeitzentrums herumtobten.

Es stank unerträglich nach Chlor, und ich fürchtete, trotz Schuhen Fußpilz zu bekommen. Dieser Ort trug ganz und gar nicht dazu bei, meine Laune zu verbessern. Ich war fuchsteufelswild, nachdem ich zwei Stunden lang auf die leere Leinwand gestarrt und darauf gewartet hatte, dass irgendetwas passierte, was mich daran erinnern würde, dass ich eigentlich Künstlerin war.

Jenny schüttelte den Kopf und äußerte etwas Unverständliches, weil sie den Mund voller Chips hatte.

»Was?«

»Ich wollte immer schon Mutter sein.«

Das konnte ich verstehen; wenn man sich etwas intensiv gewünscht und vielleicht gefürchtet hat, dass es nie dazu kommen würde, kann man es umso ausgiebiger genießen. Ich dagegen, verwöhnt und undankbar, war ungewollt Mutter geworden, liebte meine Tochter jedoch abgöttisch und machte mir Sorgen, dass ich nicht gut genug für sie war. Dabei konnte ich doch froh sein, dass ich nur unter Langeweile litt. Weil mir der Thrill des Killens fehlte. Weil wir nicht mehr ausgingen. Weil ich als Künstlerin keine Inspiration mehr hatte. Unser Leben war schlicht, ruhig und beschaulich – und nicht, was ich wollte.

Ich dachte an das leicht erregte Kribbeln, als ich mit Alex' durchtrainiertem Körper in Kontakt gekommen war – an den tiefen Blick und die Berührung, nachdem er meine Erlaubnis bekommen hatte. War das meine Zukunft? Eine klischeehafte Affäre mit dem Personal Trainer? Oder mit einem Tennislehrer der Kinder? Oder würde es damit enden, dass ich mich bei einem grauenhaften Scharade-Abend von irgendeinem Ehemann betatschen ließ? Machten die Leute so etwas, um sich noch lebendig zu fühlen? Langweilten sie sich so entsetzlich, dass sie ihr Leben ruinierten, indem sie die körperliche Nähe einer völlig ungeeigneten Person suchten?

Merkte irgendjemand, dass ich anders war, oder spielte ich inzwischen meine Rolle perfekt? Ich konnte mich mühelos an alles anpassen – das richtige Gesicht machen, die richtigen Worte finde. Wir alle verbergen Seiten von uns, die unsere Mitmenschen nicht verstehen würden, Seiten, die zu kompliziert sind, um sie der Welt zu offenbaren. Zumindest gehörten meine Gedanken noch mir allein. Waren unkontrolliert und ganz ich. Niemand würde jemals erfahren, was ich wirklich dachte.

Ich wusste sehr genau, wann ich mir eine Szene erlauben konnte und wann nicht.

»Hübscher Versuch, Süße!« Der Bauarbeiter, der sich darüber lustig machte, wie ich einparkte. Innerlich tobte ich und überlegte, wo ich ihn zuerst aufschneiden sollte, um ihn anschließend in Einzelteile zu zerlegen. Aber ich lächelte nur bemüht und knirschte: *»Hab mein Bestes gegeben!«*

Das bevormundende Arschloch auf einer Party: *»Digital Detox ist die einzige Lösung. Ihr Frauen hängt viel zu oft an euren Handys.«* Ich stellte mir vor, wie ich ihm eine Gabel ins Auge bohrte. Aber stattdessen sagte ich nur: *»Das ist eine interessante Idee!«*, und trank einen Riesenschluck aus meinem Weinglas.

Kuschen und gute Miene machen, wenn sich ein Angriff nicht lohnte. Aber unter der Verstellung war ich trotzdem ich selbst. Die Gedanken, das Gebrüll in meinem Kopf waren weiterhin vorhanden. Ich war immer noch anders als die. Besser. Stärker. Kaputter. Kam darauf an, aus welchem Blickwinkel ich mich selbst betrachtete.

Jenny bot mir Chips an. Ich nahm die ganze Tüte.

Aber seit einiger Zeit fiel es mir schwerer, meine Wut zu beherrschen. Meine Gedanken wurden immer gewalttätiger. Nachdem ich meinen wahren Charakter jahrelang unterdrücken musste, merkte ich, wie es in mir brodelte.

Vermassel es nicht.

Aber wie lange würde es noch gut gehen, bis etwas das Fass zum Überlaufen brachte und ich einem Idioten, der mir den Parkplatz klaute, eine Schere in den Hals bohrte? Oder dem Paketboten, der grundsätzlich ohne zu klingeln einen Abholzettel hinterließ, ein Messer in den Bauch rammte?

Ich merkte, dass Jenny etwas zu mir sagte.

»Entschuldige, was?«

»Könnte sein, dass ich jemanden kennengelernt habe«, wiederholte sie.

»Ach, toll!« Nach allem, was sie durchgemacht hatte, verdiente sie wirklich ein bisschen Glück – oder zumindest Sex. »Wo hast du ihn getroffen?«

»Im Supermarkt. Hat mich gefragt, ob er lieber Biskuitkekse oder Marshmallowkekse kaufen soll.«

Ich sah sie verständnislos an.

»Er ist Franzose«, erklärte Jenny. »Und wollte wissen, was wir Briten lieber essen. Ich hab von Marshmallowkeksen geschwärmt. Und draußen vorm Laden stand er dann da, schenkte mir eine Packung und fragte, ob er meine Handynummer haben könnte!«

Ich versuchte, mich angesichts dieser mehr oder minder originellen Anmache begeistert zu zeigen. »Süßigkeiten, ach wie romantisch.«

»Nächste Woche gehen wir Kaffee trinken.«Jenny rang die Hände. »Aber ich war ohne Felix einkaufen. Und jetzt weiß ich nicht, wann ich mein Kind zur Sprache bringen soll.«

»Mach dir deshalb bloß keinen Stress. Wenn du nur Sex willst, würde ich dazu gar nichts sagen. Wenn du eine Beziehung willst, erwähne Felix beiläufig. Nimmt der Mann dann Reißaus, weißt du, dass er ohnehin nicht infrage kommt.«

Ich verputzte die letzten Chips und gab ihr die leere Tüte zurück.

Draußen donnerte es. Wir schauten beide zu dem kleinen Fenster über uns. Ein heftiger Platzregen. Was natürlich genau dann passieren musste, wenn das Auto zehn Minuten Fußmarsch entfernt stand, weil ich keinen besseren Parkplatz gefunden hatte.

22

Fox

Ich war früh zu Hause, mit einem Blumenstrauß. Nicht weil ich etwas falsch gemacht hatte. Auch nicht weil ich etwas Falsches gedacht hatte. Sondern als Geste, mit der ich meiner Frau zeigen wollte, wie viel sie mir bedeutete. Das Haus war leer. Ich schrieb Haze und fragte, wo sie steckte.

»Auf dem Rückweg vom Schwimmen«, antwortete sie, mitsamt einem Facepalm-Emoji und einem Pistolen-Emoji. Die »Erschieß mich bitte«-Stimmung klar zum Ausdruck gebracht. Kurz darauf: *»Du müsstest Bibis Termine doch jetzt kennen.«*

Ich war zwar derjenige, der das Geld nach Hause brachte und dafür den ganzen Tag im Büro ackerte, aber, ja, natürlich sollte ich trotzdem über den Alltag der beiden im Bilde sein. Ich war schließlich Feminist. Ein moderner Mann. Es war mir wichtig, am Leben meiner Tochter beteiligt zu sein. Und meine Frau hatte recht damit, mich auf mein Versagen hinzuweisen. Ich wünschte mir nur, sie würde manchmal Anerkennung zeigen, weil ich mich so viel wie möglich um Bibi kümmerte. Wenn es mir gelang, noch im Hellen von der Arbeit zu Hause zu sein, machte ich immer zuerst einen Ausflug mit Bibi. Nicht aus Pflichtgefühl, sondern weil ich Freude daran hatte. Ich liebte es, ihre kleine Hand in meiner zu halten und mitzuerleben, wie glücklich Bibi war und wie vergnügt sie neben mir herhopste.

Ich tat, was ich konnte, aber es war nie genug. Haze erwartete unglaublich viel von mir. Es war ziemlich belastend, der einzige gute Mann in ihrem Leben zu sein – ständig beweisen zu müssen, dass mein Geschlecht nicht nur böse war.

Ich entspreche genau ihrem Beuteschema. Das rief ich mir an schwierigen Tagen immer wieder in Erinnerung. Wenn ich Fehler machte, würde Haze es als Beweis dafür sehen, dass ich eben doch einer der Bösen war. Und mich auf den Müllhaufen der Männer befördern, die sie in ihrem Leben enttäuscht hatten.

Ihr alles recht zu machen, war für mich wichtiger als in einer gewöhnlichen Ehe. Wenn ich Haze schadete, konnte ihr gebrochenes Herz schnell für gebrochene Knochen bei mir sorgen. Und das war noch das Mindeste. Mir war klar, dass schwächere Männer es nicht durchgestanden hätten, mit einer Frau zusammen zu sein, deren Welt von solch einem Schwarz-Weiß-Denken geprägt war – richtig oder falsch, tot oder lebendig. Aber ich wusste, dass Haze mich wirklich liebte. Wir hatten eine starke, lebensbejahende Beziehung, die auf gegenseitigem Respekt und Verständnis beruhte. Ich wusste auch ganz genau, dass Haze keine alleinerziehende Mutter sein wollte.

Es klingelte an der Haustür. Bestimmt wieder Amazon. Haze schien eine Sucht nach Trendprodukten für Eltern entwickelt zu haben, die sie auf Instagram entdeckte. Die neuesten Aufbewahrungsideen für Spielzeug! Genialer Audioplayer für Hörbücher mit Nachtlicht, damit die Kinder garantiert im Bett blieben! Ich hatte schon mehrmals versucht, Haze sanft klarzumachen, dass sie auch durch diese Einkäufe ihr altes Leben nicht zurückbekommen würde.

Ich öffnete die Tür und hätte vor Entsetzen beinahe laut aufgeschrien.

Zweiundzwanzig Minuten später hörte ich, wie die Durchgangstür zur Garage aufging.

»Ganz ehrlich, so ein beschissener Scheißtag!«, schrie Haze draußen. »Und jetzt ist Bibi auch noch im Auto eingepennt. Beschissener geht's echt nicht …«

Ich stürzte in den Flur und legte den Finger an die Lippen.

»Was ist denn? Und was machst du für ein blödes Gesicht?«

»Wir haben unerwarteten Besuch, Hazel.«

Haze sah mich finster an. Sie hasste es, wenn ich sie mit vollem Namen ansprach.

»Komm.« Ich nahm sie am Arm und führte sie ins Wohnzimmer. »Ich möchte dir Reginald und Sarah-Anne Cabot vorstellen.« Die beiden blieben mit versteinerter Miene sitzen. »Meine Eltern.«

»Oh.« Haze starrte sie an.

Ein kurzes Schweigen entstand, während man sich musterte. Ich warf einen Blick auf meine für gewöhnlich perfekt zurechtgemachte Gattin, die heute jedoch eher einer nassen Ratte ähnelte.

»Wie schön, euch kennenzulernen. Entschuldigt mich einen Moment.«

Sie warf meinen Eltern ein Lächeln und mir einen bitterbösen Blick zu, bevor sie hinausrauschte.

Ich kannte meine Frau.

Und wusste nur allzu gut, wie unberechenbar sie war.

Entweder sie würde sich ins Zeug legen und als bezaubernde Lichtgestalt wieder in Erscheinung treten. Oder aber sie schloss sich im Schlafzimmer ein und schaute Netflix, bis meine Eltern sich verzogen hatten.

Nachdem der erste Schock verkraftet war, dass sie unangekündigt vor unserem Haus standen, obwohl ich ihnen die Adresse nie gegeben hatte, versuchte ich, mich am Riemen zu reißen. Sie lehnten Getränke ab und pflanzten sich auf das Sofa, sodass ich den Sessel nehmen musste. Die Situation ähnelte einem Verhör.

Sie waren mitten in ihrem Tribunal, als Haze auftauchte, und setzten es nach ihrem Verschwinden nicht minder vehement fort.

»Die Pandemie ist keine Entschuldigung. Ich verstehe nicht, warum du uns mit der Kleinen nie besucht hast«, sagte meine Mutter anklagend.

»Und die Nachricht, dass du ein Kind hast!«, ereiferte sich mein Vater. »Mit einer schnöden E-Mail! Nicht einmal eine Geburtsanzeige in der Zeitung?«

»Bibi ist ein großes Glück für uns, aber es ging alles sehr schnell. Und da wir länger keinen Kontakt gehabt hatten, wollte ich lieber nicht …«

»Um Himmels willen, was ist das denn für ein Name?«, rief mein Vater empört. *»Bibi?«*

»Von Sabina. So hieß Hazels Großmutter.«

Die beiden warfen sich einen Blick zu.

Ich hatte meine Eltern nur selten gesehen, seit ich die USA verlassen hatte. Ein Abendessen in der Provence 2009, wo sie zu einer Hochzeit eingeladen waren. Ein Lunch in der Toskana 2015, als sie mit einem Geschäftspartner seinen Siebzigsten gefeiert hatten. Von der E-Mail meines Vaters neulich abgesehen, hatten wir in all den Jahren keinen Kontakt gehabt.

»Was sprach denn gegen einen amerikanischen Namen?«

Ich hatte sie kein bisschen vermisst.

Und mir wurde schlagartig klar, dass sie wirklich wütend waren, weil sie nur aufgrund meiner E-Mail von Bibi erfahren hatten. Offenbar erstattete ihnen Devon keinen Bericht mehr über mich. Was bedeutete, dass sie mich tatsächlich aus ihrem Leben entfernt hatten. Oder hatte er Anweisung, nur zu berichten, wenn ich in irgendeinen Schlamassel geraten war, der dem Ruf der Familie schaden konnte? Das war wohl am wahrscheinlichsten. Sie interessierten sich nur für mich, wenn ihr eigenes Leben durch mich beeinträchtigt wurde.

Jetzt kam Haze wieder herein. Die nassen Haare hatte sie zu einem eleganten Knoten hochgebunden, ihr Make-up war makellos, und sie trug ein weißes Kleid mit schwarzem Bubikragen, das ich noch nicht kannte. Sie sah wunderschön aus, wenn auch nicht wie sie selbst.

»Erlaubt mir, euch eure Enkelin vorzustellen.« Sie winkte zur Tür. »Bibi. Komm, mein Schatz.«

Bibi betrat langsam den Raum, in einem Blümchenkleid, das sie hasste.

»So ein hübsches kleines Ding, wirklich.« Meine Mutter warf mir einen Blick zu. »Und Hazel ... schön, dich endlich kennenzulernen.«

Bibi lief zu mir und umschlang mein Bein. Ich strich ihr übers Haar.

»Was machst du denn beruflich, Hazel?«, erkundigte sich meine Mutter. »Ich weiß, dass Muttersein bereits ein Fulltimejob ist, aber ich habe dennoch immer etwas zusätzlich gemacht.«

»Ich bin Künstlerin.«

»Wunderbar. Schön, jemanden in der Familie zu haben, der kreativ tätig ist, nicht wahr, Liebling?« Sie lächelte meinen Vater an, wandte sich dann wieder mir zu. »Wir haben nachgedacht. Jetzt, da du ... dich gefunden hast, könntest du doch wieder nach Hause kommen. Im Familienunternehmen wartet eine Stelle auf dich.«

Haze durchbohrte mich förmlich mit Blicken.

»Ich denke nicht, dass ...«, begann ich.

»Julian wird sich leider scheiden lassen«, erklärte mein Vater.

Aha. Der perfekte Sohn hatte versagt. Mit einer gewissen Schadenfreude stellte ich mir vor, wie man ihn jetzt im Countryclub behandeln würde. Gehässige Blicke, bösartiger Klatsch.

Meine Mutter schüttelte den Kopf. »Er kann natürlich nichts dafür. Martha scheint extrem schwierig zu sein.«

»Ich hatte mehr von ihr erwartet«, fügte mein Vater hinzu.

Als meine Mutter ihn mit dem Ellbogen anstupste, räusperte er sich. »Fünfzehn Jahre sind vergangen, vieles hat sich verändert. Auch du. Nach Hause zurückzukehren wäre jetzt genau das Richtige.«

»Für wen?« Haze trat einen Schritt auf die beiden zu.

Oje.

»Für unsere Familie.« Mein Vater richtete sich auf und sah sie an.

»Euch entgeht ja gewiss nicht, dass es sich hier um *meine* Familie handelt.« Haze verschränkte die Arme vor der Brust. »Wie oft habt ihr in den vergangenen Jahren Geburtstage und Weihnachten mit eurem Sohn verbracht? Wie oft habt ihr angerufen, um euch nach ihm zu erkundigen?«

»Das ist doch nicht …«

»Wir werden unsere Familie hier nicht entwurzeln, nur weil ihr plötzlich verlangt, dass er nach Hause kommen soll.« Haze riss sich das Band aus den Haaren und schüttelte sie aus. »Möchtet ihr vielleicht eine schöne Tasse englischen Tee, bevor ihr wieder aufbrecht?«

23

Haze

Ein paar heuchlerische Abschiedsfloskeln später verschwanden Fox' Eltern wieder aus unserem Leben. Ich parkte Bibi vor dem Fernseher und ging in die Küche, wo Fox sich gerade ein großes Glas Whisky einverleibte. Harter Alkohol um fünf Uhr nachmittags sah meinem Mann nicht ähnlich.

Ich ging zum Schrank und nahm mir auch ein Glas. »Großer Gott, ein Glück haben wir das hinter uns. Was für ein lächerlicher …« Ich verstummte, weil ich Fox' Stirnrunzeln bemerkte.

»Lass mich bitte etwas sagen, bevor du ausrastest.« Er holte tief Luft. »Wir sollten uns das in Ruhe überlegen.«

»Was zum Teufel redest du da? Nicht dein Ernst, oder?«

Es war schon übel genug, dass wir hier ein erzwungenes Leben führen mussten. Aber das Ganze auch noch auf der anderen Seite der Welt? Das konnte er vergessen. Nur über seine Leiche.

»Amerika ist mein Zuhause, vergiss das nicht.«

»Aber du hast es gehasst! Genauso wie deine Eltern! Wieso willst du wieder in deren Nähe sein? Um dich im Familienunternehmen herumkommandieren zu lassen? Und im Countryclub rumzuschleimen?«

»Ich sage ja gar nicht, dass wir in der Nähe meiner Eltern leben müssen. Und auch nicht, dass ich im Unternehmen arbeiten würde. Ich meine lediglich, dass die Staaten eine Option für uns wären.«

»Gott, ist das jämmerlich. Nachdem du jahrelang weg von denen warst, selbst großartige Leistungen erbracht und deine Spur in der Welt hinterlassen hast … da willst du plötzlich wieder zu deinen Scheißeltern zurück? Damit sie dich liebhaben? Was für eine gequirlte Kacke ist das?«

Fox strich sich durchs Haar und erwiderte zähneknirschend: »Musst du so … derb sein?«

»Was? So läuft das also jetzt? Wir sind nicht ebenbürtig, sondern ich bin das kleine Weibchen, das nicht mal mehr fluchen darf, weil es sich nicht gehört? Du kannst mich mal, Arschloch.«

Ich stürmte nach oben ins Schlafzimmer, feuerte das Perfekte-Schwiegertochter-Kleid auf den Boden und schlüpfte in meine Laufkleidung.

So viel hatte ich schon aufgeben müssen, und jetzt wagte er es, mir noch mehr Verzicht vorzuschlagen? Was zur Hölle stimmte nicht mit dem? Und mit mir? Wie war ich nur in diese beschissene Lage geraten?

Wir verliebten uns, heirateten, bekamen ein Kind. Für zwei unkonventionelle Menschen hatten wir einen ziemlich konventionellen Weg eingeschlagen. Aber wozu das alles? Wir waren offenbar einer Art Gehirnwäsche unterzogen worden, in der man uns weismachte, ein ruhigeres, geordnetes, sicheres Leben sei lebenswert. Dabei führte das genau zum Gegenteil: Das Leben war vorbei. Wir malten nach Zahlen, konnten vom vorgeschriebenen Weg nicht mehr abweichen. Waren in die Elternfalle getappt. Unser wahres Selbst hatten wir aufgeben müssen, weil ein Mensch von uns abhängig war. Um unsere Tochter, unsere Zukunft, zu beschützen, mussten wir auf alles verzichten, was uns ausmachte.

Ich dachte an das Jahr, das vor uns lag. Vollgestopft mit Spieletreffen und Essenseinladungen von Leuten, die irgendwelchen Scheiß aus ihrem langweiligen Leben erzählten. Und das sollte nun alles gewesen sein?

Ich wollte dieses ganze Konstrukt in die Luft jagen.

Ich wollte schnell und wild leben, ohne jede Reue.

Ich wollte alles. Eine glückliche gesunde Tochter, die ausgeglichen und zufrieden war und eines Tages Krebs heilen würde, weil sie so überragend und brillant war. Und ich wollte ich selbst sein, mein wahres Ich, das böse Männer auslöschte, spektakuläre Bilder malte und zu Hause ein tolles Essen und tollen Sex bekam.

Ich wollte einen Partner, der mich aufbaute, der mich so sehr liebte, dass ich meine Bestform erreichte. Einen Partner, der mich herausforderte, aber auch in seinen starken Armen hielt, wenn ich es brauchte.

Bislang hatte ich geglaubt, Fox sei dieser Mann. Aber jetzt? Jetzt bremste er mich. Vernichtete mich. Warum sollte ich das dulden?

Er war seit jeher das Eis zu meinem Feuer gewesen, und ich hatte geglaubt, deshalb seien wir im Gleichgewicht. Dabei hatte ich nicht bedacht, dass er mein Feuer nicht nur gedämpft, sondern inzwischen auch gelöscht hatte.

Ich rannte die Treppe runter und stürmte zur Tür hinaus. Hätte ich weiter mit Fox geredet, wäre ich so kolossal ausgerastet, dass ich nichts mehr hätte zurücknehmen können. Die Dämmerung setzte ein. Ich steckte mir die AirPods in die Ohren, zog die Basecap tief ins Gesicht und rannte los. Die Wut trieb mich an, was sich gut anfühlte. Was zum Teufel dachte sich Fox? Das hasste ich am meisten daran, gebunden zu sein: dass man die Wünsche und Bedürfnisse von jemand anderem und auch noch dessen furchtbarer Familie berücksichtigen musste. Wie sollte ich mein Leben im Griff haben, wenn Fox etwas von mir verlangte, das ich nicht wollte?

Als ich zum Park kam, fiel mir etwas Schwarzes neben einem Baum auf. Der böse Mann. Er war wieder da. Stand der jetzt immer dort und wartete auf eine einsame Frau, die er überfallen konnte? Mein Herz schlug schneller. Vorfreude, keine Angst. Ich spürte mein Messer in der Scheide am Rücken. Man konnte ja mal ausprobieren, ob er mich zwingen würde, es zu benutzen. Und ob er das war, wofür ich ihn hielt.

Ich lief in den Park hinein, der beinahe menschenleer war. Bei der ersten Runde begegnete ich nur einem Hundeausführer und einem Teenagerpärchen. Als ich bei der zweiten Runde wieder an dem Baum vorbeikam, neben dem der böse Mann herumgelungert hatte, sah ich ihn nicht mehr. Er schien verschwunden zu sein.

Doch dann spürte ich ihn hinter mir, Sekunden bevor er mich an den Schultern packte und ins Gebüsch stieß. Ich ging zu Boden und schob mich dann nach hinten, weiter zwischen die Bäume und Sträucher. Er dachte natürlich, ich würde versuchen, ihm zu entkommen, und kapierte nicht, dass ich ihn anlockte. Dann stürzte er sich auf mich, betatschte mich gierig, und die weiß glühende Wut erfasste mich, verlässlich wie immer. Es spielte keine Rolle, wie viel Zeit seit dem letzten Mal vergangen war. Der rote Nebel umhüllte mich, und ich legte los, als wäre ich nicht jahrelang aus der Übung gewesen.

Jeder Mann, der mich verletzt und mir etwas angetan hatte, jeder Mann mit anzüglichem Grinsen und grapschenden Händen, die mich ohne Erlaubnis berührt hatten. Ich wollte sie alle bestrafen, ihnen wehtun, sie bluten lassen. Dieser widerwärtige Unmensch, dieser Abschaum – der würde es jetzt abkriegen, stellvertretend für alle.

Ein Geschenk der Götter: ein böser Mann, der für alle bösen Männer vor ihm bezahlen musste. Es war herrlich. Genau das, was ich brauchte. Was die Welt brauchte. Ein Drecksack weniger.

Als es vorbei war, warf ich einen Blick auf mein Werk.

Und atmete aus. Ich fühlte mich besser. Entspannende drei Minuten lang Freude und Frieden. Doch dann setzte das Grauen ein.

Ich hatte gegen die Abmachung verstoßen.

Ich hatte meinen Mann betrogen.

Teil 2

EHRLICHKEIT

»Ehrlichkeit ist das Wichtigste! Dein Mann
ist deine zweite Hälfte; zusammen seid ihr ein Ganzes.
Du musst ihm nah sein und ihm alles erzählen,
denn offene Kommunikation ist der einzige Weg,
um innerlich verbunden zu bleiben.
Wie könnt ihr Seelenverwandte sein, wenn ihr
in euren Seelen Geheimnisse versteckt?!«

Candice Summers, Nummer-eins-Bestseller-Autorin von *Ehe fürs Leben: Wie man als Paar für immer glücklich und erfüllt bleibt*

»Diese ganze Scheißehrlichkeit
wird total überbewertet.«

Hazel Matthews, Ehefrau

***Fine Art, Big Words Magazine*, Mai 2015**
***Fliege hoch* von Hazel Matthews**
Mixed Media, 100 cm x 200 cm

Auf dem Gemälde ist eine Frau in Rüstung dargestellt. Ihr schwarzes Haar weht im Wind, sie steht auf einem Berggipfel, bewaffnet mit Pfeil und Bogen. Zu ihren Füßen kriechen riesige Ratten mit Männerköpfen den Berg hinauf. In einigen der Kreaturen stecken Pfeile, Blut strömt auf die anderen Wesen unter ihnen herab. Es ist ein verstörendes Bild, von dem man dennoch nicht den Blick abwenden kann. Die Frauengestalt ist die einsame Kriegerin, die diese monströsen Kreaturen aufhält. An Haltung und Blick der Frau lässt sich eindeutig erkennen, dass sie die Jägerin ist, nicht die Gejagte. Hazel Matthews wird kühner und wagt mehr – und ihr Erfolg zeigt, dass sich das auszahlt.

MATTYS HANDY, gesendet 3. Mai 2015, 18:34

Jetzt hab ich einen Ehemann, aber mein bester Freund fehlt mir noch immer. Bei wem soll ich mich beklagen, wenn mein Mann mir den Verstand raubt? Diese Phase der unfassbaren Verliebtheit wird doch irgendwann mal enden. Ich kann ja nicht ewig so glücklich sein, oder?

24

Damals

Haze

»Ich habe wirklich keine Ahnung, wie du das schaffst«, seufzte Hamish. »Warum können nicht alle Leute, die ich unter Vertrag habe, so erfolgreich sein?« Er wandte sich Fox zu. »Deine Frau ist so enorm talentiert.«

Wir waren in meiner Galerie, um meine bevorstehende Ausstellung zu besprechen. Hamish, der Kurator, war äußerst beeindruckt von der Menge an Gemälden, die ich im letzten Jahr produziert hatte.

»Ich war in letzter Zeit einfach sehr inspiriert.«

Wir wanderten durch die Räume. Kahle weiße Wände, weißer Kunstharzboden – ideales Ambiente für meine Arbeiten.

»Erzähl mir etwas über das hier.« Hamish deutete auf ein Gemälde in Blau und Schwarz, das ich *Monster* betitelt hatte. »Aus welchem Material sind die hier?« Er deutete auf fünf Backenzähne, die ich in Form einer Blüte angeordnet und mit Metalliclack besprüht hatte.

»Aus Ton.«

»Absolut fantastisch. Die geben dem Ganzen so einen düsteren Akzent.«

»Ja, stimmt. Buchstäblich so einen gewissen Biss.«

Schmunzelnd sah ich Fox an, der missbilligend den Kopf schüttelte. Er war gar nicht damit einverstanden, dass ich kleine Souvenirs von unseren Morden in meiner Kunst verarbeitete. Mir war zwar auch bewusst, dass es riskant war, etwas zu benutzen, das uns mit grausigen Verbrechen in Verbindung brachte, konnte aber nicht widerstehen. Diese Elemente waren für mich das Fundament meiner Arbeit. Sie sagten aus, was ich erreichen wollte: meine beiden größten Talente zur Schau zu stellen, als Künstlerin und als Killerin.

»Das hier ist mein Lieblingswerk, glaube ich.« Hamish trat zu einem weißen Bild mit roten Streifen, auf dem sich zwei dunkle Figuren gegenüberstanden. »Der Kampf mit deinem eigenen Inneren.« Hamish legte den Kopf schräg. »Und die Haare?« Am unteren Bildrand waren braune Haare eingearbeitet.

»Hundehaare.« Ich lächelte. »Die symbolisieren das Tier in uns allen.«

»Du hast eine große Zukunft vor dir, Haze.« Hamish rieb sich zufrieden die Hände.

»Künstlerin zu sein war immer mein Traum.« Ich sah mich in der Galerie um, in der meine Gemälde an den Wänden hingen. Und mein attraktiver Mann hielt meine Hand. Wie war ich zu diesem Leben gekommen?

Von der Galerie aus gingen wir direkt zum Lunch im Le Caprice. Danach verbrachten wir einen faulen Nachmittag, vorwiegend nackt, und brezelten uns dann für irgendeine Glamourparty in den Kensington Roof Gardens auf. Wir konnten uns beide nicht daran erinnern, was der Anlass war und wer uns eingeladen hatte.

»Sie sehen fantastisch aus, meine Liebe. Wen tragen Sie?« Eine Rothaarige filmte mich mit ihrem Handy. Den zahllosen rosa Fläschchen nach zu schließen, die überall herumstanden, handelte es sich wohl um die Launch-Party eines neuen Parfüms.

Ich warf mich in Pose, breitete die Arme aus und machte Schmollmündchen. Ich trug ein eng anliegendes meerblaues Neckholderkleid, dazu dicken Goldschmuck und Stilettos. »Das Kleid ist Versace, die Schuhe Jimmy Choo.«

»Natürlich, wer sonst. Umwerfend.« Die Rothaarige ließ das Handy sinken. »Was ist Ihr Instagram-Name? Dann tagge ich Sie.«

Fox kam zu mir und küsste meinen Hals.

»Ach, ich bin nicht bei Insta«, antwortete ich. »Wir sind nirgendwo in den sozialen Medien. Wir leben im Moment.« Ich lächelte.

»Und sind füreinander da«, murmelte Fox an meinem Hals.

»Gott, ihr beiden.« Die Rothaarige machte noch ein paar Fotos. »Und wen tragen Sie ...«

»Tom Ford.« Fox strich über den Kragen seines perfekt geschnittenen Anzugs.

»Ich werde Sie als heißestes, bestgekleidetes mysteriöses Paar der ganzen Party beschreiben.« Sie tippte eifrig auf ihrem Handy und merkte gar nicht, dass wir uns verdrückten.

Eng umschlungen spazierten wir zur Bar, und ich genoss die beeindruckten Blicke. Ich fragte mich immer, ob die Leute uns für Promis hielten oder uns einfach toll fanden. Ich badete jedenfalls regelrecht in dieser Bewunderung.

Fox nahm zwei Gläser Champagner in Empfang, reichte mir eines und ließ seine Hand über meinen Rücken gleiten. »Hast du Spaß, Kleines?«

Ich nahm die laute Musik, das Blitzen der Kameras, das Klirren der Gläser und das Lachen der Gäste in mich auf.

»Ich bin in Stimmung«, sagte ich und schmiegte mich an ihn.

»Na, na. Du kennst die Regeln.«

Ich schmollte. »Aber können wir nicht mal ...«

»Wir haben alles, was wir wollten, Liebste. Das möchtest du doch nicht ruinieren, oder?«

Ich seufzte tief.

Mein großartiger Fox genoss es, sowohl das Gehirn als auch die Muskelkraft unseres Unternehmens zu sein. Demnach war ich wohl für Spaß und Energie zuständig. So oder so bildeten wir ein exzellentes Team.

Wenn wir gemeinsam öffentlich auftraten, fühlte ich mich ungeheuer mächtig, weil ich wusste, dass wir jeden im Raum fertigmachen konnten. Die Überheblichkeit eines Mannes, der glaubt, jede Frau vögeln zu können, ist nichts im Vergleich zur Überheblichkeit einer Frau, die glaubt, jeden Mann töten zu können.

Wobei mir einmal beinahe einer entkommen wäre, vor der Zeit mit Fox. In einem Waldstück an einer Autobahn. Der Typ war auf allen vieren, blutete aus einer Stichwunde im Bauch. Ich wandte mich nur wenige Sekunden ab, um eine Textnachricht zu checken, aber in der Zeit kroch er weiter ... allerdings direkt vor einen Laster. Und war daraufhin so zugerichtet, dass man keine Stichwunde mehr erkennen konnte. Glück gehabt.

Fox traf zahllose Vorkehrungen für unsere Sicherheit. Ich war keine impulsiv agierende Messerstecherin mehr, sondern Teil eines wie am Schnürchen funktionierenden Killerteams. Fox' wichtigste Regel bestand darin, die eigene Schwelle nicht zu beschmutzen. London kam als Wirkungsbereich deshalb nicht infrage. Sosehr es uns auch manchmal lockte – diesbezüglich war Fox streng. Er hielt das Risiko für viel zu groß.

Wir killten also nur auf unseren Reisen durch Europa, bei unseren Stippvisiten. Hier ein Mord, dort eine Sehenswürdigkeit.

Bei Interpol hatte jemand eine Akte über einen international agierenden Serienkiller begonnen, den man den »Rucksackmörder« nannte. Das fand ich urkomisch. *Wir* als Rucksacktouristen! Irgendein Genie hatte die Theorie entwickelt, dass die Männer von einem mittellosen Dropout getötet wurden, der seine reichen Opfer ausraubte und dann weiterzog zum nächsten Ziel. Ich habe Fox nur einmal wirklich wütend erlebt, und das war, als irgendein Schreiberling behauptete, aufgrund der Schnittwunden könnte der Killer jemand mit einem abgebrochenen Medizinstudium sein.

Fox recherchierte permanent gründlich, aber es gab nirgends jemals die Vermutung, ein Paar könnte gemeinsam am Werk sein.

Und selbst wenn jemand diese Idee ausbrütete, würde die Polizei nie auf unsere Spur kommen.

Denn wir passten überhaupt nicht ins Schema. Wir waren weder unscheinbar noch unsichtbar.

Im Gegenteil: Wir legten es darauf an aufzufallen. Wir feierten heftig, und die Einladungen gingen uns nie aus. Das Privileg eines attraktiven Paars: Leute wollten sich mit uns sehen lassen. Ach ja, und das Geld natürlich. Das trug auch dazu bei. Wir waren reich und schön – wer hätte uns nicht auf der Gästeliste haben wollen?

Als Single war ich peinliche Anmachen gewohnt. Mein Aussehen wurde offenbar als geeigneter Gesprächsstarter betrachtet: »Du bist so schön! Wer bist du?« Meine Standardantwort war: »Eine, die du nicht kriegen kannst«, inklusive Luftküsschen, während ich davonmarschierte. Obwohl Fox und ich unübersehbar vernarrt ineinander waren, gab es trotzdem Leute, die uns beide anbaggerten. Telefonnummern, auf einen Fetzen Papier gekritzelt, der einem von uns verstohlen in die Tasche gesteckt wurde. Wir zeigten uns dann gegenseitig die Bierfilze, Streichholzpackungen, Servietten und amüsierten uns. Ich war noch nie in Versuchung gewesen, Fox zu betrügen. Er kannte mich, wusste alles über mich und wollte mich ganz und gar. Weshalb hätte ich mich da auf irgendeinen x-beliebigen Typen einlassen sollen, der nur an einem hübschen Gesicht und gespreizten Beinen interessiert war? Das war doch so banal und primitiv.

In meinem Leben vor Fox war ich eine Person gewesen, die nirgends dazugehörte. Hielt ich mich unter Menschen auf, blieb ich eine Außenstehende, die nur beobachtete und beurteilte. Ich kam mir aber nie einsam vor, bis Fox in mein Leben trat und ich merkte, wie vollständig ich mich mit ihm an meiner Seite fühlte.

Die Welt war unsere Auster. Wir brachen sie auf und schlürften sie. Genossen das Leben in vollen Zügen. Und fühlten uns dabei grandios, weil wir der Welt den geheimen Dienst erwiesen, sie von widerwärtigen Männern zu befreien. Wir würden uns zwar niemals damit brüsten können, und posten konnten wir auch nichts, aber wir waren Helden im Untergrund. #PowerDreamteamgegen-dasBöse

25

Damals

Fox

»Juhuuuuuuu!« Haze saß am Steuer eines roten Jaguar E-Type, Baujahr 1961. Ich als Beifahrer versuchte, die spektakuläre Aussicht zu genießen, aber es fiel mir schwer, nicht auf die Straße zu starren. Der Comer See kam in Sicht.

»Hände ans Steuer, Haze!«

Wir waren von Holly Irgendwas-Doppelname zu ihrer Geburtstagsparty nach Italien eingeladen worden. Holly war so weit ganz nett, aber eine üble Koksnase.

Haze raste die Straße entlang, an der am Ende das Mandarin Oriental aufragte. Ich umklammerte krampfhaft den Haltegriff an der Tür, in der Hoffnung, dass es Haze mit ihrer riesigen Sonnenbrille nicht auffallen würde. Dann bremste sie vor dem Hotel, stellte den Motor ab und klatschte begeistert in die Hände, während sie den Blick über die prachtvolle Fassade schweifen ließ.

»Willst du nicht irgendwo parken?«

»Hier gibt's bestimmt jemanden, der das für uns macht.« Sie stieg aus und nahm graziös den Arm des Portiers, der sie die Stufen zu der imposanten Rezeption hinaufführte.

Meine Frau war wie geboren für diesen Lebensstil.

Diesen Gedanken hatte ich auch mehrmals, als ich sie während der Party beobachtete. Haze trug ein eng anliegendes geblümtes Kleid von Dolce & Gabbana, in dem sie wie eine Filmgöttin aus den

Fünfzigern aussah. Als wir auf die ausladende Terrasse am See traten, wehte uns warmer Wind entgegen, und kaum hatten wir unseren ersten Schluck Rosé-Champagner getrunken, waren wir auch schon umgeben von Bekannten aus den diversen Clubs, denen wir angehörten.

Eine Brünette berührte Haze am Arm. »Wo bist du noch mal zur Schule gegangen, Süße? Du kennst doch bestimmt Minty und Bella aus dem Internat in Ascot, oder?«

»Na klar kenne ich Minty und Bella. Aber nicht aus der Schule, ich war auf einem Internat in der Schweiz. Meine Mum hat darauf bestanden, weil sie wollte, dass ich Französisch, Deutsch und Italienisch spreche.« Haze zuckte mit den Schultern. »Hab ich beim Sex mit Muttersprachlern probiert, hat meine Sprachkenntnisse aber nicht sonderlich verbessert.« Die Ladys kreischten vor Lachen.

Haze, die den gezierten High-Society-Tonfall perfekt beherrschte, legte den Arm um mich. »Aber mein Herz gehört Amerika. Das ist mein Zuhause. Alles andere waren nur Stippvisiten.«

Die Ladys säuselten gerührt. Wir waren ein Traumpaar.

»Hallo, ihr Hübschen!« Sophia trat zu uns. Sie war Amerikanerin und so voller Botox, dass ihr Alter kaum noch bestimmbar war. »Ich trinke wieder!«, verkündete sie und hielt einen rosa Cocktail hoch. »Laut sechs Ärzten hat mein Mann bessere Chancen, schwanger zu werden, als ich.«

»Oje. Aber ihr könntet doch adoptieren?«, warf eine Blondine ein.

»Igitt. Ich trage keine Kleider aus zweiter Hand und will auch keine Kinder aus zweiter Hand.«

Ein Klirren war zu hören, als Haze' Glas an der Steinbalustrade zersplitterte. Und in den Augen meiner Frau, die jetzt nur noch den Stiel in den Händen hielt, erkannte ich einen ganz bestimmten Blick.

»Ihr Lieben, wir müssen mal rüber zu Lara und Samuel, sie winken uns schon eine ganze Weile.« Ich griff nach Haze' Arm, nahm ihr behutsam den Glasstiel aus der Hand und erlöste sie von der Runde.

Der Abend verflog im Rausch, und gegen Mitternacht beschlossen wir, dass wir genug von Como hatten. Wir buchten einen Flug, packten unsere Sachen, und am nächsten Tag lagen wir schon im Liegestuhl an Deck der Luxusjacht eines russischen Bekannten, die Korsika ansteuerte. Mit genügend Geld war alles möglich und das Leben eine nicht enden wollende Party.

Doch in dem ganzen Trubel fanden Haze und ich immer wieder Ruhe, wenn wir einander in die Augen sahen. Als wir beim Spazierengehen auf Korsika einen bösen Mann sichteten, verständigten wir uns mit einem Händedruck und wussten, was wir tun würden.

Und genossen bereits am nächsten Morgen den Sonnenaufgang in Cannes, während die Leiche vermutlich noch nicht einmal entdeckt worden war.

Ich achtete darauf, dass wir uns in London gesittet benahmen, damit wir uns auf unseren Europatouren weiterhin richtig ausleben konnten. Dieses typische Urlaubsgefühl, wenn man den Zwängen des Alltags entkommt – das gönnten wir uns nach allen Regeln der Kunst. Champagner vor zwölf Uhr mittags? Ein Toter vor dem Nachmittagstee? Alles war erlaubt.

Wir benutzten gefälschte Pässe und eine Vielzahl an Verkleidungen. Rothaarig und brünett in Paris, blond in Saint-Tropez, schwarzhaarig in Gstaad.

Als unsere gemeinsame Mordrate zweistellig wurde, ging ich noch einen Schritt weiter. Wir ließen unsere Smartphones in unserer Wohnung und benutzten unterwegs nur Wegwerfhandys. Ich lud sogar Serien auf unsere Sky-Box herunter, damit es aussah, als hätten wir uns übers Wochenende verkrochen und einen Filmmarathon gegönnt.

Ich führte grundsätzlich Protokoll, aber verschlüsselt. Das war zwar dennoch ein Risiko, aber ich musste im Auge behalten, welche Tarnung wir wo benutzt, mit welchen Namen wir in den Hotels eingecheckt, welche Mordmethode wir gewählt hatten.

An sich war es mein Ziel, innerhalb eines Landes unterschiedlich vorzugehen, damit man die Opfer nicht in Verbindung brachte. Aber das war nicht so einfach, weil man oft schnell handeln musste. Deshalb entdeckte Interpol dann doch ein Muster und begann, nach dem sogenannten Rucksackmörder zu suchen. Das bereitete mir aber kein Kopfzerbrechen. Solange man nach einem einzelnen Mann mit wenig Geld Ausschau hielt, würde niemand auf ein reiches Paar kommen. Die Polizei glaubte, wer Opfer bestahl, musste notgedrungen arm sein. Dabei zog sie nicht in Betracht, dass auch wohlhabende Menschen oft das Gefühl haben, nicht genug Geld zu besitzen.

Ich checkte regelmäßig die Nachrichten und löschte meinen Suchverlauf. Und ich überlegte permanent, was noch getan werden musste, um uns zu schützen. Ich wollte alles perfekt durchdacht haben, um Haze zu entlasten.

Doch so sorgfältig ich auch plante, bestand natürlich dennoch immer Gefahr, dass sogar ich etwas übersah. Dass irgendetwas passierte, worauf man sich nicht vorbereiten konnte. Ein Wachmann, der seine nächtlichen Gewohnheiten änderte. Ein neugieriger Nachbar, der sich ein Nummernschild notierte. Menschen waren unberechenbar. Wie oft fand ich keinen Schlaf, weil ich mir Sorgen machte, dass wir durch etwas ganz Banales auffliegen würden – wegen eines Betrunkenen, der einen ungestörten Platz zum Pinkeln suchte; einer Frau, die nach einem Streit mit ihrem Freund in die Nacht hinausstürmte; eines Taxifahrers, der falsch abbog … Die spontanen Entscheidungen irgendwelcher Unbekannter konnten unser Ende bedeuten. Und durch die sozialen Medien mit dieser ganzen Selfie- und Videosucht war alles noch schwieriger geworden. Denn wie leicht konnte man irgendwo im falschen Moment fotografiert oder gefilmt werden.

Wir hatten nie darüber gesprochen, aber ich wusste, dass wir beide niemals einen unschuldigen Menschen töten könnten, nur weil er Zeuge unserer Tat geworden war. Wenn wir beobachtet wurden, dann war's das für uns.

Ich plante also alles mit militärischer Präzision. Nicht nur die Tat selbst, sondern auch alles danach. Viel später, wenn Haze längst glückselig eingeschlummert war, war ich noch immer auf der Hut. Überprüfte jeden einzelnen Schritt erneut auf Fehler oder Schwächen. Mühevolle, harte Arbeit, aber sie war es wert, damit Haze glücklich sein konnte. Sie musste es nicht aussprechen, musste mir nicht danken – ich wusste ohnehin, dass sie das alles ohne mich nicht hätte verwirklichen können.

26

Haze

Während ich auf den Toten hinunterstarrte, wurde mir klar, dass ich mich jetzt nicht von Gefühlen leiten lassen durfte. Ich musste mir schnell überlegen, was als Nächstes zu tun war. Das hatte sonst Fox übernommen. Er hatte immer einen sorgfältig ausgearbeiteten Plan gehabt, manchmal sogar eine Checkliste. Ich hielt mein blutbeschmiertes Messer noch in der Hand und säuberte es erst einmal am T-Shirt des Mannes. Als die Spitze daran hängen blieb und ich sie befreite, ging ein Stück Stoff mit ab. Ich stopfte es in die Tasche meiner Leggins.

Meine blutigen Hände wusch ich mit Wasser aus meiner Laufflasche. Dann holte ich mein Handy heraus und prüfte im Selfie-Modus, ob ich Blutspritzer im Gesicht hatte. Zum Glück nicht, auch meine Kleidung hatte nichts abbekommen. Inzwischen war es so dunkel, dass Passanten es ohnehin nicht gesehen hätten. Aber Fox durfte nichts merken.

Hastig zerrte ich ein paar herumliegende Äste über die Leiche, schlich dann zum Weg hinüber. Im Park schien niemand mehr unterwegs zu sein. Ich zog mir die Basecap tiefer ins Gesicht und lief los.

Auf dem Rückweg rief ich mir noch einmal jedes Detail in Erinnerung. Im Park hatte mich niemand genau gesehen, oder? Der Hundeausführer und das Teenagerpärchen waren zu weit entfernt gewesen, als dass sie mein Gesicht hatten erkennen können. Aber weil ich so wütend auf Fox gewesen war, mochte mir durchaus etwas entgangen sein.

Auf dem Weg bis zu unserem Haus begegnete ich nur einem Mann, der telefonierte und mich nicht zu registrieren schien. Drei Autos fuhren an mir vorbei, doch ich hielt den Kopf gesenkt. An unserer Haustür angekommen, holte ich tief Luft und schloss leise auf. Das Messer in der Scheide steckte im Bund meiner Leggins, ich spürte es am Rücken.

»Wer ist nicht vergnügt, wenn hoch der Drachen fliegt?« Fox schmetterte in der Küche ziemlich schief das Lied aus dem *Mary Poppins*-Film, das im Radio lief, und Bibi lachte.

Ich zog meine Joggingschuhe aus, nahm sie in die Hand und schlich auf Zehenspitzen nach oben. Im Bad schloss ich die Tür ab und warf Schuhe, Kleidung und Laufgürtel auf einen Haufen. Dann säuberte ich am Waschbecken das Messer mit Desinfektionsmittel und wusch es anschließend mit heißem Wasser ab. Danach sah ich keine Blutspuren mehr, aber was war mit DNA? Könnte man die dennoch feststellen?

Ich sollte es entsorgen.

Das wäre der sicherste Weg, aber es war eines meiner Lieblingsmesser. Ich hatte es auf einem Markt in Marokko gekauft, und es hatte eine wunderschöne Gravur auf dem Heft. Jetzt verstand ich, warum Fox immer auf gewöhnlichen Küchenmessern bestand. Standardklingen hatten keine emotionale Bedeutung. Vielleicht in die Spülmaschine? Würde das ausreichen? Ich könnte es googeln, aber damit würde ich eine digitale Spur hinterlassen, die mich später belasten konnte. Scheiße. Vor der Polizei einen Mord zu verbergen war wesentlich einfacher als vor meinem Mann. Er wusste, worauf er achten musste. Und er kannte mich.

Ich beäugte mich im Spiegel. An meinem Hals war ein winziger Blutfleck, den ich vorher übersehen hatte. Ich steckte das Messer in meine leere Wasserflasche und stieg in die Dusche. Das heiße Wasser auf der Haut fühlte sich so gut an, dass ich mich ermahnen musste, nicht zu trödeln. Ich schrubbte mich von Kopf bis Fuß ab, wusch mir die Haare und spülte zweimal nach.

Dann schlüpfte ich in einen weichen Jogginganzug, warf meine Klamotten und Schuhe in die Wäschebox, legte die Wasserflasche, in der das Messer klapperte, obendrauf. Alles durchwaschen, dann gab es keinerlei Spuren mehr. Ganz einfach.

Der Waschraum war neben der Küche. Das Radio lief noch immer, und als ich hereinkam, tanzte Fox mit Bibi auf dem Arm durch die Küche. Beide lachten sich kringelig, doch als Fox mich sah, setzte er Bibi ab und trat zu mir.

»Wie war das Laufen?«

»Gut.« Ich umklammerte die Wäschebox.

»Es tut mir leid.« Er berührte meine Schulter.

Ich musste mich zusammenreißen, um nicht auf die Box zu schauen. War doch ein Blutfleck auf meiner Kleidung? Oder auf der Wasserflasche? Warum hatte ich nicht etwas anderes obendrauf gelegt?

»Wir können später reden. Ich ...«

»Wie gesagt: Ich entschuldige mich bei dir. Keine Ahnung, was in mich gefahren war.«

Er gab die Amerika-Idee schon auf?

»Bin einfach ein bisschen sentimental geworden und dachte an meine Heimat«, fuhr er fort. »Aber die ist Vergangenheit. Du, Bibi, England – das ist meine Zukunft. Die ich niemals durch irgendetwas gefährden würde.«

Mein Mund fühlte sich trocken an. Fox starrte mich an, wartete auf eine Reaktion. *»Wenn ein Löffelchen voll Zucker bittre Medizin versüßt«*, trällerte Julie Andrews das nächste Lied aus dem Film.

»Ich auch nicht«, brachte ich mühsam hervor.

Er küsste mich, über die Wäschebox hinweg, die zwischen uns eingeklemmt war.

»Dada! Tanzen!«, schrie Bibi.

Er wirbelte herum und nahm sie wieder auf die Arme.

Ich ging rasch in den Haushaltsraum, schloss die Tür und lehnte mich dagegen, um durchzuatmen. Dann nahm ich mein Handy und das AirPods-Case aus dem Laufgürtel, steckte ihn mitsamt Kleidung und Schuhen in die Maschine und warf gleich vier Waschkapseln auf einmal hinein. Erst als das Wasser in die Trommel lief, konnte ich wieder normal atmen. Jetzt gab es keine Spuren mehr. Meine Sachen würden sauber werden, alles war, als wäre nichts gewesen.

Aber das Messer.

Ich starrte auf die Wasserflasche.

In einem Regal über der Waschmaschine waren alte Vasen, ein Korb mit Einzelsocken und mehrere Packungen Klopapier verstaut. Ich kletterte auf die Ablage und ließ die Wasserflasche in eine große Vase fallen, die wir noch nie benutzt hatten. Bis ich eine Idee hatte, was ich mit dem Messer machen sollte, war das eine passable Lösung.

Als wir ins Bett gingen, war ich einigermaßen sicher, dass nichts schiefgehen würde. Ich legte mich auf den Rücken, starrte an die Decke und versuchte, zur Ruhe zu kommen. Der Mann hatte mich angegriffen. Es war Notwehr gewesen. Meiner Erfahrung nach waren Männer, die Frauen überfielen, immer Mehrfachtäter. Es war ein böser Mann gewesen, er hatte den Tod verdient. Ein gerechtfertigter Mord also. Mir war bestimmt nur so flau im Magen, weil ich jetzt etwas vor Fox verheimlichte, oder?

»Alles okay mit dir?« Fox wandte sich mir zu. »Du wirkst ziemlich angespannt …«

Ich zog ihn an mich und küsste ihn leidenschaftlich. Um uns beide abzulenken.

27

Fox

Ich war spät dran für mein AA-Treffen und raste auf einem dieser Mietfahrräder, über die Haze sich immer lustig machte, durch den Londoner Straßenverkehr. Diese Räder fand Haze absolut uncool. Als ich einmal vorschlug, damit zu fahren, damit wir rechtzeitig ins Kino kamen, hatte sie sich rundweg geweigert, mit der Begründung, lieber verpasse sie den Film, als auf so einem hässlichen Teil gesehen zu werden.

Ich hasste es, mit meiner Frau zu streiten. Trotz meiner Entschuldigung gestern hatte Haze heute Morgen immer noch verstimmt gewirkt. Meine Eltern hatten sich gerade mal eine halbe Stunde in unserem Leben blicken lassen und schon eine ganze Menge Schaden angerichtet. Nach jahrelangem Stillschweigen war ich ihnen plötzlich so wichtig, dass sie nach England reisten? Das bildete ich mir sicher nur ein. Es hatte garantiert irgendein bedeutsames gesellschaftliches Ereignis gegeben, das sie hierhergeführt hatte, und sie hatten nur einen kleinen Umweg gemacht. Weil Julian sie zum ersten Mal in seinem Leben enttäuscht hatte. Meine Eltern waren Republikaner und gottestreu. Scheidung wurde missbilligt, weil man nicht trennen sollte, was der Herr zusammengeführt hatte. Außerdem war es schmachvoll, dass es ihm offenbar nicht gelungen war, seine Gattin zur Räson zu bringen. Ich fragte mich, was Julians Frau, die sanfte Martha, dazu veranlasst hatte, die Scheidung zu verlangen, anstatt, wie in diesen Kreisen üblich, ein Auge zuzudrücken und die Fassade zu wahren. Es musste schon einen massiven Grund geben, wenn diese stille unscheinbare Person den Mut aufbrachte, sich meinen Eltern zu widersetzen.

Und dann kam wohl noch hinzu, dass ich mittlerweile ein unbescholtener Familienvater ohne Ermittlungsakte war. Offenbar waren meine Eltern deshalb der Überzeugung, dass ich mit dem Morden aufgehört hatte. Sie trauten mir so wenig zu, dass sie nicht auf den Gedanken kamen, ich sei einfach besser darin geworden, keine Spuren zu hinterlassen. Also wurde ich immer noch unterschätzt.

Haze hatte mir unterstellt, ich wolle meinen Eltern immer noch gefallen.

Und sie hatte leider recht, was mich beschämte. Ich mochte meine Eltern nicht, ich verstand sie nicht, wünschte mir aber dennoch Anerkennung von ihnen. War dieser Wunsch etwas, das in uns allen steckte?

Alles, was meine Eltern bei mir verpfuscht hatten, wollte ich bei Bibi richtig machen. Vermutlich würde ich dabei nur eine neue Methode entwickeln, wie man das eigene Kind ruinierte. Und natürlich gab es die Sorge, dass Bibi die dunklen Seiten von Haze und mir geerbt hatte. Aber selbst wenn, hatte sie mit uns wenigstens ein Expertenteam. Wir kannten die Symptome und konnten ihr helfen, dieses Verlangen in Schach zu halten. Uns selbst gelang es schließlich auf bewundernswerte Weise, unsere wahre Berufung, unser wahres Ich zu unterdrücken. Waren wir also nicht der beste Beweis dafür, dass man sich nicht von seinen dunklen Seiten beherrschen lassen musste, sondern dass man sie in den Griff bekommen konnte?

Als ich beim AA-Treffen ankam, beendete Griff gerade die Begrüßungsrunde. Heute waren außer mir und ihm nur Pam und zwei mir unbekannte junge Leute um die zwanzig anwesend.

»Und jetzt noch ein herzliches Willkommen für Nathaniel, von dem ich stolz berichten kann, dass er seit über drei Jahren nüchtern ist.« Griff sah mich an und zog die Augenbrauen hoch, und ich nickte. »Er wird jetzt sprechen.«

Ich stand auf. »Hi, ich bin Nathaniel, und ich bin Alkoholiker.« Mittlerweile hatte ich das so oft gesagt, dass ich es beinahe selbst glaubte. »Wie Griff schon sagte: Ich bin jetzt seit einer ganzen Weile nüchtern. Für meine Tochter habe ich etwas aufgegeben, das ich sehr mochte. Einige Tage sind immer noch schwer.« Ich hielt inne. »Meine Eltern kamen vor ein paar Tagen überraschend zu Besuch, und das hat, wie ihr jungen Leute vielleicht sagen würdet, echt was getriggert.« Die beiden sahen mich ernst an. »Mir ist bewusst geworden, wie viel mein früheres Verhalten damit zu tun hatte, wie die beiden mich in der Vergangenheit behandelt haben. Heute verstehe ich, dass ... der Alkohol ... mir das Gefühl gegeben hat, nicht ohnmächtig zu sein. Mein Leben selbst im Griff zu haben.«

Griff applaudierte. »Mann, was für ein toller Durchbruch, Nathaniel. Ich bin stolz auf dich.«

»Danke, Griff. Das bedeutet mir sehr viel.« Ich setzte mich wieder. »Meine Eltern waren vielleicht entsetzt darüber, wie viel ich getrunken habe, aber ganz ehrlich: Das war ihre Schuld.«

Griff nickte. »Viele von uns führen ihr Alkoholproblem zurück auf Misshandlungen in der Kindheit ...«

Ich hielt die Hand hoch. »Entschuldige ... nein, so war das nicht. Meine Eltern haben mir körperlich nichts angetan.«

»Ach so ... dann hast du vielleicht Hunger gelitten und bist auf der Straße gelandet ...«

»Nein, nein, das auch nicht. Ich meinte absurd hohe Erwartungen, viel Druck, damit ich auf ein Eliteinternat gehen konnte, und der Zwang, einen Tanzkurs zu machen. Solche Sachen eben ...« Ich verstummte.

Griff öffnete den Mund, schloss ihn wieder und sagte schließlich: »Alle unsere Erfahrungen sind gleichwertig.«

Er klang so grimmig dabei, dass ich mich plötzlich fragte, ob ich mich hier wirklich in einem geschützten Raum befand. Ich war zwar in privilegierten Verhältnissen aufgewachsen, hatte aber kein Verständnis oder Mitgefühl verdient, weil ich mich in Luxusbettwäsche in den Schlaf weinte? Wieso gab ich mich überhaupt hier als Alkoholiker aus, wenn ich nicht als Überlebender gefeiert wurde, sobald ich halbwegs aufrichtig über meine Vergangenheit sprach?

Mir war schon klar, dass sich meine Erfahrungen nicht mit dem vergleichen ließen, was Haze durchgemacht hatte. Aber genau aus diesem Grund war ich hier. Über meine Traumata konnte ich mit ihr nicht reden. Wie hörte sich das denn an: »Meine Mutter hat mich nie in den Arm genommen«, im Gegensatz zu: »Pflegevater Nummer drei war der schlimmste, der hat Zigaretten benutzt, und die taten viel mehr weh als die Messerschnitte von Nummer zwei«? Ich musste stark und unfehlbar für uns beide sein. Der starke, vertrauenswürdige, verlässliche Mann, bei dem sie verletzlich sein durfte. Aber an welcher Schulter konnte *ich* mich ausweinen, wenn ich mal Zuspruch brauchte?

Beim Rausgehen schaute ich auf mein Handy. Verpasster Anruf von Petra. In jeder Ehe gab es Geheimnisse. Ich dachte an Haze. Meine wunderschöne, komplizierte Frau. Wenn ich ihr etwas verheimlichte, zu ihrem eigenen Guten, hieß das noch lange nicht, dass ich ein schlechter Ehemann war. Nur weil wir verheiratet waren, mussten wir nicht zwangsläufig alles voneinander wissen.

28

Haze

Fünf Tage.

Erst nach fünf Tagen wurde die Leiche gefunden. Und die Meldung in der Zeitung war weniger spektakulär, als ich erwartet hätte.

Wir saßen gerade zu dritt beim Frühstück, und ich achtete darauf, regelmäßig zu atmen, als ich die Nachricht in der *Times* entdeckte. Fox hatte darauf bestanden, dass wir sie täglich geliefert bekamen, ebenso wie die Milchflaschen. Wenn schon Vorortleben, dann richtig.

Es stand auf der zweiten Seite: *»Mordopfer im Cobham Park gefunden«*. Ziemlich nüchterne Schlagzeile für einen gewalttätigen Mord, fand ich. Kein Entsetzen, dass ein Weißer in einer gutbürgerlichen Wohngegend ermordet war? Ich las weiter. *»Das Opfer war kürzlich aus der Haft entlassen worden und wohnte in einer Resozialisierungseinrichtung außerhalb von Slough. Die Polizei versucht, Verwandte zu ermitteln ...«* Der Typ hatte im Knast gesessen. Mir fiel ein Stein vom Herzen. Meine Intuition hatte mich nicht getrogen – der hatte schon mehr auf dem Kerbholz gehabt, und ich hätte sein nächstes Opfer sein sollen.

»Möchtest du Porridge?«

Ich merkte, dass Fox mit mir redete. »Was?«

»Porridge?« Er zeigte auf Bibi, die den Brei bewundernswert manierlich aus ihrer Schale löffelte.

»Nein, danke.« Ich dehnte die Schultern und las so beiläufig wie möglich weiter.

» *... war es zu Tätlichkeiten einem Wohnungslosen gegenüber gekommen, weil das Opfer im Cobham Park ein Zelt aufgestellt hatte ... Zeugen werden gesucht ...*«

Ich atmete aus und schaute auf. Fox beäugte mich forschend. »Alles okay mit dir?«

»Jaja. Bin nur aus irgendeinem Grund heute total müde.« Ich gähnte und legte die Zeitung beiseite. Wenn Fox weg war, würde ich den Artikel in Ruhe lesen.

»Schau, Mama!« Bibi deutete auf ihre leere Schale.

»Super, Süße!«

Sah ganz so aus, als hätte ich Glück gehabt.

Ich hatte einen Mann getötet, für den sich offenbar niemand einsetzen würde. Der Artikel ließ lediglich vermuten, dass die Revierkonflikte eines ehemaligen Häftlings mit einem Wohnungslosen eskaliert waren. So eine Sache konnte jahrelang als »ungeklärt« vor sich hin schimmeln. Niemand würde einen Aufstand machen und verlangen, dass die Polizei den Fall schnell löste. Ein Mord so nahe der Wohnsiedlung würde den betuchten Anwohnern unangenehm sein, aber die Damen würden nicht an ihren Perlenketten zupfen und *»Das hätte ich sein können«* hauchen.

Es schien, als könnte ich wirklich ungeschoren davonkommen. Bei der Polizei zumindest ... aber auch bei meinem Mann?

Ich warf ihm einen Blick zu. Er trank Kaffee und tippte auf seinem Handy. Als ich vorhin heruntergekommen war, hatte die Zeitung ausgebreitet auf dem Tisch gelegen, Fox hatte sie also schon gelesen. Hatte er den Artikel überflogen und keinen Verdacht geschöpft? Oder klingelten jetzt die Alarmglocken bei ihm?

In der letzten Woche war er besonders lieb und fürsorglich gewesen, fühlte sich offenbar noch schuldig wegen des Zwists nach dem Besuch seiner Eltern. Fox konnte seit jeher gut zugeben, wenn er etwas falsch gemacht hatte. Er entschuldigte sich, und dann war das Ganze für ihn erledigt. Ich dagegen neigte dazu, nachtragend zu sein. Aber wenn er vermuten würde, dass ich etwas mit dem Toten im Park zu tun hatte, würde er mich doch bestimmt darauf ansprechen. Oder hatte er bereits heimlich beschlossen, mit Bibi nach Amerika abzuhauen, weil ich mich nicht an unsere Abmachung gehalten hatte?

Fox stand auf. »So, Mädels, ich muss los.« Er trank seinen Kaffee aus, küsste Bibi auf den Kopf und beugte sich dann über den Tisch, um mich zu küssen. Es war ein normaler Kuss, kein unterschwellig wütender.

»Bist du zum Abendessen zurück?«

»Na klar.« Er lächelte und nahm sein Sakko und seine Tasche vom Stuhl an der Tür. »Und schön brav sein!«, sagte er noch, als er rausging.

Ich versuchte mich zu erinnern, ob er das immer schon gesagt hatte.

Nachdem ich Bibi in der Kita abgesetzt hatte, las ich im Auto den Artikel so oft, bis ich mir jedes Wort eingeprägt hatte. Dann ging ich ins Kaufhaus und blätterte dort sämtliche Tageszeitungen durch. Fox' frühere Warnungen vor unserem digitalen Fußabdruck hatten mich so paranoid gemacht, dass ich keine Recherchen im Internet wagte. Aus den vier Zeitungen, die ich durchschaute, erfuhr ich aber nichts Neues. Die Polizei ging anscheinend davon aus, dass dieses Zelt im Park einen Wohnungslosen verärgert hatte, worauf es zu einem Streit gekommen war. Der Mann wurde jetzt gesucht, aber da er nicht beschrieben wurde, würde es sicher keine Hinweise aus der Bevölkerung geben. Und er selbst würde sich wohl kaum freiwillig bei den Behörden melden.

Konnte ich es mir tatsächlich erlauben, mich zu entspannen?

Das Messer hatte ich dreimal in die Spülmaschine gesteckt und dann – wieder in der Wasserflasche – hinten im Garten vergraben. Die Stelle hatte ich mit einem großen Stein markiert. Wann ich mich sicher genug fühlen würde, es wieder ins Haus zu holen, konnte ich noch nicht einschätzen, aber ich war froh, es nicht weggeworfen zu haben. Vielleicht freute ich mich zu früh, aber es kam mir vor, als wäre das Ärgste vorüber.

Als ich nach Hause kam, begann ich zu malen, und es lief gut. Richtig gut. Ich konnte mir kaum einreden, dass meine Inspiration nichts mit dem Mord zu tun hatte, nachdem mir jahrelang kein Bild gelungen war. Und fast hatte ich vergessen, wie sehr ich das Malen liebte; ich war so vertieft, dass ich nichts anderes wahrnahm. Da waren nur ich, die Farben, die Leinwand.

Die Zeit verging im Nu, und als der Handywecker klingelte, weil ich Bibi abholen musste, brach ich wie in Trance auf. Erst als ich einen Blick in den Rückspiegel warf, sah ich, dass ich einen Farbfleck auf der Wange hatte.

Ich gab Bibi ihr Essen, legte sie dann zum Mittagsschlaf hin und machte weiter. Ich wollte nirgendwo anders sein.

Als der Wecker wieder klingelte, weil ich Bibi wecken musste, nagte ich an meiner Lippe. Ich war mit Jenny verabredet, weil wir das neue Fitnessstudio für Kids ausprobieren wollten, das letzten Monat mit großem Tamtam eröffnet worden war. Was die Kleinen da machen konnten, wusste ich nicht, hoffte aber, dass es Mini-Laufbänder und Mini-Hanteln geben würde. Ich lehnte mich zurück und starrte auf die Leinwand. Aufzuhören, während ich im Flow war, fühlte sich furchtbar an. Aber ich musste an Bibi denken. Schließlich konnte ich mich hier nicht einigeln und sie drei Stunden lang vor den Fernseher setzen, so verlockend mir das gerade auch erschien. Ich atmete tief durch und legte den Pinsel weg.

Bibi wachte gut gelaunt auf, hopste vorfreudig durch die Gegend und machte nichts von allem, was ich ihr auftrug.

»Auf Toilette gehen! Anziehen! Schuhe!«

Meine Befehle blieben unerhört, und wir waren schon spät dran. Ich sauste durchs Haus, suchte mein Portemonnaie und meine Air-Pods, stopfte beides in meine Handtasche. Im Auto würde ich Jenny anrufen und Bescheid sagen, dass wir die Einführung verpassen würden.

»Schuhe, Bibi!«, schrie ich nach oben. »Beeil dich!«

Schließlich kam sie herunterspaziert, die Schuhe in der Hand, in Elsas Kleid aus *Die Eiskönigin*.

»Süße, wir gehen ins Fitnessstudio. Vielleicht etwas weniger Flattriges?«

Sie verschränkte die Arme vor der Brust und starrte mich trotzig an.

»Schon gut, schon gut, also los.« Bibi setzte sich auf die Treppenstufen, und ich zog ihr rasch die Sneakers an. »Und jetzt hopphopp!«

Als ich die Tür zur Garage öffnete, klappte ich das AirPods-Case auf.

Der rechte fehlte.

Mir blieb fast das Herz stehen. Scheiße – ich hatte sie doch seit dem Mord benutzt, oder etwa nicht? Ich überlegte hastig. Die AirPods benutzte ich nur zum Telefonieren im Auto – was ich in den letzten Tagen nicht gemacht hatte – oder beim Laufen ... Mist. Seither hatte ich sie nicht mehr gesehen. Aber ich hatte doch bestimmt nachgeschaut, ob ich sie ins Case gesteckt hatte, oder? Ich versuchte mich zu erinnern. Als der Mann mich attackierte, hatte ich sie noch in den Ohren. Ich hatte ihn niedergestochen, und dann ... Hatte ich sie sofort in ihr Case gesteckt? Oder hatte ich sie noch getragen, als ich loslief? War während des Kampfs einer rausgefallen? Oder auf dem Rückweg? Der telefonierende Mann, dem ich unterwegs begegnet war – hatte ich den gehört oder nur gesehen? Ich schloss die Augen und rief mir die Szene vor Augen. Was er sagte, hatte ich nicht verstanden. Das bedeutete aber nicht automatisch, dass ich die AirPods in den Ohren gehabt hatte. Ich lief schnell, hatte vielleicht Ohrensausen wegen des Adrenalinschubs, und mir ging allerhand durch den Kopf, nachdem ich gerade einen Mann umgebracht hatte.

Lag jetzt ein einzelner AirPod in einem Asservatenbeutel im Polizeirevier von Berkshire? Konnte man anhand von Ohrenschmalz die DNA ermitteln? Das konnte ich googeln – ach nein, scheiße, konnte ich nicht.

AirPods gingen doch ständig verloren, das gehörte bestimmt zum Geschäftsmodell. Die Teile waren so klein, dass sie ständig abhandenkamen und man neue kaufen musste. Und letztlich war ich nichts als eine stinknormale Vorstadtmama, die auf ihre Figur achtete, joggen ging und so ein Ding verloren hatte. Klar, würde es nicht gut aussehen, wenn es neben einer Leiche gefunden wurde, aber was sollte mein Motiv sein?

Doch letztlich war all das vollkommen egal. Denn sollte die Polizei hier auftauchen und Fragen stellen, würde Fox sofort Bescheid wissen. Die würden vielleicht nie genügend Beweismaterial zusammenkriegen, um mich wegzusperren, aber er würde es auf jeden Fall wissen. Und dann wäre mein Leben auf eine andere Art ruiniert.

Bibi kletterte ins Auto, ich schnallte sie an. Dann stieg ich ein und holte tief Luft. Ich holte mein Handy raus und schrieb eine Nachricht, in der es von Schimpfwörtern nur so wimmelte. Dann drückte ich auf Senden und fuhr los. Dabei versuchte ich, nicht daran zu denken, dass es eine ziemlich erbärmliche Nummer war, einem Toten eine Nachricht über einen anderen Toten zu schreiben. Auf Mattys Handy meinen Frust abzuladen, war mir zur Gewohnheit geworden. Vor allem im letzten Jahr hatte das zugenommen. Je mehr ich mich Mattys Handy anvertraute, desto deutlicher wurde mir die zunehmende Distanz zwischen Fox und mir. Ich warf einen Blick auf das AirPods-Case. Und ab jetzt würde alles nur noch schlimmer werden.

29

Haze

Jenny benahm sich merkwürdig. Sie war übel erkältet und hörte sich völlig verschnupft an, wirkte aber viel lebhafter als sonst. Vergnügt tobte sie mit Felix auf der großen Matte herum und beugte sich manchmal zu mir herüber, als wollte sie etwas sagen, ließ es dann aber bleiben. Vielleicht weil ich das Gesicht verzog, damit sie mir mit ihren Bazillen vom Hals blieb.

Es war heiß und unangenehm in dem Studio. Meine nackten Beine klebten an der Gummimatte fest. Bibi hatte schon nach fünf Minuten ihr Kleid ausgezogen und sprang jetzt in Unterwäsche herum. Sicher befreiend, wenn es einem egal war, was man anhatte. Aber ich wurde natürlich dafür verurteilt. Eine Mutter sah mich naserümpfend an.

Ich saß im Schneidersitz am Rand, bemüht, nicht an den fehlenden AirPod zu denken. *Alles ist gut, alles ist gut*, versuchte ich mir einzureden, während ich meinem glücklichen Kind zuschaute. Bibi balancierte auf einem Schwebebalken und sprang kichernd runter. Leider gab es weder Mini-Laufbänder noch Hanteln – nur jede Menge Gummimatten und die Einladung zum Herumtoben.

Falls Fox mir auf die Schliche kam, musste ich mich eben auf die Folgen gefasst machen. Jede Ehe hatte ihre Höhen und Tiefen, das war normal. Ich meine, welche Frau war denn nicht schon mal nach einem Streit davongerannt und hatte etwas Unsinniges getan? Das kam sicher ständig vor – nur dass die meisten Frauen dann eher Sex mit einem anderen Mann hatten, als einen umzubringen. Und was war denn der schlimmere Betrug? Im Ehegelübde war nur von Treue die Rede, nicht davon, dass man niemanden töten durfte, oder?

Ich warf meiner süßen Tochter, die gerade im Kreis herumwirbelte, ein Lächeln zu. Alles war gut.

»Hast du von diesem Mann gehört, der im Park umgebracht wurde?«, fragte Jenny, als wir später im Café des Fitnessstudios saßen und die Kinder zum Spielbereich flitzten.

Mir stockte der Atem.

Wie idiotisch von mir zu glauben, dass der Tote nicht auf dem Radar der hiesigen Mamas auftauchen würde. Ein Mord in einer Luxuswohngegend sorgte immer für Aufsehen.

»Ich … ich habe was in der Zeitung darüber gelesen, ja.« Ich sah Jenny an. Sie wirkte wie elektrisiert vor Aufregung – und da war noch irgendetwas anderes. Gehörte sie etwa zu diesen True-Crime-Fans, die begeistert sind von einem Mordfall in der Nähe, weil sie dann Amateurdetektiv spielen können? »Ist wohl bei irgendeinem Streit passiert, oder?«

»Das Opfer war ein Ex-Häftling, und es gibt einen Bericht über eine tätliche Auseinandersetzung mit einem Wohnungslosen, ja. Die Polizei scheint zu glauben, dass der zurückgekommen ist und den Mann getötet hat. Aber …« Jenny nieste, zog ein schmuddeliges Taschentuch aus ihrem Ärmel und putzte sich die Nase. »Aber ich glaube nicht, dass es so war.«

Ich winkte der Bedienung, und als sie auf halbem Wege zu uns war, rief ich: »Einen Cappuccino, einen Mocha!« Sie nickte und hob den Daumen.

»Ah, bist du so eine Art Hobbydetektivin?«, fragte ich dann.

Jenny lächelte. »Nee, nicht Hobby, Profi. Bei der Polizei.«

Schlagartig hatte ich einen durchdringenden Pfeifton im Ohr, und alles schien wie in Zeitlupe abzulaufen. »Was?«

Jennys Lippen bewegten sich, und ich starrte sie an. »Ich hab dir doch erzählt, dass ich seit Jahren in Elternzeit bin. Polizistin bin ich trotzdem noch, ich arbeite nur noch nicht wieder.«

Ich nickte und überlegte fieberhaft. Jenny. Ihr Beruf. Was hatte sie bislang darüber erzählt? An Polizei würde ich mich ja wohl erinnern, oder? Sie hatte nichts darüber gesagt, sondern sich nur über ihren Ex beklagt, den Exhibitionisten, der ihre Laufbahn ruiniert hatte. Ein Exhibitionist. Der Polizist war. Plötzlich wurde mir der Zusammenhang klar.

Ich beugte mich vor. »Ist dein Ex etwa der Typ, der überall in den Medien war? Über den es jede Menge Memes gab?«

Jenny senkte den Blick. »Tut mir leid. Ich weiß, ich hätte dir die ganze Geschichte erzählen sollen, aber es war mir so peinlich. Die Sache ging wirklich durch sämtliche Medien, und ich dachte, das würde dich so anwidern, dass du dann nicht mit mir befreundet sein wolltest.«

Die Bedienung stellte den Kaffee vor uns ab, und ich starrte auf meinen dampfenden Becher.

Wieso um alles in der Welt war ich nicht früher darauf gekommen? Ich erinnerte mich an das Video der Überwachungskamera, das jemand ins Internet gestellt hatte. »Hat der nicht regelrecht mit seinem Ding gewedelt?«

Jenny umfasste ihren Becher mit den Händen. »Sein Penis ist sehr klein, also musste er wahrscheinlich damit wedeln, damit sie ihn überhaupt sieht.«

Ich verzog das Gesicht. »Du hättest mir wirklich sagen sollen, dass er das war. Dann hätte ich dir geraten, die doppelte Summe für solch eine Demütigung zu verlangen. Was für ein widerwärtiger Arsch.«

»Da wir gerade von üblen Typen reden.« Sie räusperte sich. »Ich glaube nicht, dass dieses Mordopfer aus dem Park von irgendeinem Wohnungslosen getötet wurde. Sondern von einem Serienkiller.«

Mir gelang ein kleines Lachen. »Jen, wir leben in einer echt gehobenen Wohngegend. Ist natürlich schockierend, wenn hier jemand ermordet wird. Aber das ist das erste Mal, dass so etwas passiert.«

Jenny verengte die Augen. »Die anderen Opfer gab es auch nicht hier. Sondern in ganz Europa.« Sie holte tief Luft. »Hast du schon mal vom sogenannten Rucksackmörder gehört?«

Der Pfeifton in meinen Ohren wurde schriller. Ich schaute zu Bibi hinüber, die auf dem Trampolin in der Ecke auf und ab hopste. Bibi. O Gott. Was hatte ich getan? Das durfte alles nicht wahr sein. *Konzentrier dich, Haze. Konzentrieren.* Ich hatte Fox' Stimme im Ohr. Ich musste reden. Musste etwas sagen. Irgendwas.

»Ulkiger Name!« Ich trank einen großen Schluck Kaffee und verbrannte mir dabei den Mund.

»Vor ein paar Jahren sorgte der für Schlagzeilen. Hat in ganz Europa Männer getötet, immer nach dem gleichen Muster.«

Ich versuchte, regelmäßig zu atmen. »Stimmt, ich erinnere mich dunkel.«

»Kannst du dich auch an die Orte erinnern, wo die Opfer gefunden wurden?«

Ich schaute an ihr vorbei. »Nein ... dazu fällt mir nichts ein.«

Jenny holte tief Luft und sah mich an. »Ein Opfer wurde in San Gimignano erstochen. Die Polizei hat am Tatort einen Hinweis gefunden, dass der Täter die Francesco-Argento-Ausstellung besucht hatte.«

Ich tat überrascht. »In der wir auch waren? Das ist ja unheimlich.« Ich versuchte mich zu erinnern. Hatten wir damals einen Fehler gemacht? Eine Eintrittskarte verloren oder so?

»Du hast erzählt, dass ihr bei euren Reisen auch in Saint-Tropez und am Comer See gewesen seid. Und ihr wart sicher auch in Gstaad, Paris und auf Mykonos und Korsika?«

Mein Puls raste. »Muss mal überlegen. Kann schon sein.« Was zum Teufel lief hier ab? Verhörte sie mich? Sollte ich besser alles leugnen und Gefahr laufen, dass sie die Lüge bemerkte? Sie war bei der Polizei! Konnte alles überprüfen! Welche Pässe hatten wir für diese Orte benutzt? Verflucht, wo war Fox' Protokoll, wenn man es mal wirklich brauchte?

»Die Mobilfunkortung hat ergeben, dass sich zum Todeszeitpunkt der Opfer jeweils ein britisches Handy in der Nähe befand.«

Großer. Gott.

Ich zuckte mit den Schultern. »Das wundert mich nicht. Briten reisen ja viel durch Europa. Denen kann man kaum entkommen!« Was für ein Albtraum. Mir wurde ganz anders.

»Der Mann im Park. Wie er getötet wurde. Mit mehreren Messerstichen. Ich warte auf Nachricht von einem Kontakt, aber ich bin mir ziemlich sicher, dass es das gleiche Muster ist wie beim Rucksackmörder.«

Scheiße. Scheiße. Scheiße. Sie hatte recht. Im Rausch benutzte ich immer die gleiche Methode. Warum hatte ich den nicht aufgeschlitzt oder mir irgendetwas anderes einfallen lassen? Fox hätte das getan.

Gott, ich war so abhängig von meinem Mann geworden, dass ich nichts mehr richtig machte.

»Ach, so was Aufregendes wie einen Serienkiller haben wir doch hier garantiert nicht.« An dem grellbunten Plastiktisch neben uns fing ein etwa dreijähriger Junge lauthals zu heulen an, weil er noch einen Blaubeermuffin haben wollte. »Das ist eine gute Wohngegend. Und in den letzten Jahren gab es doch keine weiteren Morde, oder? Warum sollte dieser Killer nach den ganzen Glamourorten in Europa jetzt in einer Vorstadt in Berkshire auftauchen?« Ich kicherte.

Jenny ergriff meine Hände. »Ich konnte letzte Nacht nicht schlafen, hab kaum Luft bekommen wegen meines Schnupfens. Da habe ich nachgedacht.« Sie zögerte. »Ich glaube, dass der Rucksackmörder wieder zugeschlagen hat. Und ich weiß nicht, wie ich es dir sagen soll … aber ich fürchte, du bist mit ihm verheiratet.«

30

Haze

»O mein Gott, Jenny, du bist echt witzig!« Ich lachte so laut, dass ich sogar den brüllenden Jungen am Nebentisch übertönte.

Jenny sah mich an. »Ich weiß, das ist ein Schock für dich. Und es klingt natürlich verrückt, aber ...«

»Okay, Jen. Lass uns das mal in Ruhe durchgehen. Ich weiß, du hast es nicht leicht gerade und viel Zeit zum Nachdenken, aber ganz ehrlich, dass mein Mann – einer der sanftesten und liebsten Menschen, die ich kenne – ein Mörder sein soll, nur weil dieser Killer in derselben Ausstellung war wie wir? Weil die Opfer in Ferienorten gefunden wurden, wo wir auch gewesen sind? Dir muss doch selbst klar sein, wie absurd das klingt.«

Jenny zuckte mit den Schultern. »Ja, ich weiß, es ist etwas gewagt. Aber findest du diese Überschneidungen nicht auch auffällig? Francesco Argento hatte nur diese einzige Ausstellung, die achtzig Leute gesehen haben. Und dann werden Männer an all den Orten ermordet, an denen ihr zur gleichen Zeit gewesen seid. Und als du schwanger wurdest, gab es keinen einzigen weiteren Mord mehr.«

Ich schüttelte den Kopf. »Jenny, als ich schwanger wurde, war die gesamte Welt von einer Pandemie betroffen. Da gab es überall Reisebeschränkungen, und auch ein Rucksackmörder konnte seinen Rucksack nicht packen.«

»Ach, Mist, daran hatte ich gar nicht gedacht.« Jenny massierte ihren Nasenrücken.

»Und ja, okay, die Sache mit der Ausstellung ist schon seltsam. Aber vielleicht hatte der Mörder sie selbst gar nicht gesehen, sondern absichtlich den Abriss einer Eintrittskarte am Tatort hinterlegt, um für Verwirrung zu sorgen. Oder das Opfer war dort gewesen. Das war in dieser Woche das größte Event in San Gimignano, und jede Menge Touristen waren dort.«

»Aber wie erklärst du die anderen Orte?«, wandte Jenny hartnäckig ein. »Der Comer See und Saint-Tropez, wo er auch zugeschlagen hat?«

»Die Orte, die du da aufzählst, gehören zu den beliebtesten Reisezielen in ganz Europa. Wenn es eine Statistik gäbe, könntest du bestimmt sehen, dass Hunderte oder sogar Tausende von Touristen sich innerhalb dieses Zeitraums dort aufgehalten haben.«

»Kann natürlich sein ...«, räumte sie widerstrebend ein.

»In unseren Kreisen«, ich deutete auf mich, »gehört es sogar zum guten Ton, diese Orte aufzusuchen.« Ich tätschelte ihre Hand. »Während der Skisaison fahren alle nach Gstaad. Und im Sommer findet man Leute wie uns eben in Saint-Tropez und auf Korsika und Mykonos, meist auf einer Jacht und bei den besten Partys.«

Jenny starrte in ihren Becher. »Aber wer kann so viel reisen? So viel Urlaub bekommt doch keiner ...«

»Ach, Jen, überleg mal. Wir reden hier von Leuten, die so reich sind, dass sie keine gewöhnlichen Jobs ausüben müssen. Die haben Unternehmen, die Milliarden einbringen, und verfügen über endlose Geldquellen, Fonds und dergleichen. Wenn du genug Kohle hast, ist die Welt dein Spielplatz.«

Jenny nagte an ihrer Lippe. »Du meinst also, der Rucksackmörder sei in Wahrheit reich.« Sie schaute auf. »So wie dein Mann.«

Scheiße. Das war gründlich schiefgegangen.

»Wenn Interpol oder irgendwer diesem Typen diesen Namen

verpasst hat«, erwiderte ich, »dann gibt es garantiert Beweise, dass er eher mittellos ist.«

Ich hatte sie schon einmal weggesteuert. Jetzt holte ich zum Angriff aus.

»Um dieses Opfer aus dem Park mit dem Rucksackmörder in Verbindung zu bringen, hast du nur die Stichwunden? Keine weiteren Beweise oder Ähnlichkeiten?«

Jenny schaute ruckartig auf. »Meine Kontakte bei der Polizei sind gerade nicht so gut auf mich zu sprechen. Ich habe Nachrichten hinterlassen, aber niemand ruft zurück.«

»Also ermittelst du im Alleingang, oder wie?«

»Nach dem Debakel mit Bill wurde ich beurlaubt. Bevor sie mich informiert haben, ob ich zurückkommen könnte, wurde ich schwanger und ging in Mutterschutz, dann in Elternzeit. Ich hatte viel Leerlauf. Eines Tages habe ich eine Sendung über den Rucksackmörder geschaut. Ich wusste, dass Interpol in Verbindung mit der britischen Polizei stand wegen des britischen Handys.« Jenny nagte an ihrem Daumennagel. »Weiß nicht ... irgendwie hat das was in mir ausgelöst. Ich habe versucht, so viel wie möglich über den Fall rauszukriegen. Früher gehörte ich zu den besten Detectives im Revier, und plötzlich hassten mich alle. Ich dachte mir, wenn ich den Serienkiller identifizieren könnte, wäre das mein Ticket zurück in den Dienst.«

Das konnte ich mir alles bestens vorstellen. Schwanger, in Umstandsklamotten auf dem Sofa. War bei mir nicht anders. Aber während ich mir True-Crime-Sendungen anschaute, weil mir das Morden fehlte, war Jenny versessen darauf, Verbrechen *aufzuklären.* Und bei diesem Fall hatte sie sich wohl daran erinnert, dass sie keine Hobbydetektivin, sondern Profi war – und dringend ein spannendes Projekt brauchte.

»Du sagst, dass du gern zurück in den Dienst willst.« Sie hatte mir soeben erzählt, dass ihr Revier sie angerufen und ein Gespräch angekündigt hatte, um ihre Rückkehr zu erörtern. »Aber wenn du da mit dieser haarsträubenden Theorie auftauchst, werden die dich doch noch länger hängen lassen, meinst du nicht?«

»Nur, wenn ich mich irre!« Jenny rang die Hände. »Ich habe Kopien von allen Ermittlungsakten und die Berichte der Obduktionen. Wenn ich nur die Leiche des Opfers aus dem Park sehen könnte, dann hätte ich Gewissheit!«

Ich stellte mir ein Zimmer in Jennys Elternhaus vor, die Wände gepflastert mit Notizen und Bildern wie an einer Ermittlungswand im Polizeirevier.

»Als deine Freundin sollte ich dir das sagen, Jenny ... Lass lieber die Finger davon. Du willst wieder arbeiten, aber überleg dir mal, wie ungünstig deine Lage ist. Glaubst du, die legen großen Wert darauf, eine alleinerziehende Mutter im Team zu haben? Vor allem eine, die einen Exhibitionisten gedeckt hat?«

»Aber denkst du wirklich, die wollen mich nicht mehr? Wegen der Lüge für Bill habe ich genug Zeit abgesessen, das muss doch irgendwie anerkannt werden. Und ich hatte früher die höchste Aufklärungsrate von allen!«

Das musste ich auch erst mal verdauen. »Na, du kennst bestimmt die Redewendung: Eine Frau muss doppelt so gut sein wie ein Mann, um die gleiche Anerkennung zu bekommen.« Ich war mir nicht ganz sicher, ob ich den Spruch nicht gerade frei erfunden hatte.

Jenny runzelte die Stirn. »Ist das wirklich eine Redewendung? Doppelt so gut? Wie sollen wir das denn ...«

»Ich will damit nur sagen, dass es auch so schon schwer genug ist. Du wirst dich bewähren müssen – du musst zeigen, dass du nicht jedes Mal nach Hause rennst, wenn Felix einen kleinen Schnupfen hat. Du musst beweisen, dass du anderen Frauen Glauben schenkst und künftig keine falschen Alibis für Sexualstraftäter mehr lieferst. Das ist nicht leicht, Jen. Und es wird auch nicht besser, wenn du denen was über einen Fall vorerzählst, in dem du offiziell gar nicht ermitteln darfst.«

Sie lehnte sich zurück. »Du hast recht. Ich … ich muss nur endlich mal wieder gut schlafen.«

»Ganz genau.« Ich trank einen Schluck Kaffee. »Und wann hast du deine Medikamente zum letzten Mal überprüfen lassen?«

31

Fox

Auf dem Smithfield Market herrschte reges Treiben, und ich drängte mich mit gesenktem Kopf durch die Menschenmassen. Schon am frühen Nachmittag von der Arbeit abzuhauen, wagte ich nicht allzu oft, aber ich brauchte das heute. Ich klingelte an der unauffälligen schmalen Tür des Club Astaga. Der Lautsprecher der Sprechanlage knackte, dann wurde ich eingelassen. Nachdem ich an zwei Stellen meine Mitgliedskarte durchgezogen hatte, befand ich mich im versteckten Hinterzimmer des Clubs, ein Tablett mit Casinochips im Wert von 50.000 Pfund vor mir.

Hier wurde mit hohen Einsätzen gepokert, und die Veranstalter kannten nicht nur die Identität der Spielenden, sondern auch ihre Adresse und das Ausmaß ihres Vermögens.

Poker war schon immer ein Hobby von mir gewesen, aber in den letzten Jahren war ich regelrecht süchtig danach geworden. Seitdem wir unser kleines Killerunternehmen hatten einstellen müssen, fehlten mir nicht nur die Adrenalinräusche, sondern auch die Insidertipps meiner Opfer, was sich ungünstig auf meine Finanzen auswirkte. Poker mit hohem Einsatz füllte beide Lücken. Mit dem Geld, um das hier gespielt wurde, ließ sich die Ebbe in der Kasse wieder ausgleichen. Und ich genoss den Thrill – nicht nur wegen des hohen Einsatzes, sondern auch wegen des Risikos zu verlieren. Ab und an hatte ich mal einen schlechten Abend, aber im Großen und Ganzen schien ich eine natürliche Begabung fürs Pokern zu haben. Es fiel mir ebenso leicht, ein gutes Blatt zu verheimlichen wie die dunklen Seiten meiner Persönlichkeit.

Der Pokertisch nahm fast den gesamten Raum ein und wurde von einer tief hängenden Lampe beleuchtet. Rundherum saßen bereits vier Teilnehmer und Az, der Croupier, der eine rote Fliege trug und mir kurz zunickte. Ich hatte ihn noch nie mehr als ein paar Worte sprechen hören. An einer Bar in der Ecke bediente eine Frau in einem schwarzen Kleid. Die Wände des Raums waren holzgetäfelt, was sowohl für eine gepflegte Atmosphäre sorgte als auch einen Ausgang und die Tür zum Büro der Sicherheitsleute kaschierte. Gerüchten zufolge fackelte man dort nicht lange, wenn es zu Konflikten kam.

»Oh, schaut nur, wer da ist. Unser Captain America.« Robbie Whitmell war ein beinharter Gangster vom East End mit weißblonden Haaren. Seine Spitznamen für uns waren wenig einfallsreich, sein Pokerspiel dagegen umso mehr. Er war unberechenbar und jähzornig, und mit ihm und seinen Handlangern legte man sich besser nicht an. »Willst du dir ein paar Tacken zurückholen?«

Mein letzter Auftritt hier war nicht glorreich verlaufen.

»'n Abend allerseits.« Ich blickte in die Runde. Über sämtliche Teilnehmenden hatte ich mich vorher gründlich informiert. Es empfahl sich, über Pokerspieler genauso gut Bescheid zu wissen wie über potenzielle Opfer. Jedes kleine Detail konnte entscheidend sein, wenn man Schwächen ausnutzen und Angriffstaktiken finden wollte.

Heute war außerdem Dan McCartney dabei, ein Ire, kurz angebunden, schnörkellos und wenig risikofreudig. Neben ihm saß Tessie Bayldon-Pritchard, eine glamouröse Dame Ende sechzig. Ich hatte noch nicht oft mit ihr gespielt, wusste aber inzwischen, dass sie ihr Alter gezielt nutzte, damit andere sie unterschätzten. In Wirklichkeit war sie brandgefährlich. Ferner war Shizu dabei, Japanerin, elegant gekleidet mit schwarzem Rolli und übergroßem Blazer. Sie war so reich, dass sie nicht wusste, wie sie ihr Geld ausgeben sollte. Jemand, dem es nichts ausmachte zu verlieren, war immer ein extrem gefährlicher Gegner.

»Setz dich, damit wir anfangen können«, knurrte McCartney.

Az teilte die Karten aus, während ich der Barfrau bedeutete, mir einen Whisky zu bringen.

Ich trank immer nur einen, und den sehr langsam. Die Menge reichte aus, um mich etwas zu entspannen, vernebelte mir aber nicht gleich den Kopf.

Sechs Stunden nach Spielbeginn waren McCartney und Shizu ausgestiegen. Tess hatte nur noch 10.000 und hing am seidenen Faden. Ich blickte auf den Berg Chips vor mir, der dank Shizus kühnen Versuchs vor einer Stunde, mich genau zum falschen Zeitpunkt zu bluffen, jetzt 130.000 wert war. Robbie lag mit 120.000 knapp hinter mir.

Nach einem Blick auf seine neuen Karten erklärte Robbie: »Ich setze fünf Riesen.«

Tess schaute zwischen uns beiden hin und her, während sie an ihrer Lippe nagte. »Ach, scheiße.« Sie feuerte ihre Karten auf den Tisch. Wenn sie am Ende war, hörte sie auch auf, die harmlose Oma zu spielen.

»Also nur noch wir beide, America.« Robbie beäugte mich über seine Karten hinweg und konnte sich ein kleines Grinsen nicht verkneifen. Was bedeutete, dass er sich siegessicher wähnte.

Jetzt wurde es ganz still im Raum. Es ging hin und her mit dem Erhöhen, bis zur letzten Karte. Auf sie kam es an.

»Ich gehe all-in«, sagte Robbie.

240.000 waren jetzt zu gewinnen. Robbie und ich starrten uns an. Er kaute an der Innenseite seiner Wange.

»Ich gehe mit«, sagte ich und schob den Chipshaufen in die Mitte des Tischs.

»Meine Herren«, verkündete Az und sah uns beide an, »decken Sie auf.«

Robbie legte das Pikass und den Pikkönig auf den Tisch, verschränkte die Hände hinter dem Kopf und grinste mich an.

»Hübsch, Robbie. Sehr hübsch.«

Ich legte zuerst die Kreuzzehn ab. Und dann die Herzzehn. Full House.

Robbies Grinsen erstarb. Er sprang auf und drosch mit der Faust gegen die Wand. »Scheiße!« Dann schüttelte er die Hand aus. Er schien vergessen zu haben, dass sich hinter dem dünnen Holz Beton befand. »Ich kenne dich, America! Auf keinen Fall hattest du diese Karten von Anfang an!« Er trat auf mich zu. »Versteckst du welche in diesem Scheißanzug?« Dann knurrte er Az an: »Wieso durchsucht ihr nicht jeden, der hier reinkommt?«

»Blamier dich nicht.« Ich blieb ungerührt sitzen. »Nimm es wie ein Mann.«

Die Bürotür ging auf, und ein annähernd zwei Meter großer Mann kam herein. »Gibt es hier ein Problem, Sir?«

Einen Moment lang herrschte Stille, während Robbie mich fixierte. »Nein, kein Problem«, sagte er schließlich und zog seine Mitgliedskarte am Ausgang durch, bevor er wütend hinausstürmte.

Ich sah den Wachmann an. »Eintauschen, bitte.«

Als ich aus den Tiefen des Club Astaga wieder auf den Smithfield Market trat, überprüfte ich als Erstes, ob Whitmell und seine Gangster mir irgendwo auflauerten. Aber ich sah nur Leute, die durch die Straßen schlenderten oder sich vor den Bars einen Drink genehmigten.

Ich warf einen Blick auf meine Uhr. Erst Viertel nach zehn. Euphorisch über meinen Triumph blickte ich auf die einladend beleuchteten Bars und Restaurants. Sobald es warm wurde, vergaßen die Leute hier gern, dass sie am nächsten Tag arbeiten mussten. Und viele unserer alten Stammlokale befanden sich ganz in der Nähe.

Aber das war nicht mehr mein Leben.

Ich zog mein Handy heraus und bestellte mir ein Uber. Man erwartete mich zu Hause.

»Cabot?« Ich fuhr herum. Suzanne kam auf mich zu. »Wohin des Weges?«

Sie trug einen engen Bleistiftrock und eine weiße Bluse. In ihrem Ausschnitt war der Ansatz eines roten Spitzen-BHs zu sehen.

»Nach Hause«, brachte ich hervor.

»Ich hatte gerade ein Geschäftsessen und bin in Feierstimmung. Auf einen Drink?« Sie spielte mit ihrer goldenen Kette. Der ovale Anhänger rutschte immer wieder ins Dekolleté.

Mein Handy gab Laut. *Ihr Uber ist da.* Gerettet von einem Toyota Prius.

»Lass es wieder wegfahren.«

»Ich will aber meine nahezu perfekte Fünf-Sterne-Bewertung nicht verlieren.«

Suzanne blickte mir tief in die Augen. »Dann lass uns Pläne für einen anderen Abend schmieden. Teamkollegen sollten eine gute Beziehung pflegen.«

Ich lächelte. »Du bist aber nicht in meinem Team.«

»Na, dann verstärken wir die Kontakte zwischen den Teams.«

Ich legte den Kopf schief. »Weißt du, ich denke immer wieder, dass du mir irgendwie bekannt vorkommst. Bist du sicher, dass wir uns noch nie begegnet sind? Zu Hause in den Staaten?«

Suzanne warf ihr Haar über die Schulter. »Dich hätte ich nicht vergessen, Cabot. Du wünschst dir nur, wir wären uns früher begegnet. Weil wir dann sehr viel mehr Spaß gehabt hätten als jetzt.«

Sie wandte sich ab und spazierte davon, bevor ich etwas erwidern konnte. Dem Hüftschwung nach zu schließen ging sie davon aus, dass ich ihr nachschaute.

Bislang hatte ich mich von ihren Reizen ablenken lassen, aber jetzt war ich mir ganz sicher, dass ich sie von irgendwoher kannte.

Vielleicht sollte ich mich tatsächlich auf ihr Angebot einlassen. Ihr ein paar Drinks ausgeben und abwarten, was ich ihr entlocken konnte. Für die Sicherheit meiner Familie war es wichtig zu ermitteln, ob Menschen in unserer Nähe etwas zu verbergen hatten. Ich durfte nicht leichtsinnig werden.

32

Haze

Ich hatte es wirklich und wahrhaftig fertiggebracht, mich mit einer Polizistin anzufreunden.

Von allen Eltern in einer Kleinkindgruppe war es mir gelungen, mir die eine Person zu angeln, die bei der Polizei war. Was sagte das über mich aus? Dass ich mich magisch von Gefahr angezogen fühlte? Oder von Frauen, die einiges in ihrem Leben durchgemacht haben? Jenny war beides.

Und ich hatte mir eingebildet, in dieser Freundschaft die Oberhand zu haben. Wie sagenhaft naiv.

Das Chaos, was ich angerichtet hatte, musste ich nun ausbügeln. Um meine Familie zu retten.

Einen Monat lang hatte ich Jennys Selbstvertrauen aufgebaut, doch jetzt würde ich es zerstückeln.

Ich würde dafür sorgen, dass sie sich für verrückt hielt. Das konnte nicht allzu schwer sein, oder? Sie hatte mir offenbart, wie viele unterschiedliche Medikamente sie von ihrem Psychiater verschrieben bekam. Jenny war anfällig, ich musste ihr nur den Rest geben.

Auf ihrem Revier vertraute ihr niemand. Sie war Single und lebte bei ihren Eltern. Die wurden ihr sicher alles glauben, waren aber eben Verwandte, also voreingenommen. In letzter Zeit hatte sie sich anscheinend mit niemandem getroffen außer mit mir und diesem Franzosen, der gerne aß. Aber dem würde sie wohl kaum ihre absurde Theorie über den Serienkiller offenbaren. Nicht wenn sie Sex wollte. Wobei Jennys Vorstellungen davon, über was man sich bei einem Date unterhielt, vermutlich etwas sonderbar waren.

Ich würde das schon schaffen.

Weil ich die Beherrschung verloren hatte, stand nun alles auf dem Spiel. Bilder schossen mir durch den Kopf. Die Polizei vor unserer Haustür. Ich, wie ich verhaftet und abgeführt wurde. Die schreiende Bibi. Mir wurde übel.

Oft merkt man gar nicht, was man hat, bis man es verliert. In diesem Moment erschien es mir wie der Himmel auf Erden, gelangweilt, frustriert und von meiner Ehe enttäuscht zu sein. Im Vergleich zu der Vorstellung, dass ich mein Leben hinter Gittern verbringen und Bibi in Pflegefamilien aufwachsen würde.

Fox war jetzt nicht mehr der Böse, der meine Freiheit einschränkte und alles ruiniert hatte. Sondern der Gute, der nur versucht hatte, uns alle drei zu beschützen. Das erkannte ich jetzt, aber zu spät.

Nur zu gern hätte ich mein Ich von vor einer Woche kräftig geohrfeigt.

Aber ich würde alles wiedergutmachen. Jenny war beim geringsten Zweifel an ihrer Theorie sofort in die Knie gegangen. Ich musste sie einfach nur weiter bearbeiten und ihr klarmachen, wie lachhaft das Ganze war. Dazu musste ich allerdings so häufig wie möglich in ihrer Nähe sein.

Am nächsten Morgen rief ich Jenny an. Das hatte ich noch nie getan. Bisher hatte sie auf einen Vorschlag hin höchstens ein paar Emojis von mir als Antwort bekommen.

»Haze? Alles okay bei dir?«

»Hi, Jen!« Ich musste normaler klingen, nicht so aufgekratzt. »Wollte nur mal hören, ob du heute Zeit hättest. Wie wär's mit einem Ausflug in den Park?«

»Ja, das wäre schön. Ich hab Zeit.« Eine Pause entstand, während

Jenny sich die Nase putzte. »Ist noch irgendwas anderes? Du rufst mich doch sonst nie an.«

»Ach, ich wollte nur mal hören, ob es dir gut geht. Hast mir gestern ein bisschen Sorgen gemacht.«

»Tut mir leid. Ich weiß gar nicht, was da in mich gefahren ist. Muss an diesem Erkältungsmittel liegen. Ich hatte so einen Wattekopf und habe mir wahrscheinlich deshalb eingebildet, alles wäre sonnenklar. Lag sicher nur an den Pillen.«

»Ja, das war schon heftig. Du hast meinen Mann – den du noch nicht mal kennst – beschuldigt, ein Serienkiller zu sein.« Ich lachte etwas gezwungen.

»Tut mir wirklich leid.« Jenny versuchte ebenfalls zu lachen, musste aber husten.

»Dafür darfst du heute mal den Kaffee ausgeben.«

Ich beobachtete Fox verstohlen, während er frühstückte und nebenbei die Zeitung las. Er hatte keine Ahnung, dass wir an einem Abgrund standen. Woran einzig und allein ich schuld war.

Ich hätte vermutet, dass ich mich nach dem Mord besser fühlen würde. Dass ich die angestaute Frustration der letzten Jahre loswerden würde. Aber der euphorische Rausch nach dem Töten, all die angenehmen Gefühle wurden nun durch die Angst ruiniert, dass ich zugleich meiner Ehe den Todesstoß versetzt hatte. Wenn Fox dahinterkam, war es aus. Ich hatte sein Vertrauen missbraucht. Und noch schlimmer: Ich gefährdete Bibi. Durch meine Doppelblödheit, in unserer Wohngegend einen Mann umzubringen *und* mich mit einer Polizistin anzufreunden, drohte uns jetzt zum ersten Mal ernsthaft die Gefahr, entlarvt zu werden.

Fox hob den Kopf. »Alles gut bei dir?«

Ich schreckte hoch. »Sind deine Eltern endgültig abgereist?«

Er blätterte die Zeitung um. »Ja, die sind längst wieder in den Staaten.«

»Dann ist alles gut, ja. Ich bereite mich nur mental auf den Vormittag im Park vor.«

»Park! Park! Felis!«, schrie Bibi begeistert aus ihrem Hochstuhl.

»Ach, mit deiner Freundin Jenny?«

»Sie ist nicht meine Freundin«, sagte ich.

Fox beäugte mich stirnrunzelnd.

»Oder na ja ... vielleicht schon. Wir haben nicht so darüber geredet.«

Fox lachte. »Ich hatte ganz vergessen, dass du nie so richtig kapiert hast, wie Freundschaften funktionieren.« Er ließ die Zeitung sinken. »Man verkündet nicht so direkt, dass man befreundet ist. Sondern bleibt in Kontakt, trifft sich und vertraut sich so manches an.«

»Das mache ich nicht!« Ich stand auf.

»Na klar, du bestimmt nicht. Aber sie vertraut sich vielleicht dir an?«

Ich griff nach Bibis leerer Schale. »Ja, sie hat einen grauenhaften Ex-Mann. Darüber reden wir. Und ich habe dafür gesorgt, dass sie den verklagt, damit sie das Geld zurückbekommt, das er ihr schuldet.«

»Siehst du?«, sagte Fox. »Du bist eine richtig gute Freundin.«

Ich biss mir auf die Lippe, während ich Bibis Schale ausspülte.

Auf dem Spielplatz herrschte himmlische Ruhe. Ich hatte ganz vergessen, wie angenehm es sein konnte, wenn hier nicht so ein Gedrängel war. Jenny und ich schauten zu, wie unsere Kinder sich auf der Rutsche vergnügten.

»Wie läuft's denn mit Bill?«, fragte ich. Bei dem Gespräch mit Fox war mir aufgefallen, dass der Psycho-Ex mir vielleicht sogar nützlich sein konnte. Dem musste man vermutlich nur einen kleinen Schubs geben, damit er für Chaos sorgte. Und genau das brauchte ich. »Wie stehen die Chancen, dass du dein Geld zurückkriegst?«

»Meine Anwältin hat ihm einen Brief geschickt, in dem sie ihm mitteilt, dass wir ihn wegen seiner Schulden bei mir verklagen.« Jenny kramte in ihrer Handtasche, fischte ein Blatt Papier heraus und reichte es mir. Es war eine Kopie des Briefs. Ich überflog das Schreiben und prägte mir die Anschrift ein.

»Sie meint, es sähe gut aus für mich, vor allem wegen des geliehenen Gelds für die Miete.»

»Hast du von Bill gehört, seit er den Brief erhalten hat?«

»Drei Nachrichten auf der Mailbox, in denen er mich beschimpft und mir droht. Habe ich natürlich alle abgespeichert.«

»Man könnte doch meinen, als Ex-Polizist würde er versuchen, keine Spuren zu hinterlassen.«

Dieser Typ war wirklich menschlicher Abschaum. Ein Monster, getarnt durch einen Beruf, in dem er eigentlich anderen helfen und sie beschützen sollte. Aber der schützte nur sich selbst. Ein Polizeiabzeichen machte einen üblen Mann nicht gut – sondern nur noch übler. Es verlieh ihm nämlich die Macht, mit seinen Taten ungeschoren davonzukommen.

Jenny zuckte mit den Schultern. »Wenn der wütend wird, kann er nicht mehr klar denken.« Sie seufzte. »Ich weiß schon, dass ich das jetzt durchziehen muss. Aber als ich seine Stimme gehört habe … da kamen sofort die ganzen Erinnerungen hoch.«

»Ich weiß, das ist unangenehm. Aber es ist trotzdem gut und richtig, was du machst.«

Jenny lächelte matt. »Felix und ich verreisen an diesem Wochenende, zusammen mit meinen Eltern. Wird uns sicher guttun, was anderes zu sehen.«

»Wohin fahrt ihr?«

»Nach Bedfordshire zu meiner Tante. Sie lebt allein und müsste sich eigentlich über Besuch freuen, aber sonderlich gastfreundlich ist sie nicht. Sie beklagt sich jetzt schon über Felix' Hamster.«

Mir fiel auf, dass dann niemand in ihrem Haus sein würde. »Den könnte ich versorgen, wenn du möchtest. Dann könnt ihr ihn einfach hierlassen.«

Jenny sah mich zweifelnd an. »Das kann ich nicht von dir verlangen. Ist doch eine zusätzliche Belastung.«

»Nein, das würde mir Spaß machen. Wir hatten auch schon überlegt, einen Hamster für Bibi anzuschaffen«, log ich. »Dann könnte ich mich schon mal damit beschäftigen, was so ein Tier alles braucht.« Hamster gruselten mich ohne Ende. Die waren für mich so was wie gezähmte Ratten.

»Bist du dir sicher? Es wäre natürlich eine große Hilfe. Sein Käfig nimmt den halben Kofferraum ein, und meine Mutter hat immer jede Menge Gepäck.«

»Na klar.« Ich nickte bekräftigend. »Gib mir einfach den Schlüssel, den Alarmcode und genaue Anweisungen.«

»Danke, Haze. Du bist echt toll.« Jenny lächelte mich an, und ich erwiderte das Lächeln.

Freundschaft war wirklich eine feine Sache. Es war so viel leichter, jemanden zu zerstören, wenn man die nötigen Infos an der Hand hatte.

33

Bill war eine totale Niete. Wie der es zur Polizei geschafft hatte, entzog sich meinem Verständnis. Zum Beispiel erwies es sich als unfassbar einfach, in sein Haus einzubrechen.

Ich hatte beschlossen, dass ich mehr über den Typen wissen musste. Da ich Jenny darauf angesetzt hatte, ihn zu verklagen, musste ich mich erst einmal versichern, dass ihr Leben nicht bedroht war. Dieser Mann war ein Pulverfass, und ich könnte mich selbst nicht mehr ertragen, wenn der kleine Felix wegen mir seine Mutter verlieren würde. Eine gute Freundin zu sein war echt stressig – mit so viel Verantwortung verbunden.

Nachdem ich Bibi in die Kita gebracht hatte, zog ich meine Laufsachen an, setzte die Basecap auf und fuhr zu Bills Haus. Ich parkte ein Stück entfernt, und nachdem ich den Garten gecheckt und festgestellt hatte, dass nirgendwo Videokameras zu sehen waren, sprang ich flott über den Zaun. Nicht mal die Hintertür war abgeschlossen. Jenny hatte mir erzählt, dass Bill das Vierzimmerhaus vor zwei Jahren von seiner Mutter geerbt hatte.

In der Küche standen schmutzige Geschirrstapel neben etlichen leeren Take-away-Verpackungen. Und es lagen so viele halb zerknautschte Bierdosen herum, dass ich geradezu bedauerte, sie nicht mitnehmen zu können – Bibis Kita hätte sie für das große Recycling-Kunstprojekt gut gebrauchen können.

Im Wohnzimmer ließen die Anzahl an Porzellanfiguren und der wuchtige Fernseher, der mindestens zwanzig Jahre alt war, darauf schließen, dass Bill hier seit seinem Einzug kaum etwas verändert hatte. Neben dem Liegesessel standen eine große Kleenexbox und eine Dose Lavendelhandcreme. Ich verzog angewidert das Gesicht.

Ich ging nach oben. Eines der kleineren Schlafzimmer fungierte als eine Art Büro. Auf dem Schreibtisch stand ein betagter PC. Kein Passwort. Dieser Mangel an Sicherheitsvorkehrungen wunderte mich nicht – wer hätte schon so ein altes Monstrum klauen wollen.

Ich sah mir den Verlauf in seinem Browser an. Bill hinterließ häufig Kommentare auf einer mit Lesezeichen gespeicherten Website für »Männerrechte« – abwertendes Genöle über Wokeness sowie jede Menge Hasskommentare über Frauen, Liberale und sämtliche Menschen, die nicht weiße Heteromänner waren. Im Verlauf fand ich auch diverse Sucheingaben zu seinen neuesten rechtlichen Problemen – obwohl ihm *»Bitch-Ex verklagt auf Unterhalt«* wohl kaum zielführende Ergebnisse ausspucken würde. Und natürlich, wenig überraschend, etliche Aufenthalte auf Pornoseiten. Die Suche dort war allerdings außergewöhnlich widerwärtig, und mir fiel wieder ein, dass Studien zufolge Exhibitionismus als Einstieg für andere Sexualverbrechen galt. Wenn ich lange genug weitersuchte, würde ich garantiert genügend Beweise finden, die Bill als Mordopfer für mich qualifizieren würden. Aber mir reichte schon, wie er mit Jenny umging.

Dennoch würde ich Bill nicht umbringen. Aus meinem Ausrutscher im Park hatte ich gelernt. Ich verfügte einfach nicht über Fox' Detailgenauigkeit. Der ganze Mist, den ich hatte veranstalten müssen, um meine Spuren zu verwischen, hatte mich kuriert. Das Morden fehlte mir, aber ich wollte es nicht allein tun. *Fähig* dazu war ich natürlich … Frauenpower und so weiter. Aber es machte einfach keine rechte Freude. Wie sollte ich denn Spaß an der Tat haben, wenn ich schon an den Stress beim Aufräumen danach denken musste? Genauso ging es mir beim Kochen.

Ich öffnete den Schrank. Drei Frauenslips lagen im untersten Fach – ein schwarzes Spitzenhöschen, ein weißer Tanga und ein grünes Seidenteil. Ich überprüfte nicht, ob sie benutzt waren. Die Schrankwände waren übersät mit Fotos von Frauen; einige waren aus Zeitschriften ausgeschnitten, andere schien der Kerl selbst heimlich gemacht zu haben. Zum Glück war keines von Jenny dabei.

In dem überquellenden Papierkorb fand ich die zerknüllten Briefe der Anwältin. Ich tastete unter dem schmalen Bett herum und musste einen Würgereiz unterdrücken, als ich eine Boxershorts in die Finger bekam.

Dann inspizierte ich die beiden anderen Zimmer. Keine illegalen Waffen, keine Hinweise, dass er Jenny stalkte. Nur jede Menge Anzeichen dafür, dass Bill ein abscheuliches Exemplar der Gattung Mensch war.

Ich wollte gerade wieder nach unten gehen, als ich hörte, wie der Schlüssel ins Schloss der Haustür gesteckt wurde. Kam der jetzt schon von seiner Schicht nach Hause? Ich huschte in das leere Gästezimmer und versteckte mich hinter der Tür. Bill telefonierte unten.

»Hi, Kumpel. ... Ja, hab hingeschmissen. Scheiß auf die, kein Bock mehr, so zu schuften. ... Was jetzt? ... Hast recht. Die Scheiß-Bitches sind schuld ... Okay, okay. Bestell mir schon mal ein Bier. Bin gleich da.«

Ich hörte, wie er nach oben kam. Die Dielen knarrten, als er ins Schlafzimmer ging. Kurz darauf fiel eine Schranktür zu, dann stapfte er die Treppe wieder hinunter, und Sekunden später warf er die Haustür hinter sich zu.

Nachdem ich ein paar Minuten abgewartet hatte, eilte ich aus dem Haus und sprang wieder über den Zaun. Dann fuhr ich zu dem Pub an der nächsten Ecke.

Bill steuerte gerade auf den Eingang zu. Seit der Berichterstattung über ihn hatte er ziemlich zugenommen. Ich beobachtete, wie er einem schwergewichtigen Mann, der am Straßenrand wartete, auf den Rücken schlug. Der Typ zuckte leicht zusammen, richtete sich dann aber auf und nickte zur Begrüßung. Gemeinsam betraten sie den Pub. Es hatte ganz den Anschein, als wäre Bill nicht mal bei seinen Trinkkumpanen sonderlich beliebt.

Er war ein jähzorniger, bösartiger Widerling, stellte aber meiner Ansicht nach keine Bedrohung für Jenny dar. Und falls er doch versuchen würde, ihr etwas anzutun, war ich mir ziemlich sicher, dass Jenny inzwischen allein mit ihm fertigwerden würde. Sie hatte deutlich mehr Temperament, als ich ihr ursprünglich zugetraut hatte.

Mein Handy vibrierte. Textnachricht von Fox, der mir mitteilte, dass er erst spät zu Hause sein würde. Das kam neuerdings häufiger vor. Er schien vergessen zu haben, wie abfällig er sich über Abende mit Kunden geäußert hatte, bevor wir Bibi bekamen. *»Dieses ganze sinnlose Gelaber. Wenn die meiner Intuition nicht vertrauen, ist es ihr Problem.«* Früher wäre ich nie auf die Idee gekommen, Fox zu misstrauen. Er gehörte mir und wusste das auch. Andere Frauen vögeln? Das würde er doch nicht wagen, oder?

Unlängst hatte ich den Fehler gemacht, im Internet einen Artikel über die laut Statistiken steigende Anzahl von Affären am Arbeitsplatz zu lesen, und bekam jetzt leider ständig weitere Meldungen zu dem Thema. *»Büros weltweit Nährboden für Lüsternheit«; »Unsere Blicke trafen sich über dem Konferenztisch, ich konnte nicht widerstehen.«* Angesichts des miesen Zustands unseres Sexlebens kam es mir jetzt jeden Morgen so vor, als würde ich eine geladene Waffe verabschieden. Ich war so beschäftigt mit den Folgen meines eigenen Fehltritts gewesen, dass ich nicht mehr daran gedacht hatte, mich eingehender mit diesem Thema zu befassen.

34

Fox

Haze verstand einfach nicht, wie hart ich arbeiten musste. Sie schien zu glauben, ich verdiene das Geld durch Zauberei. Wann hatte sie zuletzt einen stressigen Arbeitstag erlebt? Vollgepackt mit Anfahrt, Sitzungen, auf den Monitor starren, Verhandlungen. Okay, ich sorgte selbst dafür, noch weniger Zeit zu haben, weil ich mir manchmal zwischendurch Drinks außerhalb genehmigte. Petra nahm auch immer mehr Zeit in Anspruch, aber alles, was ich mir erlaubte, diente meinem Wohlbefinden. Ich brauchte diese Ablenkungen, um nicht daran zu denken, dass ich viel lieber das tun würde, wofür ich geschaffen war. Alle meine Nebenbeschäftigungen gehörten also zu meiner Strategie, die darauf abzielte, unseren Pakt einzuhalten und meine Familie zu beschützen.

Jedenfalls hatte ich den Eindruck, dass ich mit diesem Opfer besser zurechtkam als Haze. Sie war ständig angespannt und gereizt. Gerade erst hatte sie mir doch wahrhaftig vorgeworfen, ich würde zu laut atmen. Sollte ich etwa damit aufhören? Wäre sie dann endlich zufrieden?

Vielleicht gab es diese ganzen Klischees über Eheleute, weil tatsächlich alle mehr oder minder das Gleiche empfanden. Weil wir die Rolle des respektablen fürsorglichen Ehepartners spielen und in Wahrheit Zombies sind, die nur auf ihre Chance warten, es krachen zu lassen.

Ich ließ den Blick durchs Büro schweifen. Wir schufteten, um uns etwas leisten zu können im Leben. Die Tretmühle, die erst endet, wenn wir selbst auch erledigt sind. Kein Wunder, dass wir uns anderswo Anregung besorgen mussten. Sonst würde man diesen Trott gar nicht aushalten.

Ich zog meine Brieftasche heraus und sah nach, wie viel Bargeld ich dabeihatte. 120 Pfund. Das reichte nicht, ich war später mit Cal verabredet. Nicht zum ersten Mal war ich froh, dass Haze sich nicht für die Kontoauszüge interessierte. Selbst sie mit ihrem selbstbezogenen Tunnelblick hätte sich vermutlich über die Summen gewundert, die ich in letzter Zeit abhob.

Ich vermisste die Phase in unserem Leben, in der es keine Geheimnisse zwischen uns gegeben hatte. Fast ein ganzes Jahrzehnt waren wir so verliebt gewesen, dass uns nichts und niemand etwas anhaben konnte. Ich hatte immer geglaubt, dass wir uns so gut verstanden, weil wir füreinander bestimmt waren. War das naiv? Jahrelang hatten wir tun und lassen können, wonach uns der Sinn stand. Wir lebten nur nach dem Lustprinzip. Und natürlich waren wir glücklich, weil wir wunderbare Erlebnisse zusammen hatten. Damals hatten wir einen schlechten Tag, wenn die Vorspeise nicht schmeckte. Oder die Klinge am Lieblingsmesser eine Scharte bekam. Oder wenn wir zwischen zwei Partys im Stau steckten und der herrliche Champagnerrausch abebbte. Rückblickend wird mir klar, dass das nicht das wahre Leben gewesen war. In dieser Zeit hatten wir unerschöpfliche Geldquellen und keinerlei Verantwortung. Natürlich lief es super mit uns. Aber da Elternschaft und das Leben in der Vorstadt unsere erste Hürde waren, schienen wir prompt daran zu scheitern.

Ich warf einen Blick auf meine Uhr. In einer Stunde wurde ich im Connaught Hotel erwartet. Da war ein Mittagessen beim Italiener um die Ecke vorher angeraten. Ich würde Kraft brauchen.

Als ich nach Hause kam, tigerte Haze nervös in der Küche auf und ab, mit einem Blatt Papier in der Hand.

Ich versuchte, leise zu atmen. »Wo ist Bibi?«

Haze zuckte erschrocken zusammen und fuhr herum. »Im Garten.« Ich schaute durchs Fenster und sah Bibi draußen auf ihrem kleinen Laufrad. »Wir waren im Park, aber sie wollte nach Hause, weil da zu viele Hunde unterwegs waren.« Trotz unserer Bemühungen, ihre Angst abzubauen, fürchtete sich Bibi sogar vor kleinsten Hunden. Letzte Woche war sie angesichts eines Spaniel-Welpen in Tränen ausgebrochen.

Haze starrte auf das Schreiben und knabberte an ihrem Daumennagel.

»Was hast du da?« Ich fragte mich beunruhigt, welches meiner Geheimnisse sie wohl entdeckt hatte.

»Hamish hat mir das geschickt. Ist ein Brief von meiner ehemaligen Kunstakademie.« Sie blickte auf. »Die fragen an, ob ich vor den Studierenden einen Vortrag über meine Arbeit halten möchte.«

»Das ist ja fantastisch!«

Haze zuckte mit den Schultern. »Ich bin seit geraumer Zeit nicht gerade produktiv.«

»Aber schau doch nur, was du alles schon geleistet hast, Haze! Du bist sehr erfolgreich. Deine ganzen Ausstellungen, die begeisterten Kritiken. Du bist eine berühmte Künstlerin, natürlich ist das für die Studierenden interessant. Machst du's?«

Sie schaute auf den Brief in ihren Händen. »Ich möchte schon mal wieder dort sein. Wäre mir wichtig.«

»Wegen Matty?«

Haze nickte. »Wir waren oft zusammen bei Gastvorträgen und haben uns vorgestellt, dass wir selbst einmal da am Rednerpult stehen. Weil das bedeutet, dass du es geschafft hast.«

»Du solltest wirklich stolz auf dich sein.« Ich trat näher zu ihr. »Kann ich mitkommen? Für dich da sein?«

»Das wäre schön«, sagte sie leise. »Ich spreche nicht gern vor Gruppen.«

Meine Frau, meine kämpferische Königin, hatte auch ihre Schwächen.

»Wann soll das stattfinden?«

»Nächsten Monat.« Sie hielt mir den Brief hin.

»Wird im Kalender eingetragen und rot markiert.« Ich legte ihr den Arm um die Schultern. »Ich bin dein größter Fan, das weißt du, oder? Wenn dir etwas wichtig ist, bin ich dabei. Wir sind ein Team. Du und ich gegen den Rest der Welt.«

Sie wandte den Blick ab und schaute nach draußen. »Du musst ihr mal beibringen, wie man mit dem Ding richtig umgeht.«

Ich ging nach draußen zu unserer Tochter und versuchte zu vergessen, dass meine Frau während meiner gefühlsbetonten Rede meinem Blick ausgewichen war.

35

Haze

Endlich Wochenende. Ich behauptete, ich hätte Regelschmerzen, damit Fox Bibi allein betreute. Dann legte ich mich mit einer Wärmflasche ins Bett, die ich in Wahrheit nicht brauchte, und wartete, bis die beiden aufbrachen. Fox wollte mit Bibi den Tag im Park verbringen. Er hatte ein Tretboot reserviert und ein Picknick eingepackt.

Ich wartete, bis das Auto wegfuhr, dann sprang ich aus dem Bett, bereits vollständig bekleidet. Vor mir lag eine wichtige Aufklärungsmission. Ich hatte freien Zugang zu Jennys Haus und wagte mich hinter die feindlichen Linien.

Als ich nach unten ging, hörte ich die Waschmaschine piepen. Ich machte sie auf und zog die Bettwäsche heraus. Als ich sie in den Trockner steckte, fiel etwas zu Boden. Der fehlende AirPod. Ich küsste ihn und steckte ihn in die Tasche. In der Hektik, meine Laufkleidung so schnell wie möglich sauber zu kriegen, war er offenbar in die Maschine geraten. Wie viele Runden hatte er inzwischen wohl gedreht? Reparabel war er garantiert nicht mehr. Aber immerhin lag er weder am Tatort noch auf einem Polizeirevier.

Jetzt musste ich nur noch die Jenny-Bedrohung ausschalten, dann war alles so weit geregelt, dass ich ungeschoren mit einem Mord davonkommen würde.

Jennys Eltern gehörte eine Doppelhaushälfte in einer kurzen Wohnstraße, eine Viertelstunde Fahrt entfernt. Ich schloss die Tür mit dem Ersatzschlüssel aus dem Gartenzwergversteck auf und schaltete mit dem Code die Alarmanlage aus. Im ganzen Flur hingen Fotos von Jenny als kleines Mädchen und Jugendliche. Weiter hinten kamen Fotos von Felix dazu. Auf einem Bild war die ganze Familie zu sehen. Die Eltern von Jenny sahen sympathisch aus. Auf Fotos versuchen natürlich die allermeisten Leute, einen guten Eindruck zu machen, aber die beiden wirkten wirklich nett. Während ich mir alle Bilder ansah, fiel mir auf, dass es bei uns keine Fotowand gab. Ich kannte so etwas nicht aus meiner Kindheit. Mir war zwar bewusst, dass das üblich war, aber aus irgendeinem Grund hatte ich keine Bilder von Bibi aufgehängt. Ich genoss es, mit der lebendigen Version von ihr zusammen sein zu dürfen, nicht mit einer, die künstlich in die Kamera grinste.

Ich ging nach oben. Das große Zimmer rechter Hand war eindeutig das Schlafzimmer ihrer Eltern, daneben lag das Zimmer von Jenny und Felix. Ein schmales Bett und ein Kinderbett standen über Eck. Ansonsten war gerade noch genug Platz für einen Schrank und einen Nachttisch, in dem sich nichts befand außer einem Krimi. Ich spähte unters Bett. Dort stand eine Plastikbox, die nur Winterkleidung der beiden enthielt.

Jenny hatte sicher ein Laptop, aber das hatte sie wahrscheinlich mitgenommen. Da ich als Hackerin komplett untalentiert war, spielte das auch keine Rolle. Draußen am Treppenabsatz befand sich ein kleines Badezimmer. Über dem Waschbecken hing ein Schränkchen, in dem ich Kosmetika entdeckte und – bingo! – drei Pillenfläschchen mit Jennys Namen. Ich fotografierte sie mit dem Handy. Eines war eindeutig ein Antidepressivum. Ich schraubte es auf und nahm eine Pille heraus. Mir war eine Idee gekommen, die ziemlich unschön war, aber vielleicht funktionieren würde. Die beiden anderen Medikamente sagten mir nichts, aber ich würde sie später recherchieren. Sollte irgendwas richtig schieflaufen, würde ich kreativ werden müssen.

In der Küche schlief Popcorn, der Hamster, in seinem Käfig. Ich rümpfte die Nase, als ich an ihm vorbeiging. In den kleinen Garten hinausschauend, sah ich am hinteren Ende einen großen Schuppen. Hatte Jenny nicht erwähnt, dass sie einen großen Teil ihrer Schwangerschaft in einem Schuppen verbracht hatte? Neben der Tür zum Garten hing ein Schlüssel, den ich mitnahm, als ich nach draußen ging.

Mein Handy vibrierte. Fox.

»Hallo?«, sagte ich mit meiner schwachen Leidensstimme.

»Wo bist du? Wir sind zu Hause. Bibi hat sich eingekackat.«

»Was? Wieso das denn? Es gab doch schon seit Wochen kein Malheur mehr.« Konnte ich nicht mal einen Tag für mich allein haben, um im Haus einer Freundin herumzuschnüffeln? »Ich bin gleich zurück … ich … mir sind die Tampons ausgegangen.«

»Ich hatte doch gestern eine neue Schachtel mitgebracht.«

»Weißt du, wie schnell wir so was aufbrauchen?« Ich benötigte dringend eine Ausrede. Falls mein Mann jetzt dachte, Frauen müssten stündlich den Tampon wechseln, dann war das eben so. »Lass die dreckigen Sachen einfach liegen, ich kümmere mich nachher darum.«

»Oh. Ich hab sie schon in die Wäschebox geworfen.«

Wie nicht anders zu erwarten. »Okay. Bis gleich.«

Ich steckte den Schlüssel in die Schuppentür. Er passte. Eine Drehung, dann stand ich im Raum. Ich sah mich um und lächelte.

Ich hatte sie gefunden.

Jennys Ermittlungswand.

Die Rückwand des Schuppens war gespickt mit markierten und kommentierten Zeitungsartikeln und Tatortfotos. Es gab sogar eine Landkarte mit farbigen Stecknadeln an den Orten, wo die mutmaßlichen Opfer des Rucksackmörders gefunden worden waren.

Dem war zwar die gesamte Rückwand gewidmet, aber sie interessierte sich auch für andere ungelöste Fälle aus der näheren Umgebung. Vermutlich hatte sie an diesen Fällen gearbeitet, bevor sie beurlaubt worden war. Einige Bilder schienen Überwachungsfotos zu sein. Ein Mann mit weißem Haarschopf war darauf zu sehen. Daneben hing ein Artikel über einen pädophilen Lehrer, der verschwunden war, bevor man ihn verhaften konnte. Sechs Opfer hatten Aussagen gemacht. Glaubte Jenny, dass dieser Mann der gesuchte Täter war?

Am Fenster standen ein alter Stuhl und ein kleiner Tisch, auf dem ein abgegriffener Notizblock lag. Seitenweise handschriftliche Aufzeichnungen, davon ein großer Teil über den Rucksackmörder, aber auch über vier weitere Fälle.

Ich fotografierte jede Seite des Notizbuchs und die Wand. Um Jennys Theorien zu zerpflücken, musste ich wissen, was sie schon zusammengetragen hatte. Aber es hatte den Anschein, als könnte ich sie mit anderen Fällen vom Rucksackmörder ablenken. Vielleicht gelang es mir, ihr einen besonders üblen Schurken zu servieren, den sie zur Strecke bringen konnte?

Ich ließ den Blick noch einmal durch den Schuppen schweifen und stellte mir vor, wie Jenny hier saß mit ihrem anschwellenden Bauch und tausenderlei Gedanken im Kopf, verdammt zur Untätigkeit. Wahrscheinlich wollte sie auch ihre wohlmeinenden Eltern meiden, indem sie sich hier verkroch und versuchte, einen Weg zurück in die Karriere zu finden, die ihr von einem widerwärtigen Dreckskerl versaut worden war.

Nachdem ich ihre Notizen gesehen hatte, hegte ich keinen Zweifel mehr daran, dass Jenny gut war in ihrem Beruf. Säuberliche Handschrift. Gründliche Recherchen. Die Stichpunkte zu ihren Ideen übersichtlich angeordnet.

Und sie hatte eine exzellente Intuition. Ich hatte zwar versucht, ihre Theorie, die sie nicht beweisen konnte, zu zerlegen. Aber sie lag in allem vollkommen richtig.

Bevor ich zu Hause aus dem Auto stieg, änderte ich die PIN für mein Handy, um zu vermeiden, dass Fox, wenn er zum Beispiel nach hübschen Fotos von Bibi suchte, herausfand, wie dicht wir davorstanden aufzufliegen.

Als ich in die Küche kam, verspeisten die beiden gerade ihr Picknick am Tisch.

»Hab eingekackat, Mama«, verkündete Bibi, den Mund voll Käsesandwich.

»Nicht beim Essen, Bibi.« Fox verzog das Gesicht, blickte dann zu mir hoch. »Wie geht's dir?«

»Bisschen besser. Das Schmerzmittel fängt an zu wirken.«

»Wir können uns alle einen netten faulen Tag zu Hause machen.« Fox warf einen Blick auf Bibi und schauderte. »Für heute reicht's mir erst mal mit Aufregung.«

Bibi kicherte.

»Super Idee. Ich leg mich erst mal noch ein Weilchen hin.«

Den Rest des Nachmittags verbrachte ich damit, Jennys Aufzeichnungen zu studieren. Dabei hörte ich, wie Fox und Bibi sich unten einen Film nach dem anderen reinzogen. Die Musik von *Arielle, die Meerjungfrau* war der Hintergrund-Soundtrack, während ich Tatortfotos, Obduktionsberichte und Listen von Sexualstraftätern, die nicht weiter als sechzig Kilometer von uns entfernt wohnten, durchforstete. Jenny wollte offenbar nicht nur an ungelösten Fällen dranbleiben, sondern auch den Überblick behalten über sämtliche Männer, die eine Gefahr für Kinder darstellten. Das mochte etwas extrem erscheinen, aber da ich nur allzu genau wusste, wozu manche verkommenen Individuen fähig waren, stand ich durchaus hinter dieser Form von Helikoptereltern-Verhalten.

Während ich abends einschlief, dachte ich, was für ein Glück es doch war, dass ich das alles zu sehen bekommen hatte. Jetzt konnte ich ihr Material über den Rucksackmörder genau analysieren und mir überlegen, wie ich die Fehler ausgleichen konnte, die uns unterlaufen waren. Ich hatte keine Spuren hinterlassen, als ich mich in dem Schuppen aufgehalten hatte, Überwachungskameras gab es dort auch nirgendwo. Nichts würde darauf hinweisen, dass ich irgendetwas anderes getan hatte als das, was mein Auftrag gewesen war.

Scheiße.

Ich fuhr ruckartig hoch. Der Hamster. Ich hatte vergessen, den Hamster zu füttern.

Schnell griff ich nach meinem Handy. Ich konnte erst wieder einschlafen, nachdem ich recherchiert und mich davon überzeugt hatte, dass er ziemlich sicher bis morgen früh überleben würde.

36

Fox

Haze saß am Küchentisch und starrte mit gerunzelter Stirn auf ihr Handy. Bibi machte Mittagsschlaf. Es war ein stiller Sonntagnachmittag, und ich hatte gehofft, mich zu entspannen, im Garten herumzuwerkeln, vielleicht ein bisschen zu lesen. Aber Haze überreichte mir eine Liste mit Dingen, die erledigt werden sollten. Der Arbeitstag eines Mannes ist endlos.

»Malst du wieder?«, fragte ich.

»Nee, wieso?« Haze blickte nicht mal vom Handy auf.

Ich berührte ihr Handgelenk, wo ich einen grünen Farbklecks entdeckt hatte.

»Malen mit Bibi zählt nicht.« Haze zuckte mit den Schultern und stand auf. »Ich leg mich hin. Die Krämpfe sind wieder übel.« Sie marschierte hinaus.

Krämpfe waren grundsätzlich die Trumpfkarte. Die konnte ich nie hinterfragen. Ich wäre schließlich ein vollkommen unsensibler Mann, wenn ich kein Verständnis für Frauenleiden aufbringen würde. Seit Bibi war ihr PMS eindeutig schlimmer geworden. Einmal war ich tollkühn genug, Haze darauf anzusprechen. Worauf ich zu hören bekam, was ich denn wohl erwarte, wenn ich ihr verbiete, jemanden umzubringen.

Ich überflog die Liste und beschloss, lieber gleich loszulegen. Nur keine schlafenden Hunde wecken.

Ganz oben stand: *»Batterien in Fernbedienung für Dunstabzug auswechseln (3 x AAA). Sind in Schublade oder meiner Handtasche.«*

Ich kramte in der Küchenschublade herum, in der alles landete, was keinen festen Platz hatte: Schnur, Briefmarken, ein Inbusschlüssel, acht Briefumschläge. Aber keine AAA-Batterien.

Haze' Luis-Vuitton-Handtasche stand auf der Kücheninsel. Ich öffnete sie und erblickte das übliche Tohuwabohu; Haze pflegte sie wahllos vollzustopfen. Ich leerte die Tasche aus und inspizierte den Inhalt. Es handelte sich um ein Sammelsurium aus Strafzetteln, zerknüllten Quittungen, einem halb verspeisten Schokoriegel, einem schmierenden Kuli und einer Arielle-Unterhose von Bibi. Ich verzichtete darauf zu überprüfen, ob sie benutzt oder sauber war. Ferner fanden sich Babytücher und ein rosa Spielzeugtelefon, dessen Klingelton aus dem Grunzen von *Peppa Wutz* bestand. Aber ich sichtete in dem Wust auch eine aufgerissene Packung, die noch zwei AAA-Batterien enthielt. Eine dritte klebte an etwas, das nach einem Kaubonbon aussah. Ich befreite die Batterie und steckte sie in die Packung zurück.

Dann räumte ich die Tasche wieder ein. Die Strafzettel steckte ich in meine Gesäßtasche. Ich wollte mir lieber nicht anschauen, wie alt sie waren; die Frist für die geringste Gebühr war garantiert abgelaufen. Alles, was kaputt oder eklig aussah, warf ich in den Müll, und mit den Babytüchern wischte ich die anderen Dinge ab. Neben dem Stella-McCartney-Portemonnaie fiel mir eine kleine weiße Tablette auf. Ich hielt sie ins Licht. Links und rechts neben einer Kerbe in der Mitte waren die Buchstaben E und L eingeprägt. Haze und Tabletten? Sie nahm nicht mal Vitamine *(»Sei doch kein Idiot, dafür gibt's Lebensmittel«)*, schluckte allerdings bei geringster Unpässlichkeit Nurofen *(»Das ist ein Schmerzmittel, und ich habe Schmerzen«)* und hatte sich schiefgelacht, als ich ihr einmal ein Minzbonbon für den Atem angeboten hatte *(»Wenn man Mundgeruch hat, isst man Zahnpasta, du Spinner«)*.

Ich konsultierte Google. Wie nicht anders zu erwarten, gab es eine Website, die behauptete, jedes Medikament identifizieren zu können. Ich machte ein Foto von der Tablette und lud es hoch. War Haze krank? Oder heimlich drogensüchtig? Ich wartete, bis das Ergebnis auftauchte. Cipralex. Ein Antidepressivum. Großer Gott. Was hatte das zu bedeuten? Das war ein verschreibungspflichtiges Medikament. Was nur die Erklärung zuließ, dass man es Haze verschrieben hatte.

Ich fühlte mich miserabel. Immer wenn ich sie übellaunig oder unausstehlich fand, war sie in Wirklichkeit vielleicht depressiv gewesen. Ich musste ab sofort verständnisvoller sein. Haze war eine komplizierte Frau – was nach ihrer schrecklichen Vergangenheit ja auch nur allzu verständlich war.

37

Haze

»Geht's dir gut?« Auf dem Weg zum Kaffeevollautomaten rieb Fox mir zärtlich die Schultern. »So schön, dass wir alle gemeinsam zu Hause sind. Sonntage sind wunderbar, nicht?«

Er war die ganze Woche über außergewöhnlich lieb und fürsorglich gewesen. Wahrscheinlich hatte er letztes Wochenende die Krise gekriegt, weil ich die ganze Zeit im Bett lag und er gemerkt hatte, wie es sich anfühlen musste, alleinerziehender Vater zu sein.

Oder wusste er über den Toten Bescheid und versuchte das zu kompensieren, indem er besonders reizend zu mir war? Herrje, Geheimnisse waren echt kein Vergnügen. Ständig musste man grübeln und versuchen rauszukriegen, was jemand wusste und was nicht. Total anstrengend.

Ich hatte viel um die Ohren. Die Woche war viel zu schnell vorbei gewesen.

Bei meinen Verabredungen mit Jenny hatte ich immer wieder gezielt betont, wie lieb und normal mein Mann war, und mich zugleich nach ihrem psychischen Wohlbefinden erkundigt.

»Als ich nach Hause kam, saß Fox doch wahrhaftig tränenüberströmt vor so einer Kitschschnulze. Mein Mann ist echt zartbesaitet.«

»Wann hast du deinen nächsten Termin beim Psychiater? Hast du das Gefühl, dass deine Medis richtig eingestellt sind? Du kommst mir so ein bisschen ... Ach, nein, egal, vergiss es.«

»Gestern Nacht hatten wir vielleicht ein Drama! Bibi schrie, weil eine Spinne im Zimmer war. Hat Ewigkeiten gedauert, das Vieh rauszuschaffen, weil Fox sich geweigert hat, es zu töten. Stattdessen wollte er die tierfreundliche Methode mit einem Stück Pappe und einem Glas probieren, doch die Spinne ist immer wieder ausgebüxt. Mittlerweile lebt sie aber munter und vergnügt bei uns im Garten, und Fox hat Bibi beigebracht, dass alles Leben wertvoll ist.«

Hinter den Kulissen überlegte ich mir, wie ich die anderen ungeklärten Fälle so vorantreiben konnte, dass ich Jenny auf die Fährte setzen und mit Hoffnung auf Ermittlungserfolge locken konnte. Denn je intensiver ich mich mit ihren Aufzeichnungen befasste, desto dringlicher erschien es mir, sie von uns abzulenken. Sie war unfassbar gründlich. Ihre Recherchen über ihre Verdächtigen erwiesen sich als erheblich präziser als Fox' Informationen über unsere potenziellen Opfer. Der einzige Trost für mich bestand darin, dass sie bislang strikt gesetzestreu gehandelt hatte. Sobald sie sämtliche legalen Mittel ausgeschöpft hatte, hatte sie ihre Fälle aufgegeben. Aber ich konnte sie auf die Zielgerade bringen.

Vom Rucksackmörder abgesehen hatte sie sich auf einen mutmaßlichen Vergewaltiger und Sexhändler, den pädophilen Ex-Lehrer und einen Serienkiller konzentriert, der seine Opfer mit dem Auto überfuhr. Für diese Auswahl konnte ich sie nur loben – aus meiner Sicht hatten die alle ihre gerechte Strafe verdient. Sollte ich Fox jemals dazu überreden können, zu unserem alten Leben zurückzukehren, hätte ich diese Typen ganz oben auf die Liste gesetzt. Es waren allesamt Kriminelle, die durch die Maschen des Gesetzes geschlüpft waren. Jennys Notizen kündeten von verpfuschten Ermittlungen, verschwundenen Beweismitteln, Anwälten, die sich Formalitäten zunutze machten. Ich regte mich beim Lesen derart auf, dass ich am liebsten mein Messer wieder ausgegraben hätte. Doch nein, ich versuchte hier schließlich gerade, uns aus einer Klemme herauszulavieren, und nicht in eine neue hineinzugeraten.

Ich fokussierte mich auf den Vergewaltiger und Sexhändler. Er hieß Nicky Blaine und wohnte offenbar nur knapp dreißig Kilometer entfernt. Ihn zu beschatten, konnte ich am leichtesten mit meinem Alltag als Vollzeitmutter und liebende bürgerliche Ehefrau in Einklang bringen.

Blaine war einundfünfzig und Besitzer einiger Nachtclubs in Slough. Allein die Aufmachung der Fassade konnte schon als Verbrechen gelten. In den Polizeiberichten wurden etliche Vergewaltigungsopfer erwähnt, die kurz vor dem Prozess gegen Blaine plötzlich nicht mehr aussagen wollten. Aus Jennys Notizen ging hervor, dass dieser Prozess nur der erste von mehreren war; danach wollte man den Kerl wegen Sexhandel drankriegen. Und hätte man Blaine hinter Gitter bringen können, hätte das zugleich auch das Ende einer international agierenden Organisation bedeutet, die junge Frauen entführen ließ und zur Prostitution zwang.

Während ich das alles las, bedauerte ich die Polizei regelrecht. So viel Einsatz und Mühe, um Beweise zu sammeln, mit Zeugen zu sprechen, eine Anklage vorzubereiten. So viel zeitaufwendige Arbeit, bei der nicht einmal garantiert war, dass man die Kriminellen hinter Schloss und Riegel bringen und ihnen für immer das Handwerk legen konnte.

Unsere Methode war so viel effizienter gewesen.

Recherchieren, finden, töten. Der Nächste, bitte!

Und häufig hatten wir uns nicht mal vorbereiten müssen, sondern die Opfer waren uns zugelaufen. Und sofort eliminiert worden.

»Du warst lange nicht mehr joggen.« Fox stellte eine Tasse Tee vor mir ab, um die ich nicht gebeten hatte. »Bewegung ist so wichtig. Macht den Kopf frei und sorgt für gute Laune.«

»Stimmt.« Ich trank einen Schluck. Was wusste Fox?

»Ich geh mit Bibi auf den Spielplatz. Dann kannst du eine Runde joggen.«

»Klar. Danke.« Er war wirklich reizend, fürsorglich, geradezu aufopferungsvoll. Wusste Fox, was ich angerichtet hatte, oder versuchte er vielleicht etwas wiedergutzumachen, was er selbst verbockt hatte? Ich biss mir auf die Lippe, weil ich den Impuls hatte, aufzuspringen und ihn unverblümt zu fragen.

Als ich von der Laufrunde zurückkam, auf die ich überhaupt keine Lust gehabt hatte, kochte Fox gerade das Abendessen.

»Und, welche Runde hast du gedreht?«, erkundigte er sich.

»Ach, nur zum Park und wieder zurück. Keine besondere Route.« Um diesen speziellen Teil des Parks hatte ich einen großen Bogen gemacht. Und ich erwähnte auch nicht, dass ich Seitenstechen bekommen hatte und deshalb langsam zurückgehen musste. Währenddessen hatte ich Nicky Blaines Nachtclubs recherchiert und festgestellt, dass in einem von ihnen, »Labyrinth«, nächste Woche ein Maskenball stattfinden würde. Perfekte Gelegenheit, den Club auszukundschaften, ohne mein Gesicht zeigen zu müssen. »Ich geh rasch duschen, dann bade ich Bibi.«

»Wirklich? Ich kann das sonst später machen.«

Was zum Teufel war hier los? Wenn Fox jetzt womöglich auch noch anbot, die Wäsche zu erledigen, war auf jeden Fall irgendetwas im Busch.

Ich hatte so viel Zusatz in Bibis Bad gekippt, dass sie jetzt einen Schaumbart hatte.

»Hat's Spaß gemacht auf dem Spielplatz?«, fragte ich.

Bibi nickte. »Bin auf Saukel geflogen, wwuiiii.« Sie ließ ihr Boot durch die Luft segeln. »Dada mit Frau deredet.«

Fox hatte nicht erwähnt, dass er eine Bekannte getroffen hatte. »Welche Frau denn?«

»Nett.« Bibi wiegte den Kopf. »Bla bla bla.« Das sagte sie immer, wenn sie fand, Erwachsene redeten zu viel.

Nachdem Bibi gegessen und sechs Gutenachtgeschichten von Fox gehört hatte, half ich ihm beim Abwasch der größeren Teile.

»Wen hast du denn auf dem Spielplatz getroffen?«, fragte ich, während ich eine Schüssel abtrocknete.

Fox runzelte die Stirn. »Niemanden. Es war recht ruhig.« Er starrte auf den Topf, den er gerade schrubbte.

»Bibi hat gesagt, du hättest mit einer Frau geredet. Einer netten Frau.«

»Ach so, die ... Eine Kollegin von der Arbeit, der ich zufällig begegnet bin.« Er bearbeitete den Topf weiter, obwohl der längst sauber war. Ich beäugte Fox von der Seite.

Er erwähnte weder den Namen noch hatte er jemals über Frauen aus seiner Firma gesprochen. Nur die männlichen Kollegen, über die er sich ärgerte, kamen immer wieder zur Sprache. Ich schaute zum Küchentisch hinüber, wo sein Handy lag. Die PIN kannte ich. Ich musste nur den richtigen Moment abpassen. Wenn Fox mir seine Geheimnisse nicht verriet, musste ich sie eben selbst herausfinden.

38

Fox

Mit gesenktem Kopf steuerte ich im Connaught Hotel schnurstracks den separaten Fahrstuhl zur Terrace Suite an. Weil ich viele Leute in London kannte, bestand immer Gefahr, dass jemand mich sichtete, wenn ich absolut nicht gesehen werden wollte. An diesem Tag gelang es mir zum Glück, bis zur Tür der Suite zu gelangen, ohne dass jemand »Cabot! Schön, dich zu treffen!« schrie.

Ich holte tief Luft, bevor ich eintrat. Runde zwei. Und sie würde scheußlich werden.

Meine Eltern saßen auf einem gelben Samtsofa.

Ich wusste, warum sie immer in dieser Suite wohnten. Die Mahagonimöbel und Seidenkissen entsprachen genau ihrem Geschmack. Mir entging nicht, dass die großen Vasen allesamt leer waren. Meine Mutter war allergisch gegen Blumen.

»Guten Morgen, Nathaniel«, sagte sie.

»Guten Morgen allerseits.«

Mein Vater nickte nur knapp.

Sobald ich mich in dem Sessel gegenüber niedergelassen hatte, erschien ein Butler mit einem Tablett, auf dem sich eine Presskanne mit Kaffee, Geschirr und ein silbernes Kännchen befanden. Während er es mit eleganter Geste abstellte, verkündete er: »Hafermilch, wie gewünscht.« Meine Eltern würdigten den Mann nicht einmal eines Blickes.

Ich hatte nicht gewusst, dass meine Eltern offenbar keine Kuhmilch mehr zu sich nahmen, und fragte mich, seit wann das so war. Seit achtzehn Jahren lebten wir nicht mehr auf demselben Kontinent. Meine Eltern hatten mich erzeugt und großgezogen, und doch hätten wir genauso gut Fremde sein können.

Alle schwiegen, während der Butler den Kaffee eingoss.

»Danke«, sagte ich, als er hinausging.

Sobald sich die Tür hinter ihm geschlossen hatte, begann mein Vater: »Da du letztes Mal so überstürzt aufgebrochen bist, blieb vieles ungesagt.«

Kurz nach ihrem Überfall war ich Alistair Martin, dem Managing Partner, der mich bei der UBS-Bank untergebracht hatte, im Foyer begegnet. Er hatte sich begeistert darüber geäußert, dass meine Eltern in der Stadt seien und dass sie sich nächste Woche zum Lunch treffen wollten. Ich hatte sofort im Connaught angerufen und verlangt, zu ihrer Suite durchgestellt zu werden. Meine Eltern waren Gewohnheitstiere mit höchsten Ansprüchen.

Als wir uns dann dort trafen, endete das Gespräch, bevor es richtig begonnen hatte, weil sie sich weigerten, den Grund ihres verlängerten Aufenthalts zu nennen, und sich außerdem unfassbar abwertend über Haze äußerten. Ich hatte mir vorgenommen, sitzen zu bleiben und mich wie der beherrschte, einigermaßen gereifte Mann zu benehmen, der ich mittlerweile war. Aber abfällige Bemerkungen über meine Frau trieben mich zur Raserei. Mein Wutausbruch hatte die beiden sicher nicht beeindruckt; ich konnte nur hoffen, dass sie sich zumindest ein bisschen fürchteten. Sie wussten schließlich nur allzu gut, wozu ich fähig war.

»Wenn wir bitte diesmal in Ruhe über Hazel sprechen könnten.« Mein Vater brachte einen dicken braunen Umschlag zum Vorschein und legte ihn auf den Tisch.

Darauf war ich gefasst gewesen. Ich wunderte mich eher, dass es nicht schon früher passiert war. Aber solange ich noch als verbannter Sohn auf der anderen Seite des Planeten lebte und nicht in ihren Kreisen verkehrte, hatten sie sich nicht für die Frau interessiert, die ich geheiratet hatte.

»Eine Lektüre des Grauens«, fügte mein Vater hinzu.

»Ich weiß über alles Bescheid.«

Er lachte schallend. »Auf keinen Fall kannst du …«

»Alles.« Ich beugte mich vor. »Und mir ist völlig schleierhaft, was euch das angeht. Ich habe mir hier ein Leben aufgebaut und euch bereits klipp und klar gesagt, dass ich nicht nach Amerika zurückkommen werde. Ich bin jetzt hier zu Hause.«

»Es freut uns, dass du hier glücklich bist, Nathaniel«, bemerkte meine Mutter. Lag es am Botox oder an ihrer Gefühllosigkeit, dass ihr Gesicht völlig ausdruckslos blieb? »Aber auch wenn du nicht in Amerika lebst, trägst du noch unseren Namen und bist unser ältester Sohn.«

»Und was soll das heißen? Habt ihr Sorge, dass ich euch irgendwie blamiere? Glaubt ihr vielleicht, mein bürgerliches Vorstadtleben rückt euch in ein schlechtes Licht?«

Mein Vater fixierte mich. »Wir wollten daran glauben, dass du dich geändert hast, und haben das auch eine Zeit lang getan. Haben uns etwas ausgemalt. Dass du eine nette englische Frau geheiratet hast. Dass du bei ihr zur Ruhe kommst und ein anständiges Leben führst. Ein normales Leben.«

»Und dann auch noch mit Kind«, ergänzte meine Mutter.

»Aber als wir deine Frau kennengelernt haben, wurde uns klar, dass wir uns Illusionen gemacht haben.«

»Was wir von ihr zu sehen bekommen haben …« Meine Mutter rümpfte die Nase. »Und zu lesen …« Sie wies mit dem Kopf auf den Umschlag. »Niemals kann eine Person aus solchen Verhältnissen dir die Stabilität geben, die du brauchst. Was verbindet euch überhaupt, von der Mordlust abgesehen?« Ich biss die Zähne zusammen.

Wie nichts anders zu erwarten. Nach einem Blick auf meine großartige Frau hatten die beiden beschlossen, sie sei meiner nicht wert. Und unsere Leistung, die Welt von bösartigen Männern zu befreien, wurde als »Mordlust« abgetan.

»Habt ihr immer noch Devon, der für euch die Drecksarbeit erledigt?«

Es war wie seit eh und je. Ihn hatten sie bestimmt angerufen, sobald sie unser Haus verlassen hatten. Vielleicht war er sogar eigens hergeflogen, um alles über Haze' Herkunft in Erfahrung zu bringen. Und womöglich hielt er sich noch hier auf und beschattete uns.

»Devon arbeitet für unsere Familie und leistet hervorragende Arbeit«, sagte mein Vater. »Wenn jemand den Familiennamen beschmutzt, müssen wir das wissen.«

Zeit, die Karten auf den Tisch zu legen. Mal schauen, ob mein lieber Rabenvater mithalten konnte. »Kannst du irgendetwas vorbringen, womit ich das getan haben könnte?«

»Ja«, antwortete er.

Mir stockte der Atem. »Seit ich in Europa bin?«

Er zögerte. »Wir werden etwas finden, da bin ich mir ganz sicher.«

Ein Glück. Ich war erleichtert, dass ich offenbar so vorsichtig gewesen war, wie ich glaubte. Wenn Devon nicht auf unsere Aktivitäten gestoßen war, wusste auch die Polizei nichts davon.

Ich schaute zwischen den beiden hin und her. »Sagt mir einfach, was ihr von mir wollt, damit wir dieses Familientreffen schnell beenden können.«

Mein Vater legte die Fingerspitzen aneinander. »Es gibt ein Problem in der Firma. Ich weiß, dass du dich nicht gerne mit Informationen über das Familienunternehmen abgibst, das uns diesen Lebensstil ermöglicht.« Er machte eine ausladende Handbewegung. »Aber kurz und bündig: Wir brauchen deine Stimme. Weil wir eine feindliche Übernahme verhindern müssen. Dein Anteil gibt dir ein Mitspracherecht.«

Das war es also.

Der einzige Grund, aus dem sie hier waren. Natürlich war ich ihnen ebenso gleichgültig wie ihre Enkelin. Sie brauchten lediglich meine Stimme, um das Unternehmen zu retten.

Ich brauchte einen Moment, um das zu verarbeiten. Dann setzte Erleichterung ein. Pure Erleichterung, weil meine Eltern nicht plötzlich Teil meines Lebens sein wollten.

»Und wenn ich nicht so abstimme, wie ihr euch das wünscht?«

»Die Frage erübrigt sich doch wohl, Nathaniel.« Mein Vater klopfte auf den braunen Umschlag. »Hier drin befindet sich genug über eure Vergangenheit, um die Polizei in Atem zu halten.«

»Wenn du dafür sorgst, dass wir das Familienunternehmen verlieren, haben wir keinerlei Interesse mehr daran, dich zu schützen. Oder deine Frau. Und Mord verjährt nicht.« Meine Mutter trank einen Schluck Kaffee.

»Wir haben mit einem unserer Anwälte gesprochen«, fügte mein Vater hinzu. »Wusstest du, dass Großeltern das Sorgerecht für ein Kind bekommen können, wenn die Eltern inhaftiert sind? Und euer Kind hat keine Großeltern außer uns, nicht wahr?«

Ich schaute auf meine Hände, die ich vor Wut zu Fäusten geballt hatte. Am liebsten hätte ich alles in Reichweite quer durch dieses elegante Zimmer geschmissen. Ich wollte zusehen, wie sich der Kaffeefleck auf dem Samt ausbreitete. Wollte sämtliches Porzellan zertrümmern und einen Stuhl durchs Fenster feuern. Aber was würde das nützen? Angestellte des Hotels würden aufräumen und sauber machen. Die Kreditkarte meiner Eltern würde belastet, aber so hoch der Betrag auch sein mochte, der Verlust würde bei ihrem Vermögen nicht weiter auffallen. Sie würden lediglich die Augen verdrehen und mich für meinen unangemessenen Gefühlsausbruch tadeln.

»Nun aber, Reginald«, bemerkte meine Mutter. »Das hört sich ja geradezu an, als wäre es etwas Schlechtes, wenn die Kleine bei uns ein Luxusleben bekommen würde, dass sie sich in ihren kühnsten Träumen nicht ausmalen könnte. Sie hätte doch großes Glück, bei uns zu leben!«

Ich konzentrierte mich auf meine Atmung. Ich wollte mir nicht einmal vorstellen, dass Bibi sich auch nur in der Nähe dieser Menschen aufhalten musste. »Ich setze keinen Fuß mehr auf amerikanischen Boden.«

»Das wird auch nicht nötig sein.« Mein Vater lehnte sich im Sessel zurück. »Uns ist klar geworden, dass es viel zu riskant wäre, dich wieder in die Familie aufzunehmen. Du hast dich ja keineswegs geändert.»

Ihr Traum, Julian durch den verlorenen Sohn zu ersetzen, hatte sich rasant in Luft aufgelöst. Mir konnte man nicht vertrauen. Was auch bedeutete, dass ihre Drohung, die Ergebnisse von Devons Schnüffelei der Polizei zu übergeben, ernst gemeint war. Wenn ich nicht machte, was sie wollten, und sie wegen mir das Unternehmen verloren, kam es auch nicht mehr darauf an, wenn der ohnehin verstoßene Sohn als Mörder hinter Gittern landete. Dann kam mir noch ein anderer Gedanke. Da sie jetzt offenbar auch Informationen über Haze hatten – was hielt meine Eltern davon ab, sie zu attackieren, um mir zu schaden? Eine perfekte Rache, bei der sogar der Familiennamen weniger Schaden nehmen würde. Aber nach allem, was ich bereits getan hatte, um Haze zu beschützen, würde ich jetzt erst recht nicht zulassen, dass sie durch meine Eltern zu Fall gebracht wurde. Von mir aus konnten sie mich in die Mangel nehmen. Aber nicht meine Frau.

»Schickt mir die Papiere, die ich unterschreiben soll. Und lasst euch nie wieder bei uns blicken.«

39

Damals

Fox

Ich würde Vater werden. Sobald ich daran dachte, trat ein Lächeln auf mein Gesicht, woraufhin Haze mir immer auf den Arm schlug. Sie wusste genau, was ich dachte, ohne dass ich es jemals geäußert hätte.

Mir war nie klar gewesen, wie sehr ich mir ein Kind wünschte, bis Haze kreidebleich angerannt kam, einen weißen Papierstreifen schwenkend, und schrie, sie sei schwanger.

Ich hatte oft über unsere Zukunft nachgedacht. Schließlich war ich der pedantische Planer und Organisator, der Listen anlegte und Protokolle führte. Ich war der Erwachsene, dem bewusst war, dass unser Leben nicht für immer so weitergehen konnte. Je mehr Männer wir umbrachten, desto größer wurde die Wahrscheinlichkeit, dass man uns irgendwann fassen würde. Haze glaubte wohl, diese wundervolle Zeit würde niemals enden. Aber es war unausweichlich. Eines Tages mussten wir unsere Waffen an den Nagel hängen und unsere Lebensweise ändern. Unser Ziel, unsere Mission, hatte uns fast ein Jahrzehnt begleitet und geleitet, aber vielleicht sollten wir aussteigen, solange es noch möglich war.

Haze hatte sich nie richtig Gedanken über das Risiko gemacht, das wir eingingen. Sie machte sich nicht klar, dass ein einziger Fehler zu einem Leben im Gefängnis führen konnte. Ich dachte oft an den Abend, an dem wir uns kennengelernt hatten. Haze hatte die

Gasse nicht vorher erkundet. Sie wusste nicht, dass es dort keine Überwachungskameras gab. Hatte nicht in Betracht gezogen, dass die Gasse zwei Eingänge hatte und jemand sich unbemerkt hätte nähern können. Sie hatte großes Glück, dass ich derjenige war, der sie damals entdeckte. Und dass sie seit jenem Abend nichts mehr dem Zufall überlassen musste.

Als ich dann daran dachte, dass in Haze ein neuer Mensch heranwuchs, traf mich die Einsicht wie ein Schlag.

Vielleicht war das Leben wichtiger als der Tod. Vielleicht konnten wir eine ganz normale Familie werden, wenn wir uns Mühe gaben. Vielleicht war dieser Weg für mich bestimmt.

Ich glaubte nicht unbedingt an höhere Mächte, aber während der Pandemie erschien mir die Welt verrückt, nichts war mehr normal. Vielleicht war es ein Zeichen, dass wir unser Leben ändern sollten? Die Bedrohung durch einen unbekannten tödlichen Virus. Niemand konnte vorhersehen, was als Nächstes geschehen würde. Wir waren zu Hause im Lockdown, und währenddessen wuchs unser Baby in Haze heran. Neues Leben. Ein anderes Leben.

Wenn ich an die Zukunft mit unserem Kind dachte, war mir vollkommen klar, dass ich nicht permanent in Angst leben wollte. Ich wollte nicht nachts aufwachen und mir den Kopf darüber zerbrechen, welches Detail mir entgangen war, welcher Beweis die Polizei zu unserer Haustür führen würde.

Haze schlief ruhig und fest. Sie hatte Spaß, war mit ihrer Kunst beschäftigt. Und vertraute darauf, dass ich für unser aller Sicherheit sorgen würde. Was mit einem Kind eine ganz neue Herausforderung war. Je mehr wir zu verlieren hatten, desto mehr Druck entstand, nicht gefasst zu werden. Wenn uns beiden etwas zustieß, würde unser Kind ganz allein sein auf der Welt. Oder schlimmer noch: bei meinen Eltern aufwachsen.

Das musste ich unter allen Umständen verhindern.

40

Haze

Ich hatte Bibi gerade ins Bett gebracht, als es an der Haustür klingelte. Sofort raste ich nach unten, damit nicht noch mal geklingelt wurde, und als ich die Tür aufriss, standen zwei uniformierte Polizisten vor mir.

Mir blieb fast das Herz stehen.

Ich musste ruhig Blut bewahren. Meine Rolle so perfekt spielen wie nie zuvor. Die durften nicht den Eindruck gewinnen, dass sie irgendetwas gegen mich in der Hand hatten.

Was würde ein normaler Mensch angesichts von zwei Polizisten denken?

»O mein Gott, ist meinem Mann etwas zugestoßen? Hatte er einen Autounfall? Sagen Sie mir …«

Der Größere der beiden hob die Hand. »Beruhigen Sie sich bitte, Madam. Wir wissen nicht einmal, wer Ihr Mann ist. Wir wollten nur fragen, ob Sie in letzter Zeit hier in der Gegend etwas bemerkt haben, das Ihnen Anlass zur Sorge gab.«

»Ah. Gott sei Dank. Sie haben mich vielleicht erschreckt!« Ich ließ ein Lächeln zu, das aber nicht erwidert wurde.

»Wir haben ein paar Beschwerden aus dem Viertel erhalten, dass es hier zwischen wohnungslosen Männern zu Auseinandersetzungen gekommen sein soll.«

War das ein Bluff? Wollten die rauskriegen, wie viel ich wusste?

Oder wurde mir gerade das kolossale Glück zuteil, dass ich die erste Arbeitsthese der Polizei erhärten konnte?

Ich legte einen Finger ans Kinn. »Wissen Sie, mir sind tatsächlich in letzter Zeit hier und da wohnungslose Menschen aufgefallen. Ich meine, sie tun mir sehr leid, sie haben ja kein Zuhause. Aber es hat mich doch überrascht, denn bisher gab es hier …« Ich schlug eine Hand vor den Mund. »O mein Gott, wurde nicht dieser Mann im Park von einem Wohnungslosen erstochen?«

»Die Ermittlungen sind noch nicht abgeschlossen, aber ja, Zeugenaussagen haben zu dieser Annahme geführt.«

»Sind die Leute in der Gegend hier nicht beunruhigt?« Die Polizei war üblicherweise sofort im Einsatz, wenn betuchte Bürger um ihre Sicherheit fürchteten. Aber offenbar war sie weniger interessiert, wenn das Opfer ein Ex-Häftling war. Nicht dass ich mich darüber beklagen wollte.

»Wie gesagt: Es gab einige Beschwerden.«

Vor meinem inneren Auge sah ich das im Garten vergrabene Messer. Und es kam mir vor, als gäbe es ein Signal von sich, das die beiden dorthin lockte. Allein der Gedanke brachte mein Herz zum Rasen. Wie nahe sie der Wahrheit waren, ohne sie zu kennen.

»Ich hatte keinen direkten Kontakt zu diesen Männern. Aber als Mutter«, ich rang die Hände vor der Brust, »mache ich mir natürlich Sorgen.«

»Das verstehen wir. Deshalb möchten wir den hier lebenden Menschen auch versichern, dass wir tun, was wir können, um rigoros durchzugreifen.«

»Vielen Dank. Das wissen wir sehr zu schätzen.« Ich setzte mein gewinnendstes Lächeln auf.

»Haze?«

Ich wachte auf, weil Fox mich von unten rief. Ich warf einen Blick auf meine Armbanduhr. Kurz vor Mitternacht.

Dada mit Frau deredet.

Ich sprang aus dem Bett und zischte von oben: »Sschsch! Du weckst Bibi!«

»Komm mal in die Küche!«, raunte er zurück.

Als ich hereinkam, stand er vor dem offenen Kühlschrank und drückte sich eine Packung Tiefkühlerbsen aufs Gesicht.

»Was zur Hölle ist passiert?«

»Ich bin vom Rad gefallen. So ein Idiot hat mich nicht gesehen und mich angefahren.«

Er musste ja auch unbedingt mit diesen bescheuerten Mieträdern durch London rasen.

Ich trat zu ihm und schob die Erbsen weg. Sein Wangenknochen war verfärbt und geschwollen. »Hattest du einen Helm auf?«

»Mein Kopf ist in Ordnung. Das da«, er deutete auf seine Wange, »ist von dem Sturz.«

Ich beäugte ihn. »Sonst noch was verletzt?«

»Die Rippen ein bisschen. Als ich aufgeschlagen bin.«

»Das kommt davon, wenn man unbedingt Fahrrad fahren will.«

Ich musterte Fox von Kopf bis Fuß. Kein Riss an seinem Hemd. Kein Schmutz oder Splitt an der Wunde. Keine Spuren vom Sturz am Anzug. Mein Mann sah nicht aus, als wäre er vom Rad gefallen. Sondern als hätte ihm jemand die Faust ins Gesicht gedroschen. Weshalb ich mich fragte, wer das gewesen war und warum Fox mich anlog.

41

Fox

Ich starrte in den Spiegel. Eine Woche war vergangen, inzwischen war der Bluterguss an meiner Wange so weit verblasst, dass er kaum noch auffiel.

Haze hatte mir die Geschichte mit dem Sturz vom Fahrrad wohl abgenommen. Wahrscheinlich nicht zuletzt, weil sie Zweiräder generell verabscheute. Sie weigerte sich nicht nur hartnäckig, sie zu benutzen, sondern schrie auch gern: »Aus dem Weg, du Vollidiot!«, wenn sie im Auto mit Radfahrern konfrontiert war.

Ich dachte an die Schlägerei zurück. Es war mir gelungen, die Oberhand zu behalten, obwohl die anderen in der Überzahl waren. Aber ich wollte lieber nicht darüber nachdenken, wie die Sache ausgegangen wäre, hätte ich nicht mein Schnappmesser und meinen Schlagring dabeigehabt. Ich hatte absichtlich nur Verletzungen zugefügt, die vermutlich nicht zu weiteren Racheplänen führen würden. Doch mein Hauptanliegen während dieses Kampfes mit den drei Männern war es gewesen, ohne Blessuren davonzukommen, die Haze' Anlass für Nachfragen gegeben hätten.

Seine Frau zu belügen ist wirklich enorm kompliziert.

Ich schaute auf mein Handy. Eine weitere E-Mail von den Anwälten meiner Eltern. Man verlangte eine Sendungsverfolgungsnummer von mir für die Papiere, die ich längst unterzeichnet und abgeschickt haben sollte. Aber gegenwärtig lagen sie noch in der

Schublade meines Schreibtischs. Ich wusste zwar, was auf dem Spiel stand, wenn ich nicht parierte. Aber ich hatte mich bislang nicht zum Unterzeichnen durchringen können.

Zumindest waren meine Eltern jetzt eindeutig wieder in den USA. Ich hatte im Internet genügend Fotos von ihnen bei gesellschaftlichen Anlässen gesehen, um sicher zu sein können, dass sie nicht mehr hier waren. Aber sie sorgten dafür, dass ich ihre Präsenz trotzdem spürte.

Seit einigen Tagen folgte mir ein großer Mann im Anzug. Er bemühte sich nicht, unauffällig zu sein, was bedeutete, dass meine Eltern damit ein Zeichen setzen wollten. Sie wollten ihre Macht demonstrieren. Auch wenn sie auf der anderen Seite des Atlantiks weilten – ihre Spione waren überall.

Ich habe schon oft gedacht, dass mein Drang zum Morden sie nicht nur deshalb so frustriert hatte, weil sie viel Geld dafür hatten ausgeben müssen, um meine Spuren zu verwischen. Sondern auch, weil ich mir selbst die Hände schmutzig machte, obwohl man derlei doch Untergebenen überließ.

Wenn ich in Therapie gehen könnte, würde man mir bestimmt sagen, das Mikromanagement, das meine Eltern in meinem Leben veranstaltet hatten, hätte bei mir solche Ohnmachtsgefühle erzeugt, dass ich Männer töten musste, um überhaupt ein Selbstwertgefühl zu entwickeln. Um zu demonstrieren, dass ich ein starker Mann war, der eine Bedrohung darstellen konnte. Dass ich Macht über etwas hatte, was zu Hause eben nie der Fall gewesen war. Vielleicht war ich gar nicht zum Töten prädestiniert, sondern war nur durch die Erziehung meiner Eltern zum Killer geworden.

Ich würde die Papiere unterzeichnen. Diese Menschen wollte ich nicht mehr in meinem Leben haben. Aber sie durften ruhig noch ein bisschen zappeln.

Als ich an den Kampf zurückdachte, bewegte ich meine Finger, ballte sie zur Faust. Die Keilerei hatte sich gut angefühlt. So etwas brauchte ich öfter. Es linderte den gnadenlosen Druck, unter dem ich als berufstätiger Vater stand. Wobei ich zugeben musste, dass ich in dieser Woche ziemlich wenig im Büro gewesen war, weil sowohl Suzanne als auch Petra mehr Zeit in Anspruch genommen hatten, als geplant war. Mir schwirrte schon der Kopf von allem, was ich vor Haze verheimlichen musste. Das alles zu jonglieren, was ich gerade an der Backe hatte, und gleichzeitig dafür zu sorgen, dass Haze davon ungeschoren blieb, strapazierte sogar mein Organisationstalent. Heute war ich früher nach Hause gekommen, um mich zumindest von einem Geheimnis zu entlasten. Ich hatte die Hoffnung, dass es zur Verbesserung unserer Beziehung beitragen würde. Obwohl leider auch die Möglichkeit bestand, dass es alles nur furchtbar verschlimmern würde.

Als es an der Tür klingelte, holte ich tief Luft.

42

Haze

Bibi schlief endlich, und ich lag in der Wanne, in der Hoffnung, dass ein Schaumbad und eine Kerze mit Lavendelduft etwas gegen meine verspannten Schultern ausrichten konnten. Ich machte mir Sorgen, weil ich nichts von Jenny hörte. Sie hatte sich seit drei Tagen nicht gemeldet, obwohl sie sonst doch so versessen auf Verabredungen war. Ich wollte nicht verdächtig wirken, indem ich ihr zuerst schrieb. Deshalb checkte ich ständig mein Handy und wartete auf einen ihrer mit Emojis gespickten Vorschläge für ein Treffen. Dabei kam ich mir allmählich vor wie ein verknalltes Mädchen, das auf Nachricht von ihrem Schwarm fiebert.

Unten hörte ich Fox herumrumoren. Vor ein paar Tagen war er früher von der Arbeit heimgekommen und hatte mich nur flüchtig begrüßt, weil er es so eilig hatte, mit Bibi zum Spielplatz aufzubrechen. Wo er wieder diese Frau getroffen hatte. Er selbst hatte mir nichts davon erzählt. Aber meine ahnungslose Tochter. »Nette Frau bla bla.« Wer war diese Scheißschlampe? Wenn er mich betrügen wollte, wieso stellte er sich nicht geschickter an? Wer nahm denn schon sein Kind zu einem heimlichen Date mit? Ich hatte noch keine Gelegenheit gefunden, sein Handy zu inspizieren, weil er es nie herumliegen ließ. Gestern Abend hatte ich auf dem Nachttisch danach Ausschau gehalten, als er im Bad war, aber vergeblich. Wo bewahrte er es auf? In einer Schublade? Unter seinem Kopfkissen?

Ich stieg aus der Wanne. Es brauchte eindeutig mehr als Lavendelduft, um zu vergessen, dass meine neue Freundin unseren Untergang herbeiführen konnte und mein Mann mich womöglich betrog.

Als ich in meinen Morgenmantel schlüpfte, hörte ich, wie es unten klingelte und Fox zur Tür eilte. Dann fiel sie wieder zu. Leises Murmeln einer Unterhaltung.

Was war da los? Ich band den Morgenmantel fester zu. Es war mir einerlei, ob sich jemand darüber mokieren würde, dass ich anscheinend um halb acht zu Bett gehen wollte. Ich war Mutter.

Als ich nach unten kam, stand Fox allein im Flur.

»Wer war da gerade?«, fragte ich.

»Bitte raste nicht gleich aus ...«

»Das ist der denkbar blödeste Satz, um mich davon abzuhalten.« Mir kam ein Gedanke. »Ach du Scheiße, doch hoffentlich nicht wieder deine Eltern?«

»Ich weiß, dass vieles zurzeit sehr schwer für dich ist. Und ich spüre, dass du dich quälst ...«

»Na ja, quälen ist ein bisschen ...«

»Ich möchte, dass du glücklich bist, Kleines. Ich liebe dich. Das weißt du, oder?«

Mir lief es kalt den Rücken hinunter. Was hatte er angestellt?

»Wir waren ja so lange nur zu zweit, und ich weiß, dass es nicht einfach ist, sich an all diese Veränderungen zu gewöhnen. Aber ich glaube, es ist an der Zeit, eine weitere Person ins Spiel zu bringen. Eine Person, die unserer Ehe guttun wird.«

Plante er einen Dreier, oder wollte er mir damit sagen, dass wir eine Paartherapie bräuchten?

Die Tür der unteren Toilette ging auf, und heraus kam eine mollige Frau, die ich noch nie zuvor gesehen hatte.

»Das ist Helga.«

»Ich bin für Sie da«, sagte sie mit schwerem osteuropäischem Akzent und einem Lächeln.

Ich schaute zwischen den beiden hin und her. Kann sein, dass mir der Mund offen stand.

Fox kapierte schnell. »Nein! Nein, nicht ... Helga meint, dass sie hier ist, um dir zu helfen. Sie ist für Bibi hier. Helga ist Kinderfrau.«

Ich atmete aus. Okay. Er war nicht komplett durchgedreht. Aber eine Kinderfrau?

»Hätten wir das nicht gemeinsam besprechen sollen?«

Fox sah Helga an. »Bitte nehmen Sie sich doch in der Küche ein Glas Wasser.« Er wartete, bis sie außer Sichtweite war, und wandte sich dann wieder mir zu. »Ich hatte irgendwo gelesen, dass es beinahe genauso stressig ist, eine Kinderfrau zu finden, wie keine zu haben. Deshalb dachte ich, ich nehme dir die Suche ab. Helga hat exzellente Referenzen. Und Bibi hat sie schon ins Herz geschlossen. Die beiden haben sich ein paarmal auf dem Spielplatz getroffen.«

Gut, er vögelte also nicht mit einer anderen. Obwohl ... das war ja trotzdem nicht ausgeschlossen. Das hier war nur die Spielplatzfrau.

»Weiß nicht.« Ich schüttelte den Kopf. »Du kannst doch nicht der erstbesten Person diese Stelle geben und hoffen ...«

»Dreiundzwanzig.«

»Dreiundzwanzig was?«

»Ich hatte dreiundzwanzig Bewerbungsgespräche.«

»Ah.«

»Helga war bei Weitem die bestqualifizierte Person von allen. Du hättest mal ihre Reaktion sehen sollen, als ich Bibi dazu überredet hatte, einen Erstickungsanfall vorzutäuschen.« Er beugte sich zu mir. »Sie mag recht beleibt sein, hat aber so schnell reagiert wie ein Ninja.«

Mir schwirrte der Kopf. Eine Kinderfrau. Eine, die hier wohnte. Alles mitbekam. Bibi mochte sie. Und wenn meine Tochter die Kinderfrau dann mehr liebte als mich?

»Du hast mich um Hilfe gebeten. Damit du dich wieder daran erinnerst, wie es sich anfühlt, stark zu sein. Weißt du noch?«

Das hatte ich nach dem Abendessen bei den Thompsons gesagt, vor über einem Monat. Damals war es mir vorgekommen, als hätte Fox meine Äußerung ignoriert, und ich war wütend auf ihn gewesen. Hatte ihm unterstellt, dass ihm meine Aussage egal war. Aber er hatte sich das tatsächlich zu Herzen genommen.

»Das Malen fehlt dir doch so sehr, und ich weiß, wie immens wichtig es für dich ist. Wenn du mit Bibi und im Haushalt Hilfe hast, kannst du dich wieder mehr deiner Kunst widmen. Ich möchte einfach, dass du glücklich bist. Dass wir beide zusammen glücklich sind. Mir ist klar, dass du sehr viel aufgegeben hast. Für Bibi. Und für mich. Und du sollst wissen, wie viel mir das bedeutet.« Er ergriff meine Hand und drückte sie. »Ich möchte mich mit dir wieder so fühlen können wie früher. Im Einklang.»

»Und wie soll das funktionieren?«

»Zunächst gehen wir gemeinsam aus. Ich habe einen Tisch im Scott's in Richmond für uns reserviert. Das in Mayfair haben wir doch so geliebt, weißt du noch?«

Er war umwerfend. Wunderbar. Liebevoll und verständnisvoll. Wollte auf meine Gefühle eingehen und mir den Alltag erleichtern. Verstand, was ich brauchte, besser vielleicht sogar als ich selbst.

Dafür konnte es nur eine Erklärung geben.

Er wusste über den Toten Bescheid.

43

Das Scott's war voll besetzt. Diese Räume waren ein bisschen protziger eingerichtet als das Lokal in Mayfair. Aber angesichts der Tatsache, dass wir zuletzt in einem Kettenrestaurant mit klebrigen Böden und einer gigantischen Kinderspeisekarte gemeinsam essen waren, war das hier ein enormer Fortschritt.

Wir wurden formvollendet zu unserem Tisch geleitet und ließen uns auf den samtbezogenen Stühlen nieder.

»Und, wie findest du's?« Fox beugte sich vor. »So gut wie das Original?«

»Meinst du das Restaurant oder uns?« Eine Kriegserklärung.

Fox wurde blass und winkte dem Kellner. »Zwei Gläser Champagner, bitte.« Der Mann nickte und eilte davon.

Wir saßen schweigend da und sahen uns an. Ich hatte mal irgendwo gelesen, dass Schweigen ein exzellentes Werkzeug sei, um ein Geständnis zu bewirken. Deshalb wartete ich hartnäckig ab.

Fox holte tief Luft und beugte sich vor. »Ich weiß, dass sich vieles geändert hat. Aber das Leben geht weiter. Wir sind älter und weiser, und Bibi ist jetzt bei uns. Wir haben ein gutes Leben.«

Der Champagner wurde serviert.

Ich leerte mein Glas in einem Zug. »Noch eines, bitte.«

Der Kellner verschwand wieder.

»Wir wollen, dass Bibi ein normales Leben führen kann«, fuhr Fox fort. »Und wir sind diejenigen, die das Fundament dafür legen.«

Ich runzelte die Stirn. »Sie ist ein Kind, kein Haus.«

Fox seufzte. »Ich weiß, dass du unsere Nebentätigkeit vermisst. Aber wenn Bibi erst mal achtzehn ist, können wir ja wieder darauf zurückkommen.«

Er hatte verfügt, dass wir verzichten sollten, bis Bibi achtzehn war. Über fünfzehn Jahre. Das war doch wie eine Haftstrafe. Zu einem Leben gezwungen, das man nicht führen möchte, zum Guten des Kindes. Jetzt verstand ich, wie sich unglückliche Paare fühlten, die mit der Scheidung warten wollten, bis die Kinder alt genug waren, um weniger Schaden anzurichten. Das war eine Gratwanderung, bis zu dem Moment, in dem man dann merkte, dass man den Kindern viel mehr zumutete, weil man zusammenblieb und sich hasste. Ob Fox irgendwann feststellen würde, dass wir unangenehmere und unglücklichere Menschen geworden waren, seit er uns an unserer wahren Berufung hinderte?

»Dann sind wir über fünfzig«, sagte ich.

»Es ist nicht leicht, ich weiß. Aber wir wollen doch das Beste für Bibi.«

Ich schwieg, während der Kellner das Champagnerglas vor mir auf den Tisch stellte.

Fox redete weiter. »Wir sollten auf deinen Erfolg anstoßen. Auf die Einladung zum Vortrag in deiner ehemaligen Kunstakademie. Das ist toll.« Er hob sein Glas und stieß damit an meines. »Du hast deinen großen Traum verwirklicht, vergiss das nie. Und das hast du ganz allein geschafft.«

Ich trank einen großen Schluck. »Mir graut davor. Leute, die mich anstarren.«

»In den ersten Sekunden ist das verunsichernd, aber dann kommst du in Schwung. Und ich bin das vertraute Gesicht in der Menge, das dich daran erinnert, was du alles draufhast.« Er lächelte. »Ganz vorne in der ersten Reihe, für meine kluge und tolle Frau.«

Ich hatte mich in ein dunkelblaues Victoria-Beckham-Kleid gezwängt, das die richtigen Stellen betonte. Meine Haare waren frisch gewaschen und saßen gut. Ich hatte ein Glas Champagner in der Hand und meinen attraktiven Mann vor Augen. Und dennoch fühlte sich das alles überhaupt nicht so perfekt an, wie es hätte sein sollen.

Fox hatte etwas Nettes tun wollen heute Abend. Er hatte eine Kinderfrau engagiert und führte mich in ein gutes Restaurant aus, um mich daran zu erinnern, wie früher alles gewesen war. Aber sah er denn nicht, dass genau da das Problem lag? Wir beide waren eben nicht mehr wie früher. Und während wir versuchten, Fox und Haze von damals zu sein, spürten wir nur umso deutlicher, wie tief wir gesunken waren.

Wusste er von meinem Mord? Ich ging davon aus. Wie hatte ich so blind sein können? Wer hatte Fox ins Gesicht geboxt? Was machte er an diesen Abenden, an denen er angeblich noch so lange im Büro war? So viele Fragen, die ich nicht stellen würde. Ich hatte nicht vor, mir in die Karten schauen zu lassen.

Und dann wurde es mir schlagartig klar.

Wir spielten nicht mehr für dieselbe Mannschaft. Sondern waren Gegner, die einander belauerten und abwarteten, wer zuerst schwächelte.

Ich hatte meine Geheimnisse, er die seinen.

Was war nur aus uns geworden?

Wie war aus unserer Traumbeziehung diese Farce von einer Ehe geworden?

Nähe erzeugt Verachtung. Wie zur Hölle sollte man also mit jemandem zusammenleben, mit sämtlichen Marotten und nervenden Gewohnheiten der Person vertraut sein, ohne sie zu hassen?

Wo war der Mann, den ich geheiratet hatte? Der mit der dunklen Sexyness unter der glatten Fassade? In unserer glorreichen Zeit war er zwar der coole, effiziente Planer, aber bei unseren Abenteuern ließ er es krachen – buchstäblich. Wandte nach allen Regeln der

Kunst und dabei stets elegant seine ausgefallenen Methoden am menschlichen Körper an. Doch diesen Künstler gab es nicht mehr. Jetzt war Fox nur noch ein öder Bürotyp, der auf Tabellen stand. Ein weiterer sturer Langweiler.

»Ich nehme den Kabeljau, glaube ich.« Fox blickte von der Speisekarte auf. »Und du?«

»Steak.«

Er nagte an seiner Unterlippe. »Die Kartoffeln klingen gut. Aber die sollte ich mir lieber verkneifen.«

Er hatte seine Leidenschaft, seine *joie de vivre,* verloren und merkte es nicht einmal.

Der Kellner kam, ich orderte. Während Fox Fragen stellte, sah ich mich im Restaurant um. An einem Tisch in der Ecke saß ein Paar um die zwanzig nebeneinander. Der Mann umfasste das Gesicht der Frau. Ihr Essen stand unberührt vor ihnen, während sie leise redeten.

»Ist da viel Sahne in der Soße?« Fox zauderte immer noch.

Der Mann ließ jetzt eine Hand unter den Tisch gleiten. Sie schloss die Augen und rückte näher zu ihm. Ich erinnerte mich noch gut an diese Abende. An denen man nicht warten wollte, bis man zu Hause war. An denen jeder Ort geeignet war für heimliche Höhepunkte.

Selbst wenn wir jetzt in die Stimmung gekommen wären, hätte ich bestimmt wieder eine dieser »Du bist jetzt Mutter!«-Ermahnungen zu hören bekommen. Sinnlos betrinken? Sex in der Öffentlichkeit? Böse Männer erstechen? Nein, nein, nein. *»Du bist jetzt Mutter!«*

»Und ist er ohne Gräten, oder …«

Die Frau hatte jetzt leicht den Kopf nach hinten geneigt, der Mann lächelte und raunte ihr etwas ins Ohr.

»Jetzt nimm endlich den Scheißfisch«, knurrte ich.

Worauf beide Männer mich stumm anstarrten.

»Ja, den Kabeljau, bitte.« Fox lächelte verspannt, als er dem Kellner die Speisekarte reichte. »Und eine Flasche Sauvignon.«

Er sah mich an. »Du kannst mir nicht die Schuld an allen Veränderungen in unserem Leben geben. Wir haben diese Entscheidung gemeinsam getroffen.«

»Nein, *du* hast sie getroffen und mich dabei völlig übergangen.« Ich leerte mein Glas. Und dachte daran, wie Fox mich mit der Ankündigung überfallen hatte, dass wir unsere Tätigkeit einstellen müssten. Da war ich im achten Monat schwanger gewesen, mein Bauch kugelrund, mein Gehirn unbrauchbar. Meine Gedanken kreisten nicht darum, Leben zu beenden, sondern neues Leben in die Welt zu setzen.

Der Kellner kam mit dem Wein und schenkte uns ein. Wir schwiegen, bis der Mann wieder davoneilte.

»Denk doch nicht immer daran, was du verloren hast. Sondern an das, was du bekommen hast.«

Im Ernst? Wurde er jetzt auch noch bevormundend?

Ich hatte keine Vorbilder für liebevolle, gelingende Beziehungen, als ich heranwuchs. Hatte keine Ahnung, wie eine glückliche Ehe in der Realität aussah. Mein Wissen stammte aus Filmen, Büchern und Zeitungsartikeln. Vielleicht hatte ich überzogene Erwartungen. Vielleicht reichte es aus, wenn man einander tolerierte und einigermaßen zurechtkam. Vielleicht war das bereits alles, worauf man hoffen konnte, und all die Filme und großen Werke der Weltliteratur hatten gelogen … Es gab keine ewige Liebe. Und diese Happy Ends zeigten nie, wie es zehn oder zwanzig Jahre später aussieht, wenn es Streit gibt, weil er sich die Zehennägel in der Wanne schneidet, ihre Haare den Abfluss verstopfen und keiner Lust hat, in aller Frühe aufzustehen, wenn das Baby wach wird.

Wo waren die ergreifenden Liebesgeschichten über Langzeitbeziehungen? Vielleicht waren die zu kompliziert und zu langweilig. »Sie lebten glücklich bis an ihr Lebensende« war einfacher, als darzustellen, wie es nach dem rührseligen »ENDE« aussah. In *Stolz und Vorurteil* wurde nicht beschrieben, wie Elizabeth Bennet Darcy ausschimpft, weil er immer seine Hosen im Badezimmer am Boden liegen lässt. Man bekommt auch nicht zu sehen, wie Aschenputtel und der Prinz nach dem Ball betrunken in der Kutsche sitzen und die Fetzen fliegen, weil er ein bisschen zu galant war mit einer verführerischen Fee von der anderen Talseite. Nur Romeo und Julia konnten sich ihre Illusionen bewahren und den anderen für perfekt halten – was aber daran lag, dass der Liebesrausch von kurzer Dauer war. Sollte man also lieber rechtzeitig sterben? Bevor aus der Leidenschaft Vertrautheit wird und das Neue und Aufregende alltäglich? Wir hatten kein Handbuch, keinen Leitfaden für Liebesglück bis an unser Lebensende. Wir wurstelten uns irgendwie durch und scheiterten kläglich.

»Schließ mich nicht aus, Haze. Wir müssen offen miteinander sein.«

Es gab so viel zu sagen. Aber weder Ort noch Zeitpunkt waren dafür geeignet.

44

Fox

Ich wünschte mir einfach nur, dass Haze mit mir sprach. Dass sie offen war. Ich wollte nicht in ihrer Handtasche wühlen müssen, um etwas über sie zu erfahren. Ich wollte ihr nicht heimlich helfen müssen, im Verborgenen.

Als ich an diesem Abend mit meiner wunderschönen Frau an der Seite das Haus verließ, fühlte es sich ein bisschen wie früher an. Bevor wir Bibi hatten. Als Abendessen in einem Fine-Dining-Lokal Normalität für uns war. Ich hatte Haze eine Freude machen wollen, doch stattdessen hatte ich sie offenbar nur noch mehr verärgert. Nicht zum ersten Mal wünschte ich mir, dass es eine Gebrauchsanweisung für sie gäbe.

Haze wollte alles. Sie war mit nichts aufgewachsen und hatte dann versucht, alles aufzuholen, was sie versäumt hatte. Das konnte ich verstehen. Aber wie sollte ich ihr erklären, dass mein Ziel vor allem war, ihr das zu geben, was ihr am meisten gefehlt hatte – die Liebe und Geborgenheit einer Familie? Ich sehnte mich auch nach unserer glorreichen Zeit zurück, aber es ließ sich nun einmal nicht vermeiden, dass wir mit dem Morden aufhörten. Es war ungeheuer anstrengend, dauernd alles minutiös planen zu müssen und danach Angst zu haben, etwas übersehen zu haben. Ich war inzwischen älter und auch ein Stück weit erschöpft. Das erhöhte die Wahrscheinlichkeit, dass mir etwas entging. Und dafür trug ich die Verantwortung. Das Letzte, was ich wollte, war, durch einen Fehler unsere Familie zu zerstören.

»Das ist seit Ewigkeiten unser erster gemeinsamer Abend auswärts. Lass uns doch versuchen, ihn zu genießen.«

Ich trank einen Schluck Wein und nahm mir ein Stück Brot, während ich angestrengt überlegte, worüber wir reden könnten. Welche Gesprächsthemen hatten wir vor Bibi gehabt? Wir hatten doch früher stundenlang diniert, über was hatten wir uns da unterhalten? Ah. Wir hatten wohl einfach geflirtet und besprochen, wohin unsere nächste Reise gehen sollte und wer unser nächstes Mordopfer sein könnte. Aber unsere Beziehung war doch hoffentlich mehr als das?

Unsere Lebensgeschichten hatten wir uns bereits erzählt. Eltern, Schule, vorherige Beziehungen. Das hatten wir schon ganz zu Anfang abgehakt. Über unsere Gegenwart konnten wir nicht sprechen, weil die zu ... langweilig war. Und über die Zukunft auch nicht, weil die derzeit nicht allzu rosig aussah.

Meine Frau. Seit dreizehn Jahren meine Partnerin. Und ich wusste nicht, was ich mit ihr reden sollte. Ich musste etwas sagen. Irgendetwas. Wir durften nicht eines dieser schweigenden Paare werden, über die wir uns früher lustig gemacht hatten.

»Hast du ... hast du in letzter Zeit irgendeinen guten Film gesehen?« Ich wäre am liebsten im Erdboden versunken. Etwas Besseres fiel mir nicht ein? Als belangloser Small Talk wie mit Fremden auf einer Party?

Haze zog eine Augenbraue hoch und trank einen Schluck Wein. Der Kellner kam mit dem Essen und stellte die Teller auf den Tisch.

»Das sieht sehr gut aus!«, brachte ich mühsam hervor.

Haze nahm ihr Steakmesser und beäugte es. Dann drückte sie ihren linken Zeigefinger auf die Spitze, bis ein Tropfen Blut hervorquoll. Sie saugte an ihrem Finger und begann dann, ihr Steak zu schneiden.

Sie verschloss sich. Schob mich weg. Ich fragte mich unwillkürlich, wie viel Zeit mir wohl noch blieb, bevor Haze mich komplett abservieren würde. Sie verzieh Menschen nicht, die ihr geschadet hatten. Stand auf mein Verbrechen – sie zu heiraten, ihr ein Kind zu machen und sie zu einem ruhigeren Leben zu verpflichten – das Todesurteil?

»Können wir nicht mal richtig reden?«, begann ich. »Ich kann das nicht …«

»Betrügst du mich?« Sie schob sich ein Stück Steak in den Mund und sah mich mit bohrendem Blick an.

Ich ließ meine Gabel fallen. »Wie kannst du mich so etwas fragen?«

»Das ist keine Antwort.«

»Was machen wir denn dann hier? Wenn du mir solche Fragen stellen musst, ist das alles doch sinnlos.«

Sie beugte sich vor. »Wir reden nicht mehr richtig miteinander.«

»Und wessen Schuld ist das?«, fauchte ich. »Ich versuche es ja gerade!«

»Was verheimlichst du mir?« Sie fixierte mich prüfend.

»Und was verheimlichst *du mir*?« Ich lehnte mich zurück und starrte sie an.

Eine solche Szene hatte es zwischen uns noch nie gegeben.

»Ich bin fertig.« Haze legte das Besteck ab. »Gehen wir nach Hause zu unserer Tochter.« Sie trank ihr Glas aus und stand auf. »Du kannst zahlen.«

Sie wartete nicht einmal auf mich. Ich sprang auf, um ihr zu folgen. Nach drei Schritten packte mich jemand am Arm. Als ich herumfuhr, stand Griff vor mir.

»Griff! Was für eine Überraschung! Wie geht's dir?«, fragte ich lächelnd. Aus dem Augenwinkel sah ich, dass Haze schon an der Tür war.

Er erwiderte das Lächeln nicht. »Wie geht's *dir*, Mann?«

Ich zuckte mit den Schultern. »Gut. Wollte mal wieder schön essen gehen mit meiner Frau. Und du?« Hinter ihm sah ich einen Tisch mit Männern in Anzügen. Ein Geschäftsessen – kein Wunder, dass Griff so gestresst aussah.

»Ich weiß, was passiert ist.« Er seufzte. »Gott wollte, dass ich hier für dich da bin. Ich weiß nur nicht, warum er mich nicht zu dir geführt hat, bevor es zu spät war.«

»Alles gut.« Griff war immer so sentimental. »War schön, dich gesehen zu haben, aber ich muss los. Meine Frau wartet auf mich.« Ich winkte Haze, die an der Tür stehen geblieben war. Griff starrte auf unseren Tisch. Und mein leeres Weinglas. Ach so.

»Ich weiß, was du denkst, aber mach dir keine Sorgen. War nur ein kleines Glas Wein.«

»Nee, Mann, so funktioniert das nicht.« Er legte mir beide Hände auf die Schultern. »Ich bin für dich da, okay? Rückfällig zu werden ist schlimm. Aber wir kriegen dich schon wieder auf Spur.«

Großer Gott. Musste ich nun meinen Chip abgeben? Aber den hatte ich mir hart erarbeitet. Haze kam jetzt zurück und steuerte auf uns zu, doch ich hob die Hand.

»Wir sprechen beim nächsten Treffen darüber, Griff, aber ich muss jetzt wirklich los. Meine Frau weiß nicht, dass ich bei den Treffen bin.«

»Deine Frau weiß nicht, dass du Alkoholiker bist?« Er runzelte die Stirn.

»Nein. Ja … ich meine, sie weiß, dass ich ein Problem habe. Aber nicht, dass ich zu den AA-Treffen gehe.«

»Sie weiß, dass du Alkoholiker bist, und hat trotzdem Wein bestellt und zugelassen, dass du ihn trinkst?« Griff schüttelte den Kopf. »Wow. Und ich dachte, *meine* Ehe sei kaputt.«

»Meine Frau trägt keine Schuld. Sie trinkt eben gern. Ich habe versucht, es ihr auszureden, aber du weißt ja, wie schwer es ist, etwas aufzugeben, das man liebt.« Haze näherte sich rapide, finster die Stirn runzelnd. »Bis demnächst, ich muss jetzt wirklich gehen.«

»Aber sie hat auch ein Problem. Ihr seid beide abhängig.« Griff packte mich wieder am Arm, als ich mich abwandte. »Ihr tut euch nicht gut, erkennst du das denn nicht?«

45

Haze

Auf der Rückfahrt sah ich Fox von der Seite an. Er blickte starr geradeaus. Ich hatte geglaubt, dass er mich kannte. Dass er mich in meiner Komplexität verstand.

Ich bin eine Frau. Ich kann brüllen. Aber ich weine auch. Ich liebe dich, aber ich hasse dich. Ich weiß nicht immer, was ich will, aber wenn du mich liebst, solltest du es wissen. Du solltest für mich entscheiden, aber nicht so, dass ich mich machtlos fühle – du solltest mir das Gefühl geben, dass ich selbst die Wahl habe. Wenn du mit mir zusammen sein willst, musst du so stabil sein, dass ich mich auf dich verlassen kann, aber auch flexibel genug, um dich an alles anzupassen. Stabil genug, um mir Sicherheit zu geben, aber nicht so pedantisch, dass du langweilig bist, denn sonst höre ich nicht mehr auf dich – und finde dich auch nicht mehr sexy. Liebe mich, halte mich, sorge für mich. Sei verletzlich, aber auch stark. Sei immer für mich da, aber enge mich nicht ein. Gott, das war doch so einfach. Wieso kapierte er das nicht?

Was zur Hölle passierte mit uns? Hatte Fox komplett vergessen, wer wir waren? Liebte ich ihn überhaupt? So, wie er wirklich war? Oder liebte ich nur, wie ich mich mit ihm fühlen konnte? Früher zumindest.

In unserer glorreichen Zeit hatte er mir das Gefühl gegeben, die schönste, witzigste, intelligenteste, aufregendste Person zu sein, der er jemals begegnet war. Er hatte dafür gesorgt, dass ich meine schlimme Vergangenheit vergessen konnte. Fox bedeutete für mich Zuhause, Sicherheit, Geborgenheit. Wer würde einen solchen Menschen nicht lieben? Früher hatte ich nie auch nur eine Sekunde daran gezweifelt, dass ich die einzige Person auf der ganzen weiten Welt war, mit der Fox zusammen sein wollte. Er war das reinste Wunderelixier für mein Selbstwertgefühl.

Sogar noch Jahre später, als die Flitterwochenstimmung eigentlich längst hätte verflogen sein müssen, suchte er mich immer noch mit Blicken, wenn wir irgendwo auf einer Party getrennt standen. Behielt mich im Auge, musste wissen, wo ich war. Ich sollte spüren, dass er mit mir zusammen am glücklichsten war. Wenn er mit mir sprach, mich in den Armen hielt, Sex mit mir hatte. *Ich* war der Mittelpunkt seiner Welt.

Jetzt hingegen ließ er sich allerlei Entschuldigungen einfallen, um möglichst wenig Zeit mit mir zu verbringen. Und ich fühlte mich nur noch schlecht.

Ich wusste sehr wohl, dass ich mit schuld daran war. Ich gab mir keine Mühe mehr. Früher hatte ich ihn zum Lachen gebracht, hatte mich für ihn schön gemacht. Hatte ständig neue interessante Ideen gehabt, was wir unternehmen und ausprobieren konnten. Ich genoss unser gemeinsames Leben.

Unser Funke mochte verflogen, die Flamme erloschen sein, aber das galt auch für mich selbst. Mutter zu sein hatte mich einerseits vorwärtsgebracht und andererseits vernichtet. Wir hatten uns beide verändert und mussten jetzt herausfinden, ob wir als Paar noch etwas aus unserem früheren Leben wiederbeleben konnten.

Als wir zu Hause ankamen, war ich betrunken und müde und hatte keine Kraft mehr für einen handfesten Streit. Während Fox abschloss und nach Bibi schaute, schluckte ich zwei Nurofen, um dem Kater vorzubeugen, setzte meine Augenmaske auf und schlief ein.

Ich wachte zu einer Nachricht von Jenny auf. Endlich. Emojis, die fragten, ob wir im Park picknicken wollten. Ich antwortete, ich würde nur an einem Tisch picknicken, woraufhin sie ein Emoji mit Lachtränen schickte. Wieso sie das witzig fand, verstand ich nicht, es war ernst gemeint.

Fox kam in die Küche, während ich gerade Sachen aus dem Kühlschrank in meine Handtasche stopfte. Er spähte hinein.

»Wieso hast du eine Gurke, eine Packung Cheddar, ein Glas Pesto und eine halbe Flasche Rosé in deiner Louis-Vuitton-Tasche?«

»Picknick.«

»Wie kann denn daraus ein Lunch werden?«

Ich zog mein Taschenmesser heraus. »Du hast wohl vergessen, wie gut ich mit Messern umgehen kann.« Ich nahm einen Brotlaib aus der Box und packte ihn obendrauf.

»Wir müssten irgendwo hier noch einen Cooler haben.« Fox begann, Schränke zu öffnen.

»Nicht nötig, das geht schon«, trällerte ich.

Ohne darüber gesprochen zu haben, hatten wir einen Waffenstillstand beschlossen. Sehr vernünftige Entscheidung, um unsere Probleme nicht bequatschen zu müssen. Wir konnten einfach so tun, als wäre alles in bester Ordnung.

»Triffst du dich mit Jenny?« Er schaltete den Kaffeevollautomaten an und warf mir einen Blick zu.

»Ja.« Ich schaute demonstrativ auf die Wanduhr über ihm. »Und wir sind schon spät dran.« Ich drehte mich um und schrie: »Bibi! Schuhe anziehen! Wir wollen los!«

Sie kam hereingesprintet, in der Hand eine kopflose Barbie. »Oh! Jaaaaaa!« Und raste wieder hinaus.

»Warum bist du nicht im Büro?«

Fox schaute auf seine Armbanduhr. »Stimmt, ich muss auch los. Hab einen Kundentermin in Windsor.«

»Prima.« Ich steuerte zur Tür.

»Ja.« Er trank hastig seinen Kaffee.

»Tschüs«, rief ich über die Schulter.

»Tschüs«, rief er mir nach. Dann: »Tschüs, Bibi.«

»Tschüs, Dada«, schrie sie, während sie in ihre Schuhe schlüpfte.

Wir schlichen auf Zehenspitzen umeinander herum. Stählerne Höflichkeit. Alles lief beschissen, aber wir schafften es nicht, uns damit auseinanderzusetzen. Was sagte das über den Zustand unserer Ehe aus? Dass wir uns nicht mal mehr die Mühe machten, uns zu streiten?

Teil 3

SCHLECHTE ZEITEN

»Gemeinsam seid ihr stark genug, um auch schlechte Zeiten durchzustehen. Was immer dir das Leben vorsetzt – du musst nur die Hand deines Mannes halten und sagen: ›Wir schaffen das, Schatz.‹ Du bist verheiratet. Du bist unangreifbar.«

Candice Summers, Nummer-eins-Bestseller-Autorin von *Ehe fürs Leben: Wie man als Paar für immer glücklich und erfüllt bleibt*

»Augen zu und durch. Solange ihr beide noch den Kopf auf den Schultern tragt, könnt ihr euch gratulieren. Und dann wappne dich schon mal gegen den nächsten Mist, denn der wird kommen.«

Hazel Matthews, Ehefrau

***Creative Culture Club Magazine*, Juni 2021**
***Auf See verschollen* von Hazel Matthews**
Mixed Media, 80 cm x 200 cm

Auf dem Gemälde ist eine Frau zu sehen, die aufrecht an Deck eines Boots steht. Ihr Kopf ist gesenkt, ihr Gesicht nicht zu erkennen. Sie hält ein Schwert in den Händen, die Spitze nach unten gerichtet. Das Meerwasser ist trüb. Hat die Frau ihre Ängste besiegt und sie im Meer versenkt? Oder ist ihr eigener Geist der Feind, dem sie nicht entkommen kann? Die Künstlerin schlägt stilistisch eine neue, kraftvolle Richtung ein. Verletzlichkeit und Furcht bestimmen dieses Werk – beides kam in ihren bisherigen Arbeiten nicht vor, in denen Wut und Macht die vorherrschenden Themen waren. Hier ist die Figur verschattet, als ringe sie mit der Angst vor dem Ungewissen.

MATTYS HANDY, gesendet 8. November 2021, 06:23

Ich bekomme ein Kind. Allmählich begreife ich es. Ich bekomme wirklich ein Kind. Und das wird alles verändern. Fox zwingt mich dazu, etwas aufzugeben, was ich liebe. Deshalb wollte ich nie heiraten. Ich wollte immer selbst über mein Schicksal bestimmen können.

MATTYS HANDY, gesendet 9. Dezember 2021, 20:57

Du würdest dich schlapplachen, wenn du mich jetzt sehen könntest. Dicker Kugelbauch. Und wir wohnen mitten in der Pampa. Hab grade stundenlang recherchiert, welche Bettwäsche aus Biobaumwolle ich für die Designerwiege anschaffen soll, die so viel gekostet hat wie ein Kleinwagen. Wer bin ich überhaupt? Ich wünschte, du wärst hier, um es mir zu sagen. Um mich daran zu erinnern, dass ich in diesem bürgerlichen Scheißleben immer noch ich selbst bin.

46

Damals

Haze

Fast ein Jahrzehnt. Haze und Fox. Fox und Haze. Etliche Staffeln einer Erfolgsserie mit attraktiven Hauptfiguren. Wir hatten nicht nur unseren eigenen Rhythmus gefunden, sondern machten unsere Musik komplett selbst. Waren vollständig im Einklang. Bewegten uns synchron. Und verstanden uns so blind, dass es schon fast lächerlich war. Unsere Gespräche liefen manchmal so ab:

»Wie wär's denn, wenn …«

»Ach ja, wir könnten …«

»Aber da ist doch …«

»Genau, und der …«

»Also vielleicht doch?«

»Lieber nicht.«

»Probieren wir doch mal …«

»Super, sehr gern.«

So funktionierte das zwischen uns bei allem, vom Essen bis zur Auswahl unserer Opfer. Ein Blick, eine Berührung, eine hochgezogene Augenbraue. Wir waren wie füreinander geschaffen.

Und wir waren glücklich. So verdammt glücklich.

Jeder Tag war ein neues Abenteuer.

Jeden Tag erwartete ich voller Vorfreude.

Jeden Tag hatte ich das perfekte Leben.

Bis wir von zwei rosa Linien lahmgelegt wurden.

Schwanger.

Ja, ich war bisweilen etwas nachlässig mit der Pille, und ja, wir hatten viel Sex. Dennoch war das ein furchtbarer Schock.

Ich dachte an all die wunderbaren Erlebnisse und vor allem unsere Morde und schluchzte: *Nein, ich bin noch nicht bereit.*

Aber Fox war bereit.

Vielleicht steckte doch noch etwas von seinen republikanischen Eltern in ihm, und er fand, alles Leben müsse bewahrt werden. Oder vielleicht lag es daran, dass er sechs Jahre älter war als ich. Vielleicht war er in Wahrheit gar nicht der Mann, für den ich ihn gehalten hatte.

Er nahm mich in die Arme und redete mir gut zu. »Ich hatte auch nie vor zu heiraten, aber mit dir macht es riesigen Spaß. Warum also kein Kind? Schau uns doch an! Wir haben so viel, und wir können so viel. Wir schaffen es auch, ein Kind großzuziehen. Wir können alles zusammen haben.«

Ich wusste nicht, wie ich ihm sagen sollte, dass manche Menschen nicht dafür geeignet sind, Eltern zu sein. Weil ihnen die Fähigkeit zu beschützen, zu nähren, zu lieben fehlt. Das wusste ich schließlich am allerbesten.

Wir waren gute Menschen. Davon war ich überzeugt. Aber was, wenn wir nun doch nicht so gut waren, wie ich glaubte? Wenn dieses Etwas in uns, das uns skrupellos töten ließ, bedeutete, dass wir unser Kind nicht so lieben konnten, wie es nötig war?

Wir liebten einander, klar. Aber wir waren eigenständige Erwachsene, die das Leben des jeweils anderen bereicherten. Kinder dagegen waren harte Arbeit, waren nervig, undankbar, frech, aggressiv, brauchten dauernd irgendwas, heulten, hatten Hunger, versauten einem das Leben. Das hatte ich mir jedenfalls als Kind anhören müssen. Vielleicht waren manche Menschen gar nicht von Geburt an Monster. Sondern entwickelten sich erst dazu, als sie Eltern wurden.

»Es war meine Bestimmung, dich zu finden.« Fox hatte mein Gesicht in seine Hände genommen und schaute mir tief in die Augen. »Du bist überragend klug und wunderbar und kompliziert und aufregend und witzig und unfassbar schön. Die Welt braucht mehr solcher Menschen.«

Er manipulierte mich. Überschüttete mich mit Liebe und Komplimenten, damit ich selbst zu glauben begann, es sei ein Vergehen an der Menschheit, wenn ich nicht ein weiteres Wunderwerk wie mich selbst erschaffen würde.

Doch es gab auch einen Teil in mir selbst, der dieses Kind wollte, sehr dringend sogar. Einen blutsverwandten Menschen. Ein Kind mit dem Mann, den ich leidenschaftlich liebte. Es fühlte sich so eigenartig natürlich an, dieser Drang, ein Kind in diese Welt zu setzen. Ich wusste zwar, dass hormonelle, chemische, biologische und sozial erlernte Gründe dabei die Hauptrolle spielten, kam aber dennoch nicht dagegen an. Ich wollte das Kind und hatte gleichzeitig Angst. Fürchtete mich davor, was das mit mir machen würde. Mit uns.

Fox überzeugte mich davon, dass wir das alles schon hinkriegen würden.

Er sorgte dafür, dass ich nicht mehr auf meine innere Stimme hörte, die vehement behauptete, meinem bisherigen Leben damit den Todesstoß zu versetzen. Fox konnte mich davon überzeugen, dass es – ganz im Gegenteil – ein absolut wundervoller Neuanfang sein würde.

Er brachte das Beste in mir zum Vorschein. Half mir, meine inneren Stimmen zum Schweigen zu bringen, die schrien, ich würde eine miserable Mutter sein. Durch ihn begann ich, an mich selbst zu glauben, an meine guten Seiten.

Beim ersten Ultraschall hatte ich das kleine Wesen in mir schon akzeptiert. Als ich später die erste Bewegung spürte, weinte ich über dieses Wunder des Lebens. War überwältigt davon, dass mein

Körper, den ich so oft missachtet und abgewertet hatte, zu solch einer unglaublichen Leistung der Natur fähig war.

Mein Kind war kein Alien mehr, sondern mein eigen Fleisch und Blut. Und wurde schon geliebt, bevor es zur Welt kam.

Als der Geburtstermin nahte, begann ich zu planen. Kinderzimmer. Bettchen. Wickeltisch. Stilleinlagen. Windeln. Die notwendige Logistik, um am Tage Eltern und bei Nacht Killer zu sein ...

Ich versuchte, mir unsere Zukunft vorzustellen. Mit ausgeklügelter Organisation würden wir fast so weitermachen können wie bisher. Wir bräuchten nur einen Babysitter für die Zeit, in der wir mit etwas beschäftigt waren, das für Kinder und auch für Zartbesaitete kein geeigneter Anblick war. Ich war mir sicher, dass wir das gemeinsam schaffen konnten. Wir waren schließlich ein Team.

Doch dann ließ Fox die Bombe platzen. »Ein paar Dinge müssen sich aber ändern.«

47

Haze

Es war ein herrlicher Tag, und wir hatten den letzten freien Picknicktisch am Rande des Spielplatzes ergattern können. Wir schauten den Kindern zu, die sich auf der Rutsche vergnügten, und tranken Rosé aus den *Findet Nemo*-Pappbechern, die Jenny mitgebracht hatte.

»Ich habe mich inzwischen ein paarmal mit Gerard zum Lunch getroffen«, berichtete Jenny lächelnd. »Und letztens sogar zum Abendessen.«

Mir fiel wieder ein, dass sie den Franzosen meinte, den sie im Supermarkt kennengelernt hatte.

»Er weiß jetzt über Felix Bescheid. Und hat nicht Reißaus genommen.«

»Super. Das freut mich sehr für dich.« Und für mich. Wenn ihr Sexleben endlich mal ein bisschen Tempo aufnahm, war sie hoffentlich weniger erpicht darauf, den Rucksackmörder zu schnappen.

»Er ist sehr respektvoll. Ich bin mir nicht mal sicher, ob er mich mehr als nette Bekannte und Expertin für britische Snacks betrachtet.«

»Als was bitte?«

»Na, er liebt britische Schokolade und so. Totaler Foodie. Knabbert immer irgendwas.«

Das hörte sich nach mehrgewichtig an.

»Stehst du überhaupt auf ihn?«

»Er ist echt nett. Ich genieße einfach die Gespräche mit ihm. Ich kann … Ich bin mir nicht sicher, von wegen Beziehung und so.«

»Wir reden hier nicht über eine feste Beziehung. Ich frage dich, ob du Lust auf Sex mit dem hast oder nicht.«

»Haze!« Jenny lief doch wahrhaftig rot an. »Eher nicht, glaube ich. Er ist ziemlich massig. Was ja kein Problem ist. Aber du weißt schon … Und die ganze Sache mit Bill hat mich erst mal ziemlich abgetörnt, was Männer angeht.«

Das wunderte mich nicht.

»Wie läuft es diesbezüglich denn so?«, erkundigte ich mich. »Weitere Reaktionen auf das angekündigte Gerichtsverfahren?«

»Zurzeit rührt er sich nicht. Bin mir nicht sicher, ob das ein gutes oder ein schlechtes Zeichen ist.«

»Sag deiner Anwältin, sie soll ihm mehr Druck machen. Der braucht einen klaren Termin. Er schuldet dir das Geld. Dir und Felix. Lass ihn nicht davonkommen.«

Dass Jenny ihre Kohle kriegte, war wichtig für ihre Zukunft und die von Felix, und zum Glück hatte sie zu handeln begonnen. Aber ja, wenn sie in einem stressigen Disput mit ihrem Ex lag, lenkte sie das gewiss auch von ihren kühnen Theorien über den Rucksackmörder ab.

Seit meiner Inspektion des Badezimmerschranks war ich im Bilde über Jennys Medikamente. Und da ich auch das Versteck für den Ersatzschlüssel und den Zahlencode für die Alarmanlage kannte, würde es nicht allzu schwer sein, alle drei Präparate auszutauschen. Wenn Jenny dann Entzugserscheinungen bekam, würde die Aufklärung ungeklärter Fälle sicher nicht mehr oberste Priorität haben. Doch das war nur mein Notnagel, für den Fall, dass sie der Wahrheit zu nahe kam.

Den wollte ich wirklich nur auspacken, wenn es nicht anders ging.

Ich mochte Jenny. Wenn man von ihrer Bedürftigkeit und ihrem mangelnden Selbstwertgefühl absah, war sie einfach nur ein guter

Mensch, der böse Menschen unschädlich machen wollte. In einem anderen Leben wären wir vielleicht sogar enge Freundinnen geworden (in einem, in dem ich tatsächlich Interesse an anderen Menschen gehabt hätte und offener für sie gewesen wäre). Deshalb wünschte ich mir für Jenny, dass sie klarkam. Aber ich wollte auch, dass sie verrückt genug wirkte, damit niemand ihre Theorien wirklich ernst nahm.

In den letzten Wochen hatte ich ihr Selbstwertgefühl gezielt weiter untergraben, damit sie es hoffentlich gar nicht erst wagte, ihre Mutmaßungen jemandem außer mir mitzuteilen. Sie war ohnehin so am Boden, dass es ein Leichtes war, sie noch weiter runterzuziehen. Wäre ich nicht so skrupellos, hätte ich deshalb ein schlechtes Gewissen gehabt.

»Und wie geht's dir sonst so? Wie fühlst du dich? Hast du dich ein bisschen beruhigt ... Ich meine wegen dieser ziemlich bizarren Theorien?«, fragte ich jetzt.

Jenny blickte auf den Tisch. »Tut mir leid. Ich hab wahrscheinlich ein bisschen irre gewirkt mit diesem ganzen Gerede über den Rucksackmörder. Bin ziemlich gestresst, weil ich in einem Monat mein Gespräch habe.«

»Ach, im Revier?«

»Ja. Die Personalabteilung hat mir jetzt einen Termin geschickt. Bevor mich meine Vorgesetzten wieder auf Dauer einstellen, wollen die ein offizielles Gespräch. Und ich muss eine Fortbildung machen, um mein Wissen aufzufrischen. Eine demütigende Maßnahme, um mich daran zu erinnern, was ich falsch gemacht habe.« Sie zerriss ihre Serviette in kleine Fetzen.

»Das ist doch bestimmt nur eine Routinesache.«

»Nein, nein. Offiziell war ich ja einfach nur in Elternzeit. Danach müsste man mich mit offenen Armen empfangen, nicht mit so einer Prozedur. Es macht sie nervös, dass ich zurückkommen will, die trauen mir nach der Sache mit Bill nicht mehr über den Weg. Deshalb muss ich ihnen beweisen, was ich draufhabe. Sie daran erinnern, wie gut ich früher war. Dann haben sie vielleicht etwas mehr Verständnis dafür, weshalb ich mich von Bill zum Lügen habe zwingen lassen.«

Meine Hoffnungen lösten sich vor meinen Augen in Luft auf. Jenny strebte immer noch eine spektakuläre Rückkehr an. Sie würde die Sache nicht auf sich beruhen lassen. Sondern sich im Gegenteil noch mehr ins Zeug legen, je näher dieser Termin rückte.

Jetzt blieb mir wohl nichts anderes übrig, als einen Vorstoß zu wagen.

»Glaubst du immer noch, dass der Rucksackmörder hier irgendwo in der Gegend sein Unwesen treibt?«

Jenny zuckte mit den Schultern. »Ich halte es nicht für ausgeschlossen. Aber du kannst dich entspannen – ich glaube nicht mehr, dass es dein Mann ist.«

»Ha ha ha!« Mein Lachen klang sogar in meinen eigenen Ohren scheußlich schrill.

»Aber es war mir tatsächlich eine Hilfe, mit dir darüber zu reden. Inzwischen glaube ich nämlich nicht mehr, dass er ein Rucksacktourist ist. Ich denke vielmehr, er ist reich. Fährt also nicht mit dem Zug und steigt in Hostels ab. Sondern ist mit der Jacht unterwegs und wohnt in Luxushotels.« Jenny tippte sich ans Kinn. »Ein reicher Typ könnte es problemlos so aussehen lassen, als wäre er ein Saisonarbeiter. Und wer reich ist, kommt mit allem durch. Was auch erklären würde, warum die bislang keine einzige brauchbare Spur von ihm haben.«

Scheiße.

Ich hatte alles nur noch schlimmer gemacht.

Jetzt stellte ich mir vor, wie Jenny ihren Vorgesetzten ihre Ideen darlegte. Die würden das alles für abstrus halten, oder? Würden sich bestimmt nicht blamieren wollen mit einem Hirngespinst über einen europaweit agierenden Serienkiller? Viele Morde wurden mit Messern begangen. Ich neigte zwar dazu, nach einem bestimmten

Muster vorzugehen – eher aus Gewohnheit, als aus Eitelkeit ein Markenzeichen hinterlassen zu wollen –, aber Fox hatte die Leichen immer gecheckt und dafür gesorgt, dass es nichts gab, was sie mit anderen in Verbindung bringen konnte. Selbst wenn man also die Stichwunden des Toten im Park mit denen anderer Opfer verglich, würde man keine auffallenden Ähnlichkeiten finden, oder? Hätte ich mit Fox darüber reden können, hätte er mir auf die Frage eine präzise Antwort geben können. Vermutlich hatte er solche Details auch in seinen Tabellen vermerkt.

Gott, es war erbärmlich, wie abhängig ich mich von ihm gemacht hatte. Ich hatte dieses Chaos angerichtet, jetzt musste ich es auch im Alleingang beseitigen. Und bislang schlug ich mich wacker. Die Tatwaffe sicher versteckt. Keine Blut- oder DNA-Spuren auf meiner Kleidung. Ein Verdächtiger war bereits gefunden. Und abgesehen von Jenny – einer einzigen Person, der ohnehin nicht mehr vertraut wurde – war niemand auf die Idee gekommen, dass der Tote im Park ein weiteres Opfer des Rucksackmörders sein könnte. Ich war schon fast aus der Schusslinie.

»Arbeitest du vielleicht noch an anderen unaufgeklärten Fällen?«, fragte ich. »Vielleicht gibt es welche in der Nähe, die du nutzen könntest, um deinen Vorgesetzten zu imponieren?«

Jenny trank einen Schluck Rosé. »Ja, ein paar solcher Fälle gibt es. Wäre eine Idee, mich mit denen zu beschäftigen. Da komme ich besser an Informationen. Mein Kontakt bei Interpol hat sich ohnehin nicht mehr gerührt.«

Es reichte nicht aus, mich darauf zu verlassen, dass Jenny sich durch Sex, ihren renitenten Ex-Mann und ihre psychischen Probleme ablenken lassen würde. Ich musste versuchen, sie auf Nicky Blaine anzusetzen. Wenn ich ihr einen großen, fetten Oberschurken servieren würde, mit ausreichend Beweismaterial, um ihn hinter Gitter zu schicken, würde sie bestimmt vergessen, dass der Rucksackmörder womöglich hier irgendwo herumschlich.

48

Fox

Ich wurde immer noch beschattet. Inzwischen aber nicht mehr von dem Anzugträger, sondern von einem Typen mit Basecap, schwarzem T-Shirt und Jeans. Auffällig unauffällig trieb der sich in einem Kindercafé, an einer Schaukel und in einem Spielwarenladen herum – ohne Kind an seiner Seite. Aber er war schlauer als der Anzugträger und vermied jeglichen Blickkontakt.

Ich bezahlte den kleinen Plüschpinguin, den Bibi im Schaufenster entdeckt hatte und auf den sie unter keinen Umständen verzichten wollte.

»Komm, Bibi, wir gehen nach Hause.«

Sie nahm meine Hand und hüpfte neben mir her, schwang ihre kleine Tasche, die jetzt den Pinguin enthielt. Ich wusste, dass ich meine Tochter nicht so verwöhnen sollte. Aber es war heiß, und Bibi zum Lächeln zu bringen, war viel weniger anstrengend, als sie weinen zu sehen. Nächstes Mal würde ich standhaft bleiben. Gute Erziehung war echt harte Arbeit.

Ich beobachtete aus dem Augenwinkel, wie der Basecap-Typ uns von der Straßenecke aus nachschaute.

Seine Anordnungen kannte ich natürlich nicht. Vielleicht sollte er mir nur folgen. Aber was, wenn das nicht alles war? Wenn er den Auftrag hatte, Bibi zu entführen? Meine Eltern würden vermutlich vor nichts zurückschrecken, um ihren Willen zu bekommen.

»Dada! Zu fest!« Bibi klopfte auf meine Hand.

»Entschuldige, Süße.«

Es reichte. Ich musste aufhören, mich vor meinen Eltern zu fürchten. Ich musste ihnen den Kampf ansagen.

Zu Hause saß Haze mit ihrem Laptop am Küchentisch und klappte es sofort zu, als wir hereinkamen.

»Was hast du dir angeschaut?«

»Ach, hab nur ein bisschen geshoppt.« Sie stand auf, klemmte sich das Laptop unter den Arm und trat zu Bibi. »Hallo, Schätzchen. Wollen wir ein bisschen malen?«

Mein Handy pingte. Ich zog es aus der Tasche. Eine E-Mail von meinem Vater. *»Wieso brauchst du so lange?«*

»Wer hat dir geschrieben?«

»Jemand aus dem Büro.«

Seit dem missglückten Abendessen war alles nur noch schlimmer geworden zwischen uns. Der alte Romantiker in mir hatte sich doch tatsächlich eingebildet, mit einem schönem Ausgehabend unsere alte Magie zum Leben erwecken zu können. So viel also dazu.

Ich musste Haze die Wahrheit sagen. Die Wahrheit über alles. Bevor unsere Ehe so zerrüttet war, dass es kein Zurück mehr gab. Aber ich brauchte vorher einen Plan, um jegliche Bedrohung seitens meiner Eltern abzuschmettern. Sie hatten eine Trumpfkarte wegen meiner Morde in den USA gegen mich auf der Hand. Aber sie konnten nicht einfach vom Sorgerecht für Bibi faseln und davon ausgehen, dass ich mich nicht wehren würde. Ich hatte es satt, mich ständig verfolgt zu fühlen und mir überlegen zu müssen, was sie sich als Nächstes einfallen ließen.

Sobald ich diese Papiere unterzeichnete, verlor ich jegliches Druckmittel. Deshalb hatte ich mich noch nicht dazu durchringen können. Im Moment brauchten mich meine Eltern noch. Aber es gab keinerlei Garantie, dass sie sich nicht weiter in mein Leben einmischen würden, nachdem sie ihren Willen bekommen hatten.

Ich musste irgendetwas tun, womit sie nicht rechneten.

Und dann fiel es mir wie Schuppen von den Augen.

Ich musste mit Julian reden, meinem in Ungnade gefallenen Bruder. Bislang hatten wir uns voneinander ferngehalten. Waren wie Boxer im Ring herumgetänzelt, immer außer Reichweite des anderen, damit keiner den K.-o.-Schlag ausführen konnte. Dass meine Eltern Julian seit jeher bevorzugten, hatte zu einem Bruch zwischen uns geführt. Unsere Verbundenheit aus Kindertagen war damit vorüber. Dabei hatten Julian und ich uns früher oftmals vielsagende Blicke zugeworfen, wenn unsere Eltern widerwärtiges Zeug redeten oder die Angestellten schlecht behandelten. Das hatte mir immerhin Anlass zu der Hoffnung gegeben, dass mein Bruder charakterlich mehr Ähnlichkeit mit mir als mit unseren Eltern hatte.

Ich hatte von mir aus nie mehr den Kontakt zu Julian gesucht. Unsere Eltern hatten die Funkstille zwischen uns immer begrüßt, und jetzt begann ich mich zu fragen, warum.

49

Haze

Ich schlich auf Zehenspitzen ins Kinderzimmer. Bibi schlief tief und fest, die Meerjungfrauen von ihrer Drehlampe tanzten über ihr Gesicht. Ich strich meiner kleinen Tochter sachte übers Haar und küsste sie. Sie roch nach Badeschaum und Schlaf. Süß und rein. Wie dankbar ich war, sie in meinem Leben haben zu dürfen.

Dann huschte ich hinaus. Heute startete meine große Mission.

In den letzten Tagen hatte ich die beiden Clubs von Nicky Blaine observiert, um mich auf den Maskenball im »Labyrinth« heute Abend vorzubereiten.

Beide Etablissements machten einen äußerst zwielichtigen Eindruck. Abends wurde dort vielleicht zwar wirklich nur auf Europop getanzt, aber tagsüber sah das ganz anders aus. Frauen wurden hineingeführt, die entweder völlig fertig, viel zu jung oder malträtiert aussahen. Und die Männer an ihrer Seite waren von der Sorte, die kein Nein akzeptierte. Solche Typen erkannte ich immer sofort. Ich wusste, wie die sich verhielten und welche Absichten sie verfolgten. Da lief alles nach dem gleichen üblen Muster ab.

Während ich sie beobachtete, kam mir der Gedanke, dass ich mit einer anderen Persönlichkeitsstruktur vielleicht einen ganz anderen Weg eingeschlagen hätte. Vielleicht würde ich dann heute ein Polizeiabzeichen tragen und üble Typen wie diese jagen und hinter Gitter bringen, anstatt sie aufzuschlitzen.

Ich schauderte bei der Vorstellung. Dieser ganze Papierkrieg und die endlos vielen Vorschriften. Zusehen zu müssen, wie Verbrecher ungeschoren davonkamen und den Opfern nicht geholfen wurde. Damit hätte ich niemals umgehen können. Ich wäre so geendet wie Jenny mit ihrer obsessiven Ermittlungswand und ihren ebenso verzweifelten wie vergeblichen Versuchen, etwas gegen diese bösen Männer auszurichten.

Ich zog ein schwarzes Minikleid aus dem Schrank, das ich jahrelang nicht getragen hatte, weil Fox mal gesagt hatte, ich sähe darin wie eine *Love Island*-Kandidatin aus. Jetzt kombinierte ich es mit klobigen Riemchensandaletten, die ich mal betrunken gekauft und in nüchternem Zustand dann als geschmacklos empfunden hatte.

Nicky Blaine würde wahrscheinlich heute Abend im »Labyrinth« sein. Ich hatte keinen Plan, wollte mir nur ein Bild machen von dem Mann und überlegen, wie man ihn zu fassen kriegen könnte.

Ich hatte nicht die Absicht, ihn umzubringen – obwohl ich inzwischen gut über seine Machenschaften informiert war und wusste, dass ich viele Leben retten könnte, wenn er aus der Welt geschafft würde. Die verhärteten, resignierten Gesichter der jungen Frauen, die in die Clubs geführt wurden, sprachen Bände.

Das Wohl der Allgemeinheit war für mich früher der moralische Freifahrschein gewesen, mit dem ich vieles gerechtfertigt hatte. Und wenn es einen Gott gab, würde ich dem im Jenseits entschieden erklären: »Was willst du denn? Die Welt ist voller Scheißkerle, da konnte ich doch nicht tatenlos rumsitzen und abwarten, bis du sie mit einem Blitzschlag erledigst. Ich war eine gute Kriegerin, habe hart gearbeitet. Jetzt gib mir so einen verdammten Heiligenschein und lass mich meinen Ruhestand genießen.«

Ich musterte mich im Spiegel. Perfekt. Sexy genug, um mühelos überall reinzukommen, und billig genug, um dort nicht aufzufallen. Ich schüttelte mein Haar aus und legte Lippenstift auf. Bereit für den Kriegspfad.

Dann stöckelte ich nach unten, wo Helga im Wohnzimmer bügelte. Ich hätte weinen können vor Glück. Jetzt war endlich Schluss mit Ausflüchten wie: »Ist das Bett erst mal bezogen, fällt nicht auf, wie krumplig die Laken sind.«

Ich gab es ungern zu, aber Fox hatte völlig recht gehabt. Genau das hatten wir gebraucht. Helga war ein Geschenk des Himmels. Sie kümmerte sich um Bibi, sorgte für Ordnung im Haus, kochte, bügelte. Erst jetzt verstand ich, weshalb unsere Nachbarn so an ihren Kinderfrauen hingen und ständig über Lohnerhöhungen für sie redeten. Diese Frauen waren der Fluchtweg zurück ins alte Leben. Und gerade jetzt war ich besonders dankbar, denn durch Helga konnte ich in zwielichtigen Nachtclubs herumhängen und potenzielle Opfer observieren.

»Ich gehe heute aus«, verkündete ich.

»Wow. Große Party?«

Fox würde früher als ich nach Hause kommen und sollte natürlich nichts von meinem Vorhaben erfahren.

»Nein ... ich geh zum Buchclub.«

Wir sahen uns an.

»Buchclub«, wiederholte Helga dann mit ausdrucksloser Miene. »Nehmen Sie das hier, falls es spät wird.« Sie reichte mir einen meiner Pullis aus dem Wäschekorb. »Fox macht sich vielleicht Sorgen, wenn Sie so nach Hause kommen.«

»Sorgen?«

»Dass Sie frieren auf dem Heimweg vom Buchclub in so einem ... kleinen Kleid.«

Diese wunderbare Frau war also nicht nur ein Segen für den Haushalt und unser Kind, sondern dachte auch noch mit und gab mir Deckung. Wir mussten unbedingt ihren Lohn verdoppeln, selbst wenn er schon hoch war.

Beim Rausgehen fiel mir auf, dass ich keine Maske dabeihatte. Die war aber unverzichtbar wegen des Partymottos und weil ich um keinen Preis in einem verkommenen Nachtclub in Slough gesichtet werden durfte. Ich hastete zu Bibis Verkleidungstruhe und kramte darin herum. Die Chewbacca-Maske hätte mein Gesicht zwar komplett verdeckt, war aber eher für einen Kindergeburtstag geeignet, weshalb ich mich letztlich für eine Katzenmaske mit rosa Paillettennase entschied.

Der Club war brechend voll, die Musik grauenhaft, und ich hätte am liebsten sofort kehrtgemacht. Frauen waren eindeutig in der Überzahl. Vielleicht, weil sie keinen Eintritt zahlen mussten, vielleicht aber auch, weil sich viele von Blaines Stripperinnen unters Publikum mischten. Ich sah jede Menge krasses Make-up, tiefe Dekolletés und falsche Nägel.

Ich bestellte mir bei einem lüstern glotzenden Barmann eine Cola Light und beobachtete Blaine, den ich in einer Sitzecke entdeckt hatte. Eine der jungen Frauen an Blaines Seite sah aus, als könnte sie irgendwas zwischen fünfzehn oder zwanzig sein. Ich hoffte auf zwanzig. Sie wirkte angespannt, die Augen waren glasig. Ein korpulenter Mann redete mit dem Clubbesitzer, der seine Hand auf den Rücken der Frau legte. Sie zuckte zusammen, was er nicht zu bemerken schien.

Ich schaute mich um. Hier hielten sich jede Menge Männer auf, deren Leben ich ohne den geringsten Gewissensbiss beendet hätte. Ich fühlte mich wie eine Trinkerin, der man köstlichen Schampus vor die Nase hält. Und ich durfte nicht mal ein Schlückchen zu mir nehmen.

Dieser Club war offenbar ein Eldorado für Drecksäcke, und mir wurde auch klar, warum. Wo ich hinschaute, sah ich Männer, die Frauen begrabschten und befummelten, ohne dass die Frauen sich wehrten. Im Gegenteil: Sie lächelten angestrengt und beugten sich zu den Männern herüber. Raunten ihnen etwas zu. Und alle wirkten extrem jung.

Ich spürte, wie jemand meine rechte Pobacke packte, richtig fest. Ich fuhr herum und haute dem kleinen Typen hinter mir das Knie in die Eier. Mein Instinkt war stärker gewesen als der Plan, unbemerkt zu bleiben. Dann drängte ich mich hastig durch die Menge, aber zu spät – ein Mann in schwarzem Anzug hielt mich am Arm fest.

»Loslassen!«

»Der Clubbesitzer möchte wissen, was dein Problem ist.«

Ich dachte rasch nach. Wenn ich wollte, konnte ich mich aus diesem Griff befreien und draußen in die Nacht verschwinden. Ich hatte die Wahl.

Aber eine Gelegenheit für einen Plausch mit dem König der Drecksäcke?

Die würde ich mir doch nicht entgehen lassen.

Ich erlaubte dem Typen, mich zu Blaine zu führen, der mich mit eindeutigem Blick von Kopf bis Fuß musterte.

»Was ist los mit dir, Schätzchen? Wer hat dich hergeschickt?«

»Niemand. Bin meine eigene Chefin.« Ich benutzte meine Toughe-Lady-Stimme und ließ den Blick durch den Raum schweifen. »Ich hab ein paar Mädchen in London, die aus der Stadt rauswollen, und hab von dir gehört. Von deinen Clubs. Wollte mir mal anschauen, ob da was geht.«

Interesse flackerte in seinen Augen auf. Keine Frage, dass der ständig Nachschub brauchte.

»Du meinst, die sind nicht gut genug für London, deshalb willst du sie in die Provinz schicken?«

»Meine Mädchen sind alle exzellent.« Ich lächelte überlegen. »Wo ist denn hier der VIP-Bereich?«

»Du stehst mittendrin.« Blaine wies auf die abgenutzte rote Kordel, die diesen Teil des Clubs vom Rest abgrenzte.

»Ich meine den echten – den privaten.« In Clubs wie diesem gab es immer Räume, in denen der Schein der Legalität nicht mehr gewahrt werden musste und alles möglich war.

Wir fixierten uns gegenseitig.

»Maskierte Fremde bekommen keine Informationen von mir.«

Ich lachte. »Du glaubst, ich bin ein Cop? Wo siehst du in diesem Kleid denn Platz für ein Mikro? Von mir aus behalt deine Geheimnisse, macht mir gar nix. Gibt sicher 'ne Menge anderer Unternehmen, die interessiert sind an dem, was ich zu bieten hab.«

Ich spazierte davon, in der Hoffnung, dass mir gleich jemand auf die Schulter klopfen würde und ich mehr Einblick bekommen könnte.

Was nicht passierte. Verflucht. Dann musste ich mir eben etwas anderes einfallen lassen, um einen fetten Beweisbrocken zu ergattern, den ich Jenny auf dem Silbertablett überreichen konnte.

Ich steuerte den Hauptclubraum an.

Ein Betrunkener mit Federmaske verstellte mir den Weg.

»Du bist ja wunderschön«, lallte er.

»Ich trage eine Maske.«

»Aber ich kann mir gut vorstellen, wie's darunter aussieht. Worüber hast du mit Nicky gesprochen?« Er hielt ein großes Bier in der Hand, was aus dem Glas schwappte, weil er schwankte.

»Haben nur kurz geplaudert. Hatten uns lange nicht gesehen.«

»Kommst du zu seiner Party am Wochenende?« Er trank einen Schluck.

»Er hat sie erwähnt. Samstag war das, oder?«

»Nee, Freitag. Seine Villa ist der Hammer. Lohnt sich allein schon deshalb, da mal hinzukommen.«

»Wo ist das noch mal?«

»Das Schmuckstück von Virginia Water. Er nennt es das Dicke-Eier-Haus. Weil man daran sieht, wie viel Schotter er hat. Riesige weiße Villa mit völlig übertriebenen Säulen.« Der Mann gluckste. »Und die Tore sind genial. Seine eingebildeten Nachbarn würden die Krise kriegen, wenn die Bescheid wüssten.«

»Dann kennt ihr euch gut, Nicky und du?«

»Schon Ewigkeiten.« Er trat schwankend einen Schritt näher. »Damals hat er die Mädchen noch mit dem Handy gefilmt. Echt witzig, wenn man sein Hightechzeug von heute kennt.«

Bei meinen Recherchen war ich nirgendwo darauf gestoßen, dass Blaine im Pornogeschäft war. Wenn er seine Filme nicht kommerziell vertrieb, waren sie wohl sein Privathobby.

»Ja, Blaine guckt gerne zu, oder?«

»Wart's nur ab, bis du sein Kino zu sehen kriegst.« Er leerte sein Glas, was ich als Gelegenheit für meinen Abgang nutzte.

Beim Rausgehen bemerkte ich zwei sichtlich betrunkene Männer an der Bar, umgeben von Frauen. Einer schob seine Maske hoch, als er ein Shot-Glas leerte, und ich sah, dass es ein Vater aus Bibis Kita war.

Nichts wie weg hier. Ich wollte nur noch zu Hause bei meinem süßen Töchterchen sein und vergessen, dass es Orte wie diesen überhaupt gab.

50

Fox

Julian wirkte nicht sonderlich überrascht, als ich ihn anrief, und willigte so lässig in ein Treffen ein, als wäre er irgendwo um die Ecke und nicht in seinem Penthouse in Manhattan. Am nächsten Tag traf er mit seinem Privatjet ein, und wir verabredeten uns in einem Luxushotel am Farnborough Airport.

Dort gab es den englischen High Tea, und als ich das Restaurant betrat, sah ich Julian in einer Ecke an einem großen Fenster sitzen.

Mein Bruder war zwei Jahre jünger als ich, und wir schrieben uns schon lange keine Weihnachtskarten mehr und telefonierten auch nicht. Es hatte kein explizites Zerwürfnis zwischen uns gegeben, wir hatten uns einfach nach und nach entfremdet. Zum letzten Mal hatten wir uns bei einem unangenehm anstrengenden Thanksgiving-Essen gesehen, als wir beide noch in unseren Zwanzigern waren.

Wir schüttelten uns die Hand und sahen uns einen Moment länger an als gesellschaftlich üblich. Wie ich war Julian gut gealtert. Wir hatten uns immer schon ähnlich gesehen, aber Julian hatte hellere Haut und war schmaler und kleiner als ich. Eine Ex-Freundin hatte ihn mal als anämische Version von mir bezeichnet. Obwohl ich sie für die taktlose Bemerkung gerügt hatte (nur *ich* durfte mich abfällig über meinen Bruder äußern), war die Beschreibung durchaus zutreffend.

Eine Kanne Tee stand bereits auf dem Tisch, nebst einer Etagere mit allerlei Köstlichkeiten. Julian verspeiste gerade ein Scone, und mir entging nicht, dass er es zuerst mit Marmelade und dann mit Rahm bestrichen hatte. Haze wäre entsetzt gewesen.

»Das mit deiner Scheidung tut mir leid.«

Julian runzelte die Stirn. »Wieso Scheidung?«

»Ich hatte unlängst das besondere Vergnügen mehrerer Unterhaltungen mit unseren lieben Eltern. Dabei haben sie erwähnt, dass ihr euch trennt, du und Martha.«

Julian lachte schallend. »Und das hast du ihnen geglaubt? Ich trenne mich nicht von Martha, sondern von *ihnen*.«

Einen Moment lang war ich verwirrt, dann fiel es mir wie Schuppen von den Augen.

Die feindliche Übernahme. Dahinter stand Julian. Deshalb also die eilige Reise unserer Eltern über den Ozean. Um mich auf ihre Seite zu bringen.

»Das erstaunt mich, muss ich gestehen«, sagte ich. »Ich dachte immer, du wolltest den Eltern gefallen.«

»Ich wollte vor allem unauffällig sein, damit sie mich in Ruhe lassen.«

»Und das funktioniert jetzt nicht mehr?«

»Du hast es richtig gemacht, indem du dich auf die andere Seite des Planeten verzogen hast. Herrschsüchtige Eltern ändern sich nie, selbst wenn man selbst Vater wird.« Julian hatte zwei Söhne, Zwillinge. Sie mussten jetzt um die dreizehn sein. Martha hatte er während des Studiums kennengelernt, und kurz darauf hatten sie geheiratet. »Und erst recht nicht, wenn man im selben Familienunternehmen arbeitet.«

»Du willst es übernehmen?«

»Die Zeiten ändern sich, und unsere Eltern können nicht erwarten, dass alles beim Alten bleibt. Es ist ein gutes Unternehmen, aber es muss besser geführt werden. Und das kann ich.«

Mir wurde bewusst, dass ich meinen Bruder eigentlich kaum kannte. Ich hätte niemals vermutet, dass er genug Mumm hatte, unsere Eltern herauszufordern. Vielleicht hatte es seit jeher zur Strategie der beiden gehört, uns gegeneinander auszuspielen. Weil es einfacher war, uns einzeln zu beherrschen als ein Team, das eine gemeinsame Front bildete.

»Ich will dich gerne unterstützen. Aber die haben einiges gegen mich in der Hand.« Ich strich Rahm auf ein Scone. »Womit sie mir massiv schaden könnten, wenn es rauskommt.«

Julian nickte. »Devon. Ich hasse diesen Typen. Die haben gegen jeden irgendetwas in der Hand. So haben sie schon immer gearbeitet.«

»Ich möchte dir meine Stimme geben. Und unsere Eltern fertigmachen.« Ich ließ Marmelade auf den Streichrahm tröpfeln. »Aber solange du nicht eine Möglichkeit findest, sämtliche Informationen über mich verschwinden zu lassen, über die sie verfügen, sitze ich in der Klemme. Ich habe jetzt eine Familie, die ich schützen muss.«

Julian griff in seine Tasche, holte einen USB-Stick heraus und legte ihn auf den Tisch.

»Es gibt sieben Dateien über dich, von den späten Neunzigern bis zu den frühen Zweitausendern. Dann lange nichts. Bis vor einem Monat eine achte Datei dazugekommen ist.«

Die Akte über Haze. Nachdem meine Eltern mich jahrelang in Ruhe gelassen hatten, wurde Devon direkt auf Haze' Fährte gesetzt, sobald sie meine Frau kennengelernt hatten.

»Der Server, auf dem sie gespeichert waren«, fuhr Julian fort, »ist vernichtet. Das hier ist die letzte und einzige Kopie.«

Jetzt verstand ich auch, warum mein Bruder eigens angereist war.

»Hast du dir die Akten angesehen?«

»Nein, hab ich nicht.«

»Zu moralisch, um in meinem Privatleben herumzuschnüffeln?«

»Zu moralisch, um irgendetwas zu finden, weshalb ich nichts mehr mit dir zu tun haben dürfte.« Julian zuckte mit den Schultern. »Ich brauche deine Stimme.«

Ich blickte beeindruckt auf den USB-Stick. »Wie bist du an Devons Server rangekommen?«

»Hab das Ganze schon seit langer Zeit geplant.« Julian lächelte.

Ich steckte den Stick in meine Jackentasche. »Unsere alten Herrschaften werden alles andere als erfreut sein.«

Julian lehnte sich zurück. »Ich bin jetzt vierzig und möchte mein Leben endlich so gestalten, wie es mir gefällt. Ich habe genug von der Heuchelei.«

Ich sah ihn an und wartete ab.

»Ich liebe Martha. Sie ist meine beste Freundin. Aber …« Er biss in den Scone und kaute. »Ich bin schwul.«

»Und ich gehe mal davon aus, dass Devon unsere Eltern darüber informiert hat, bevor du es tun konntest?« Allmählich wurde das Bild klarer.

»Na sicher. Warum sollte man auch mit seinem Sohn reden oder abwarten, bis er sich öffnet, wenn man ihn beschatten und seine E-Mail hacken lassen kann.«

»Wie alt warst du da?«

»Siebzehn.«

Das musste im selben Jahr gewesen sein wie mein Mord an dem Typen am Bootshaus. Ich fragte mich, was sie wohl schlimmer gefunden hatten: einen Sohn, der mit einem Mann Sex hatte, oder einen Sohn, der einen Mann tötete. Bei meinen Eltern war das schwer einzuschätzen.

»Tut mir echt leid, Julian. Das muss … furchtbar für dich gewesen sein.«

Haze und ich stammten wirklich aus komplett unterschiedlichen Verhältnissen. Aber unsere Eltern hatten ihren Job gleichermaßen miserabel gemacht.

»Sie haben keinerlei Zweifel daran gelassen, was ich von ihnen zu erwarten hätte, wenn ich ein Leben als ›Abartiger‹ führen wollte, wie sie das bezeichneten.«

»Und Martha?«

»Wir haben uns im College kennengelernt und waren auf Anhieb beste Freunde. Sie lässt sich nicht gern berühren. Dann wurde uns klar, dass wir trotzdem beide Kinder wollten und ein gutes Leben im Überfluss führen könnten, wenn es uns nur gelingen würde, das traditionelle Ehepaar zu spielen. Das erschien uns wie ... die ideale Lösung.«

»Und war es dann auch so?«

»Wir sind glücklicher als alle verheirateten Paare, die wir kennen. Die Jungs sind prächtig gelungen. Alles ist, wie es sein sollte.«

»Aber warum dann jetzt dieser Schritt?«

»Mag eine klassische Midlife-Crisis sein. Oder einfach das Bedürfnis, endlich ich selbst zu werden. Und wenn wir unseren Söhnen nicht die Chance geben, die Realität kennenzulernen, wären Martha und ich letztlich genauso übel wie die Eltern Cabot.«

Ich nickte. Man konnte sich ein Leben lang in seinem eigenen Konstrukt einspinnen. Aber als Eltern ging das nicht mehr. Dann musste man den Kokon verlassen und sich mit der Wirklichkeit konfrontieren. Und mit sich. Was gut genug für einen selbst war, reichte für die Kinder nicht aus.

»Du willst also die Firma übernehmen, den Kontakt abbrechen und dann dein Coming-out haben?«

»Ganz genau. Zu meinen Bedingungen. Zwanzig Jahre lang habe ich nach der Pfeife unserer Eltern getanzt. Jetzt will ich lieben, wen ich möchte, und die Firma so leiten, wie ich es für richtig halte. Wir sind eines der größten Pharmaunternehmen des Landes. Und können es uns zum Beispiel leisten, Projekte für sozial benachteiligte Familien zu initiieren.« Julian schüttelte den Kopf. »Einige Entscheidungen, die unsere Eltern getroffen haben, sind widerwärtig. Ich habe ihnen Alternativen aufgezeigt, die dem Profit nicht schaden und gleichzeitig Menschenleben retten könnten. Die beiden haben sich geweigert.«

Jetzt wurde mir sonnenklar, warum meine Eltern so erpicht darauf gewesen waren, dass ich in die USA zurückkehrte: Julian und seine Familie würden komplett aus ihrem Leben verschwinden. Kein Vater-Sohn-Golfspiel mehr mit Investoren, die sich von dem charmanten Duo beeindrucken ließen. Kein Auftritt mehr im Countryclub mit den Zwillingsenkeln im Anzug, keine angeberischen Reden über die nächste Cabot-Generation. Sie hatten demonstrieren wollen, dass sie wenigstens noch einen vorzeigbaren Sohn hatten und keineswegs toxische Ungeheuer waren, mit denen ihre Kinder nichts zu tun haben wollten.

Diese Entzweiung mit Julian würde von Dauer sein. Er plante das Unvorstellbare: ihnen das Familienunternehmen wegzunehmen. Mein Bruder hatte eine Weile gebraucht, um zu rebellieren. Dafür tat er es jetzt auf ganzer Linie.

»Du machst das richtig«, sagte ich und nickte bekräftigend. Ich wollte nicht zu sentimental sein und sagen, dass ich stolz auf ihn war. Er wusste, wozu unsere Eltern fähig waren und wie tief sie sinken konnten. Dennoch wagte er sich in den Kampf gegen sie.

Wir standen beide auf, beugten uns zueinander und klopften uns auf den Rücken. Es war nicht direkt eine Umarmung, aber etwas Ähnliches.

»Ich schicke dir die Papiere, die du unterschreiben müsstest«, sagte Julian.

Ich schaute aus dem großen Fenster. »Glaubst du, sie wissen von unserem Treffen?«

Julian zuckte mit den Schultern. »Und selbst wenn – das spielt keine Rolle. Sie können uns nicht mehr aufhalten. Nach der Übernahme haben sie keinerlei Entscheidungsgewalt mehr im Unternehmen.«

Während der Rückfahrt dachte ich über all das nach, was in Julians und meinem Leben geschehen war und uns zu diesem Moment geführt hatte. Wir beide traten vereint gegen unsere Eltern an. In materieller Hinsicht hatten wir stets alles bekommen, was wir uns gewünscht hatten. Aber ich fragte mich, ob bessere Menschen aus uns geworden wären, wenn sie sich uns gegenüber wirklich wie Eltern verhalten hätten. Man kann schlecht lernen, was gut und was schlecht ist, wenn Erwachsene glauben, grundsätzlich im Recht zu sein.

Bis wir Bibi bekamen, hatte ich mich nicht damit auseinandergesetzt, dass ich schlechte Eltern gehabt hatte. Eigentlich war es ein Wunder, dass ich gesellschaftlich so angepasst war. Wären Haze und ich so von Herzen geliebt worden, wie wir unsere Tochter liebten – wären wir dann heute anders? Diese Frage würde ich niemals beantworten können. Und es spielte auch keine Rolle, denn alles fühlte sich genau richtig an. Was mir jetzt nur noch fehlte, war das Gefühl, die Welt wieder auf meine Art verbessern zu können. Aber ich wollte meiner Tochter ein besseres Leben bieten. Und das hatte oberste Priorität.

51

Haze

In Virginia Water hielt ich Ausschau nach einem pompösen Haus, das als »Schmuckstück« des Ortes durchging. Ich gondelte durch die Straße mit den größten Villen und hoffte, hier fündig zu werden. Das vierte Haus war weiß, mit großen Steinsäulen, die einen breiten Balkon über einer massiven Eichenholztür stützten.

Ich beäugte die verschnörkelten Eisentore, deren beiden Flügel nicht das gleiche Muster aufwiesen, was tatsächlich außergewöhnlich war. Als ich ein Stück weiterfuhr und in den Rückspiegel schaute, sah ich es. Aus dieser Entfernung konnte man in der linken Torhälfte zwei Brüste mit spitzen Nippeln erkennen, in der rechten einen erigierten Penis.

Falls ich noch Zweifel gehabt hätte, dass ich Nicky Blaines Haus gefunden hatte, wären die durch einen Catering-Laster zerstreut worden, der auf der Zufahrt geparkt war. Man bereitete sich auf die große Party heute Abend vor.

Mein Handy pingte. *»Drinks mit Kunden heute Abend. Bin spät zu Hause. Küsschen an Bibi.«*

Dass Fox unter fadenscheinigen Ausflüchten wieder lange wegbleiben würde, hatte zumindest den Vorteil, dass ich bei meiner Rückkehr keine unangenehmen Fragen beantworten musste.

Zurück zu Hause ging ich auf den Dachboden, wo wir die zwei großen Schrankkoffer mit unseren Verkleidungen aufbewahrten.

Eigentlich war ich sicher, beide abgeschlossen zu haben, aber ein Schloss war geöffnet. Ich durchstöberte die Sachen, bis ich die Perücke und die Kontaktlinsen fand, nach denen ich gesucht hatte.

Heute Abend würde ich eine Blondine mit grünen Augen sein. Ich sparte nicht an Make-up. Dicker schwarzer Eyeliner, blauer Lidschatten. Ich war froh, dass Bibi schon schlief, sie wäre wahrscheinlich erschrocken. Weil ich ein Outfit brauchte, in dem ich beweglich genug war, um mir Zutritt zu einem Haus zu verschaffen, entschied ich mich für einen eng anliegenden schwarzen Overall und Turnschuhe mit Nieten, in denen ich gut rennen konnte. Ein Messer im Holster steckte in meiner Tasche, am rechten Zeigefinger trug ich einen Ring mit großem Stein, der glamourös wirkte, aber auch auf einem Auge landen konnte.

Als ich nach unten kam, sah Helga mich fragend an. »Buchclub?«

»Wir ... sollen heute als Figur aus einem Roman verkleidet sein.«

»Ich frage nicht nach dem Buch.«

Sie beeindruckte mich immer wieder. »Danke.«

Ich parkte ein paar Straßen entfernt und versteckte mich dann hinter einem Baum in dem Park gegenüber von Blaines Villa. Von dort aus beobachtete ich, wie Männer in protzigen Anzügen und Frauen in engen Kleidern aus Limousinen stiegen. Zahlreiche Frauen. Die Tore schienen sich automatisch zu öffnen, und ich sah keine Securityleute, die Autos oder Gäste überprüften. Da einige Männer in Gruppen eintrafen, ging ich davon aus, dass es keine Gästeliste gab, die abgehakt wurde.

Als ich sah, wie sich ein Taxi näherte, lief ich zum Tor und huschte hinter dem Wagen hindurch. Dann bog ich nach links ab, in der Hand eine E-Zigarette. Sollte ich auf dem Gelände zur Rede gestellt werden, konnte ich mich als betrunkenes Partygirl ausgeben, das sich verirrt hatte.

Die Haustür wurde von einem Mann im Anzug geöffnet, der kurz mit dem Paar aus dem Taxi sprach und die beiden dann durchwinkte. Ich erhaschte einen Blick auf den Eingangsbereich – weißer Marmor und jede Menge Golddekor –, lief dann zur Seite des Hauses, wobei ich den Strahlern auswich. Als ich das Klirren von Flaschen hörte, folgte ich dem Geräusch. Auf der Rückseite der Villa warf ein Kellner gerade leere Flaschen in die Mülltonne.

»Hiiiiiiii!« Ich taumelte an dem Mann vorbei durch die offene Küchentür, ließ die E-Zigarette dabei über dem Kopf kreisen. In der Küche herrschte reges Treiben, und ich hielt mein Handy ans Ohr, während ich an den Bediensteten vorbeispazierte. »Schatz, du *musst* herkommen! Es ist megacool hier, wirklich!« In dem langen Gang hinter der Küche steckte ich das Handy wieder ein.

Vor drei Jahren hatte Blaine wegen aufwendiger Renovierungsarbeiten auf dem Anwesen eine Baugenehmigung ersucht. Aufgrund des detaillierten Grundrisses, den ich auf der Website des Bauamts gefunden hatte, konnte ich mich einigermaßen gut in den Räumen orientieren. Im Erdgeschoss gab es ein Arbeitszimmer, zu dem ich mir vermutlich keinen Zugang verschaffen konnte. Es lag zu nah an dem großen Saal, in dem die Party in vollem Gange war. Als ich um die Ecke spähte, sah ich eine Poledance-Stange, an der eine Blondine tanzte. Das Kino dagegen befand sich im Untergeschoss, und ich huschte unbemerkt die Treppe hinunter, die in den Keller führte.

Dort war die dröhnende Musik von oben kaum noch zu hören. Ich eilte den Gang entlang und öffnete die zweite Tür rechts. Das Kino war genauso bombastisch eingerichtet wie der Rest des Hauses. Vier Reihen rote Plüschsessel, zwölf an der Zahl. Vor der Leinwand stand ein breites Bett. Ich verzog angewidert das Gesicht bei der Vorstellung, was Blaine hier wohl trieb.

Er war offenbar ein Voyeur, und aus den Bemerkungen des besoffenen Typen aus dem Club schloss ich, dass Blaine die Frauen filmte, mit denen er Sex hatte. Ich ging davon aus, dass es irgendwo in diesem Haus jede Menge Filme gab, auf denen die Verbrechen dokumentiert waren, deren man ihn angeklagt hatte. An einer Wand sah ich einen großen Schrank, und als ich ihn öffnete, blickte ich auf jede Menge Geräte. Da ich nicht mal unser Soundsystem zu Hause richtig bedienen konnte, traute ich mir den Umgang mit fünf verschiedenen Fernbedienungen erst recht nicht zu. Außerdem funktionierte hier sicher alles nur mit Passwörtern. Eines der Geräte konnte ich aber als DVD-Player identifizieren, und genau das hatte ich mir erhofft – dass Blaine einige Filme noch auf Scheiben gespeichert hatte, nicht auf externen Festplatten. Daneben befand sich eine Schublade, und als ich einen Knopf drückte, fuhr sie heraus und offenbarte mir etliche DVDs, die mit Vornamen beschriftet waren. Einige kamen mir aus den Polizeiberichten vertraut vor. Ich nahm drei Schreiben heraus und verstaute sie in den Taschen meines Overalls.

Blaines Anklage lag acht Jahre zurück. Offenbar hielt er sich inzwischen für so unangreifbar, dass er sich hier unten ein Privatkino erlaubte und es nicht einmal für nötig hielt, seine Videothek zu sichern.

Plötzlich hörte ich Schritte. Das Klackern von hochhackigen Schuhen, ein Mann lachte. Scheiße. Ich sah mich hastig um. Als Versteck taugte nur die hinterste Reihe der Sessel. Ich duckte mich, verschmierte dabei mein Augen-Make-up. Wenn ich entdeckt wurde, konnte ich nur versuchen, sturzbesoffen zu wirken.

Die Tür ging auf.

»Und das hier ist sein Privatkino. Kaum zu glauben, oder?«, sagte ein Mann, der schroff und hart klang.

»O mein Gott.« Osteuropäischer Akzent, sehr junge Stimme.

»Nicky ist ein mächtiger Mann. Wir arbeiten zusammen, deshalb bin ich wohl auch ziemlich mächtig.«

»Hier James Bond zu gucken muss so cool sein!«

Ich hörte, wie sie auf die Leinwand zustöckelte.

Die Tür wurde geschlossen.

»Sollten wir nicht zur Party zurückgehen? Ich möchte nicht unhöflich sein, ich habe Mr Blaine noch nicht mal kennengelernt …«

»Ich treffe alle Mädchen als Erster. Eine Art erstes Vorstellungsgespräch.«

Mir lief es eiskalt den Rücken hinunter. Ich wusste, was jetzt bevorstand.

»Oh. Okay. Was wollen Sie über mich wissen?«

»Schauen wir mal, wie wir uns verstehen.« Die Aussprache undeutlich. Angetrunken und im Machtrausch.

Ich hörte, wie er nach vorne ging.

»Was meinen Sie … ich … ich dachte nicht, dass …«

»Willst du den Job oder nicht?«

Kurzes Schweigen. Dann: »Nein.« Zuerst leise, dann lauter und entschiedener: »Nein.«

»Vergeude nicht meine Zeit, Schlampe!« Ein Knacken, ein Aufschrei. Er hatte sie ins Gesicht geboxt. »Du willst es doch, das seh ich dir an.«

»Nein! Bitte!«

Das Reißen von Stoff.

»Lassen Sie mich!« Dann ein erstickter Schrei. Er musste sie auf das Bett gedrückt haben.

Ich hörte einen schrillen Pfeifton in meinen Ohren, als die Wut mich erfasste. Die Tür war ganz nah, aber ich musste eingreifen. Das Messer in meiner Tasche lockte, kam aber nicht infrage. Ich durfte keine weiteren Spuren hinterlassen. Hastig sah ich mich um. In der Ecke hinter mir stand ein großer Edelstahlkühler. Der konnte von Nutzen sein. Vorsichtig spähte ich über den Rand des Sessels.

Die Glatze des Typen glänzte im matten Licht. Die Frau wehrte sich nach Kräften, aber er war groß und schwer, sie hatte keine Chance, und mir blieb keine Zeit mehr. Ich kroch schnell zu dem

Kühler, der ziemlich schwer war, rannte nach vorne und drosch ihn dem Kerl auf den Kopf. Er erschlaffte sofort, und als seine Hand von ihrem Mund glitt, zischte ich sofort: »Nicht schreien!«

Ich schob den Typ von ihr herunter und legte die Finger an die Halsschlagader. Er hatte Puls, war aber bewusstlos.

»Alles okay bei dir?« Blöde Frage, natürlich nicht. Aber die junge Frau, noch immer tränenüberströmt, starrte mich mit weit aufgerissenen Augen an und nickte. Der Träger ihres dünnen blauen Kleids war zerrissen, der BH sichtbar.

»Hilf mir.« Ich bedeutete ihr, dass wir den Kerl umdrehen sollten. Als er auf dem Rücken lag, sagte ich: »Hoffentlich erinnert er sich an nichts, wenn er aufwacht.«

»Und wenn … doch?« Die Tränen flossen immer noch.

Ich legte ihr die Hand auf die Schulter. »Kennt er deinen Namen?« Sie schüttelte den Kopf. »Weiß er, wo du wohnst? Wo du arbeitest?« Erneutes Kopfschütteln.

Ich band ihr den abgerissenen Träger am BH fest, hob die Handtasche auf, die neben dem Bett lag, und reichte sie ihr. »Mach dein Gesicht zurecht.« Mit zitternden Händen nahm sie eine Dose Kompaktpuder heraus und betupfte ihr Gesicht.

»Und jetzt verlass schnell dieses Haus und komm nie wieder hierher.«

Sie atmete ein paarmal tief ein. »Danke.« Als sie an der Tür war, zögerte sie einen Moment. Schließlich straffte sie sich und ging hinaus.

Ich blickte auf den bewusstlosen Typen hinunter. Der war einer von denen, die den Tod verdient hatten. Daran gab es für mich keinerlei Zweifel. Meine Finger sehnten sich nach meinem Messer, und ich ballte sie zur Faust.

Das durfte nicht passieren. Ich hatte wahrlich schon genügend Stress damit, meine Spuren von dem Mord im Park zu verwischen. Einmal war nur ein Ausrutscher. Aber zweimal war ein Muster.

Ich stellte den Kühler an die Stelle zurück, wo ich ihn gefunden hatte.

Der Adrenalinrausch, mit dem ich Blaines Haus verließ, fühlte sich an wie früher die aufgeregte Vorfreude vor einem Mord. Das Appetithäppchen vor dem Hauptgang – ein Lachs-Blini mit Kaviar vor einem großen saftigen Steak. Aber heute hatte ich nur das Vorspiel gehabt ohne den befriedigenden Abschluss. Und ich fand es unerträglich. Eine läppische kleine Kopfwunde war nicht ausreichend für einen Schuft wie den.

Zu Hause brachte ich gerade Helga zur Tür, als ich eine Nachricht von Fox bekam. *»Bin in 20 Min da.«* Ich ging nach oben, schminkte mich ab, verstaute Perücke und Kontaktlinsen wieder in dem Schrankkoffer auf dem Dachboden. Die drei DVDs von Blaine versteckte ich ganz unten in meiner Materialkiste im Atelier. Ich war nicht sicher, ob ich es mir zumuten mochte, die Filme anzuschauen. Aber wenn ich sie benutzen wollte, um Jenny von uns abzulenken, musste ich wohl im Bilde sein.

Als Fox ins Schlafzimmer geschlichen kam, lag ich schon im Bett und stellte mich schlafend. Ich bekam allmählich Übung im Vermeiden unangenehmer Gespräche.

Während ich hörte, wie er sich bettfertig machte, überlegte ich, was uns eigentlich mehr entfremdete – dass ich heimlich einen Mann getötet hatte oder der ganze Aufwand, den ich betreiben musste, um das vor Fox zu verheimlichen.

52

Fox

Ich hatte die Papiere unterzeichnet und dafür gestimmt, dass mein Bruder die Firma übernehmen sollte. Die Dateien auf dem USB-Stick von Julian hatte ich mir angesehen. Was Devon an Beweismaterial zusammengetragen hatte, reichte nicht für eine Anklage aus, konnte aber für lästigen Wirbel sorgen. Ich musste Julian vertrauen, wenn er behauptete, es gäbe keine Kopien dieser Akten. Da ich nun durch meine Entscheidung mit ihm verbunden war, hatten wir handfeste gemeinsame Interessen. Sollte ich für schlechten Leumund sorgen, wäre auch er betroffen.

Und da Julian jetzt so zuversichtlich aufs Ziel zumarschierte, musste er sicher sein, dass nirgendwo mehr belastendes Material über uns beide existierte.

Ich schaute aus unserem großen Wohnzimmerfenster. Wurden wir beobachtet? Noch vor Kurzem war mir gar nicht bewusst gewesen, wie sehr meine Eltern noch immer versuchten, sich in mein Leben einzumischen. Was würden sie sich als Nächstes ausdenken? Würden sie weiterhin versuchen, mir und meiner Familie zu schaden, obwohl es nun zu spät für sie war?

»Ich bringe Bibi heute zur Kita«, verkündete ich, als ich die Küche betrat.

Haze runzelte die Stirn. »Aber Helga ist doch hier. Ich muss einiges erledigen.«

»Kein Problem, ich mach das gerne.«

»Musst du nicht ins Büro?«

»Heute erst später.«

»Du hast ja sicher Überstunden abzufeiern, nachdem du in letzter Zeit so oft abends arbeiten musstest.«

»Das ist nur Kontaktpflege zu Kunden. Zählt nicht offiziell als Arbeitszeit.«

»Ach ja?« Haze trank einen Schluck Kaffee.

Zähneknirschend sagte ich: »Und was hast du heute so auf der Agenda?«

»Einkaufen. Yoga. Das Übliche.«

Das mochte für die gelangweilten Hausfrauen hier ausreichen, nicht aber für Haze. Ich hätte nur allzu gern geglaubt, dass sie sich an das Vorstadtleben gewöhnt hatte, kannte meine Frau jedoch zu gut.

Aber da ich heute Bibi im Auge behalten wollte, konnte ich nicht auch noch Haze beschatten. Vielleicht sollte ich ihr einen Tracker ins Auto oder in die Handtasche schmuggeln, der würde bei dem Durcheinander gar nicht auffallen. Doch ich verwarf den Gedanken. Haze war meine Frau, ich musste ihr vertrauen. Wenn sie irgendwann bereit war, mir ihre Geheimnisse zu erzählen, würde ich ihr auch meine offenbaren.

In der Kita war alles in Ordnung. Vor einer Stunde hatte ich Bibi dort nach einer liebevollen Umarmung der nervig munteren Miss Daisy übergeben. Niemand schien das Gebäude zu beobachten. Ich gönnte mir einen Kaffee in einem kleinen Café an der Ecke und ging zum Parkplatz zurück. Wo ich dann leider wieder den Typen mit der Basecap sah. Er stand neben meinem Wagen.

»Na, dann schießen Sie mal los, übermitteln Sie die Nachricht«, sagte ich, als ich zu dem Kerl trat.

»Sie haben einen Fehler gemacht.«

Ich seufzte. »Wenn Sie bitte meinen Eltern ausrichten würden, dass wir nicht der Mafia angehören und dass dieser ganze Zirkus hier«, ich wies auf ihn, »enorm peinlich ist.«

Er stieß mich mit der rechten Hand gegen die Brust, und ich ballte die Fäuste. »Ich habe den Auftrag, Ihre Tochter zu entführen.«

Ich merkte, wie der rote Nebel sich in mir ausbreitete, wie die Wut mich packte. Nur zehn Meter von meinem Wagen entfernt war eine Gasse, die in eine Seitenstraße führte. Ich konnte den Typen da reinzerren und erledigen. Als deutliche Botschaft an meine Eltern. *»Lasst mich in Ruhe!«* Die würden schon merken, was passierte, wenn man mich verärgerte, die würden ... Und dann wurde es mir schlagartig klar.

Genau darauf hatten sie es abgesehen.

Ich blickte auf das stupide Gesicht des Kerls vor mir.

Der hatte keinen blassen Schimmer, dass er hier als potenzielles Opfer stand. Meine Eltern wussten genau, wozu ich fähig war, und hatten mir dennoch einen Mann geschickt, der drohte, meine Tochter zu entführen. Sie wollten, dass ich ausrastete und den Typen umbrachte. Ich drehte mich um und hielt Ausschau nach Videokameras. Allein auf dem Parkplatz gab es zwei, an beiden Seiten des Zauns. Sie sahen sehr neu aus, und vermutlich existierte eine weitere in der Gasse.

»Lassen Sie uns in Ruhe. Das ist besser für Sie.«

Er stieß mich erneut, diesmal härter.

Sie wollten mich in Versuchung führen. Köderten mich. Ich hatte nicht die Absicht, darauf hereinzufallen. Als ich die Fahrertür öffnen wollte, sah ich aus dem Augenwinkel etwas aufblitzen. Schnell packte ich die Hand des Mannes und knallte sie gegen das Auto. Das Messer fiel klirrend zu Boden. Ich drosch dem Kerl die Faust in den Magen. Als der Typ umkippte und sich stöhnend am Boden krümmte, war ich etwas erstaunt, dass meine Eltern bei all ihrer Kohle keinen qualifizierteren Schläger hatten finden können.

Ich stieg ins Auto und warf einen Blick auf meine rechte Hand. Sie blutete, ich hatte mich an der Klinge geschnitten. Ich band mir mein Taschentuch um die Finger und raste mit quietschenden Reifen vom Parkplatz, bevor der Basecap-Typ sich wieder hochrappeln konnte.

Unterwegs tippte ich auf die Nummer meines Vaters, stellte das Handy auf Lautsprecher. Beim zweiten Klingeln hörte ich: »Et tu, Brutus.«

»Sparen wir uns das Theater, Vater.« Ich bog auf die Hauptstraße ein.

»Du hast den ersten Stein geworfen, Nathaniel.«

»Ihr habt mir mein ganzes Leben lang gesagt, Julian sei besser als ich. Als er mir dann den Vorschlag gemacht hat, habe ich natürlich zugehört.« Ich schaute in den Rückspiegel. Der Basecap-Typ oder etwaige Kollegen von ihm waren nirgendwo zu sehen.

»Er wird dieses Unternehmen ruinieren.«

»Das glaube ich nicht. Und du selbst glaubst das auch nicht. Du willst nur deine Machtposition nicht aufgeben. Genauso wie du die Macht über deine Söhne nicht aufgeben kannst.« Ich fügte hinzu: »Ich habe eure Nachricht erhalten. Von einem der Typen, die ihr auf uns angesetzt habt.«

»Ich weiß nicht, was du meinst.« Ich hörte, dass er lächelte.

»Ab sofort will ich niemanden mehr sehen, der mich oder meine Familie verfolgt. Glaubst du etwa wirklich, dass Devon nicht auch Akten über deine dunklen Geheimnisse angelegt hat?«

Am anderen Ende herrschte Stille.

»Da könnte so allerhand Beschämendes bekannt werden.« Ich hielt an einer roten Ampel. »Nachdem ihr es geschafft habt, eure beiden Söhne gegen euch aufzubringen, wird es Gerüchte geben. Die Leute werden sich fragen, ob ihr nicht selbst schuld seid an diesem Zerwürfnis. Man wird hören wollen, was wir zu dem Thema zu sagen haben.«

»Was schlägst du vor?«

»Einfach nur, dass ihr mich in Ruhe lasst. Keine Spitzel mehr, keine Leute, die sich in mein Leben einmischen. Wenn ihr uns in Frieden lasst, lassen wir euch auch in Frieden. Ist das so weit klar?«

»Kristallklar.« Mein Vater legte auf.

Ich war der Erste in der Kita. Die Kids standen schon am Spielplatz und warteten darauf, abgeholt zu werden. Als Bibi mich sah, strahlte sie, und mein Herz schwoll vor Stolz. Beim Gedanken, dass sie jemals in Gefahr sein könnte, wurde mir ganz anders.

Ich ging in die Hocke, und sie warf sich in meine Arme. »Oh, Dada Blut.« Sie deutete auf meine Hand.

»Nicht schlimm, nur ein kleines Aua. Zum Glück bin ich sehr tapfer.« Ich lächelte sie an und richtete mich auf.

Jemand tippte mir auf die Schulter, und als ich mich umdrehte, stand Helga vor mir. »Ich dachte, ich soll Bibi abholen?« Sie schaute zwischen uns beiden hin und her.

»Ja, natürlich! Ich ... wollte Bibi nur rasch Guten Tag sagen. Bevor ich ins Büro fahre.«

»Tekse?« Bibi hopste vor Helga auf und ab.

»Ja, Bibi, wir gehen nach Hause und backen Kekse, wie ich es versprochen habe«, antwortete Helga.

Ich reichte ihr Bibis Rucksack. »Sagen Sie Haze nicht, dass ich hier war, ja? Sonst regt sie sich auf, weil ich ihre Planung durcheinanderbringe.«

Helga sah mich an. »Ja, okay.«

»Und rufen Sie mich an, wenn es irgendwelche Probleme gibt.«

»Was für Probleme?«, fragte sie stirnrunzelnd.

»Ach, wenn Sie sich Sorgen machen wegen irgendetwas. Oder einer Person.«

Helga verschränkte die Arme vor der Brust. »Ich berichte nicht über Ihre Frau.«

»Nein, nein, das meinte ich nicht! Sondern wenn irgendwelche Fremden Sie beunruhigen oder so.«

»Ah, kein Problem. Ich habe einen Taser.« Sie klopfte auf ihre Handtasche. »Komm, Bibi, gehen wir.«

»Tschüs, Dada!« Bibi winkte mir und nahm Helgas Hand.

Hatte Helga wirklich einen Taser dabei? War das normal? Trugen alle Kinderfrauen einen E-Schocker mit sich herum? Vielleicht fühlten sie sich dann sicherer. Ich hoffte nur, das Ding hatte eine anständige Kindersicherung. Sollte ich das überprüfen? Nein – ich wollte wirklich nicht so ein Helikoptervater sein, der alles zu kontrollieren versuchte.

Zu Hause war Bibi in Sicherheit. Ich konnte zur Not noch mal unsere Überwachungskameras checken, glaubte aber nicht, dass meine Eltern eine weitere Konfrontation wagen würden. Ich hatte unter Beweis gestellt, dass ich mein Temperament komplett im Griff hatte, und sie wussten jetzt auch, dass ich über jedes schmutzige Detail ihrer Verfehlungen im Bilde war. Ihre Millionen in Teilen einzubüßen, würden sie noch eher verkraften, als ihren guten Ruf, das tadellose Image der Cabot-Dynastie, zu verlieren.

Ich konnte jetzt nur noch hoffen, dass sie mich endlich in Ruhe lassen würden. Mich und meine Familie.

53

Haze

Ich hatte die gesamte Geschichte dreimal vor dem Spiegel einstudiert, sogar mitsamt lässigem Schulterzucken. Wenn Jenny eine gute Polizistin war – und das vermutete ich trotz ihrer psychischen Probleme –, dann konnte sie vielleicht auch eine gut inszenierte Lüge durchschauen. Jetzt, wo sich der Zeitpunkt näherte, empfand ich etwas, das sich verdächtig nach Lampenfieber anfühlte. Lächerlich. Ich hatte ja wohl schon größere Bedrohungen abgefochten als eine ehrgeizige alleinerziehende Mutter.

Wir saßen im Park, die Sonnenbrille auf der Nase, und futterten Eclairs. Felix und Bibi spielten in der Sandkiste. Das Wetter war herrlich – alles in allem ein ziemlich akzeptabler Dienstagnachmittag.

»Hier, gönn dir noch eins.« Ich hielt ihr die Pappschachtel hin.

»Danke, bin gut gesättigt. Ist das echt dein drittes? Ich hab ja keine Ahnung, wo du das hinsteckst.« Sie wies auf meine enge Jeans und mein bauchfreies T-Shirt.

»Das ist doch nur Essen, Jenny. Ich kack einen Teil davon genauso aus wie alle anderen.«

»Aber ich meinte ... ach, egal. Nicht so wichtig.«

Ich behielt den Spielplatz im Auge. Ein etwa siebenjähriger Junge rannte dort herum, der anderen gern wehtat. Auf dem Weg zur Rutsche stieß er grob zwei Mädchen zur Seite. Seine Kinderfrau saß auf einer Bank und starrte auf ihr Handy. Ich wäre gern eingeschritten, wollte jetzt aber gleich mit meiner Performance loslegen. Solange der kleine Mistkerl sich nicht Bibi und Felix näherte, konnte ich noch hoffen, dass jemand anderes genug Mumm hatte, um den Rowdy zurechtzuweisen.

Ich tippte auf die Gebäckschachtel. »Auf dem Rückweg von der Bäckerei bin ich übrigens in ein ziemliches Drama geraten.«

»Ach ja? Was ist denn pass–« Jenny sprang auf und schrie: »Nein, Felix! Nicht in den Mund!« Sie beobachtete, wie er versuchte, Sand auszuspucken.

»Was passiert ist?«, fuhr ich fort. »Vor der Bäckerei ist eine Bushaltestelle. Als ich rauskam, stand da ein junges Mädchen, achtzehn vielleicht. Und weinte richtig heftig. Sie tat mir leid, deshalb habe ich ihr ein Eclair angeboten.«

»Echt nett von dir.«

»Das ist aber noch nicht das Ende der Geschichte. Sie nahm sich eins und fing dann an, von einem furchtbaren Mann zu erzählen, der ihr alles Mögliche angetan hat.«

»Wie erstaunlich, dass sie sich dir gleich so anvertraut hat.«

Ich zuckte mit den Schultern. »Wahrscheinlich reden die Leute einfach gern mit mir.«

»Echt? Das wundert mich ein bisschen. Ich finde, du kannst ziemlich abweisend wirken.«

»Tatsächlich?« Ich legte betroffen die Hand auf die Brust. »Das dachte ich eigentlich nicht ... jedenfalls, das Komische war – eigentlich natürlich nicht wirklich *komisch* –, dass ich die ganze Zeit dachte, sie versucht mir zu erzählen, dass sie von diesem berühmten amerikanischen Zauberkünstler missbraucht worden sei. Ich sagte dann mehrmals, sie solle damit an die Öffentlichkeit gehen, aber sie meinte, es würde sich niemand für einen Nachtclubbesitzer interessieren. Dann hab ich gefragt: ›Aber wieso hat ein berühmter amerikanischer Zauberkünstler einen Nachtclub in Slough?‹, und sie hat mich angeschaut, als wäre ich nicht richtig im Kopf. Stellt sich heraus, dass dieses Monster Nick oder Mick oder so Blaine heißt. Deshalb könnte ich niemals Coachin oder so was sein … Sie erzählt mir von ihrer traumatischen Erfahrung, und ich denk an einen Showstar.«

Jenny hatte aufgehört, Felix zu winken, und drehte sich ruckartig zu mir um. »Hieß der Typ vielleicht Nicky Blaine?«

»Ja, genau!« Ich ermahnte mich, nichts zu überstürzen. »So hieß der! Ist der hier in der Gegend irgendwie bekannt oder so? Was sie von dem Nachtclub erzählt hat, hörte sich übel an. Nach einem dieser Deckslöcher, in das man besser keinen Fuß setzt.«

Jenny sah mich mit großen Augen an. »Wie hieß das Mädchen? Und was genau hat sie dir erzählt?«

»Alles okay, Jen? Wieso wirkst du so aufgeregt? Ich habe das Mädchen nicht nach seinem Namen gefragt.«

»An diesem Typen bin ich schon länger dran.«

»Meinst du etwa, das ist der Rucksackmörder?«

Jenny schüttelte den Kopf. »Nein, nein. Blaine bin ich schon lange auf den Fersen. Sexualstraftäter.«

»Oh. Ja, das kommt hin. Sie hat gesagt, er hat versucht, sie zu vergewaltigen, aber sie hat es geschafft zu entkommen.«

»Wann ist das passiert?«

»Gestern spätnachts wohl. Sie hatte noch ihr Partykleid an.«

»Weißt du, wo ich dieses Mädchen finden kann?«

»Leider nicht, nein.« Ich biss in mein Eclair. »Obwohl, warte … Ich glaube, sie hat gesagt, dass sie samstags bei Josie's Jewels arbeitet. Aber ich weiß nicht, in welcher Filiale.« Ich stand auf und steuerte auf meine Tochter zu. »Bibi, magst du einen Schluck Wasser?« Jetzt schön cool bleiben.

Jenny folgte mir. »Haze, das ist echt wichtig. Tut mir leid, dass ich das von dir verlange, aber könntest du versuchen, das Mädchen zu finden?«

Ich sah Jen verwirrt an. »Ach, willst du den wegen versuchter Vergewaltigung drankriegen? Aber das Mädchen hat gesagt, sie wolle keine Anzeige erstatten.«

»Mich interessiert vor allem, was sie weiß.«

»Hm. Ich glaube ja nicht, dass sie dir viel sagen kann.« Ich zählte bis fünf und holte dann zum entscheidenden Schlag aus. »Ihre Freundin will den aber wohl fertigmachen. Die hat irgendwelche Filme oder so.«

Aus dem Augenwinkel sah ich, wie Jenny die Kinnlade herunterklappte.

Ich legte mich ins Zeug – »Oh wow, echt?!« –, während Jenny wie wild auf mich einredete und forderte, dass ich mit ihr im Umkreis von fünfzig Kilometern sämtliche Filialen der Ladenkette abklapperte. Das konnte ich ihr ausreden, indem ich sagte, wir dürften das Mädchen nicht erschrecken, und bei Jenny würde man sofort spüren, dass sie Polizistin sei (was leider überhaupt nicht stimmte, denn dann wäre ich nie in diese verzwickte Lage geraten). Ich versprach, am nächsten Tag, während Bibi in der Kita war, eine Tour durch die Filialen zu machen, um das Mädchen zu finden.

Bislang lief alles bestens.

Ich spürte förmlich, wie Jenny sich bereits siegreich wähnte, weil sie Blaines Schuld beweisen und damit bei dem Gespräch ihren Vorgesetzten imponieren konnte. Meinen Google-Recherchen zufolge würde zwar die Beweiskette nicht eindeutig sein, weil Jenny die DVDs nicht selbst entdeckt hatte. Aber es gab so viel Spielraum, dass auch Informanten, die anonym bleiben wollten, Beweismaterial liefern konnten. Diese idiotischen Regeln gingen mir unfassbar auf die Nerven.

Später, als Jenny gerade mit Felix zur »Kackaecke« marschierte, rannte der kleine Rowdy an mir vorbei. Als ich ihm ein Bein stellte, stolperte er und fiel hin. Er konnte sich nicht sehr wehgetan haben, schniefte aber trotzdem vor Schreck.

Ich tat so, als wollte ich ihm aufhelfen. »Ach, nichts passiert, kleiner Mann!«, sagte ich laut, raunte ihm aber zu: »Jedes Mal, wenn du jemandem wehtust, wird dir danach etwas Schlimmes passieren.«

Er sah mich mit weit aufgerissenen Augen an, während ihm Rotz aus der Nase tropfte.

»Vergiss das nicht«, fügte ich hinzu.

Wenn man Menschen schon nicht beibringen konnte, auf andere Rücksicht zu nehmen, dann doch wenigstens auf sich selbst. Ich hoffte, er würde sich ab jetzt merken, dass er selbst einstecken musste, wenn er anderen etwas zuleide tat. Man konnte nie früh genug mit der Konditionierung beginnen; dann musste ich ihn mir später vielleicht nicht vornehmen, wenn er erwachsen war.

Das Kindermädchen kam jetzt angerannt. »Benedict! Hier bist du!«

Ich richtete mich auf. »Der arme Kleine ist hingefallen.«

»Danke, dass Sie ihm geholfen haben!«

Als sie mit ihm wegging, drehte er sich noch einmal zu mir um. Ich fixierte ihn finster, worauf er wieder zu weinen anfing.

Erfreut konstatierte ich, dass es auch sehr befriedigend sein konnte, schon die Jüngsten meine Macht spüren zu lassen und sie in Angst und Schrecken zu versetzen.

54

»Ich hab sie tatsächlich gefunden«, verkündete ich. Nach der Musikgruppe hatte ich Jenny beiseitegenommen, um ihr die großartige Neuigkeit zu übermitteln.

Die DVDs hatte ich mir im Schnelldurchlauf angeschaut, weil ich nicht genau erkennen wollte, was Blaine da machte. Dennoch hatte ich genug gesehen, um zu wissen, dass er genau so widerlich war, wie ich vermutet hatte. Die Filme waren mit Ton, und ich litt mit den Frauen, die sich nicht hatten rächen können. Und es machte mich traurig, einen solch abscheulichen Kerl in Reichweite zu haben, ihm aber nicht den Garaus machen zu können. Doch dieses Opfer musste gebracht werden. Ich musste meine Familie schützen, musste tun, was das Beste für uns drei war.

»Und? Was hat sie gesagt? Hat ihre Freundin wirklich Filmmaterial? Kann ich das bekommen? Wird mich das Mädchen treffen? Meinst du, sie vertraut mir?« Jenny redete wie ein Wasserfall.

Mir war klar, dass alles total realistisch wirken musste. Ich ließ mir schnell eine Erklärung einfallen, warum dieses Mädchen und ihre Freundin bereitwillig einer wildfremden Frau grauenvolles Filmmaterial überließen.

»Sie will nicht zur Polizei gehen, weil sie schon mal verhaftet worden ist und jetzt Angst hat, dass man irgendeinen Grund findet, sie einzusperren. Und noch mehr Angst hat sie, dass Blaine und seine Männer sie aufspüren, wenn sie ihren Namen preisgibt.«

Jenny nagte an ihrer Unterlippe, ballte die Hände zu Fäusten, löste sie wieder. Ihre große Chance war zum Greifen nah.

»Die Freundin hat mich gefragt«, fuhr ich fort, »ob du Blaine auch ohne ihre Aussage, dass sie die DVDs aus seinem Haus gestohlen hat, hinter Gitter bringen könntest.«

Jenny nickte. »Ich werde alles tun, was ich kann. Also innerhalb der gesetzlichen Grenzen. Wenn wir feststellen können, dass die Filme authentisch sind und Blaine darin deutlich zu erkennen ist, stehen die Chancen ziemlich gut.«

»Okay. Ich versuche noch mal, mit ihr zu reden und sie zu überzeugen.«

Jenny beugte sich vor und ergriff meine Hand. »Haze, du hast ja keine Ahnung, wie viel mir das bedeuten würde. Wenn das klappt, bin ich dir für den Rest meines Lebens dankbar.«

Ich lächelte sie an. Ich war ein Genie. Sie war so versessen darauf, Blaine zu verknacken, dass sie den Rucksackmörder bestimmt vergessen würde.

Ich war auf der Zielgerade. Ich würde meine Familie retten.

Als ich nach Hause kam, bekam ich eine Nachricht von Fox. *»Denk dran: heute 20:00 Party bei David und Georgie.«*

Das hatte mir gerade noch gefehlt. Den zehnjährigen Hochzeitstag des verliebtesten Ehepaars aus unserem Bekanntenkreis zu feiern.

Ich setzte Bibi in unserem Schlafzimmer vor den Fernseher und ging ins Atelier. Mein Bild war fast fertig. Ich hatte mir hie und da kleine Zeitfenster erlaubt, wenn Bibi schlief, in der Kita oder mit Helga unterwegs war. Und ich war schneller als je zuvor. Vielleicht war es insofern doch hilfreich für meine Kreativität, dass ich Mutter geworden war. Weil ich nicht mehr viel Zeit hatte, musste ich mich hundertprozentig konzentrieren. Ich ließ mich nicht vom Handy ablenken, starrte nicht ins Leere – dafür hatte ich keine Zeit.

Sobald ich nicht mehr an diesem Meisterwerk arbeitete, stand auf der Staffelei ein halb leeres Bild mit ein paar Pinselstrichen – für den Fall, dass Fox ins Atelier schaute, wenn ich nicht da war. Meinen Schatz versteckte ich hinter einem Stapel leerer Leinwände. Ich wusste, dass ich dem Toten aus dem Park dafür zu danken hatte. Eine Muse brauchte jeder Kunstschaffende, und meine waren nun mal blutige Leichen.

Ich malte wie besessen, bis ich alles andere vergaß. Zeit. Sorgen. Reue. Das alles spielte keine Rolle mehr. Dann hielt ich abrupt inne. Es fühlte sich fantastisch an, das hier wieder erleben zu können, aber mir graute schon davor, wenn das Bild fertig war. Was kam dann? Die nächste Blockade?

Bibi kam herein. »Mama, Fernseh aus.«

Ich fragte mich, ab welchem Alter sie wohl auf den Aus-Button bei Netflix klicken konnte.

Hastig warf ich einen Blick auf meine Uhr. In einer halben Stunde kam Fox nach Hause.

»Okay, Schätzchen. Zeit für dein Bad.« Ich legte den Pinsel beiseite.

55

Ich schaute meine Kleider durch und zog das leuchtend rote heraus, das ich an dem Abend getragen hatte, an dem Fox und ich uns kennengelernt hatten. Wie hatte es trotz so viel Potenzial und Leidenschaft hierzu kommen können? Wann hatten wir aufgehört, einander zu genießen?

Ich hängte das Kleid zurück und entschied mich für eine High-Waist-Hose und eine schwarze Seidenbluse. Dann schminkte ich mich sorgfältig und legte einen knallrosa Chanel-Lippenstift auf, von dem eine Verkäuferin in Monaco behauptet hatte, er betone meine Augen. Dann fiel mir jedoch wieder ein, dass ich an dem Tag blaue Kontaktlinsen getragen hatte.

»Haze?«, rief Fox von unten.

Ich stürzte hinaus auf den Treppenabsatz. »Schsch!«

Er tippte stirnrunzelnd auf seine Uhr, als ich die Treppe runterging. »Helga ist in der Küche. Wir müssen los.«

»Hallo, Kleines. Du siehst toll aus! Wie war dein Tag?« Solche Fragen musste ich mir wohl inzwischen selbst stellen und beantworten.

Wir eilten die Straße entlang. Ich wusste nicht, was man sich traditionell zum Hochzeitstag schenkte (bei uns gab es immer Uhren und Schmuck, unabhängig von der Anzahl der Jahre). Aber Deko-Ideen zum zehnten Hochzeitstag bekam ich jetzt einige zu Gesicht: Vor dem Haus stand eine lebensgroße Blechfigur mit einem riesigen Herz in den Händen.

Verstreute Herzchen auf dem Rasen führten zum Seitentor, durch das man in den großen Garten gelangte. Auf dem Weg zum hinteren Teil mussten wir zwischen blühenden Geißblattsträuchern eine Fotostrecke ertragen, auf der David und Georgie sich in verschiedenen Lebensphasen schwärmerisch anhimmelten, bevor uns endlich ein Drink angeboten wurde. Ich ließ mir von dem livrierten Kellner ein Glas Champagner geben, leerte es in einem Zug und nahm mir das nächste.

Fox sah aus, als wollte er etwas sagen, ließ es dann aber bleiben. Das Erste, was er an diesem Abend richtig machte.

Ich entdeckte Caro und Raquel, die mir zuwinkten, und steuerte auf die beiden zu.

»Du siehst umwerfend aus!«, säuselte Caro.

Wir begannen den üblichen Small Talk darüber, wie hübsch der Garten geschmückt war (in allen Bäumen hingen Lichterketten), wie passend man die Musik ausgesucht hatte (Schnulzen, vorgetragen von einem Sänger mit bebender Stimme) und wie verliebt das glückliche Paar noch immer wirkte (kotz-würg).

Caro trank einen Schluck Champagner. »Habt ihr von dieser Sache mit den Obdachlosen hier in der Gegend gehört?«

Raquel runzelte die Stirn. »Ich glaube, das Wort ›obdachlos‹ benutzt man nicht mehr. Gilt es nicht als abwertend?«

»Ach ja. Wie war das gleich – Menschen ohne Unterkunft?«, sinnierte Caro.

»Was meinst du denn, Haze?«, fragte Raquel.

Ich hatte mir gerade ein Räucherlachs-Kanapee in den Mund gesteckt. »Wohnungslos gilt als korrekt«, antwortete ich mit vollem Mund.

Kurz nachdem wir hergezogen waren, hatte ich während eines Essens bei Caro erklärt, wofür das + in LGBTQIA+ stand, und galt seither im Bekanntenkreis als Wokeness-Expertin. Weshalb ich seither immer wieder Nachrichten bekam mit Fragen wie: »Wann muss das S bei Schwarzen großgeschrieben werden?«, oder: »Wenn ein Mann ein Kleid trägt, soll er dann als ›sie‹ bezeichnet werden, oder ist ›er‹ auch möglich?«

Immerhin gaben sie sich Mühe, aber jede dieser Fragen erinnerte mich aufs Neue daran, wie unterschiedlich wir waren. Ich blieb die Außenseiterin, das Kuckuckskind, die Person, die nicht in dieses spießige Leben passte. Ich taugte als nützliche Ratgeberin, würde aber nie wirklich ebenbürtig sein. Für einen Menschen, der dieser Welt gerne angehören wollte, wäre die Erkenntnis niederschmetternd gewesen. Ich hingegen fand sie befreiend.

»Wieso, hat es weitere Schlägereien gegeben oder so?«, fragte ich. Ein Mord unter den Wohnungslosen wäre perfekt für mich, weil er die Theorien der Polizei bestätigen würde.

»Nein, zum Glück keine weitere Gewalt und auch kein Mord«, antwortete Caro. »Denni aus der Nummer sieben hat aber erzählt, dass sie einige von denen an der Shell-Tankstelle hat herumhängen sehen, bei uns gleich um die Ecke.«

Raquel runzelte die Stirn. »Ich verstehe nicht, weshalb wir jetzt so plötzlich ein Problem damit hier haben. Das war doch früher nicht so.«

Ich schnappte mir ein weiteres Lachs-Kanapee von dem Tablett, das den Leuten hinter uns gerade angeboten wurde. »Wohnungslosigkeit war immer schon ein Problem. Das ist dir vielleicht nicht aufgefallen, weil du es nicht direkt vor der Nase hattest.«

Raquel schlug erschrocken die Hand vor den Mund. »Du hast natürlich völlig recht, Haze. Entschuldigt, dass ich nicht daran gedacht habe, wie privilegiert ich lebe.«

Ich leerte mein Glas und bedeutete dem Kellner, mir ein weiteres zu bringen.

Die nächste Stunde verflog mit noch mehr Small Talk und Kanapeejagd, und dann kam der große Moment. Das Streichquartett legte los, und Georgie trat wieder in Erscheinung, jetzt in einem weißen Spitzenkleid. Das Personal bat die Gäste höflich, Platz zu machen, damit der belämmert grinsende David in einer Gasse zu dem blumenbestreuten Pavillon am Ende des Gartens schreiten konnte. Georgie ging auf ihn zu, bemerkenswert aufrecht angesichts ihrer extrem hohen weißen Stilettos. Die drei Kinder der beiden liefen ihr voraus und warfen Blütenblätter auf den Weg.

Nach einer kurzen Begrüßung durch die strahlend lächelnde Zelebrantin mit violetten Haaren sprachen David und Georgie ihre erneuerten Ehegelübde. Sie hatten den traditionellen Weg gewählt. Wir eher nicht.

Vor dreizehn Jahren im Standesamt von Chelsea stand ich in einem leicht knittrigen weißen Minikleid und mit einem Strauß roter Rosen in der Hand Fox gegenüber, der einen blauen Anzug mit einem weißen Hemd ohne Krawatte trug. Wir kicherten beide, und der streng blickende Standesbeamte verzog keine Miene, während wir unsere Ehegelübde sprachen. In dem Versprechen vorkamen wie: »dich zu lieben wie einen eiskalten Rosé auf einem Balkon an der Amalfiküste«, »dich stets davon zu überzeugen, dass du schön bist, auch wenn du selbst das Gegenteil denkst« und »niemals nerviges Zeug zu sagen wie: ›Ist nun mal nicht zu ändern‹, wenn man vor einem Problem steht«.

Ich schaute zu meinem Mann hinüber, der ein Stück entfernt stand. Erinnerte er sich auch gerade daran? Was sollte ihm wohl sonst in diesem Moment durch den Kopf gehen als der Niedergang unserer Ehe?

56

Ich war allein aufgewacht, hatte Fox seit drei Tagen nicht mehr gesehen. Er ging aus dem Haus, bevor ich aufstand, und kam zurück, wenn ich schon schlief. Einziges Anzeichen für seine Anwesenheit waren eine feuchte Zahnbürste und ein Arm, der im Morgengrauen kurz auf mir gelandet war, dann aber schnell weggezogen wurde. Fox wollte mich nicht mal mehr in meinen Träumen haben.

Hätte ich gewusst, dass eine Ehe irgendwann darauf hinauslief, lediglich einen Mitbewohner zu haben, mit dem man sich gemeinsam ums Kind kümmert, hätte ich mir zumindest jemanden mit dem gleichen Filmgeschmack ausgesucht.

Ich war mit Bibi unterwegs zu unserem Treffen im Post Room, einem kleinen Café am Park, in dem es eine Terrasse mit Aussicht auf ein betagtes Klettergerüst gab. Heute war der große Tag. Ich würde Jenny Blaines DVDs überreichen.

Sie starrte schon wie gebannt auf meine Umhängetasche, bevor ich mich überhaupt an dem wackligen Tisch niedergelassen hatte. Ich reichte ihr den dicken DIN-A4-Umschlag, sie mir einen Becher Kaffee.

»Das Mädchen bleibt hartnäckig dabei, dass sie nichts mit der Polizei zu tun haben will«, erklärte ich. »Ich kenne nicht mal ihren Namen. Sie hofft einfach, dass das ausreicht, um den Typen hinter Gitter zu bringen.«

»Ich weiß gar nicht, wie ich dir danken soll.« Jenny presste den Umschlag an ihre Brust.

»Hey, bloß nicht rührselig werden. Vergewaltigungsvideos sind eigentlich nicht so ein tolles Geschenk.«

Wir lachten beide. Und zwar so richtig. Ich konnte mich nicht einmal mehr daran erinnern, wann ich zum letzten Mal so ausgelassen gelacht hatte. Es fühlte sich verdammt gut an, und ich dachte wehmütig daran, wie lange es her war, dass ich mich mit Fox so gefühlt hatte.

Jenny starrte auf den Umschlag. »Was für ein Leben habe ich nur?« Sie verstaute ihn sorgsam in ihrem Rucksack.

»Das frage ich mich auch oft.« Ich beobachtete Bibi, die ganz oben auf dem Klettergerüst angekommen war.

Jenny sah mich von der Seite an. »Hattest du nicht vor, Kinder zu bekommen?«

Ich schüttelte den Kopf. »Früher hatte ich nie einen Gedanken daran verschwendet.« Ich nagte an meiner Unterlippe. »Ich liebe Bibi abgöttisch, wollte aber nie Mutter sein. Bin ständig unsicher, ob ich alles richtig mache.«

»Das geht mir genauso.«

Ich schaute sie an. »Also ist das vielleicht normal? Dass man ständig das Gefühl hat, nur zu improvisieren?«

»Aber wir geben ja unser Bestes.« Jenny zuckte mit den Schultern. »Und wegen dieser typischen Mutter-Schuldgefühle denken wir eben dauernd, es sei nicht genug.«

Bibi sauste jetzt die Rutsche hinunter. »Ich liebe meine Tochter wirklich über alles. Würde mein Leben für sie geben. Aber an manchen Tagen möchte ich einfach …« Ich verstummte.

»Nur an dich selbst denken, ohne den Druck, vollständig für einen anderen Menschen verantwortlich zu sein?« Jenny schüttelte den Kopf. »Dafür zu sorgen, dass dieses kleine Wesen genügend Obst und Gemüse isst, ausreichend trinkt, sich ordentlich die Zähne putzt, die notwendigen Entwicklungsschritte absolviert und glücklich und zufrieden und kein Bildschirm-Junkie ist?«

»Ja, ganz genau! Unglaublich anstrengend!« Jemanden so sehr zu lieben, war furchterregend. Schon beim ersten Blick auf die neugeborene Bibi war es mir schlagartig klar geworden – von diesem Moment an würde ich mich immer um sie sorgen. Lebenslänglich. Ich würde niemals aufhören, das Beste für sie zu wollen und alles dafür zu tun, dass sie glücklich war.

Es fühlte sich gut an, mit einer Person, die mich verstand, darüber sprechen zu können. »Und unsere Körper. Warum sind es *unsere* Körper, die für dieses Neue-Menschen-Erschaffen zuständig sind? Das ist doch nicht gerecht!«

Jenny seufzte. »Menstruation, Geburt, Stillen – und dann, wenn du denkst, du hast endlich all das hinter dich gebracht, kommst du in die Wechseljahre. Männer durchlaufen die Pubertät, und das war's.«

Wir Frauen waren zweifelsohne im Nachteil. Kein Wunder, dass diese Wut, die immer wieder in mir aufwallte, mit den Jahren nicht nachließ.

»Mama!«, schrie Bibi. Sie umklammerte panisch eine Stange am Klettergerüst, während ein Golden Retriever von unten an ihr schnüffelte. Ich lief zu ihr.

»Das ist nur ein Hund, Bibi. Und es ist ein wirklich lieber Hund.« Ich tätschelte ihm den Kopf, und der Hund – dem wir schon mehrmals begegnet waren – wedelte freudig mit dem Schwanz. Obwohl Bibi den Retriever kannte, reagierte sie jedes Mal gleich. »Willst du ihn nicht mal anfassen? Für Mama?«

Sie schüttelte heftig den Kopf und klammerte sich weiter an das Gerüst. Ich wollte, dass meine Tochter eine Kriegerin wurde, die furchtlos durchs Leben marschierte und sich niemals einschüchtern ließ. Wenn ich böse Männer in die Knie zwang, weshalb konnte sie dann noch nicht mal einen lieben Hund berühren?

»Bibi, wenn du deine Angst überwindest, kannst du so stark werden wie Mama. Probier's mal.«

Zitternd streckte sie die Hand aus. Fast bis zum Kopf des Hundes. Dann zuckte sie zurück.

Da gab es noch einiges zu tun.

Als wir im Park Helga trafen, flitzte Bibi sofort zu ihr. Ich war schon lange nicht mehr eifersüchtig auf unsere Kinderfrau, sondern einfach nur dankbar, dass wir Hilfe hatten. Und Bibi war so gern mit Helga zusammen, dass ich keinerlei schlechtes Gewissen hatte, wenn ich ihr mein Kind anvertraute. Helga unternahm auch allerlei vergnügliche Sachen mit Bibi, auf die ich nicht die geringste Lust hatte. Sosehr ich meine Tochter liebte – ich wollte nicht an einem öffentlichen Ort dabei gesehen werden, wie ich sie als knurrendes Monster durch die Gegend jagte.

Ich freute mich darauf, zu Hause in Ruhe malen zu können. Doch als ich parkte, sah ich, dass Fox auf dem Dach war, um die Regenrinne zu säubern. Eine lange Metallleiter lehnte an der Wand. Fox' Haare waren völlig zerzaust, und er trug ein schmutziges T-Shirt und eine Jogginghose. Bis zu diesem Moment hatte ich angenommen, dass er keinerlei Oberbekleidung ohne Kragen besaß. Sogar seine Schlafanzüge hatten alle einen.

Als ich noch genauer hinschaute, sah ich, dass er nicht mal rasiert war. Was zum Teufel war los mit ihm?

Mein cooler, attraktiver Mann sah fix und fertig aus.

War er womöglich kokssüchtig geworden wie so viele Banker?

Aber ich war mir ziemlich sicher, dass er das Bibi nicht antun würde. Also was dann? Burn-out? Vielleicht fehlte ihm das Morden noch mehr als mir. Wie waren wir nur in diese Lage geraten?

Es war erst drei Uhr nachmittags, aber ich brauchte dringend einen Drink. Andere Leute tranken schließlich auch Wein zum Lunch. Ein später Lunch also – nur eben ohne Essen.

Als ich auf die Haustür zusteuerte, kippte die Leiter um und hätte mich um ein Haar getroffen.

»Scheiße!« Ich starrte fassungslos auf die Leiter.

»Haze!«, schrie Fox und schaute zu mir herunter. »Alles okay?«

»Hast du ... hast du gerade versucht, mich umzubringen?«

Er riss die Augen auf. »Komm schon. Bitte. Nicht dein Ernst, oder?«

Ich starrte zu ihm hinauf, ohne zu lächeln.

Fox verzog das Gesicht. »Du weißt doch genau, dass diese Leiter dich nicht getötet hätte. Du hättest höchstens eine Kopfwunde abgekriegt.«

»Und das soll mich jetzt trösten, oder wie? Willst du mich ein paar Tage aus dem Weg schaffen?«

»Du hörst dich an wie eine Irre!«

»Und du *siehst aus* wie ein Irrer!«

Ich stürmte ins Haus und versuchte, nur an den köstlichen kalten Sauvignon zu denken, der im Kühlschrank auf mich wartete.

Fox' Handy lag auf der Kücheninsel und klingelte. Als es aufhörte, erschien auf dem Display: *Verpasster Anruf von Petra.* Wer zur Hölle war das? Ich griff nach dem Handy und starrte darauf. Was nun? Wollte ich wirklich die klischeehafte Ehefrau sein, die das Telefon ihres Mannes durchforstet? Oder fürchtete ich mich ohnehin zu sehr vor dem, was ich finden würde? Ich wollte es gerade zurücklegen, als eine E-Mail erschien, von einer Jacqui Shuttleworth. *»Lieber Mr Cabot, es geht um Ihr Haus in Mayfair. Lesley hat mir Ihre Adresse gegeben, damit wir uns über Ihre Vorstellungen für die Umbauten austauschen können. Wir würden Ihnen ...«*

Die Benachrichtigung verschwand. Ich gab Fox' PIN ein, Bibis Geburtstag. Fehler. Er hatte seine PIN geändert? Wann? Ich warf das Handy auf die Arbeitsfläche zurück. Was zum Teufel ging hier vor sich? Er hatte ein Haus gekauft, von dem ich nichts wusste?

Ich stand stocksteif da und versuchte, einen klaren Gedanken zu fassen. Ballte die Fäuste. Am liebsten wäre ich rausgerannt, hätte Fox vom Dach gezerrt und ihn nach Strich und Faden verprügelt.

Was für ein Haus war das? Oder vielmehr: *Für wen* war dieses Haus? Für diese Petra? Scheiße! So sollte mein Leben nie aussehen! Ich sollte keine blöde Ehefrau in einer Vorstadtsiedlung sein und belogen und missachtet werden, während mein Gatte es sich in der Metropole gut gehen ließ. Er hatte uns aus London weggelockt mit der Behauptung, das sei das Beste für die Familie – dabei war es in Wahrheit das Beste für *ihn*. Ich ging zum Kühlschrank und nahm den Wein heraus. Er war schon offen, ich zog den Korken mit den Zähnen heraus und goss mir ein Glas ein. Ich musste abwarten. Ich musste mich unbedingt beruhigen und abwarten. Und ich brauchte einen Plan.

Was ein nettes Familienabendessen hätte sein können, geriet zu einer Farce, bei der wir ausschließlich über Bibi kommunizierten.

»Sag Mami, sie soll nicht so schnell trinken und noch Wein für mich übrig lassen!«

»Sag Daddy, er kann sich selbst eine Flasche aufmachen!«

»Der dummen Mami wird's morgen schlecht gehen!«

»Der dumme Daddy hat mich dazu gebracht!«

Bibi kicherte, weil sie das Spiel lustig fand. Zum Glück war sie noch zu klein, um den unterschwelligen Hass zu bemerken.

Wir gingen nacheinander zu Bett und kehrten uns beim Schlafen den Rücken zu. Kein Kuss, nicht mal ein Gutenachtkuss. Ich wusste nicht einmal mehr, wann Fox mich zum letzten Mal berührt hatte.

Ich musste etwas unternehmen. So konnte es nicht weitergehen.

Ich hielt mein Schicksal in Händen. Ich konnte mein Leben steuern und entscheiden, wie ich es verbessern konnte. Mein Leben und das von Bibi.

Und bereits beim Einschlafen hatte ich eine geniale Idee.

57

Fox

Haze war nicht im Bett, als ich aufwachte. Ihr Auto war ebenfalls verschwunden. Als Bibi ihr Frühstück beendete, immer noch keine Spur von meiner Frau. Ich begann mich zu fragen, ab wann ich mir Sorgen machen sollte. Oder aber mir eingestehen, dass es aus und vorbei war – dass sie uns verlassen hatte.

Ich verlor die Kontrolle über unser Leben. Wegen meiner eigenen Dramen hatte ich nicht genügend auf Haze geachtet. Ich hatte bereits befürchtet, dass meine Eltern nicht so leicht aufgeben würden. Hätte es voraussehen müssen – alles, was sie angerichtet hatten. Jetzt musste ich mir meinen nächsten Schachzug überlegen.

Bei allem, was zurzeit gleichzeitig passierte, kam es mir vor, als hätte sich das Schicksal gegen mich verschworen und wollte mich nun wirklich zum Alkoholiker machen. Vor ein paar Tagen hatte ich nochmals sehr viel Geld abgehoben und Cal gesagt, das sei wirklich das letzte Mal. Er solle meine Entscheidung jetzt lieber respektieren, wenn er nicht zu dem Opfer werden wollte, nach dem ich Ausschau hielt.

»Bibi? Wo bist du?«, hörte ich Haze draußen rufen. Ich hatte ihren Wagen nicht kommen hören.

Bibi kletterte aus ihrem Stuhl. »Hier, Mama!«, schrie sie, während sie hinausflitzte. Kurzes Schweigen, dann: »Oooooh, Mama! Oooooh, sooooo süß!«

Wahrscheinlich hatte Haze den neuen Plüschpinguin entdeckt und spielte jetzt Kasperletheater damit.

Bibi kam zurück in die Küche gerannt. In ihren Armen lag ein kleiner schwarzer ... lebendiger Hund.

»Schau, Dada!«

Haze kam herein und stellte ihre Handtasche ab. Ich sprang auf. »Haze? Wem gehört dieser Welpe?«

»Uns«, antwortete sie. »Sie ist aus dem Tierheim. Bibi darf ihren Namen aussuchen.«

»Findest du nicht, wir hätten das gemeinsam besprechen sollen?«, knurrte ich.

»Weiß nicht. Müssen wir wirklich alle großen Entscheidungen vorher besprechen?« Sie sah mich mit bohrendem Blick an. Zweifellos bewegte ich mich auf ganz dünnem Eis. Aber weshalb? Wenn ich so darüber nachdachte, kamen einige Gründe infrage.

»Würstchen!«, schrie Bibi.

»Echt jetzt, Süße? So willst du sie nennen? Sie ist eine Französische Bulldogge, vier Monate alt. Bisher hatte sie kein schönes Leben, aber bei uns wird es ihr gut gehen.«

Bibi kicherte. »Ich lieb sie. Ich lieb Würstchen.« Sie drückte ihr Gesicht in das Fell.

»Wenn du Würstchen liebst ... heißt das, dass du jetzt keine Angst mehr vor Hunden hast?«

Bibi nickte und küsste den Hund auf den Kopf.

Haze wollte dafür sorgen, dass unsere Tochter ihre Angst bekämpfte. Das verstand ich. Aber keiner von uns beiden hatte auch nur die geringste Ahnung von Hunden.

Ich beugte mich zu Haze und raunte: »Glaubst du wirklich, wir schaffen es, uns auch noch um einen Welpen zu kümmern?«

Sie zuckte mit den Schultern. »Kann doch nicht so schwer sein. Mit Bibi kriegen wir das doch auch hin.«

»Ist sie stubenrein?«

»Etwa auf dem Level von Bibi.«

Na super.

»Hundebabys brauchen jede Menge Zeug. Bettchen, Spielzeug, Futter.«

»Wow, danke für die Info. Darauf wäre ich nicht gekommen.« Haze stapfte hinaus und kehrte kurz darauf mit zwei riesigen Tüten zurück, deren Inhalt sie auf dem Küchentisch ausbreitete. Jede Menge Hundefutter, drei Körbchen aus unterschiedlichen Materialien, einen klappbaren Transportkäfig beziehungsweise Laufstall, diverse Spielsachen und etwas, das wie Kleidung aussah.

»Sind das ...« Ich deutete auf die Stoffteile in Rosa und mit Leoprint. »Klamotten? Für ein Hundebaby?«

Haze griff nach dem rosa Teil und ging zu Würstchen. Nach einigem Hin und Her hielt sie die kleine Bulldogge hoch. Sie trug jetzt einen grellrosa Hoodie.

Bibi kreischte entzückt, nahm Würstchen wieder an sich und drückte sie an die Brust.

»Siehst du?«, bemerkte Haze. »Wenn wir uns schon einen Welpen zulegen, dann mit allem Drum und Dran.«

Ich sah Bibis glückliches Strahlen. Natürlich war das eine gute Idee. Ich hätte nur gerne vorher darüber gesprochen. Aber der verbissenen Miene meiner Frau nach zu schließen hatte sie derzeit keinerlei Interesse, mit mir zu reden.

»Wollen wir sie ausführen, Bibi?« Haze pflückte ein strassbesetztes Halsband vom Tisch.

Bibi sprang begeistert auf und ab und sauste mit Würstchen zur Tür, gefolgt von Haze.

»Ich bleib dann hier? Und kümmere mich ums Mittagessen?«

Die einzige Antwort bestand aus der zuknallenden Haustür.

Mein Handy pingte. Suzanne. *»Morgen Abend?«* Ich schickte ein Daumen-hoch-Emoji.

Als die beiden von ihrem Spaziergang zurückkamen, stand das

Mittagessen auf dem Tisch. Es gab Gnocchi mit frischem Pesto, Knoblauchbrot, einen grünen Salat und ein Grinsegesicht aus Karottenstückchen und Gurkenscheiben. Die beiden kamen lachend herein, und Haze' Augen funkelten so lebhaft, wie ich es lange nicht mehr erlebt hatte. Würstchen rannte schwanzwedelnd in ihrem albernen rosa Hoodie durch die Küche. Anscheinend hatte ich jetzt drei Mädchen. Es würde wahrscheinlich eine Weile dauern, bis ich mich an die Kleine gewöhnt hatte – ich war kein Hundemensch –, aber vielleicht war sie genau das, was wir brauchten. Ein Hundebaby als Trost. Vielleicht würde alles wieder gut werden. Aber als Haze zu mir aufblickte, erstarb ihr Lächeln. Dann wohl doch nicht.

58

Haze

Würstchen hatte sich bestens eingelebt. Anfänglich war sie ein bisschen unsicher gewesen, aber inzwischen sauste sie durchs ganze Haus und wurde von drei Menschen geliebt und gehätschelt. Fox – der im ersten Moment schockiert gewirkt hatte – raunte ihr Koseworte zu, wenn er sich mit ihr allein glaubte. Einmal hatte ich sogar beobachtet, wie er ihr mit der Gabel Steakreste fütterte.

Es zeigte sich relativ schnell, dass Würstchen Liebkosungen nur zu ihren Bedingungen duldete. Wenn man sie hochnehmen wollte, befreite sie sich, rannte weg und starrte einen aus einiger Distanz erbost an. Eine Stunde später konnte sie dann angetrottet kommen und einem auf den Schoß springen, weil sie jetzt bereit war, sich streicheln zu lassen. Kurzum: Sie war eine launische Zicke, die nicht wusste, was sie wollte. Ich verstand sie. Und liebte sie.

Aber vor allem war sie eine wunderbare Ablenkung von all dem Mist, mit dem ich mich herumschlagen musste. Ein betrügerischer Ehemann. Ein heimliches Haus. Ja, ich hatte zwar auch meine kleinen Vergehen, die ich verbergen musste, aber ganz ehrlich ... Einen bösen Mann umzubringen, das zu vertuschen, sich nichts ahnend mit einer Polizistin anzufreunden, ins Haus eines Sexualstraftäters einzubrechen und Filme von seinen Verbrechen zu stehlen – das war eben alles etwas aus dem Ruder gelaufen, dafür konnte ich nichts. Nicht viel jedenfalls.

Als ich Bibis Rucksack auspackte, fand ich darin einen dicken Umschlag von der Kita. Ich machte ihn just in dem Moment auf, in dem Bibi angerannt kam und mir haarklein erklärte, was es damit auf sich hatte. Fox hatte in ein paar Wochen Geburtstag. In der Kita war man darüber im Bilde und hatte Bibi deshalb Material mitgegeben, um für ihren Daddy eine »ganz besondere Geburtstagskarte« zu basteln. Ich überlegte, wie hoch die Spende sein musste, damit das in der Kita vonstattenging und ich nicht eine Zweijährige mit roter Lebensmittelfarbe und Glitzerkleber auf unseren Haushalt loslassen musste.

»Jetzt? Machen?« Bibi riss mir den Umschlag aus den Händen und sah mich hoffnungsvoll an.

Ich dachte an eine der Mama-Seiten auf Pinterest, mit der ich mich gelegentlich selbst quälte. Stellte mir ein Bastelzimmer, Berge von Zeitungspapier, Schürzen und ordentlich beschriftete Plastikboxen vor. Ich hatte nichts von alledem. Aber eine Garage mit Betonboden, den ich danach abspritzen konnte.

»Na, komm, Bibi, wir gehen nach unten.«

Ich fuhr meinen Wagen raus, dann verbrachten wir anderthalb Stunden damit, die Garage zu verwüsten. Mit der Karte fingen wir an. Ziemlich viele Schnipsel und Klebstoffreste landeten auf dem Boden, und die arme Würstchen glitzerte danach von Kopf bis Fuß, aber Bibi war hellauf begeistert von unserem Ergebnis. Dann bauten wir aus alten Amazon-Kartons ein Fort, und falls das als Jux und Tollerei für einen Vormittag nicht ausreichte, erlaubte ich Bibi auch noch, ihr Dinosaurier-Ausgrabungsset zum Einsatz zu bringen. Es dauerte eine Ewigkeit, diese feste Masse über den Knochen wegzuschaben. Als ich ungeduldig wurde, benutzte ich einfach einen Hammer.

Es klingelte an der Haustür. Ich schaute mich in dem Tohuwabohu um – hier konnte ich Bibi nicht allein lassen. »Komm, Süße. Hopp, hopp wir gehen ins Haus.«

Sie trottete hinter mir die Treppe hinauf und rannte in die Küche, während ich die Haustür öffnete.

Davor stand ein großer graubärtiger Schwarzer Mann, der mir vage bekannt vorkam, aber ich konnte ihn nicht zuordnen. Er trug einen Anzug.

»Ja?«

»Ich dürfte eigentlich nicht hier sein. Aber ich weiß, dass Sie Nathaniels Frau sind, und ich wollte Ihnen sagen, dass ich mir Sorgen um ihn mache.«

»Woher kennen Sie meinen Mann? Und wieso machen Sie sich Sorgen?«

»Er hat einen gefährlichen Weg eingeschlagen.«

Wer zur Hölle war dieser Typ? Einer von den Zeugen Jehovas oder etwas noch Übleres?

»Meinem Mann geht es gut.«

»Glauben Sie nicht, dass er etwas vor Ihnen verbirgt?«

Hatte ich jetzt Halluzinationen aus meinem Unbewussten?

»Das weiß ich. Aber ich will warten, bis er es mir von sich aus erzählt.« Bis zu diesem Moment war mir nicht bewusst gewesen, dass ich das tatsächlich vorhatte. Ich wollte, dass Fox mir seine Geheimnisse aus freien Stücken verriet. Wenn er es nicht tat, waren wir ohnehin hoffnungslos verloren.

Der Mann nickte. »Das verstehe ich. Aber er braucht Unterstützung. Er ist auf einer schwierigen Reise.«

Im Hintergrund schrie Bibi, sie wolle was essen.

»Ach, scheiße, das sind wir doch alle, oder?« Ich hatte wirklich keine Zeit für mysteriöse Männer, die mir kryptische Botschaften überbringen wollten.

Der Mann sah bestürzt aus. Für Flüche schien er nichts übrigzuhaben. »Bitte sagen Sie ihm nicht, dass ich hier war.« Er beugte sich vor. »Ich wollte Ihnen einfach mitteilen, dass er Ihre Hilfe braucht.«

»Mein Mann kann sich hervorragend selbst helfen.«

Ich knallte die Tür zu.

So konnte es endgültig nicht mehr weitergehen. Die Karten mussten jetzt auf den Tisch. Sonst würde uns das Ganze in Kürze um die Ohren fliegen.

59

Fox

Als ich auf unserer Zufahrt parkte, ließ ich den Blick einen Moment lang auf unserem Haus ruhen. Wann war ich zuletzt heimgekommen, ohne mich vor allem zu fürchten, was mir gleich bevorstand?

Als ich ausstieg, klingelte mein Handy. Suzanne. Ich sah mich kurz um. Haze war nirgends zu sehen, also ging ich ran. »Du sollst mich doch nicht anrufen.«

»Sollten wir nicht mal über diesen Abend reden? Du warst echt umwerfend.«

Ich massierte meine Nasenwurzel. »Das sollte unser Geheimnis bleiben, hast du das vergessen?«

»Nein, ich weiß. Ich wollte nur mal hören ...«

»Ich muss los.« Ich beendete das Gespräch. Eigentlich hatte ich geglaubt, dass ich verstanden worden war. Offenbar nicht.

Die Garagentür stand offen, ich ging hinein.

Ein großer roter Fleck auf dem Boden. Schnur und Klebeband. Und ein Hammer.

»Haze, komm mal runter!«, rief ich die Treppe hinauf. »Allein!«

Kurz darauf kamen die Beine meiner Frau in Sicht. Haze hielt Würstchen im Arm, die eine Leoprint-Weste trug.

»Willst du mir vielleicht mal erklären, was sich hier abgespielt hat?« Ich deutete auf den Garagenboden.

Sie warf einen Blick auf den Fleck und zuckte mit den Schultern. »Ich habe mit Bibi gespielt.«

»Und das soll ich jetzt glauben?«

»Was zum Teufel ...« Sie verstummte und schüttelte den Kopf. »Im Ernst jetzt, Fox? Das ist das Einzige, was dir dazu einfällt?«

Sie marschierte zu dem Regal an der Rückwand, zog die Plane beiseite und nahm etwas heraus, das sie mir dann in die Hand drückte.

»Hier. Dann mal scheißverfrühte Glückwünsche zum Geburtstag.«

Ich hielt eine knallrote glitzernde Karte mit einem großen Herz in den Händen. In der Mitte war ein Foto von Bibi und mir im Aquarium aufgeklebt, beide mit dem gleichen idiotischen Grinsen auf dem Gesicht. Ich glaube, wir hatten versucht, einen der Fische zu imitieren.

»Diese Karte wird jetzt immer mit der Erinnerung verknüpft sein, dass du der Mutter deiner Tochter einen Mord unterstellt hast.«

Sogar Würstchen sah aus, als wäre sie enttäuscht von mir.

»Ach, tut mir leid ... Ich bin nur ... Ich bin einfach müde. Als ich das alles hier gesehen habe ...«

»Wir haben nicht nur die Karte für dich gebastelt, sondern auch ein Fort gebaut«, Haze deutete auf eine Ecke, in der ein merkwürdiges Kartongebilde stand, »und Dinosaurierknochen ausgegraben.«

»Das hört sich nach einem tollen Tag an. Freut mich, dass ...«

Sie unterbrach mich. »Wer war der Mann neulich im Scott's?«

Ich blinzelte mehrmals. »Was meinst du damit?«

»Der Mann, mit dem du gesprochen hast, als wir das Lokal verlassen wollten. Schwarz. Grauer Bart. Anzug.«

Wo kam das denn plötzlich her?

»Ach, der ist aus der Firma. Ich kenne ihn nicht näher. Warum?«

Haze streichelte Würstchen und ignorierte meine Frage. »Und wie läuft's so bei der Arbeit?«

»Gut.« Ich versuchte, nicht zu schlucken, und hielt Blickkontakt. Ich bin zu allerlei Schandtaten imstande, auch meiner Frau ins Gesicht zu lügen.

Sie fuhr fort, den Hund zu kraulen, während sie mich anstarrte. »Hast du im Kopf, dass ich morgen den Vortrag in der Kunstakademie halte?«

»Selbstverständlich!« Wie hatte ich das vergessen können? Ich dachte daran, welche Verpflichtungen ich morgen hatte und wie ich all das vereinbaren konnte. »Ich freu mich schon drauf.«

60

Haze

Ich setzte Bibi bei Jenny ab. Helga hatte morgens geschrieben, dass sie wegen akuter Schmerzen in die Zahnklinik musste. Zum Glück hatte Jenny beim zweiten Klingelton abgenommen und sofort gesagt, ich könne Bibi zu ihr bringen, weil sie und ihre Mutter den ganzen Tag über zu Hause seien.

»Das ist so lieb von dir, danke«, sagte ich an der Haustür. »Sobald Helga den Termin hinter sich hat, holt sie Bibi ab.«

»Wirklich kein Problem, ich freue mich, dass ich dir helfen kann. Dafür sind Freundinnen doch da!«

»Echt?« Ich blinzelte. »Das bedeutet mir sehr viel.«

»Wo musst du denn hin?«

»Nach Kingston. Ich halte da einen Vortrag in der Kunstakademie, in der ich studiert habe.«

»Wow, das ist ja stark. Du machst das bestimmt super.«

Ich nagte an meinem Daumennagel. »Weiß nicht. Ich spreche nicht gern vor Menschenmengen.«

Jenny zuckte mit den Schultern. »Du weißt doch bestimmt, was immer gesagt wird: Stell sie dir einfach alle nackt vor. Damit überwindet man die Nervosität.«

Ich nickte. »Okay. Das merke ich mir.«

Jenny betrachtete mich prüfend. »Ich habe dich noch nie nervös erlebt. Du wirkst immer so beherrscht.«

Ich holte tief Luft und reckte das Kinn vor. »Vergiss nicht, Jenny: Kein Mensch ist so, wie er nach außen hin wirkt.«

Das Gebäude sah genauso aus wie vor sechzehn Jahren, als ich zum letzten Mal dort gewesen war. Ich stand davor und betrachtete die Fassade.

Das hier sollte eigentlich ein erhebender Moment sein. Mit dunkler Sonnenbrille glamourös einschweben. Als großer Star der Kunstszene. Ich hatte es geschafft. Ich gehörte zu den wenigen Leuten, die nach dem Abschluss von ihrer Kunst leben konnten.

Ich holte mein Handy raus und schrieb Fox. *»Wo bist du?«*

Obwohl alles schiefllief zwischen uns, brauchte ich ihn jetzt, und das wusste er auch. Ein vertrautes Gesicht im Raum, damit ich diesen Auftritt durchstand.

Ich schaute auf meine Uhr; in zehn Minuten sollte ich anfangen. Absichtlich war ich auf den letzten Drücker gekommen, um das anstrengende Geschwätz vorher zu vermeiden.

Ich holte tief Luft und ging hinein. Eine Frau mit dicker goldener Halskette erwartete mich im Eingangsbereich. Sie trug ein elegantes orange-rot gemustertes Kleid, und ich kam mir in meinen Ripped Skinny Jeans und meinem schwarzen T-Shirt etwas underdressed vor. Stundenlang hatte ich mir den Kopf zerbrochen, was ich anziehen sollte. Ich wollte nicht bemüht nach Künstlerin aussehen, aber auch nicht zu gestylt. Jetzt kam es mir vor, als versuchte ich, zehn Jahre jünger zu wirken.

»Hazel!« Die Frau breitete die Arme aus. »Ich bin die Rektorin, Mercedes Remuinan. Ich freue mich so, dass Sie hier sein können. Ich bin ein großer Fan.«

»Danke. Wo ist …?« Ich verstummte, als ein vertrautes Gesicht neben Mercedes erschien – aber nicht das, das ich sehen wollte.

»Lang ist's her, Haze.« Mein einstiger Tutor Dan Richards winkte zur Begrüßung. Es überraschte mich nicht, ihn zu sehen; ich hatte auf der Website gelesen, dass er noch immer in der Akademie war.

»Hi, Dan.« Ich hatte nie Schuldgefühle gehabt wegen Dans engagiertem Einsatz, mich und meine Karriere zu fördern. Das war schließlich das Mindeste, was er tun konnte, nachdem er mich kurz nach dem Tod meines Freundes begrabscht hatte. Ich nahm mir vor herauszufinden, wie Dans Leben seither verlaufen war. Weil ich gern wissen wollte, ob er damals tatsächlich nur die Zeichen falsch gedeutet hatte oder doch zu den wahrhaft Bösen gehörte.

»Ist voll besetzt da drinnen.« Dan deutete auf den Hörsaal. »Alle sind total gespannt auf dich.«

»In fünf Minuten fangen wir an«, verkündete Mercedes.

Ich schaute auf mein Handy. Keine Nachricht von Fox. »Ich muss kurz noch ein paar Anrufe machen, dann bin ich bei euch.« Ich entfernte mich ein paar Schritte und rief Fox an. Es klingelte endlos. Wo zur Hölle steckte er? Seine Mailbox ging dran, ich unterbrach und rief noch mal an. Ich weiß nicht genau, wie lange ich dastand und was ich dann auf der Mailbox hinterließ, aber schließlich tippte Mercedes mir auf die Schulter und sagte, wir müssten jetzt reingehen.

Ich folgte ihr und wartete neben dem Pult, während sie die Eröffnungsrede hielt. Hinter ihr auf der großen Leinwand wurden meine Bilder gezeigt.

Dan nickte mir aus der ersten Reihe zu.

Ich musste mich hier jetzt allein durchschlagen. Fox war nicht da, Matty tot. Alle Männer waren Arschlöcher. Ich konnte mich nur auf mich selbst verlassen. Und ich war ziemlich imposant. Eine Serienkillerin. Ein Racheengel. Was war schon ein kleiner Vortrag für eine Frau, die einmal nur mit ihrer rasenden Wut und einem zerbrochenen Teller einen Mann getötet hatte?

Jennys Rat war es gewesen, mir alle nackt vorzustellen. Aber ich stellte mir einfach alle im Publikum tot vor. Den überheblich blickenden Typen mit dem Halstuch sah ich mit aufgeschlitzter Kehle vor mir. Kein Problem. Die verächtlich lächelnde Frau in der ersten Reihe enthauptet. Bestens.

Die Tür ging auf, und ich schaute hin. Nicht Fox kam herein, sondern Jenny. Sie warf mir ein kleines Lächeln zu und setzte sich rasch auf einen leeren Platz in der dritten Reihe.

Ich blinzelte verblüfft. Mein Mann hatte es nicht für nötig befunden zu erscheinen. Aber meine Freundin. Die Wut, die ich auf Fox hatte, wurde ein wenig gelindert durch die Dankbarkeit, die ich Jenny gegenüber empfand. Als Matty und ich uns früher diesen ruhmreichen Moment ausmalten, kicherten wir immer bei der Vorstellung, dass der andere im Publikum sitzen und vor Stolz laut jubeln würde. Matty war es zwar nicht, der mich jetzt anstrahlte, aber es war jemand für mich hier. Jemand, dem ich wichtig war.

»Und jetzt übergebe ich an Hazel.« Mercedes wandte sich mir zu, und ich trat ans Rednerpult. Sie reichte mir ein Mikro, ich ergriff es. Mein Herz schlug wie wild, und ich schaute zu Jenny hinüber. Sie hielt den Daumen hoch.

Ich richtete den Blick aufs Publikum. »Ich weiß, was Sie jetzt alle denken: Eines Tages werde ich da vorne stehen – ich werde es schaffen!« Einige lachten. Gott sei Dank – es wurde gelacht. »Das dachten mein bester Freund und ich immer, wenn wir uns hier Künstlervorträge anhörten. Aber ich kann Ihnen sagen: Es ist keineswegs alles leichter, und man fühlt sich auch nicht unbedingt erfolgreich, wenn man einmal berühmt ist. Weil man es ständig mit irgendwelchem anderen Mist zu tun bekommt. Ich glaube …«

Während ich mit meinem sorgfältig vorbereiteten Vortrag fortfuhr, beruhigte sich mein Herzschlag allmählich.

Die Zeit verging im Nu. Meine Stimme war ruhig und kraftvoll, an den richtigen Stellen wurde gelacht oder ernst geblickt. Danach konnten Fragen gestellt werden, und es machte mir Spaß, sie zu beantworten. Über meine Entwicklung, meine Arbeit zu sprechen.

Auf meine Inspirationsquellen ging ich natürlich nicht ausführlich ein, stellte aber den Bezug zu der »schwelenden Wut von Frauen auf Männer und wie sie von ihnen behandelt werden« her.

Ich genoss es, dass Dan äußerst betreten aussah.

Als alles vorbei war, verbeugte ich mich, während begeistert applaudiert wurde. Der Beifall fühlte sich gut an, und viele Studierende kamen danach zu mir für ein kurzes Gespräch. Ich war liebenswürdig und charmant und alles, was eine Berühmtheit an dieser Stelle sein sollte.

Nach überschwänglichem Dank und Lob von Mercedes und einem angespannten Lächeln von Dan, der mir nicht in die Augen schauen konnte, ging ich zu Jenny und umarmte sie.

»Wie hast du mich gefunden?«

»Haze, wenn ich nicht rausgekriegt hätte, wo in der Kunstakademie von Kingston du einen Vortrag hältst, sollte ich wirklich nicht mehr bei der Polizei sein.« Jenny ergriff meine Hände. »Du warst absolut großartig! So inspirierend und authentisch! Also, ich kann nur sagen: Ich bin total beeindruckt.« Sie sah sich um. »Konnte Fox nicht kommen?«

»Er wurde bei der Arbeit aufgehalten.« Ich hatte nicht mehr aufs Handy geschaut. Aber er würde eine wesentlich bessere Entschuldigung brauchen.

61

»*Nathaniel Cabot arbeitet nicht mehr hier.*« Die Aussage der Rezeptionistin bei der UBS ging mir nicht mehr aus dem Kopf.

Ich saß mit einem Stück Schokoladenkuchen am Küchentisch, ein Glas Rotwein in Reichweite, und wartete darauf, dass es fünf Uhr wurde und ich trinken durfte.

Dann hörte ich, wie die Haustür aufgeschlossen wurde. »Haze? Haze, bist du hier?«

Es war so weit.

Mein Mann kam in die Küche gestürzt und blieb abrupt stehen, als er mich sah. »Es tut mir so leid, dass ich es nicht rechtzeitig geschafft habe. Ich wollte unbedingt da sein für dich.«

Ich bohrte die Gabel in den Kuchen. »Wenn ich dich brauche, hast du verdammt noch mal da zu sein.« Es gelang mir, ruhig zu bleiben.

»Was kann ich tun, um das wiedergutzumachen?«

Ich aß ein Stück Kuchen. »Ich habe dir mein Leben anvertraut. Und Vertrauen ist alles, wenn man solche Dinge macht, wie wir sie getan haben. Ich habe nie daran gezweifelt, dass du für mich da sein wirst, wenn ich dich brauche. Egal wie groß und stark der Mann oder wie spitz das Messer war. Du warst immer da.«

»Natürlich! Und das wird auch immer ...«

»Aber jetzt warst du nicht da. Nicht mal innerhalb von London hast du es geschafft zu erscheinen!« Ich schob den Teller weg. »Ich kann dir nicht mehr vertrauen, ich kann mich nicht auf dich verlassen. Wozu brauche ich dich dann überhaupt noch?«

»Es gab eine große Krise auf der Arbeit, ich konnte beim besten Willen nicht weg!«

Ich atmete tief ein. Meine Trumpfkarte wollte ich nicht ausspielen. Sondern warten, bis er sich so in seinen Lügen verstrickte, dass er auspacken musste.

»Bei der Arbeit aufgehalten? Im Ernst? Damit willst du dich rausreden?«

Ich starrte zu ihm hoch und hoffte, dass es jetzt so weit war. Dass er aufgab und die Wahrheit sagte.

»Das Leben dreht sich nicht nur um dich, Haze! In meinem Leben gibt es auch ziemlich viel Stress! Was ich so alles durchmache, interessiert dich gar nicht, oder?«

Ich ballte die Fäuste. »Ich will dich hier nicht mehr sehen. Wenn du bleibst, kann ich keine Verantwortung für meine Reaktionen mehr übernehmen.« Ich leerte das Glas in einem Zug. Scheiß auf fünf Uhr.

»So ist das jetzt also? Du drohst mir? Und bildest dir ein, ich könnte mich nicht wehren?«

»Willst du das wirklich durchziehen?« Ich sprang so ruckartig auf, dass der Stuhl umkippte. »Dann zeig's mir doch.«

Wir starrten uns an.

Beide konnten wir kämpfen. Beide konnten wir töten. Bei uns lief ein Streit nicht so ab wie bei anderen Paaren.

Ich wappnete mich. Wenn er mich attackieren würde, war ich bereit.

Wir fixierten uns. Fox' Augen wirkten dunkel. Ich überlegte rasch. Mit fünf Schritten konnte ich den Messerblock erreichen, Fox würde sieben brauchen. Aber ich wusste nicht, was er in seinen Taschen hatte.

Er bemerkte, wie ich zum Spaten an der Hintertür linste.

»Du benimmst dich lächerlich«, knurrte er.

»Genau das möchte jede enttäuschte Frau gern hören.« Ich beäugte die Gabel auf dem Küchentisch. »Dass sie an allem schuld ist. Dass sie überreagiert.«

»Ich habe mich entschuldigt!« Er warf die Arme in die Luft, und ich nahm einen seltsamen Geruch wahr. Rauch, wie von einem Brand. Wo hatte Fox sich herumgetrieben?

»Das reicht aber nicht!«, schrie ich.

»Was willst du von mir?«, schrie er zurück.

»Die Wahrheit! Aber mit der willst du nicht herausrücken, oder?« Ich starrte ihn wütend an. Meinen Ehemann. Den Vater meines Kindes. Ich wusste, was jetzt kommen musste, für uns alle.

»Pack eine Tasche und hau ab.«

Ich war mir ziemlich sicher, dass eine Ehe nicht mehr gerettet werden konnte, wenn man seinem Mann erst mal eine Gabel in den Oberschenkel gebohrt hat. Und ich wollte einen Rest Hoffnung für uns bewahren, Bibi zuliebe.

»Na schön. Ich gehe. Nur zu gerne.«

Ich sah ihm nach, als er die Küche verließ.

War es das jetzt? Die weiße Flagge der Kapitulation? Der Anfang vom Ende?

Ich wusste nicht, wo Fox während meines Vortrags gewesen war, aber in einem Konferenzraum sicher nicht. Was verbarg er? Wo war der Mann, den ich geheiratet hatte? Wo war mein kluger mutiger Fox, der mich anbetete und mir freimütig alles erzählte? Ich erinnerte mich noch genau an das Gefühl, wenn wir uns nackt in den Armen hielten, in der beruhigenden Gewissheit, dass es nichts gab, was wir nicht voneinander wussten. Wir gehörten zusammen, und wir gehörten einander. Wir waren eins.

Hatte ich mir das eingebildet? War das alles eine Lüge gewesen?

Vielleicht war Fox nie der richtige Mann für mich gewesen. Vielleicht hatten wir uns beide blenden lassen von unserer Leidenschaft, einer seltenen und außergewöhnlichen Leidenschaft. Vielleicht überdeckte sie alle anderen Gefühle, vielleicht auch die Zweifel, ob wir überhaupt zueinanderpassten. Wir verliebten uns schnell und heftig, ohne den anderen wirklich gut zu kennen.

Damals waren wir verbunden durch unsere Liebe zum Tod. Heute waren wir verbunden durch unsere Liebe zu unserem Kind.

Aber vielleicht war die Ursache der ganzen Misere, dass ich zu viel von Fox erwartet hatte.

Er war schließlich auch nur ein Mann.

Teil 4

AUSZEIT

»Manchmal kann eine kleine Pause voneinander nötig sein.
Eine Auszeit in einem Wellnesshotel vielleicht oder
auf dem Golfplatz. Diese Zeit für dich allein ist wichtig,
damit du dich erholen und darauf besinnen kannst,
wie du deine Ehe verbessern möchtest.
Danach wirst du die Liebe, die dich zu Hause erwartet,
wieder ganz anders wertschätzen können.«

Candice Summers, Nummer-eins-Bestseller-Autorin von *Ehe fürs Leben: Wie man als Paar für immer glücklich und erfüllt bleibt*

»Manchmal brauchst du eben eine verdammte Pause,
damit du ihm nicht den Hals umdrehst.«

Hazel Matthews, Ehefrau

62

Haze

Eine Hitzewelle hatte England fest im Griff. Schon vor neun Uhr morgens war es brütend heiß. Sommer in der Vorstadt war eine Form von Hölle, die ich nie hatte erleben wollen. Als ich zu Jenny fuhr, drehte ich die Klimaanlage im Auto voll auf.

Ich war aus dem Haus gegangen, sobald Fox eintraf. Unsere Kommunikation in den letzten Wochen war auf Absprachen über Bibis Betreuung und seine Anwesenheit im Haus beschränkt, da ich selbiges dann mied.

Mir war noch immer nicht ganz klar, wie es zu dieser Situation hatte kommen können. Und ich wusste auch nicht, was ich eigentlich wollte. Ich wusste lediglich, dass ich nicht weitermachen konnte wie bisher. Fox konnte mich nicht einfach so im Stich lassen, ohne mir einen aufrichtigen Grund dafür zu liefern.

Am Abend vorher hatte es um neun an der Tür geklingelt – der Lieferservice. Der Fahrer hatte mir eine Plastiktüte überreicht und war wieder verschwunden. Als ich hineinspähte, sah ich darin nichts außer einer Flasche Champagner. Während ich diese verständnislos anstarrte, dämmerte es mir. In der Woche zuvor hatte ich mir überlegt, wie ich unser Leben ohne Fox organisieren sollte, und beim Lieferservice den Champagner angeklickt, um den Mindestbestellwert zu erreichen. Später hatte ich dann vergessen, ihn durch die Lebensmittel zu ersetzen, die ich tatsächlich brauchte. Jetzt kam es mir vor, als wollte das Universum mir vor Augen halten, wie ungeeignet ich für solche Lebensumstände war. Bibi hatte zum Frühstück Waffeln aus dem Tiefkühler und ein Glas Apfellimo bekommen.

Ich hielt vor Jennys Haus und klingelte. Sie öffnete im Schlafanzug. Zumindest hoffte ich, dass das nicht ihr normales Outfit war, denn sie trug ein Tanktop mit einem Mottenloch und Shorts mit Ananasmuster. Ich überreichte ihr eine Tüte mit Gebäck.

»Haze! Wofür ist das denn?« Sie spähte in die Tüte.

»Ich weiß, dass heute dein großes Gespräch ansteht. Deshalb wollte ich dir viel Glück wünschen und dafür sorgen, dass du genügend Energie hast.«

Sie drückte die Tüte an ihre Brust. »Ach, wie lieb von dir, Haze. Vielen Dank!«

Jenny war an meinem großen Tag zum Vortrag gekommen, und ich fand, ich sollte auch etwas für sie tun. Außerdem hatte ich ein schlechtes Gewissen, weil sie immer offen und ehrlich zu mir gewesen war, während ich sie oft nach Strich und Faden angelogen hatte. Zumindest konnte ich mich jetzt damit trösten, dass ich ihr die Beweise geliefert hatte, mit denen sie nicht nur vermutlich ihren Job zurückbekommen würde, sondern auch einen bösen Mann für Jahrzehnte hinter Gitter bringen konnte.

»Ich wollte mich ganz auf heute konzentrieren, aber das Zeug mit Bill kommt dauernd dazwischen.«

»Wieso, was ist?«

»Er hat alle Briefe ignoriert, die wir ihm geschickt haben. Oder ›Fick dich‹ draufgekrakelt und sie wieder zurückgeschickt. Die Anwältin sagt, wir müssen ihn verklagen. Es wird jetzt richtig eklig.«

»Glaubt sie denn, dass ihr den Prozess gewinnen könnt?«

»Ja, sie ist sehr zuversichtlich. Meint, bei der Beweislage kann da gar nichts schiefgehen. Und die ständigen verbalen Übergriffe spielen uns natürlich auch in die Karten.«

»Mamaaaaa!«, schrie Felix von drinnen.

»Willst du reinkommen?« Jenny rief über die Schulter: »Bin gleich da!«

»Ich muss zurück. Erzähl mir später, wie's gelaufen ist, ja?«

»Du bist die Erste, die ich anrufe!« Sie drückte mich fest. »Ich bin so froh, dass ich dich kennengelernt habe. Du hast mir so sehr geholfen mit Bill und diesen DVDs von Blaine.« Sie ließ mich los. »Und vor allem hast du mir dabei geholfen, mich wieder wie ich selbst zu fühlen.«

»Ich bin auch sehr froh, dass wir uns kennen.« Ich drückte ihre Schulter und wandte mich ab.

Und zu meinem Erstaunen merkte ich, dass ich das aufrichtig meinte.

Als ich Fox kennenlernte, hatte ich das Gefühl, endlich meinen Platz in der Welt gefunden zu haben – ich war seine Partnerin, und ich war eine Killerin. Bis ich ihn fand, kam es mir vor, als passte ich in keine Schublade, aber zu zweit erschufen wir unsere eigene. Weil es noch jemanden gab, der so wie ich war, verstand ich mich plötzlich selbst. Und wir waren vollkommen im Einklang, bis zuletzt jedenfalls.

Eltern zu werden erschütterte uns von Grund auf, sodass ich mich seither wieder verloren fühlte. Bis ich Jenny begegnet war. Sie hatte mir geholfen, meine Rolle als Mutter zu verstehen. Wir gaben beide unser Bestes, und das war die Hauptsache. Es war langweilig, anstrengend, erfüllend und wundervoll.

Niemals hätte ich all das voraussehen können. Ohne dass es jemals mein Ziel gewesen wäre, hatte ich Jennys Leben verbessert. Ich hatte immer geglaubt, ich sei schädlich für meine Mitmenschen. Hatte geglaubt, ich sei eine Gefahr für alle, die zu viel Zeit mit mir verbrachten.

Aber vielleicht war ich gar nicht verflucht. Vielleicht konnte ich ein gutes Leben führen, konnte Menschen an mich heranlassen, die mich nicht enttäuschen und verletzen oder sterben würden. Vielleicht musste ich nicht mehr mit dieser grauenhaften Angst leben, welches schreckliche Ereignis mich als Nächstes erwartete.

Im Verlauf der letzten Wochen waren Jenny und ich wirklich Freundinnen geworden, obwohl ich sie so oft belogen und überdies dazu gebracht hatte, ihre seelische Gesundheit anzuzweifeln. Jenny war für mich jetzt eine Person, auf die ich mich verlassen konnte. Wenn ich sie brauchte, würde sie für mich da sein. Und ich für sie genauso.

Als ich in mich hineinlächelte, schoss mir ein Gedanke durch den Kopf:

Ich hatte wirklich und wahrhaftig eine Polizistin als Freundin.

63

Als ich nach Hause kam, sprang Würstchen wie wild an mir hoch und leckte mich stürmisch ab. Hund zu sein ist wahrscheinlich kein Vergnügen – nie genau zu wissen, ob der geliebte Mensch für eine Stunde verschwindet oder für immer. Ich küsste sie ausgiebig und schaute ihr nach, als sie durch die Küche in den Garten hinaustrottete, um sich der Suche nach Eichhörnchen zu widmen. Von Hunden könnten wir alle sehr viel lernen; die lassen sich durch die potenzielle Bedrohung, im Stich gelassen zu werden, weder die Laune verderben noch von ihrem Tagewerk abhalten.

Kaum betrat ich die Küche, verflog meine gute Laune. Solange ich Fox nicht zu Gesicht bekam, konnte ich den verheerenden Zustand unserer Beziehung zumindest für kurze Zeit vergessen.

Wenigstens sah er in seinen Chinos und dem Polohemd wieder mehr aus wie er selbst. Aber unrasiert war er noch immer, und dem Grunzen aus dem Wohnzimmer nach zu schließen schaute Bibi dort *Peppa Wutz*. Die streng geregelten Fernsehzeiten schien es auch nicht mehr zu geben.

»Ich möchte dir einiges erklären«, verkündete Fox anstatt einer Begrüßung. »Ich weiß, wie wichtig dir dieser Vortrag war. Nicht nur wegen Matty, sondern wegen der symbolischen Bedeutung. Dass du es trotz deiner schwierigen Lebensgeschichte geschafft hast, dich durchzubeißen und Erfolg zu haben.« Er berührte mich am Arm. »Ich wollte wirklich für dich da sein.«

Ich starrte ihn wortlos an.

»Und es tut mir leid, dass ich so lange gebraucht habe, um dir zu erzählen, weshalb ich nicht da war.«

Ich verschränkte die Arme vor der Brust. »Eine andere Frau, oder? Gib's doch endlich zu.«

Fox riss erschrocken die Augen auf. »Was? Nein! Wie kommst du ... Meinst du Suzanne?«

»Wer zum Teufel ist Suzanne?«, knurrte ich. Wer war dieser Mann eigentlich, und wie viele Geheimnisse hatte er?

»Niemand! Also, ich meine ... Du verstehst das falsch. Lass mich erklären, bitte.« Er holte tief Luft. »Ich bin seit fünf Monaten mit Petra beschäftigt.«

Der Anruf auf seinem Handy. Ich zwang mich, den Blick vom Messerblock auf der Kücheninsel abzuwenden.

»Wer ist sie?«

»Petra ist nicht nur eine Frau. Sondern zweiundvierzig.«

Mir stockte der Atem. »Bist du jetzt völlig durchgedreht? Bist du sexsüchtig oder so? Ist das ...«

»Ein Frauenhaus, das Schutzwohnungen anbietet. Die Organisation, die es betreibt, heißt Petra. Das bedeutet ›Fels‹ auf Griechisch. Wir helfen den Frauen, ihre Resilienz zu stärken, und unterstützen sie bei einem Neuanfang in ihrem Leben.«

»Petra ... ist eine Wohltätigkeitsorganisation«, wiederholte ich langsam.

Fox nickte.

Ich versuchte, ruhig zu atmen und zu verarbeiten, was er mir da gerade offenbart hatte. Einen Gedanken wurde ich dabei nicht mehr los. »Verfolgst du die Männer, die den Frauen Gewalt angetan haben? Und tust ... ihnen Gewalt an?« Hatte er sich heimlich die ganze Zeit ohne mich Racheakte genehmigt? Ein Schlupfloch gefunden, indem er böse Männer nicht tötete, sondern nur übel zurichtete?

»Nein, selbstverständlich nicht! Das würde ich doch niemals ohne dich tun! Ich … unterstütze die Frauen bei ihrer Finanzplanung. Damit sie ihr Leben wieder in den Griff bekommen. Ich bin da ehrenamtlich tätig.«

Nicht als Killer, sondern als Wohltäter also. »Oh.«

»Ich habe den Männern manchmal gedroht, die ihre Frauen und Kinder verfolgt haben. Aber dabei ist es geblieben. Das war einfach effektiver, als die Polizei einzuschalten oder gerichtlich ein Kontaktverbot zu beantragen, das dauert zu lange.«

Mir schwirrte der Kopf. Angeblich ging er nicht fremd und mordete auch nicht heimlich ohne mich – aber angelogen hatte er mich trotzdem.

»Aber wieso um alles in der Welt hast du mir das nicht erzählt?«

»Ich hatte Angst, dass du nicht verstehen würdest, warum ich diese Tätigkeit brauche. Und ich habe mich geschämt, weil ich mit unserem Pakt so große Schwierigkeiten hatte, während du es so gut hinbekommst.«

Ich bemühte mich um ein Pokerface.

Fox fuhr sich durchs Haar. »Mir fehlte nicht nur das Töten, sondern auch das Gefühl, etwas Gutes für die Welt tun zu können.«

Ich verzog das Gesicht. Typisch Mann, immer der Held sein zu wollen. »Aber wieso musstest du ausgerechnet am Tag meines Vortrags da Finanzberatung machen?«

»An dem Tag war unsere alljährliche Spendenveranstaltung, bei der weitere Sponsoren gesucht werden. Es gab viel zu tun, aber ich hatte es so eingerichtet, dass ich rechtzeitig hätte aufbrechen können.«

»Und wieso wurde das nichts?«

»Während der Reden brach der Ehemann einer der Frauen in den Keller ein und steckte das Haus in Brand. Ein Feuer brach aus, es herrschte totales Chaos, und ich habe getan, was ich konnte, um Menschenleben zu retten.« Er zuckte bescheiden mit den Schultern. »Und dann habe ich den Brandstifter auf der anderen Straßenseite entdeckt. Du weißt ja ... wir erkennen solche Typen auf den ersten Blick. Ich bin hingerannt und habe ihn niedergeschlagen. Man musste mich von ihm wegzerren. Dann kam die Polizei, und ich musste auf dem Revier eine Aussage machen. Und man hat mir mein Handy weggenommen.«

Ich runzelte die Stirn. »Du hast meinen Vortrag verpasst, weil du Menschen aus einem brennenden Haus gerettet hast? Waren etwa auch noch ein paar süße Hundebabys dabei?«

»Du glaubst mir nicht?« Fox zog sein Handy heraus und zeigte mir ein verwackeltes Video, in dem ein Mann zu sehen war, der aus einem brennenden Gebäude rannte, eine alte Frau auf den Armen. Er hatte ein geblümtes Tuch übers Gesicht gezogen, aber Fox war unverkennbar.

»Warum hast du mir das an dem Tag nicht gleich gesagt?«

»Weil du so verdammt wütend warst! Da konnte ich dir doch nicht auch noch erzählen, dass ich dich nicht unterstützt habe, weil ich anderen Leuten geholfen habe! Und ich dachte, du akzeptierst es vielleicht leichter, wenn es etwas mit meinem Job zu tun hatte. Den ich ja brauche, um die Familie zu ernähren.«

»Hast du wirklich so eine schlechte Meinung von mir?« Fox hatte meine Selbstbezogenheit bislang immer verständnisvoll toleriert, weil er wusste, dass sie aus meiner Vergangenheit rührte – ich musste mich selbst vornan stellen, weil niemand anderes es getan hatte. Aber jetzt rückte er das plötzlich in ein negatives Licht.

»Ich wollte warten, bis du dich beruhigt hast, und dir dann alles in Ruhe erklären. Aber in der Zwischenzeit war alles eskaliert.«

»Du hast also nicht nur gelogen, was diesen Tag angeht, sondern du lügst mich schon seit Monaten an?«

Fox seufzte. »Siehst du? Ich wusste, dass sich dieses Gespräch so entwickeln würde.«

»Aber warum hast du dich entschlossen, jetzt mit der Wahrheit rauszurücken?«

»Wegen unserer Ehe. Schau dir doch nur an, was aus uns geworden ist! Ich sitze allein in einem Hotelzimmer und schmore in der Hölle, während du dir spätabends Champagner liefern lässt und Party machst!«

Ich hatte vergessen, dass er die Benachrichtigungen vom Lieferservice auch bekam. Und empfand eine gewisse Genugtuung, dass mein mangelndes Organisationsgeschick ihm eine schlaflose Nacht bereitet hatte.

Fox schaute auf den Tisch. »Alles, was ich getan habe, ist mit bester Absicht passiert. Petra war Teil meiner Strategie, mit dem Verzicht aufs Morden klarzukommen.«

»Denkst du nicht, das hätte mir auch geholfen? Zu wissen, dass du all das hier« – ich wies auf unsere schimmernde Edelküche, unser vermeintlich perfektes bürgerliches Leben – »auch schwierig findest?«

»Aber ich war ja derjenige, der uns den Pakt aufgezwungen hat! Ich wusste, dass du nicht aufhören wolltest. Und genau deshalb wollte ich nicht, dass du von meinen Problemen damit erfährst.« Er biss sich auf die Lippe. »Ich musste auch noch alles Mögliche andere machen, damit ich bei der Stange blieb.«

»Was denn?«

»Pokern. Um viel zu viel Geld.« Er zuckte mit den Schultern. »Ich bin ziemlich gut. Hab dreihunderttausend gewonnen. Ohne Probleme, bis ich einmal ein paar Schlägern in die Hände gefallen bin. Gangster sind anscheinend schlechte Verlierer.«

Der Bluterguss im Gesicht. Der angebliche Fahrradunfall.

Der andere Frauenname ließ mir keine Ruhe. »Und wer ist Suzanne?«

Er seufzte wieder. »Eine Kollegin bei der UBS. Sie ist Amerikanerin, und ihre Eltern sind mit meinen Eltern befreundet. Die haben Suzanne beauftragt, mich auszuspionieren und in Schwierigkeiten zu bringen. Erst vor Kurzem ist mir eingefallen, dass wir uns vor

Jahren schon einmal begegnet sind. Und da ist mir alles klar geworden.«

»Und wieso hast du mir auch das nicht erzählt?«

»Weil ich dich schützen wollte! Ich wollte dich nicht mit dem ganzen wüsten Zeug belasten, das meine Eltern veranstalten.«

Ich schüttelte den Kopf. »Du hättest ehrlich sein müssen. Und mir das alles sagen.«

Ein Schweigen trat ein, ich unterbrach es vorerst nicht.

Dann fixierte ich Fox und fragte: »Gibt es sonst noch irgendwas?«

Er holte tief Luft. »Der Mann im Scott's. Den kenne ich von den Treffen der Anonymen Alkoholiker. Die unterstützen Leute ja dabei, vom Alkohol wegzukommen. Und da dachte ich, das kann vielleicht auch bei einer anderen Sucht helfen.«

Ich war nicht in der Position, ihn dafür zu verurteilen. Er hatte sich allerhand einfallen lassen, um mit dem Mordentzug klarzukommen. Ich nicht. Und ich wusste ja, wozu das geführt hatte.

Petra. Suzanne. Diese Geheimnisse waren offengelegt. Ich hatte ihm das Schlimmste unterstellt, und er konnte alles erklären.

Er lächelte matt. »Können wir bitte versuchen, alles wieder hinzubiegen? Wie wäre es, wenn wir uns eine kleine Auszeit gönnen? Eine Nacht an einem anderen Ort? Damit wir in Ruhe reden können?«

Ich wusste nicht mehr, was ich empfinden sollte. Alles vor ihm zu verbergen war einfacher gewesen, als ich noch dachte, er hätte es nicht anders verdient, weil er mich betrog.

»Ich habe ein wunderschönes Hideaway gefunden, nur eine Stunde Fahrt von hier entfernt. Es wäre frei, und Helga könnte heute hier übernachten und im Gästezimmer schlafen.«

»Weiß nicht. Kommt mir sehr anstrengend vor. Ich …«

Er runzelte die Stirn. »Findest du es nicht wichtig, dass wir uns Zeit für unsere Ehe nehmen? Für Bibi?«

Ich überlegte kurz. »Doch, Liebling, natürlich finde ich das wichtig.«

»Schön!« Fox bemühte sich um ein Lächeln. »Ich bin sicher, das wird Wunder wirken.«

Er hatte recht. Wir mussten einen Neuanfang versuchen. Ich war nur noch nicht überzeugt davon, dass eine kurze Auszeit die Nähe zwischen uns wiederherstellen konnte.

64

Ich aß mit Bibi auswärts zu Mittag – dass ich nicht kochte, war eine Wohltat für uns beide. Während wir beide uns über die Pasta hermachten, versuchte ich, nicht daran zu denken, dass ich zum ersten Mal eine Nacht von ihr getrennt sein würde. Nach dem Essen gingen wir im Park spazieren und fütterten die Enten. Würstchen war stinksauer, weil sie Futter bekamen, das sie selbst gern gefressen hätte, und bellte wütend abwechselnd die Enten und uns an. Bibi lachte sich kringelig darüber, und ich musste daran denken, dass es immer entspannter wurde, mit Bibi Zeit zu verbringen. Sie hatte auch schon seit Wochen nicht mehr in die Hose gemacht.

Ich trug Shorts und ein hochgebundenes T-Shirt, aber sogar das war bei der Hitze lästig. Zur Erfrischung kaufte ich uns beiden ein Eis am Stiel. Die Schwüle war unerträglich. Ein Wetter für Schwimmbäder, Cocktails und Klimaanlage – nicht für ein Freizeitprogramm mit einem quirligen Kleinkind.

Als wir vom Spielplatz zurückbummelten, hatte ich das Gefühl, dass uns jemand folgte, und sah zweimal einen massigen Mann mit einer roten Basecap. Beobachtete der uns etwa?

Waren meine Sinne immer noch auf potenzielle Bedrohungen programmiert? Oder war ich einfach paranoid?

Ich drehte mich kurz um und sah, wie der Typ hinter einem Baum verschwand. Suchte wahrscheinlich einen Ort zum Pinkeln. Ich sollte mich jetzt endlich mal entspannen.

Mein Handy klingelte. Jenny. Ich ging rasch ran.

»Mein Gespräch ist super gelaufen!« Sie klang atemlos. »Ich bin gerade auf dem Rückweg zum Auto.«

»Das freut mich riesig für dich. Meinst du, du kriegst deine Stelle zurück?«

»Das erfahre ich innerhalb der nächsten zwei Wochen. Aber ich hab ein gutes Gefühl.«

»Wie haben sie auf die Blaine-DVDs reagiert?«

»Na ja, es gab aufgeregtes Gerede von wegen Beweismittelkette und dass man die Authentizität prüfen müsste. Aber ich weiß genau, dass die den Kerl unbedingt schnappen wollen.«

Ich hörte das laute Klacken, als sie ihr Auto entriegelte.

»Selbst wenn sie die Filme vor Gericht nicht nutzen können«, fügte Jenny hinzu, »kann man sie einsetzen, um ihn dranzukriegen. Zum Beispiel als Druckmittel, damit ihn jemand verpfeift.«

Ich lächelte in mich hinein. Das war zwar nicht ganz so befriedigend, wie Blaine die Kehle durchzuschneiden, aber dass er im Knast versauern würde, fühlte sich auch ganz gut an. Jede Form von Bestrafung war besser, als dass der weiterhin frei herumlief und Frauen etwas antat. »Das klingt alles echt gut.«

»Ich werde meinen Job wiederkriegen, mir von diesem Arschloch mein Geld zurückholen und dann aus dem Haus meiner Eltern ausziehen. Du hast mir so geholfen, Haze!«

Als es den Anschein hatte, dass Jenny uns auf den Fersen war, wäre es eine überstürzte, aber nicht abwegige Reaktion gewesen, sie umzubringen. Doch mit ein bisschen Nachdenken, ausgetüftelter Planung und genialer Schauspielkunst meinerseits hatte ich das Problem gelöst, bevor es bedrohlich werden konnte.

So eine Nummer hätte nicht mal Fox durchziehen können. Falls er mir wieder einmal Leichtsinn und mangelndes Organisationstalent vorhalten würde, würde ich mich eisern beherrschen müssen, um ihm nicht meine brillante Strategie der letzten Wochen im Detail zu schildern. Ich hatte eine gewaltfreie Lösung ersonnen und zudem nach langer Zeit eine schöne Freundschaft geschlossen.

Helga packte in der Küche Einkaufstüten aus. Ihr war aufgefallen, dass in den Vorratsschränken Ebbe herrschte. Ich hätte sie küssen können.

»Vielen Dank, Helga.«

»Es wird Gewitter geben«, sagte sie mit regloser Miene, in der Hand eine Flasche Spülmittel.

»Ach so, ja. Ich habe den Wetterbericht gesehen. In einer Stunde fahre ich los, ich geh mal rasch packen.«

»Wann wollen Sie morgen wieder hier sein?«

»Wir kommen um die Mittagszeit zurück, denke ich. Die Unterkunft ist nicht weit entfernt.« Fox hatte geschrieben, dass wir uns dort treffen würden, und mir die Details geschickt. Es war ein modernes Ferienhaus, offenbar im Wald, das so makellos aussah, dass es fast irreal wirkte.

»Ach, Sie fahren dort zusammen hin?«, fragte Helga.

»Ja.«

Sie nickte. »Okay. Hatte ich nicht gewusst, dass Sie beide dasselbe Ziel haben.« Wir hatten uns zwar bemüht, unsere Eheprobleme vor Helga zu verbergen, aber sie waren wohl kaum zu übersehen. »Er ist gerade weggefahren. Hat gesagt, wir sehen uns morgen.«

Ich runzelte die Stirn. Fox war hier gewesen, ohne es mir zu sagen? Aber es war schließlich auch sein Haus. Vielleicht hatte er etwas gebraucht.

Im Schlafzimmer öffnete ich meine kleine Louis-Vuitton-Reisetasche. Dabei erinnerte ich mich an die Zeiten, in denen sie in ganz Europa unterwegs gewesen war, gefüllt mit High Heels, Sommerkleidern und Seidennegligés. Sie hatte mich auch in die Klinik begleitet, in der Bibi zur Welt kam – damals allerdings enthielt sie Stilleinlagen, Brustwarzensalbe und Binden.

Ich entschied mich für ein schwarzes Baumwollkleid und Sandalen, es war einfach zu heiß für High Heels – eigentlich zu heiß für alles. Als ich meinen Waschbeutel und Unterhosen einpackte, hielt ich inne und starrte auf die Tasche. Versuchte Fox aufrichtig, unsere Beziehung zu kitten? War er wahrhaftig mit allen Geheimnissen herausgerückt? Warum er nicht mehr bei der UBS arbeitete, hatte er auch noch nicht erklärt.

Ich musste wieder an die Leiter denken, die mich um ein Haar getroffen hätte.

Kurz entschlossen nahm ich mein Lieblingsmesser aus der Schublade im Nachttisch und steckte es in die Tasche. Für die Sicherheit war nun gesorgt – was also sollte ich noch mitnehmen zu einer romantischen Auszeit mit einem Ehemann, dessen Absichten mir durchaus fragwürdig erschienen?

Ich ging nach unten in Fox' Arbeitszimmer, das ich normalerweise nicht betrat. Er hielt sich selbst kaum dort auf. Es war einfach ein großer Raum, in dem sein Laptop und sein Aktenkoffer aufbewahrt wurden. In den Regalen standen jede Menge Bücher, die er nie gelesen hatte. Ich marschierte zu einer Ecke, in der ein kleiner Aktenschrank stand, schob ihn zur Seite und drückte auf eine Bodendiele, die sich bewegen ließ. Mit dem Brieföffner von Fox' Schreibtisch hebelte ich sie auf. In der Kuhle darunter befand sich eine Sicherheitskassette, die ich herausnahm. Als ich den Zahlencode eingab, ging sie auf. In dieser Kassette bewahrten wir unsere gefälschten Pässe auf. Ich kippte den Inhalt auf den Boden. Etwas fehlte.

Die verschlüsselte externe Festplatte.

Auf der alle unsere Geheimnisse gespeichert waren. Die Tabelle, die Fox angelegt hatte. Wann wir uns wo aufgehalten hatten, wen wir wie getötet hatten, welche Tarnung wir benutzt hatten, mit welchen Pässen wir eingereist waren.

Diese Festplatte befand sich immer in dieser Kassette. Hatte Fox sie versteckt, weil er glaubte, ich könnte sie als Druckmittel benutzen? Druckmittel. Beweise. Mir wurde flau im Magen. Er würde doch wohl nicht ... oder doch?

Ich rannte nach oben in mein Atelier. Das Bild, an dem ich gerade arbeitete, hatte ich unter einem alten Bettlaken in der Ecke verborgen.

Sobald ich hereinkam, sah ich, dass es verschwunden war.

Fox wusste es.

Er wusste alles.

Er war nie damit einverstanden gewesen, dass ich Blut, Haare, Fasern oder anderes von unseren Opfern in meine Bilder integrierte. Und ich hatte seit jeher eingewandt, es sei so unwahrscheinlich, dass man uns auf die Schliche kommen würde – und noch unwahrscheinlicher, dass jemand meine Gemälde untersuchen würde –, dass sich diese Form von Inspiration für mich auszahlte. Die Materialien waren so wichtig für meine Kreativität, dass sie nicht selten zum zentralen Element des Bilds wurden.

So war auch aus dem Stofffetzen vom T-Shirt des Typen aus dem Park ein schwarzes Herz geworden, das ich in die Mitte der Leinwand geklebt hatte.

Fox hatte das Gemälde. Einen Beweis für den Mord. Würde er mich damit konfrontieren? Oder es der Polizei übergeben und mich ausliefern?

Warum jetzt also diese Farce mit der Auszeit? War das eine Falle?

Er hatte meine Wut über seine Unehrlichkeit und Geheimniskrämerei ertragen, dabei aber bereits gewusst, dass ich einen noch viel schlimmeren Verrat begangen hatte. Wollte er uns retten oder mich töten? Das würde er Bibi doch wohl nicht antun?

Ich hatte uns alle in Gefahr gebracht. Sein Vertrauen missbraucht. Was er auch geplant hatte – verwöhnen wollte er mich ganz sicher nicht.

Ich versuchte, ihn anzurufen. Mailbox.

Mir blieb nur übrig, unsere Pläne durchzuziehen. Und mir dabei nicht anmerken zu lassen, dass ich Bescheid wusste.

Ich packte meine restlichen Sachen und ging runter in die Küche, wo Helga selbst gemachte Fischstäbchen zubereitete. Bibi durfte mithelfen und trug eine kleine Schürze und eine Kochmütze. Sie sah bezaubernd aus.

»Guck, Mama!« Sie zeigte auf den panierten Fisch. »Nich aus Packung!«

»Wow! Das machst du toll!« Ich nahm sie auf den Arm, küsste sie und drückte sie an mich.

»Mamaaaa.« Bibi zappelte und wollte runtergelassen werden, aber ich hielt sie fest.

»Zum ersten Mal weggehen ist nicht leicht.« Helga nickte und hielt einen Pfannenwender hoch. »Aber machen Sie sich keine Sorgen. Bibi ist in guten Händen.«

Ich setzte sie behutsam ab. »Ich hab dich ganz doll lieb, Süße. Das weißt du, oder?«

Bibi grinste mich an. »Hab dich auch lieb, Mama.«

65

Ich fuhr schnell. Zu schnell. In unter fünfzig Minuten hatte ich das Ferienhaus erreicht.

Eine lange Zufahrt führte zu dem Haus hinunter. Der moderne weiße Bungalow hatte auf den Fotos eindrucksvoll ausgesehen, in der Realität wirkte er jedoch überschattet von all den hohen Bäumen ringsum. Wie naiv von mir, diese Entlegenheit romantisch zu finden – sie war eher besorgniserregend.

Ich hielt vor der Haustür und gab den Garagencode, den Fox geschickt hatte, auf der Tastatur ein. Nichts tat sich. Ich versuchte es noch einmal. Die Tasten klemmten. Ich checkte den Code und gab ihn erneut ein. Endlich öffnete sich das breite Tor. Ich fuhr in die Garage, wo sofort das Licht anging, und schaute auf meine Uhr. Fox müsste jeden Moment kommen, es lohnte sich nicht, das Tor wieder zu schließen.

In der Garage nahm ich den Schlüssel aus dem Safe und ging ins Haus.

Sobald ich es betrat, verstand ich, warum Fox es ausgesucht hatte. Es war einer der Orte, an denen wir gerne gelebt hätten, bevor wir Bibi bekamen. Betonboden. Rundum verglast. Modernste technische Ausstattung. Große Couch vor einer Leinwand, die man per Knopfdruck ausfahren konnte. Geräumiges Schlafzimmer mit Aussicht auf eine Blumenwiese an einem natürlichen Teich.

Die Küche war von der Sorte, in der man nach dem Sex barfuß, mit zerzausten Haaren und in einem seiner Hemden herumtappte. Ich warf einen raschen Blick in die Schränke. Kein Essen, nicht einmal Wein. Was zum Teufel hatte Fox vor? Sollte hier eine romantische Versöhnung oder ein gnadenloses Verhör stattfinden?

Die Zeichen waren ziemlich uneindeutig.

Ich schaute auf meine Uhr. 18:30. Er kam zu spät, hätte längst hier sein sollen.

Ich rief ihn an. Er meldete sich nicht.

Um acht Uhr immer noch keine Spur von ihm. Mir knurrte der Magen. War das Teil seines Plans? Mich in einem Haus verhungern zu lassen, in dem es nichts zu essen gab?

Er wusste doch genau, wie übellaunig ich wurde, wenn ich unterzuckert war.

Ich rief wieder an. Diesmal ging er dran.

»Hallo? Fox?«

Die Verbindung war schlecht, ich konnte ihn kaum verstehen. Murmeln, dann: »Ich treff dich dort … grade schwierig … okay?«

»Fox? Wo bist du?«

Die Leitung war tot.

Dann bekam ich eine Nachricht mit einer Standortangabe.

Ich sollte ihn mitten in einem Wald treffen, eine halbe Stunde Fahrt von hier. Da gab es wohl kein hübsches Restaurant für ein romantisches Dinner. Sah eher nach einem Ort aus, an dem man eine Leiche versteckt.

War das die Überraschung? Dass er mich umbringen wollte? Und einen geeigneten Ort dafür ausgesucht hatte?

Ich verwarf den Gedanken.

Es ging hier schließlich um den Vater meines Kindes. Meinen Mann. Wenn er mich umbringen wollte, brauchte er mich dafür nicht in irgendeine Einöde zu locken.

Ja, er wusste, dass ich heimlich einen Mann getötet hatte. Und ja, er besaß Beweise, die er der Polizei übergeben konnte. Aber Fox liebte mich. Er würde doch wohl Gnade vor Recht ergehen lassen, oder?

Ich dachte an den Fox mit den zerzausten Haaren und dem Dreitagebart. Den ungezähmten Fox. Kannte ich diese Version von ihm überhaupt? Wozu war er imstande?

Ich schaute auf meinen Ehering, einen breiten Diamantring mit Rubinen. Meinen Verlobungsring trug ich nicht gern, weil der Rubin so riesig war (ja, ich weiß schon, Jammern auf hohem Niveau), deshalb hatte Fox darauf bestanden, dass mein Ehering etwas ganz Besonderes sein sollte. Ich dachte an den Tag zurück, als wir ihn ausgesucht hatten. Fox betrachtete mit einer Lupe die einzelnen Steine. »Juwelen für mein Juwel«, sagte er dann und grinste breit.

Wenn es ums Wesentliche ging und man den ganzen Alltagsmist wegließ, wusste ich mit hundertprozentiger Sicherheit, dass Fox mich liebte. Und trotz all dem Scheiß, der uns seit Monaten plagte, liebte auch ich Fox, selbst wenn ich ihn manchmal hasste. Wir waren unzertrennlich.

Er würde mir bestimmt einige unbequeme Fragen stellen, und es würde allerlei Geschrei geben, aber damit konnte ich umgehen. Wir beide wussten, dass ein ernsthaftes Gespräch über unsere Zukunft längst überfällig war. Wir mussten jetzt ehrlich und offen sein und schauen, wie es mit uns weitergehen konnte.

Ich würde das schaffen. Ich würde mich ihm stellen.

Er war mein Mann.

Und ich war eine starke unabhängige Frau.

Mit einem Messer.

66

Meine Reisetasche stand immer noch auf der Wohnzimmercouch. Ich hatte ursprünglich vorgehabt, mich umzuziehen. Aber da mein Mann es nicht für nötig befand, mich darüber aufzuklären, was er eigentlich geplant hatte, durfte er jetzt auch mit den leicht verschwitzten Sachen vorliebnehmen, die ich schon den ganzen Tag trug. Die Hitze war drückend, die typische Schwüle vor einem Gewitter. Ich steckte mein Messer hinten in meine Shorts und nahm meine Handtasche.

Als ich die Garage betrat, schlug mir jemand so heftig seitlich an den Kopf, dass die Tasche quer durch den Raum flog. Ich stürzte nach hinten, prallte auf einen harten Gegenstand. Ein Mann mit roter Basecap kam in Sicht.

Der Typ, der Bibi und mir im Park gefolgt war.

»Du Scheißschlampe!«, brüllte er.

Keine Ahnung, wer der war.

Ich blinzelte. Meine Schläfe pochte, und ich betastete meine Wange. Sie blutete. Rechter Hand stand ein Werkzeugkasten, ich hatte mich an der Kante verletzt. Vertrauter Eisengeschmack füllte meinen Mund. Ein Zahn fühlte sich wacklig an.

»Halt dich aus meinem Leben raus!« Er riss sich die Cap vom Kopf und feuerte sie auf den Boden.

Ich blinzelte erneut. Der Typ war klein, hatte schütteres dunkles Haar und kam mir irgendwie bekannt vor.

Er zog seine Hose hoch.

Bingo.

Der Exhibitionist.

Bill.

Jennys Ex.

»Freut mich, Sie kennenzulernen, Bill. Sie scheinen ein besonders reizender Mensch zu sein.« Ich grinste. Das Pochen ließ nach, jetzt packte mich die Wut. Wie konnte es dieser Kerl wagen, mich zu stalken und zu überfallen? Und wieso hatte ich ihn nicht bemerkt?

»Halt bloß die Schnauze. Diese ganze Anwaltscheiße – die hast du mir eingebrockt, oder?«

Ich setzte mich auf, die rechte Hand hinterm Rücken, wo ich zu meiner Beruhigung mein Messer spürte.

»Nein, Bill. Jenny hat einfach gemerkt, dass sie es ihrem Sohn schuldig ist, seinen perversen Loser-Vater zur Kasse zu bitten.«

Er stürzte sich auf mich, als ich auf die Füße kam, und presste mir die Kehle zu. Seine Augen traten hervor, sein Gesicht lief rot an. Was für ein erbärmlicher Typ, der sich exhibitionieren und andere misshandeln musste, um sich geil zu fühlen. Ich drückte meine Daumen in seine Augenhöhlen. Alex wäre stolz auf mich gewesen. Bill schrie auf, und ich rammte ihm das Knie in die Eier. Und dann gleich noch den Ellbogen in den Rücken, als der Kerl sich krümmte. Worauf er wie ein nasser Sack zu Boden ging. Ich trat ihn noch zweimal. Das war also der Arsch, der meine beste Freundin misshandelt hatte. Der hätte noch viel Schlimmeres verdient als die paar Beulen und Blutergüsse, die er am nächsten Morgen haben würde. Ich hätte ihn mühelos kaltmachen können. Aber er war immerhin Felix' Dad, deshalb hatte ich doch Skrupel.

»Bleib liegen«, befahl ich und trat zu meinem Wagen, um im Außenspiegel meine Wange zu inspizieren. Das fehlte jetzt gerade noch: dass ich mit Kampfblessuren bei Fox erschien.

Ich hörte ein Geräusch hinter mir, zog mein Messer heraus und fuhr herum. Bill stürmte mit einem erhobenen Hammer auf mich zu – und lief direkt in mein Messer, das er nicht bemerkt hatte. Verblüfft blickte er nach unten, riss die Augen auf. Ließ den Hammer fallen und taumelte rückwärts, die Hände auf den Magen gepresst. Das Blut floss jetzt heftig, schnell. Die Klinge musste die Bauchschlagader durchtrennt haben. Er war plötzlich sehr bleich, blieb aber auf den Beinen. Stand unter Schock.

Was sollte ich tun? Meine Gedanken rasten.

»*Rette ihn*«, schrie die Stimme, die am lautesten war.

Ich musste die Blutung stoppen. Er durfte nicht sterben. Nicht hier und nicht durch mich.

Ich ließ mein Messer fallen, hörte es klirrend auf den Boden aufschlagen. Nahm rasch die Autoschlüssel aus meiner Handtasche und öffnete den Kofferraum. Darin lagen Bibis Schwimmsachen in einer Stofftasche. Ich zog das rosa Einhornhandtuch heraus und drehte mich zu Bill um.

»Ich wollte … ich …« Er fiel an mir vorbei nach vorne, halb in den Kofferraum.

Scheiße.

Ich fühlte den Puls am Hals. Nichts.

Ich hatte ihn umgebracht.

Aus Versehen.

Und war spät dran zum Treffen mit Fox. Der garantiert bereits fuchsteufelswild war, weil ich einen Mann getötet hatte. Und soeben einen weiteren.

Hastig sah ich mich in der Garage um. Ich musste hier alle Spuren beseitigen, und zwar im Eiltempo. Das Haus war zwar abgelegen, dennoch konnte unerwartet jemand hier auftauchen.

Ich packte Bills Beine, schob ihn in den Kofferraum und schlug den Deckel zu. Blut war aufs Nummernschild getropft, ich wischte es mit dem Handtuch ab.

Er ist mir direkt ins Messer gelaufen. Und dann in den Kofferraum gefallen.

Das würde mir wohl niemand abkaufen.

Inzwischen war es fast neun. Ich schrieb Fox: »*Spät dran. Soll ich trotzdem noch kommen?*«

Dann beäugte ich den Boden der Garage. Überall Blutspuren.

Die Mietkaution würden wir bestimmt nicht zurückkriegen, wenn es hier so aussah. Ich entfernte die Flecken mit dem Handtuch so gut es ging.

Wo gab es hier Putzmittel?

Schneller Blick auf mein Handy: keine Antwort von Fox. Der konnte mich mal. Wieso arrangierte er eine Auszeit, um unsere Ehe wieder auf Kurs zu bringen, und tauchte dann nicht mal auf?

Ich schaute auf das blutverschmierte Handtuch. Mein Benehmen konnte zwar auch nicht gerade als vorbildlich gelten, aber das hier war wirklich nicht meine Schuld.

67

Bis ich sämtliche Rückstände von Bill in der Garage beseitigt hatte, war es schon fast 23:00 Uhr. Ich war so gründlich zu Werke gegangen, dass bestimmt nicht mal dieses raffinierte Leuchtspray von der Spurensicherung Blutreste sichtbar machen konnte. Jedenfalls war ich jetzt schweißgebadet.

Mein Auto war durch das Blut ruiniert, das ließ sich nicht ändern. Und was ich mit der Leiche machen sollte, wusste ich auch nicht. Ich würde mir später einen Plan einfallen lassen müssen. Hätten Fox und ich nur nicht diese Konflikte ... Seine Hilfe hätte ich jetzt wirklich gut gebrauchen können.

Scheiße.

Fox.

Wegen der fieberhaften Putzaktion hatte ich das Treffen völlig vergessen.

Ich checkte mein Handy. »*Du musst sofort herkommen*«, hatte er vor einer Stunde geschrieben. Ich antwortete, ich sei unterwegs.

Ich trat aus der Garage und sah mich um. Es war inzwischen dunkel, die Strahler am Haus beleuchteten die hohen Bäume. Als ich etwas glitzern sah, trat ich näher. Ein Fahrrad lehnte an einem Baum. Auf diese Art war Bill also hierhergekommen, ohne dass ich ihn gehört hatte.

Ich stieg in meinen Range Rover und fuhr aus der Garage. Neben dem Rad hielt ich an und warf es in den Kofferraum, auf seinen toten Besitzer.

Jetzt wies wirklich nichts mehr darauf hin, dass Bill hier gewesen war. Ich atmete tief durch und stieg wieder ein.

Während der Fahrt hatte ich Zeit, mir zu überlegen, wie ich Fox die ganze Geschichte unterbreiten würde. Das musste er doch verstehen, oder? Ich wurde von einem wütenden Mann angegriffen. Notwehr.

Ein zweites Mal.

Der Standort, den er mir geschickt hatte, befand sich mitten in den Bisham Woods. Ein vollkommen normaler Ort, um dort um Mitternacht seine Liebste zu treffen. Mein Messer, säuberlich gereinigt von Bills Blut, steckte wieder in meinen Shorts.

68

Als ich mich den Wegweisern am Eingang zum Naturschutzgebiet näherte, pingte mein Handy.

»Schilder nicht beachten. Fahr direkt zum Pin.«

Na dann.

Ich fuhr an der Abzweigung zum Parkplatz vorbei und folgte der Stecknadel bis zu einem Feldweg, an dem die Sperre mit der Aufschrift »Kein Zutritt« zur Seite geschoben war. Nur noch ein Kilometer bis zum Ziel.

Nirgendwo hatte ich ein anderes Auto gesehen, meine Scheinwerfer waren die einzige Lichtquelle.

Jetzt musste ich scharf links abbiegen und quer über eine Wiese. Was dahinter lag, konnte ich nicht erkennen, aber wenn Fox sich dort treffen wollte, musste ich mich wohl oder übel überraschen lassen.

Als ich durch eine Senke fuhr, hörte ich das Klappern des Fahrrads im Kofferraum.

Nach ein paar Minuten kamen Scheinwerfer in Sicht, daneben erkannte ich die Silhouette eines Mannes.

Mein Fox.

Ich hielt ein paar Meter vor ihm an, mein Wagen beleuchtete nun auch die Grasfläche zwischen uns. Unsere Bühne. Bereit für den großen Auftritt.

Ich stellte den Motor ab und stieg aus. »Hi, Schatz. Was zur Hölle machst du hier?«

Fox trat ins Licht. Er hatte ein Messer in der Hand.

Nein.

Wollte er das wirklich so durchziehen? Und nicht einmal den Versuch machen, sich zivilisiert zu benehmen?

Ich zückte ebenfalls mein Messer.

Dann standen wir beide da und starrten uns an.

Fox' Lippe blutete, seine Haare sahen wirr aus. Was zum Teufel war passiert? Mit wem hatte er gekämpft?

Der Wind wurde heftiger. Das Gewitter nahte, bald würde es losbrechen.

»Wo hast du gesteckt? Hast du mich etwa aufgegeben?« Fox funkelte mich wütend an. »Willst du, dass es so endet?«

»Nein! Tut mir leid, dass ich dich angelogen habe.«

»Erzähl mir von dem Mann, den du im Alleingang getötet hast.« Fox fuhr sich durchs Haar. »Obwohl du wusstest, wie wahnsinnig wichtig mir unser Pakt war!«

»Es war nicht meine Schuld! Ich musste mich wehren! Er hat mich überfallen!«

Fox verdrehte die Augen, warf die Arme in die Luft. »Weil du das wolltest!«, schrie er. »Das war eine Ausrede! Weil du dich nicht an die Abmachung halten konntest, dass wir Bibi unter allen Umständen schützen wollen!«

Ich tigerte auf und ab, das lange Gras kitzelte an meinen Beinen. »Ich habe alles geregelt. Niemand wird je davon erfahren.«

»Ja, weil *ich* dafür gesorgt habe!«

Ich blieb stehen und starrte ihn an. »Was redest du da?«

Er trat einen Schritt auf mich zu.

Ich hob mein Messer an. »Was soll das heißen?«

»Du warst schlampig.« Fox runzelte finster die Stirn. »Hast einen AirPod am Tatort verloren. Und hast nach dem gleichen Muster zugestochen wie immer. Du hast nicht einmal den *Versuch* gemacht, das zu variieren.«

»Wie bist du dahintergekommen?«

»Glaubst du vielleicht, ich erkenne den Rauschzustand nicht, den du nach dem Morden immer hast? Und dann der plötzliche Wunsch nach Sex? Denkst du, ich wüsste nicht mehr, wie erregt du warst, wenn wir jemanden umgebracht haben?« Er schüttelte den Kopf. »Ich habe nicht lang gebraucht, um die Leiche zu finden und dein Chaos zu beseitigen.«

»Aber wieso hast du mich nicht danach gefragt?«

»Ich wusste doch nicht, was du vorhast! Ich dachte, du wolltest mich verlassen!« Seine Stimme brach. »Du warst dauernd so fertig, dass ich dachte, du wärst depressiv. Und hättest genug von mir.«

»Wie konntest du so etwas nur denken?«

»Überleg doch mal, Haze. Erinnere dich, wie es um unsere Ehe stand.«

Mir war schon bewusst, dass ich keinen Hehl aus meiner schlechten Laune und meiner Frustration gemacht hatte. Aber ich war davon ausgegangen, dass Fox mein Temperament kannte und das nicht so ernst nehmen würde.

»Ich wusste einfach nicht«, sagte er, »ob du dich sozusagen selbstständig machen wolltest. Ob du den Mann gekillt hast, um auszuprobieren, ob du auch ohne mich klarkommst.«

Ich schüttelte den Kopf. »Nein, nein. Ich habe nur einen Moment die Beherrschung verloren, das war alles.«

Fox zuckte mit den Schultern. »Ich habe dir nichts davon gesagt, um dich in dem Glauben zu lassen, dass du es ohne mich schaffen kannst. Und um dir zu beweisen, dass genau dem eben nicht so ist.«

Das war seine große romantische Geste. Und eine verzweifelte obendrein. Um mich davon zu überzeugen, dass ich ihn nicht verlassen sollte.

»Wenn es wirklich ein Missgeschick war«, fragte er, »warum hast du dann nicht mit mir darüber gesprochen? Du hättest doch einfach sagen können: ›Tut mir leid, Schatz, ich hab was verbockt.

Lass uns gemeinsam schauen, wie wir das wieder geradebiegen. Als Team.‹«

Er hatte recht. Ich hätte ihn einweihen sollen.

»Ich hab Panik bekommen«, gestand ich. »Ich wusste, dass ich Scheiße gebaut hatte, dachte aber, dass ich es allein wiedergutmachen kann. Um uns zu schützen.«

Fox lachte freudlos. »Und du glaubst wirklich, dass du einfach Glück gehabt hast? Dass die Polizei von sich aus einen Wohnungslosen verdächtigt hat? Dass es praktischerweise einen Zeugen gab, der ihn bei einer Prügelei mit einem anderen Mann beobachtete? Dass es aus heiterem Himmel so viele Wohnungslose in unserer Luxuswohngegend gab, die unangenehm auffielen?«

Mir blieb der Mund offen stehen. »Was, hinter alldem steckst du? Wie hast du das gemacht?«

»Na, es ist einfach das, was ich tue, Haze! Ich beschütze uns! Und ich denke an *alles*. Du hast deinen Spaß und glaubst, dir fällt alles einfach so in den Schoß? Immer Geld auf der Bank. Keiner, der uns verdächtigt. Das ist mir zu verdanken! Mir!«

Und wieder hatte er recht. Ich würdigte seine Leistungen nicht genug. »Es tut mir leid, okay? Aber es gab noch andere Bedrohungen für uns. Das habe ich gelöst.«

Fox lächelte mich an. »Redest du von Jenny?«

Großer Gott. Er wusste wirklich alles.

»Wie zur Hölle hast du es geschafft, dich mit einer Polizistin anzufreunden? Du magst Menschen doch nicht mal sonderlich!« Fox rieb sich die Stirn. »Ich weiß, dass du in deiner kleinen Haze-Seifenblase lebst, in der du dich nicht darum kümmern musst, dich selbst und uns zu schützen – aber das hier ist in puncto Schlamperei echt der Gipfel! Von allen Mamas im Angebot suchst du dir ausgerechnet eine aus, die *aus Spaß* in ihrem Privatleben ungelöste Fälle aufklären will?«

»Das hat mich doch genauso überrascht wie dich! Aber ich habe das gelöst. Allein. Sie hat den Rucksackmörder völlig vergessen, weil sie ihr Leben wieder in den Griff gekriegt hat.«

»Weil du ihr diesen Sexualstraftäter zugespielt hast? Und was glaubst du, wie lange es noch dauert, bis sie sich den nächsten ungelösten Fall vornimmt? Weil du sie unterstützt und motiviert hast, ist sie jetzt noch viel bedrohlicher!« Fox holte tief Luft. »Nach ihrem kleinen Durchbruch wird sie bei der Polizei mit offenen Armen empfangen – und dann? Du hast ihr Kraft und Selbstvertrauen und alle Ressourcen gegeben, die sie braucht, um erst so richtig durchzustarten!«

So dargestellt, klang das allerdings nicht gerade ideal.

»Aber das ist nicht schlimm«, erwiderte ich. »Du kannst das nicht wissen, aber sie hat die Verbindung zwischen uns und dem Rucksackmörder wirklich vergessen. Jenny stellt keine Bedrohung für uns dar!«

»Nur weil ich dafür gesorgt habe.«

Mir stockte der Atem.

»Was hast du getan?«

»Ich habe sie.«

»Was?«, stammelte ich.

»Du weißt, was getan werden muss. Für uns. Für Bibi.«

Immerhin lebte sie noch. Seine Haare, die blutende Lippe. Deshalb war er so spät dran. Er hatte Jenny entführt, sie hatte sich gewehrt. Wo war sie jetzt? Im Kofferraum?

Mein Blick huschte zu seinem Auto. Was Fox nicht entging.

»Sie ist bewusstlos. Ging nicht anders.«

Meine beste Freundin lag bewusstlos im Auto meines Ehemanns.

»Bist du wahnsinnig? Du hast eine Polizistin entführt?« Mein Fox, der auf Sicherheit bedachte Killer, hatte eine unbewaffnete Frau überwältigt.

»Man hätte dich sehen können!«

Fox zuckte mit den Schultern. »Sie ist freiwillig mitgekommen.«

Das ergab keinen Sinn. Nichts von alledem ergab Sinn.

»Aber was hast du zu ihr gesagt? Jenny würde nie und nimmer einem Mann folgen, den sie nicht kennt!«

»Ach, Haze. Sie kennt mich.«

Was redete er da?

»Blödsinn, das kann doch gar nicht sein. Das hätte sie mir gesagt!«

Fox schnalzte missbilligend mit der Zunge. »Du denkst nicht genügend nach.«

Der Wind fegte mir um die Ohren. Mein verschwitztes T-Shirt klebte mir am Körper. Mir schwirrte der Kopf. Jenny. Meine Jenny. Im Kofferraum von Fox' Wagen. Jenny, die keine Beziehungen hatte, nur ihre Eltern und mich. Ach, und ... Nein. Nein, das war ausgeschlossen.

»Bist du etwa ... Gerard?«

Er warf die Arme in die Luft. »Du weißt doch ganz genau, dass ich bei unseren Verkleidungen Sachen habe, mit denen ich mich voluminöser machen kann. Und glaubst du, ein Amerikaner kann keinen französischen Akzent imitieren?«

Der Schrankkoffer. Wusste ich es doch. Er war unverschlossen gewesen, als ich mein Outfit für die Party bei Blaine rausgeholt hatte. Wieso hatte ich nicht weiter nachgedacht?

Fox hatte dafür gesorgt, dass Jenny sich ihm öffnete und ihm vertraute. Mit Unbehagen wurde mir klar, dass ich kaum besser war. Unsere Freundschaft beruhte auf einem Haufen Lügen. Das alles hatte Jenny wirklich nicht verdient. Und zu sterben erst recht nicht. Ich hatte Matty verloren, jetzt würde ich Jenny verlieren. Die Stimme in meinem Kopf war wieder da und brüllte lauter denn je, dass ich nichts als Unheil über meine Mitmenschen brachte.

O Gott ... Felix. Ich dachte daran, wie sein kleines Gesicht immer aufleuchtete, wenn er seine Mama ansah. Er betete sie an. Natürlich – sie war seine Mutter.

Scheiße. Das alles war ganz allein meine Schuld.

69

Fox

»Sie wird nichts sagen!«, schrie Haze. Der Wind wurde immer stärker, die Luft roch schon nach Regen.

»Dieses Risiko sollen wir eingehen? Und was, wenn sie demnächst einen Geistesblitz hat? Und auf die Idee kommt, dass wir doch der Rucksackmörder sein könnten?«

Haze nagte an ihrer Lippe. »Hältst du das für wahrscheinlich?«

»Ja, das ist nur eine Frage der Zeit. Sie ist eine verdammt gute Polizistin, ich habe ihre Akte gesehen. Und sie weiß viel zu viel über uns.«

»Es tut mir leid. Ich weiß, dass ich an alldem schuld bin.« Haze schloss für einen Moment die Augen, öffnete sie wieder und sah mich eindringlich an. »Ich mache das. Lass mich das machen.«

»Ich fände es besser, wenn ich das übernehme. Sie ist keines unserer typischen Opfer. Aber nur dieses eine Mal, ja, da können wir eine Ausnahme machen, denke ich.« Er zuckte mit den Schultern. »Für unsere Sicherheit.«

»Ich will es tun! Sonst werde ich dich dafür verachten, dass du eine wehrlose Frau umgebracht hast. Ich übernehme die Verantwortung. Das ist mein Chaos, ich will es auch beseitigen.«

Ich hatte befürchtet, dass Haze nicht einverstanden sein würde. Deshalb hatte ich mit dem Messer in der Hand auf sie gewartet. Ich wollte mich erst davon überzeugen, welche Haze hier auftauchen würde. Wenn sie irgendwie mitbekommen hätte, dass ich Jenny entführt hatte, hätte ich vermutlich direkt mit einem Kampf rechnen müssen.

Jetzt fand ich es beruhigend, dass sie die Notwendigkeit offenbar einsah. Unsere Sicherheit ging vor. Unsere Familie.

»Aber ich glaube, du wirst das nicht durchziehen können.« Ich hielt die Hand hoch, damit sie mich aussprechen ließ. »Das meine ich nicht abwertend. Es spricht für dich, dass du Frauen nichts antun willst. Und ich möchte verhindern, dass du dich dafür verbiegen musst.«

»Aber ich will es tun!«

»Findest du nicht, dass du schon genug Schaden angerichtet hast? Überlass das jetzt mir!«

Sie starrte mich an, während sie über das Heulen des warmen Winds hinweg schrie: »Liebst du mich überhaupt noch?«

»Wie kannst du so was fragen? Natürlich liebe ich dich! Sonst hätte ich dich schon vor Monaten im Schlaf gekillt!«

Sie strich sich übers Gesicht und zuckte dabei zusammen. An ihrer Wange war ein Bluterguss zu sehen. Sie hatte mit jemandem gekämpft. Würde sie mir davon erzählen?

»Und du?«, schrie ich zurück. »Liebst du mich noch?«

»Bis dass der Tod uns scheidet.« Sie spuckte Blut aus.

Ein dumpfes Hämmern war zu hören. Wir blickten beide zu meinem Audi.

»Wir müssen eine Entscheidung treffen«, rief ich. »Du oder ich?«

Stumm fixierten wir uns, beide noch immer mit einem Messer in der Hand.

»Wie wär's, wenn wir es zusammen machen?«, schlug ich vor.

»Als Versöhnung?« Sie lächelte schief.

Endlich, nach monatelangem Lügen, nach Geheimnissen und Verrat, konnten wir alles klären. Konnten uns sämtliche schmutzigen Details offenbaren und entscheiden, ob wir eine gemeinsame Zukunft haben würden. Aber einen letzten Test musste Haze noch bestehen.

Ich steuerte auf meinen Wagen zu.

»Warte!«, rief sie. »Vorher muss ich dir noch was zeigen.«

Sie führte mich zu ihrem Range Rover und öffnete den Kofferraum.

In dem ein sehr blutiger Toter und ein Fahrrad verstaut waren.

»Du hast einen Radfahrer überfahren?« Ich sah genauer hin. »Aber wieso wurde dabei seine Bauchschlagader durchtrennt?«

»Das Rad spielt keine Rolle. Das habe ich nur mitgenommen, damit niemand nachvollziehen kann, wo der Typ sich aufgehalten hat.«

»Ich hab mich schon gewundert. Außerdem kannst du Fahrräder nicht ausstehen …«

»Ja, und was glaubst du wohl, warum?«, schrie Haze aufgebracht. »Weil ich nicht Rad fahren kann! Hat mir nie jemand beigebracht! Wer denn auch?«

Ich schämte mich, weil ich nicht schon längst auf diesen Gedanken gekommen war. Man nahm einfach immer an, dass erwachsene Menschen Rad fahren können.

Haze deutete auf den Toten. »Und bevor du mir jetzt vorwirfst, ich hätte schon wieder unseren Pakt gebrochen – das war wirklich Notwehr. Der hat mich überfallen!«

Die Himmelsschleusen öffneten sich. Warmer Regen prasselte auf uns herab.

Da Haze nun endlich aufrichtig war, tat ich es ihr gleich.

»Das weiß ich. Er war ein Geschenk für dich.«

Ein Blitz zuckte auf, gefolgt von Donnerkrachen. Wir starrten uns an, während uns der Regen übers Gesicht rann.

Haze runzelte die Stirn. »Was soll das denn heißen?«

Ich warf erneut einen Blick auf die Leiche. »Das ist Bill, nicht wahr? Der durchgeknallte Ex-Mann von Jenny?«

»Was? Woher weißt du das?«, fragte Haze fassungslos.

»Wir haben ein bisschen zusammen abgehangen, der gute alte Bill und ich. Haben ein paar Bierchen in seinem Pub gezischt. War ein echter Frauenhasser, der Kerl. Ich habe ihm eingeflüstert, dass Jenny bestimmt von jemandem beeinflusst wurde. Dass sie ihm deshalb Druck macht.«

Das war ein Kinderspiel gewesen. Ich hatte Bill eine Weile beobachtet, um seine Gewohnheiten kennenzulernen. Arbeit, dann Pub. Tagtäglich. Eines Abends setzte ich mich zu ihm an den Tresen. Bill quatschte gern. Er fühlte sich benachteiligt. War der Meinung, dass alle sich gegen ihn verschworen hatten, um ihm das Leben schwer zu machen. Er selbst war natürlich für nichts verantwortlich. Auch nicht dafür, dass er sich vor seiner Kollegin entblößt hatte. *»Die hat mich aufgegeilt.«* Nicht dafür, dass er als Vater versagte. *»Die hat das Kind gekriegt, um mich fertigzumachen.«* Er war voller Hass. Auf alle Frauen. *»Schlangen mit Titten.«* Auf jeden Menschen, der nicht weiß war. *»Die kommen hierher und nehmen uns die Jobs weg.«* Dieser Kerl war ein zutiefst verbitterter und widerwärtiger Mensch. Nach manchen Gesprächen mit ihm fühlte ich mich so schmutzig, dass ich erst mal duschen musste. Aber ich musste diese Treffen durchstehen; bis zu einem gewissen Grad war ich sogar froh darüber, weil ich wusste, dass sie mich Schritt für Schritt meinem Ziel näher brachten. Haze zu retten, uns alle zu retten. Genauso wie, als ich mich bei Jenny als Gerard ausgab. Die unverfänglichen Abende mit ihr waren Teil des großen Plans. Der mir überdies den Adrenalinkick verschaffte, der mir durch das Mordverbot so sehr fehlte.

Bill brüstete sich gern mit all den Regelübertretungen, die er sich als Polizist und als Mann erlaubt hatte. Frauen, die er zu Dingen gezwungen hatte, die sie nicht tun wollten. Unschuldige Männer, die er verleumdet hatte, weil er fand, »dieser Sorte« müsse man eine Lektion erteilen. Wären Haze und ich noch im Killergewerbe tätig, hätten wir uns den auf jeden Fall ausgesucht.

Weshalb ich auch kein Problem damit hatte, ihn auf meine Frau loszulassen.

»Ich habe ihm gestern offenbart, ich hätte rausgefunden, wer Jenny aufgestachelt hat«, erklärte ich. Haze sah mich mit aufgerissenen Augen an.« Und ihm gesagt, wo du heute Abend zu finden sein wirst.«

»Was, das war geplant? Dass der mir dort auflauert? Der hätte mich umbringen können!«, schrie sie.

»Ach, komm schon, ich weiß, wozu du imstande bist. Ich hatte nie auch nur den geringsten Zweifel, dass du mit einem schwerfälligen kleinen Alkoholiker wie dem fertigwirst.«

Haze schien das zu verarbeiten. Sie wusste, dass ich recht hatte.

»Den Ort habe ich ausgesucht, damit das alles weit weg von zu Hause geschieht. Weit weg von Bibi und etwaigen Zeugen.«

»Aber warum? Warum wolltest du ihn tot sehen? Wie soll das bitte schön keine Bedrohung für unsere Familie sein?«

»Dass er tot ist, wird uns retten.« Ich strich mir das nasse Haar aus dem Gesicht. »Um sauber aus dem Desaster rauszukommen, das du angerichtet hast, brauchten wir ein Bauernopfer.«

Ich ging zu meinem Auto und öffnete den Kofferraum, in dem die gefesselte und geknebelte Jenny lag, die sich hin und her wand, um sich zu befreien. Ihre Augen weiteten sich, als sie Haze sah.

»Er«, ich deutete auf Haze' Wagen, »wird dafür sorgen, dass wir ungeschoren davonkommen. Es ist ein perfekter Plan. Man wird davon ausgehen, dass er zuerst Jenny und dann sich selbst umgebracht hat. Klassische Abfolge in so einem Fall, niemand wird nach einer dritten Person suchen. Du hast ja gesehen, wie leicht sich die Polizei hier manipulieren lässt.«

»Nur weil man einmal Glück gehabt hat, muss das nicht noch mal klappen.« Haze war klatschnass und zitterte ein bisschen.

»Aber das habe ich dir doch gerade erklärt! Das hatte nichts mit Glück zu tun. Ich habe einen Wohnungslosen dafür bezahlt, dass er sich als Zeuge ausgibt und in der Gegend Unruhe stiftet.« Ich dachte an Cal und das viele Bargeld, das ich ihm hatte geben müssen. »Das habe ich alles für dich getan, für uns!«

Geld für Cal, Drinks mit Bill, Abendessen mit Jenny … und das alles, obwohl ich obendrein die ganze Misere mit meinen Eltern regeln musste. Kein Wunder, dass ich erschöpft war.

Haze wich einen Schritt zurück. Jenny warf sich wütend hin und her, damit Haze sie ansah.

»Und wie lautet dein Plan jetzt?«, fragte Haze schließlich.

»Weißt du noch, wie wir das in Sizilien mit dem Strandwächter gemacht haben? Diesmal wird es sogar noch einfacher sein, bei dem Wetter.« Ich deutete nach oben. Das Gewitter war von der heftigen Sorte.

Wir zückten beide gleichzeitig unsere Messer. Waren wieder im Einklang.

»Schau nicht hin, Kleines. Damit machst du es dir nur schwerer.«

Teil 5

GLÜCKLICH BIS AN IHR LEBENSENDE

»Wenn du meinen Rat beherzigst, wird es euch bestimmt gelingen, gemeinsam glücklich und zufrieden bis an euer Lebensende zu sein. Die Ehe baut uns auf und macht uns stärker. Manchmal ist es harte Arbeit, doch sie lohnt sich. Jemand möchte sein Leben mit dir verbringen. Lass ihn nicht im Stich!«

Candice Summers, Nummer-eins-Bestseller-Autorin von *Ehe fürs Leben: Wie man als Paar für immer glücklich und erfüllt bleibt*

»Das Leben ist kein Scheißmärchen. Ein Happy End ist eine unfertige Geschichte. Wir werden alle sterben. Das ist das echte Ende, und das klingt nicht gerade nach Glück, oder? Jahrzehntelang mit derselben Person zusammenzuleben, ist total ungesund. Dein Partner wird dich halb zu Tode nerven. Aber mit etwas Glück wird es auch gute Momente geben. Tu, was dir möglich ist, damit du, wenn dein Ende gekommen ist (und es wird kommen!), zurückschauen und sagen kannst: Ja, ich hab's richtig gemacht. Ich habe mein Leben mit diesem Mann verbracht – und ihn nicht umgebracht.«

Hazel Matthews, Ehefrau

Berkshire Bulletin, 7. August 2024
Triebtäter-Polizist ist tot!

Der Polizist Bill Grundy (45) aus Bracknell wurde vor drei Jahren öffentlich bekannt, als er sich vor einer Kollegin exhibitionierte und das Video der Überwachungskamera ins Internet gestellt wurde. Grundy wurde daraufhin aus dem Dienst entlassen. Vor zwei Tagen entführte er seine Ex-Partnerin Jennifer Needham, mit der er sich in einem Rechtsstreit über Unterhaltszahlungen für das gemeinsame Kind befand. Grundy kam bei einem Autounfall ums Leben, als er allein in der Nähe der Bisham Woods unterwegs war. Der Zeuge James Wright entdeckte die Unfallstelle auf seinem Weg zur Arbeit. Er sagte: »Es gab keinen Zweifel, dass der Fahrer tot war. Das Auto brannte lichterloh. Das konnte niemand überleben.«
Die Polizei lässt verlauten, dass bei einer Durchsuchung von Grundys Haus ein Schrank mit Souvenirs an seine Opfer und ein USB-Stick mit schockierenden Details seiner Verbrechen gefunden wurde. Gerüchten zufolge deutet die Beweislage darauf hin, dass es sich bei Grundy um den sogenannten Rucksackmörder gehandelt haben könnte – einen Serienkiller, dessen Opfer bislang vor allem in europäischen Touristenzielen gefunden wurden.
Alistair Littleton, Abgeordneter für Windsor, äußerte sich folgendermaßen zu der Lage: »Es hat sich gezeigt, dass Bill Grundy während seiner Tätigkeit als Polizist in Thames Valley abscheuliche Verbrechen begangen hat. Die Polizei braucht dringend effektivere Maßnahmen, damit es solche Übeltäter in den eigenen Reihen nicht mehr geben kann.«

Sarah Seldon, eine Nachbarin von Bill Grundy, beschrieb ihn als »häufig betrunken« und »rüpelhaft«. Von weiteren Nachbarn, die anonym bleiben möchten, war zu hören: »Wenn man den sah, wechselte man lieber die Straßenseite. Der hatte so eine bedrohliche Ausstrahlung.« Und: »Ich wusste gar nicht, dass er dieser Exhibitionist von der Polizei war. Aber wo ich das jetzt höre: Er hat seine Jalousien im Badezimmer nie zugemacht.«
Harriet Pugsley, die in dem Pub arbeitet, in dem Grundy Stammgast war, sagte: »Er hat hier immer wieder Frauen belästigt. Aber großzügig war er, hat uns allen Drinks ausgegeben. Schon allerhand, zu wissen, dass mir ein Serienkiller Gin Tonics spendiert hat.«
Von Jennifer Needham fehlt nach wie vor jede Spur. Sie war zuletzt in verlängerter Elternzeit, arbeitete zuvor aber als Detective bei der Polizei von Thames Valley.
Der Pressesprecher der Polizei erklärte: »Aufgrund der mutmaßlichen Beteiligung des ehemaligen Polizisten Bill Grundy an etlichen Morden im Ausland sowie anderer Verbrechen können zu den laufenden Ermittlungen keine Aussagen gemacht werden. Wir arbeiten jedoch eng mit Interpol zusammen und suchen unermüdlich nach Detective Needham, um sie nach Hause zu ihrer Familie zu bringen.«

70

Haze

Ich spazierte im Morgenmantel in die Küche und steuerte schnurstracks auf den Kaffeevollautomaten zu.

»Ist jetzt überall in den Nachrichten.« Fox wies mit dem Kopf zum stumm gestellten Fernseher im Wohnzimmer, wo Bibi auf dem Teppich saß und mit ihren Puppen spielte. Sie murmelte vor sich hin, während sie der kleinsten die Haare bürstete.

Ich nickte und drückte begierig diverse Knöpfe, um schnell an Kaffee zu kommen.

Fox trat zu mir und umschlang mich von hinten. Ich lehnte mich an ihn, und so blieben wir reglos stehen, während die Bohnen gemahlen wurden.

»Felis' Mama! Felis' Mama!«, schrie Bibi plötzlich und deutete auf den Fernseher, wo jetzt ein Foto von Jenny und ein Foto von Bill zu sehen waren.

Fox ging rüber und schaltete den Fernseher aus. Als er zurückkam, sagte er: »Du musst dich ranhalten. Du darfst nicht zu spät kommen.«

Ich trank einen Schluck Kaffee. »Glaubst du, dass alles wieder gut wird?«

Fox nickte. »Auf jeden Fall. Wir haben doch an alles gedacht, oder?«

»Aber ich fühl mich schlecht wegen Felix. Ich kann nicht ...«

»Der schafft das schon. Du weißt doch, wie resilient Kinder sein können. Schau nur dich an.«

Ich lächelte. »Stimmt.« Rasch trank ich meinen Kaffee aus und eilte nach oben, um mich anzuziehen.

Polizeirevier in Slough. Ein Ort, den ich gehofft hatte, niemals aufsuchen zu müssen. Am Empfangstresen sagte ich: »Ich habe einen Termin mit Detective Mike Andrew.« Um als harmlose junge Mama rüberzukommen, hatte ich mich für ein geblümtes Flatterkleid und Ballerinas entschieden. Mein rechter Fuß tippelte nervös auf dem Boden. Zu viel Koffein intus.

Der Mann am Tresen schlug in einem Buch vor ihm nach. »Ja, ist hier eingetragen. Kommen Sie bitte mit.« Er ging einen Gang entlang und öffnete eine Tür mit der Aufschrift »Verhörraum 3«. An einem kleinen Tisch standen zwei Stühle. Ich setzte mich. Mein Puls war okay. Ich war okay. Ich würde das hinkriegen. Fox hatte den ganzen Abend mit mir geübt. Ich würde ungeschoren hier wieder rauskommen.

Ein übermüdet wirkender Mann kam herein. »Hazel Matthews?«

Ich nickte. Er schloss die Tür hinter sich und ließ sich mir gegenüber nieder, ein abgegriffenes Notizbuch in der rechten Hand. »Danke, dass Sie hergekommen sind. Das Auto, in dem Bill Grundy gefunden wurde, ist auf Sie zugelassen. Kannten Sie ihn?«

Ich schüttelte den Kopf. »Nein, ich bin ihm nie begegnet. Seine Ex-Frau Jenny ist eine enge Freundin von mir.« Ich schaute auf den Tisch. »Das Ganze ist so furchtbar. So schrecklich. Ein unfassbarer Schock für uns alle.«

Er warf einen Blick auf seine Uhr.

»Jenny hatte sich mein Auto geliehen«, fuhr ich fort. »Ihr kleiner Sohn Felix und meine Tochter verstehen sich sehr gut, deshalb verbringen wir vier viel Zeit miteinander. Jenny hat kein eigenes Auto, und ihre Eltern waren an dem Tag mit Felix im Freizeitpark, sie ...«

Er unterbrach mich. »Detective Needham hatte ihren Eltern gesagt, sie sei mit einem Mann verabredet, mit dem sie sich öfter träfe.«

»Den hatte sie mir gegenüber auch erwähnt, ja. Sie chatteten aber hauptsächlich online.«

»Halten Sie es für denkbar, dass es diesen Mann gar nicht gibt? Dass es Grundy war, der sich als jemand anderes ausgab?«

Ich nickte. »Ich hatte Jenny vor Catfishing gewarnt. Sie hatte ihn noch nie live gesehen, und seine Nachrichten fand ich ein bisschen … seltsam. Aber sie war schon vorsichtig, wissen Sie. Deshalb hatte sie sich mein Auto ausgeliehen. Damit sie schnell wegkam, falls irgendwas mit dem Mann nicht stimmte.«

»Wissen Sie, wo die beiden sich treffen wollten?«

Ich schüttelte den Kopf.

»Wir brauchen Informationen über Grundys psychische Verfassung. Und seine letzten Verhaltensweisen.«

»Also, ich weiß nur, dass Bill sich sehr aufregte, weil Jenny ihn wegen des Unterhalts und seiner Schulden bei ihr verklagt hatte. Er war in keiner guten Verfassung. Wenn Sie mit Jennys Anwältin sprechen, wird sie Ihnen bestimmt die vielen schlimmen Sprachnachrichten zeigen, die Bill Jenny geschickt hat.«

»Ja, die haben wir schon.« Er schaute wieder auf die Uhr.

»Bill klang schrecklich bedrohlich, und ich weiß, dass Jenny Angst vor ihm hatte. Sie hatte vorher schon befürchtet, dass er ausrasten würde, wenn sie einen Anwalt einschaltet, aber ihr blieb keine andere Wahl. Sie brauchte das Geld, und Bill war nun mal Felix' Vater. O Gott, er hat ihr irgendwas angetan, oder?«

»Wir können bislang nur beweisen, dass Grundy und Detective Needham sich getroffen haben. Was danach geschehen ist, wissen wir noch nicht.«

»Können Ihre Polizisten denn nicht ihr Handy orten oder so was?«

»Detective Needhams Mobiltelefon und Handtasche wurden auf dem Beifahrersitz Ihres Wagens gefunden.«

»Und sie war ganz sicher nicht …«

»In dem Autowrack befand sich nur eine einzige Leiche, die als Bill Grundy identifiziert wurde.«

»Könnte Jenny verletzt aus dem Auto geflohen sein? Vielleicht war sie geistig verwirrt? Ich hoffe, Sie haben genügend Leute da draußen auf die Suche geschickt! Der arme kleine Felix, das ist so …«

»Wir tun alles, was wir können, um sie zu finden.« Andrew stand auf. »Danke, dass Sie hier waren.« Und damit eilte er hinaus.

Ich verkniff mir ein Lächeln. Für ihn war ich einfach nur eine Zeugin, für die er keine Zeit hatte.

Sobald ich im Auto saß, rief ich Fox an. Ich hatte seinen Audi direkt gegenüber vom Revier geparkt.

»Alles ist gut.« Ich hörte ihn erleichtert ausatmen. »Ich bin nur Jennys Freundin, deren Auto gestohlen und geschrottet wurde.«

Ich ließ den Motor an.

»Keine weiteren Fragen?«

»Nichts. Man hat mir nur gesagt, dass sie noch nach ihr suchen.«

»Und wenn sie Jenny finden?«

»Werden sie nicht. Aber ich denke, es ist jetzt an der Zeit.« Ich beobachtete die Leute, die im Revier ein und aus gingen.

»Meinst du wirklich? Sollten wir nicht noch etwas warten?«

»Fragen wir sie.«

71

Zwei Tage vorher

Haze

Wir blickten beide auf die gefesselte und geknebelte Jenny hinunter. Fox hob als Erster sein Messer. Jenny gab einen erstickten Schrei von sich.

Ich packte Fox am Arm. »Wir sind doch besser als das hier. Wenn wir eine unschuldige Frau töten müssen, um uns selbst zu helfen, stelle ich mich lieber. Ich möchte unserer Tochter ein Vorbild sein.« Meine Stimme brach. »Wir waren immer stolz auf das, was wir tun. Böse Männer aus der Welt zu schaffen, ist eine wertvolle Mission. Und wenn wir was vermasselt haben, sollten wir selbst dafür geradestehen, nicht eine unschuldige Person.«

»Was willst du damit sagen?« Fox starrte mich an.

»Ich weiß, dass ich an alldem schuld bin. Ich hätte niemals etwas vor dir verbergen sollen. Aber ... ich brauchte eben Zeit, um mich einzuleben. Vorher war immer alles so selbstverständlich für mich, aber jetzt sehe ich alles klarer. Ich will dieses Leben. Ich will uns.« Ich steckte mein Messer ein. »Wir sind gute Menschen. Aber nicht mehr, wenn wir das hier machen.« Ich spürte, wie sein Arm sich anspannte. »Lass Jenny leben, oder unsere Ehe ist tot.«

Ich sah ihn durchdringend an, wartete auf seine Antwort. War darauf gefasst, das Undenkbare tun zu müssen. Wenn meine Worte ihn nicht stoppen konnten, würde mein Messer das übernehmen müssen. Ich hatte meine Entscheidung getroffen. Fox durfte Jenny nichts antun. Ich würde nicht zulassen, dass ein kleiner Junge wegen mir seine Mutter verlor.

»Bitte, Fox. Bitte. Für mich. Für uns.« Jetzt kamen mir die Tränen. Diese absurde Situation, die Lügen und Geheimnisse der letzten Zeit, die Unklarheit, ob wir überhaupt wieder zusammenfinden konnten. All das stürzte über mich herein. Der Schmerz über das Verlorene, die Angst vor dem, was ich tun musste, wenn er nicht einsichtig war, wenn er nicht akzeptierte, dass wir Jenny nicht töten durften.

Er blickte erst auf sie, dann auf mich. Ließ sein Messer fallen und zog mich an sich. Wir hielten uns eng umschlungen, während der Wind um uns herumwirbelte.

Alles, was wir voreinander verborgen hatten, brach jetzt aus uns heraus, in einer Flut aus gestammelten Wörtern und Tränen. Wir vergaben einander, entschuldigten uns und gelobten beide, künftig alles besser zu machen.

Die monatelange angestaute Wut und unsere Ängste verflogen im Wind.

»Mbmmmmbbbmmmhhh!« Jennys Schreiversuche brachten uns in die Realität zurück. Und zum Dilemma unserer gegenwärtigen Lage.

Gemeinsam halfen wir ihr aus dem Kofferraum, und ich entfernte das Tuch aus ihrem Mund.

»Scheiße, Haze, was soll das alles?!«

»Tut mir leid, Jenny. Tut mir aufrichtig leid.« Ich wollte ihr die Hand auf die Schulter legen, wurde aber weggestoßen.

»Ich kann das Seil –« Fox hob sein Messer auf und zückte es.

»Bleib mir bloß vom Hals!« Jenny duckte sich weg.

»Wir wollen dir nur die Fesseln abnehmen. Halt still.« Mit einer schnellen Bewegung durchtrennte ich den Strick.

Jenny rieb sich die befreiten Handgelenke. »Was zum Teufel läuft hier ab?« Sie sah Fox an. »Und ich hatte recht, oder? Du bist der verfluchte Rucksackmörder! Ha – ich hab's!« Sie wandte sich zu mir. »Und du wusstest es? Wieso hast du nicht …? Wie …? Oh!« Als ihr alles schlagartig klar wurde, schaute sie zwischen uns beiden hin und her und sackte dann auf den Rand des Kofferraums.

Fox hielt die Hände hoch. »Ich lasse euch beide erst mal in Ruhe reden.« Er sah mich an. »Nimm du meinen Wagen, ich nehm deinen.«

Ich nickte. »Immer noch das Szenario vom sizilianischen Strandwächter?«

Fox hob beide Daumen. Damit war der Plan für Bills Leiche besiegelt.

»Was soll das …?« Jenny sah uns an.

»Ich erkläre dir alles.« Ich half ihr auf und führte sie zur Beifahrertür.

Jenny blieb abrupt stehen. »Und weshalb soll ich dir jetzt noch vertrauen? Du könntest doch …«

»Wenn wir dich umbringen wollten, wärst du schon längst tot, Jenny.« Ein Donnerschlag krachte über uns, und der Regen wurde noch heftiger. »Also steig jetzt bitte einfach ein, ja?«

Sie riss die Tür auf und kletterte steifbeinig ins Auto. Ich stieg auf der anderen Seite ein. Dann saßen wir erst mal beide schweigend da und starrten durch die Windschutzscheibe auf den strömenden Regen.

Eine Minute verging.

Dann eine weitere.

Es gibt normales unbehagliches Schweigen, und es gibt unbehagliches Schweigen von der Sorte »Mein Mann und ich sind übrigens Serienkiller«.

Schließlich holte ich tief Luft. »Okay, es ging ein bisschen verrückt zu. Aber du musst wissen, dass ich mit dieser ganzen Sache mit Fox, der sich als Franzose ausgab, dich entführt hat und dich umbringen wollte, nichts zu tun habe! Ich hatte keinen blassen Schimmer!«

»Das mag ja wahr sein, aber alles andere? Wer bist du überhaupt? Ich ... ich dachte, wir wären Freundinnen.« Jenny starrte mich von der Seite an.

»Das sind wir auch!«

Jenny wies auf ihre wunden Handgelenke. »So behandelst du deine Freundinnen?«

»Ich hab nicht so viel Erfahrung mit Freundschaften ...«

»Was du nicht sagst!«

Wir verfielen erneut in Schweigen.

»Okay, also ... Bill ist tot.« Ich schaute aufs Lenkrad. »Ich weiß nicht, wie es dir jetzt damit geht, aber gerade du müsstest wissen, dass die Welt ohne den besser dran ist.« Ich sah sie an. »Fox und ich töten immer nur solche Typen wie den. Wir sind keine ... *bösen* Serienkiller, musst du wissen. Durch uns kommen keine unschuldigen Menschen zu Schaden. Nur die, die es auch verdient haben.«

»Bill ist tot«, wiederholte Jenny.

»Ja. Mausetot.«

»Und ihr seid quasi *liebe* Serienkiller.«

»Genau!«

»Bill ist tot«, wiederholte Jenny noch einmal und warf mir einen Seitenblick zu. »Damit bin ich einverstanden.«

»Das ist toll! Super! Er hat mich überfallen. Ich habe in Notwehr gehandelt.«

»*Du* hast Bill umgebracht.«

»Ja.« Ich zögerte einen Moment. »Du wirst wohl sein Geld erben, das ist auch was Positives. Und Felix hatte ohnehin keine Beziehung zu seinem Vater. Ach ja, und das Haus! Das kriegst du jetzt auch. Da muss man allerdings viel Arbeit reinstecken.« Ich verzog das Gesicht. »Das muss von Grund auf renoviert werden.«

»Was, du warst in Bills Haus?« Jenny starrte mich an.

»Ah ... ja. Liegt eine Weile zurück. Ich wollte sichergehen, dass er nicht vorhat, dir was anzutun.«

Jenny wirkte nicht so gerührt über diese Geste, wie es mir angemessen erschien. »Und wie willst du jetzt mit dem Mord an ihm davonkommen?«

»Fox wird Bill ans Steuer meines Autos setzen, einen Ast unters Gaspedal klemmen und dafür sorgen, dass der Wagen mit voller Geschwindigkeit auf einen Baum prallt und in Flammen aufgeht. So wird die Polizei die Stichwunden nicht mehr feststellen können.« Ich hielt inne. »Das haben wir schon mal so gemacht. Funktionierte prima.«

»Das kann ich nur hoffen.« Jenny schloss die Augen. »Keiner von uns darf damit in Verbindung gebracht werden.«

Ich nickte. »Aber es ist mein Auto.«

»Und er war mein Ex.«

Ich dachte an die vielen Briefe der Anwältin und Bills widerwärtige Sprachnachrichten. »Wenn sie zu dem Schluss kommen, dass ich etwas damit zu tun habe, werden sie auch dich verdächtigen. Du hättest mich angestiftet. Und ich wäre die verlässliche Freundin, die den abscheulichen Ex-Mann beseitigt hat.«

Jenny sah mich an. »Dann sollten wir uns einen Plan zurechtlegen, wie wir beide da wieder rauskommen. Und dann überleg ich mir, was ich als Nächstes tun will.«

Ich ließ den Motor an.

Dass die Entscheidung, Jenny am Leben zu lassen, richtig war, bezweifelte ich keine Sekunde. Ich wusste aber auch, dass ich sie wohl als Freundin verlieren würde – und sehr wahrscheinlich auch meine Familie und meine Freiheit. Mit allem, was Jenny jetzt wusste, hielt sie unser Leben in der Hand.

Berkshire Bulletin, 9. August 2024
VERMISSTE POLIZISTIN LEBT!

Detective Jennifer Needham betrat gestern Abend ihr Polizeirevier, nachdem sie aus dem verlassenen Haus entkommen konnte, in dem ihr Ex-Mann Bill Grundy sie gefangen gehalten hatte. Needham wurde seit letzter Woche vermisst, als sie von Grundy mitten in einem Unterhaltsstreit entführt worden war. Grundy starb am selben Abend, an dem er Needham gekidnappt hatte, bei einem Autounfall. Die gerichtliche Anhörung ist für nächsten Monat anberaumt, aber inoffizielle Quellen verlauten, dass man Grundys Tod für einen Suizid hält. Interpol ermittelt indessen weiter, um herauszufinden, ob Grundy tatsächlich der sogenannte Rucksackmörder war. Einigen Quellen zufolge scheint die Beweislage diese Theorie zu erhärten. Detective Needham erholt sich vorerst zu Hause von den erlittenen Strapazen. Der Pressesprecher der Polizei von Thames Valley gab folgendes Statement ab: »Wir sind unendlich erleichtert, dass Detective Needham wohlauf ist, und freuen uns darauf, sie nach ihrer vollständigen Genesung wieder im Revier willkommen zu heißen.«

Von: Hamish.Graham@redfern-gallery.co.uk
Gesendet: 9.August 2024, 10:40

Liebe Haze,
dein Mann hat dein letztes Werk vorbeigebracht, und wir lieben es! Er sagte, es trage den Titel *Täuschung* – bravo,

was für eine Idee. Es illustriert so wundervoll den Dominoeffekt von Lügen und Geheimnissen. Ich freue mich enorm, dass deine Elternzeit beendet ist und du wieder malst. Hast du eine Vorstellung, wie lange es etwa dauern wird, bis du genügend neue Bilder für eine große Ausstellung beisammenhast?!

Liebe Grüße
Hamish

72

Haze

Ich. Fox. Jenny. Zu dritt saßen wir an unserem Küchentisch. Bibi und Felix spielten nebenan im Wohnzimmer. Fox schenkte uns Tee ein. Es war still bis auf das Lachen unserer Kinder und dem Trällern der *Eisprinzessin*-Puppe.

Jenny räusperte sich. »Ich möchte gern was sagen.«

Fox, der neben mir saß, ergriff meine Hand.

Unsere Ehe war tatsächlich durch eine kleine Auszeit gerettet worden.

Für andere Paare wäre vielleicht ein Ortswechsel wohltuend gewesen, der Luxus, kinderfrei ausschlafen zu können, gutes Essen auf feinem Porzellan und toller Sex auf Damastlaken. Für uns hingegen war es ein Toter, eine gefesselte Frau und ein Wald in Berkshire. Zugegebenermaßen eine etwas ungewöhnliche Kombination, die ihre Wirkung aber nicht verfehlte. Wir fühlten uns so verbunden und stark wie nie zuvor.

Die Ironie des Schicksals war natürlich, dass vermutlich auch unser Ende kurz bevorstand. Zumindest hatten wir dann einen großartigen Abgang.

Jenny war ein Gutmensch und würde uns sicher gleich ihren Zeitplan für unsere Geständnisse vorlegen. Ich fragte mich, ob sie schon ihr Outfit geplant hatte, wenn sie mit uns ins Polizeirevier von Slough marschieren würde. Ich hoffte nur, dass sie einen von uns laufen lassen würde. Von Mutter zu Mutter fand ich, dass sie für diesen Wunsch Verständnis haben musste. Und falls das nicht funktionierte, gab es immer noch die Option, ihr Schweigen zu erkaufen.

Jenny holte tief Luft. »Ich möchte euch helfen.«

Fox und ich sahen uns verblüfft an.

»Ich finde, dass ihr wieder das tun solltet, was ihr am besten könnt. Ihr seid ein großartiges Team. Und ich weiß, dass alle Männer, die ihr getötet habt, tatsächlich durch und durch böse waren und den Tod verdient hatten.«

Fox wollte etwas sagen, aber Jenny stand auf und zog ihr Shirt hoch, unter dem ein etwas angegrauter Baumwoll-BH zum Vorschein kam. Dann drehte sie sich einmal um ihre eigene Achse, um uns zu zeigen, dass sie kein Mikrofon am Körper trug. Offenbar wollte sie unsere Äußerungen nicht aufnehmen, um uns ihren Kollegen auszuliefern. Hatte sie das gerade eben also ernst gemeint?

»Ich bin ja jetzt offiziell wieder bei der Polizei«, fuhr Jenny fort. »Und freue mich natürlich, wieder arbeiten zu können und Geld zu verdienen. Aber ich muss gestehen, dass mir inzwischen diese offiziellen Rechtswege ziemlich auf die Nerven gehen.« Sie schüttelte den Kopf. »Die ganzen ungelösten Fälle, bei denen wir wissen, dass die Männer schuldig sind, wir sie aber nicht einbuchten können, rauben mir nachts den Schlaf. Diese Typen verdienen den Tod!« Ihre Stimme bebte vor Zorn. »Solche Kerle wie Bill. Für den galt das auch.«

»Und was soll das heißen? Du willst uns helfen?«, fragte Fox. Ihm war nicht anzumerken, was er von Jennys Äußerungen hielt.

»Ich kann die Recherchen für euch übernehmen. Eine Auswahl treffen und euch die Informationen zuspielen, damit ihr die Typen leichter aufspüren könnt. Ich mache die Vorarbeit, damit ihr in Ruhe euer Handwerk ausüben könnt, was ihr perfekt beherrscht.«

Fox und ich hatten uns seit Tagen auf den Ernstfall vorbereitet. Darauf, dass einer von uns den Preis für unsere Taten bezahlen musste. Wir hatten die Zeit mit Bibi sehr bewusst erlebt, unser Zusammensein und unsere kleine Familie genossen. Weil wir nicht wussten, wie lange wir sie noch haben würden.

Beide hatten wir keinen Gedanken darauf verschwendet, wieder als Killerteam tätig sein zu können. Und nun präsentierte Jenny uns genau diese Option auf dem Silbertablett. Sie wollte uns nicht abstrafen – sondern uns erneut auf unsere Mission schicken.

Ich wollte es nicht zulassen, aber die freudige Erregung war nicht zu verleugnen. Diese Entwicklung war besser als alles, was ich zu hoffen gewagt hätte. Aber die Entscheidung lag bei Fox. Wenn ich in den letzten Monaten eines gelernt hatte, dann auf jeden Fall, dass wir uns einig sein mussten. Entweder wir zogen an einem Strang, oder wir ließen es ganz bleiben.

»Was springt dabei für dich heraus?«, fragte Fox.

Das schrille Kreischen der *Eiskönigin*-Puppe wurde lauter, als Bibi und Felix mit dem Ding in die Küche gestürmt kamen.

»Was knaaaaabbern!«, verlangte Bibi.

Ich stand auf, nahm zwei Packungen Pom-Bär-Chips aus dem Küchenschrank und überreichte jedem eine. »Und jetzt wieder ab ins Wohnzimmer mit euch. Die Erwachsenen müssen reden.«

Wir warteten, bis die beiden außer Hörweite waren.

»Ich will ein besseres Leben für mich und meinen Sohn«, sagte Jenny. »Ich verzeihe euch alles … das Catfishing, die Entführung, sogar, dass ihr mich umbringen wolltet. Weil ich das große Ganze im Blick habe.« Sie sah mich an. »Ich weiß, die Umstände waren … schwierig. Aber während wir geplant haben, wie ihr mit dem Mord an Bill davonkommen könnt, habe ich mich lebendiger gefühlt als seit vielen Jahren.«

Wusste ich's doch! Ich hatte gleich gespürt, dass Jenny voll in ihrer Rolle aufging. Sie hatte unfassbar gründlich jedes Detail durchdacht, damit wir ihre Kollegen auf die falsche Fährte lenken konnten. Die Sache mit dem verlassenen Haus war ihre Idee gewesen, um die Entführungstheorie zu erhärten. Ihre Eltern hatten Stillschweigen gelobt, und Felix hatte geglaubt, seine Mama mache einen kurzen Erholungsurlaub.

Wir hatten alle hart gearbeitet in dieser Nacht. Fox – der genügend Zeit mit Bill verbracht hatte, um ihn einschätzen zu können – hatte unsere Mordtabelle so überarbeitet, dass sie zu Bills Persönlichkeitsprofil passte. Die Polizei sollte denken, dass Bill einen Hass auf erfolgreiche Männer hatte und sie deshalb tötete. Fox betonte zudem, dass Bill wohl aufgrund seiner exzellenten polizeilichen Expertise (seine Kollegen wären wohl anderer Meinung gewesen) nicht entdeckt worden war und dass er ständig Hasskommentare in Großbuchstaben im Internet schrieb (was die Kollegen sicher nicht wunderte). Ich war erneut in Bills Haus eingebrochen und hatte den USB-Stick und einige der Trophäen unserer Opfer in seinem Büroschrank deponiert. So hatten wir Bill und den Rucksackmörder in einem Aufwasch erledigt.

»Ich habe der Polizei mein Leben gewidmet – nur wofür?«, ereiferte sich Jenny jetzt. »Die haben mich eiskalt abserviert! Haben nicht einmal in Betracht gezogen, dass ich von Bill zur Geheimhaltung *gezwungen* wurde. Und meine hervorragende Arbeit ist *nie* gewürdigt worden!« Sie schaute zwischen uns hin und her. »Ihr seid gut darin, eure Spuren zu verwischen, aber wenn ich euch helfe, seid ihr endgültig unangreifbar.«

Fox räusperte sich. »Sprechen wir doch mal weiter über deine Bedingungen. Was genau stellst du dir vor?«

»Ihr helft mir bei schwierigen Fällen. Wenn ich eine gute Aufklärungsrate habe, erhöht das meine Chancen auf Beförderung. Und je höher meine Position ist, desto besseren Zugang zu Informationen bekomme ich. Dann wird es noch leichter für uns, im Verborgenen zu arbeiten.«

Fox runzelte die Stirn. »Du willst also, dass wir dir dabei helfen, Männer hinter Gitter zu bringen? Aber wie?«

»So wie es Haze mit diesem widerlichen Blaine gemacht hat. Ihr bringt mir Beweise, an die ich sonst nicht drankommen würde. Damit wärt ihr dann so was wie meine Privatdetektive.« Sie sah mich an. »Ich vermute mal, es gab dieses Mädchen mit den DVDs gar nicht, oder? Du hast die selbst gestohlen?«

Ich zuckte mit den Schultern. »Man muss sich zu helfen wissen.«

Es würde uns leichtfallen, Jenny zu unterstützen. Wir waren geübt darin, die Straftäter zu durchschauen, hinter denen sie her war. Wussten, wann solche Typen Fehler machten und wie wir an Beweismaterial kommen könnten, um sie hinter Gitter zu bringen.

»Ich weiß«, fuhr Jenny fort, »dass ihr gewisse Männer wegen ihrer Taten ausgesucht habt, aber auch, weil sie euch finanzielle Vorteile verschaffen konnten.«

Ich grinste in mich hinein. Ihre Recherchen über uns waren wirklich hervorragend.

»Deshalb verlange ich zehn Prozent von allem, was ihr bei einem Mord einnehmt. Damit wären meine Arbeitszeit und das zusätzliche Risiko abgedeckt, das ich eingehe, wenn ich euch helfe.« Jenny wandte sich zu mir. »Und was Bills Haus angeht, hast du recht. Eine Grundsanierung ist absolut fällig.«

»Zehn Prozent?« Fox lachte schallend. »Das ist ein bisschen viel, nicht?«

»Ich habe auch viel durchmachen müssen.« Jenny sah ihn mit stählernem Blick an. »Und ich biete euch viel. Ihr könntet in aller Ruhe euer Ding machen. Denn wenn ihr arbeitet, bin ich eure Einsatzzentrale. Wir bleiben in Funkkontakt, damit ihr nicht gestört oder beobachtet werdet.«

Fox nickte. Dass uns jemand stören könnte, hatte er immer schon als größten Risikofaktor erachtet.

»Ich sorge am Tatort dafür, dass alles picobello sauber ist. Und danach verfolge ich die Gerüchte bei der Polizei. Ich werde so was wie eure unglaublich effiziente persönliche Assistentin sein, inklusive Routenplanung und Memos.« Sie hielt inne. »Ich weiß ja, wie sehr du auf Tabellen stehst, Fox.«

Es gelang mir kaum still zu sitzen. Das klang alles so perfekt. Traumhaft. Ich sah Fox an. Er war derjenige, der offensichtlich noch überzeugt werden musste. Jenny und ich warfen uns einen Blick zu. Es wäre doch gelacht, wenn wir ihm nicht klarmachen könnten, wie großartig dieser Plan war. Eine risikolose und zugleich hocheffiziente Methode, böse Männer zu vernichten, ohne geschnappt zu werden? Wir könnten unsere glorreiche Vergangenheit wieder aufleben lassen, abends berauscht vom Töten ins Bett sinken, in dem befriedigenden Wissen, dass wir der Welt einen guten Dienst erwiesen hatten. Das musste Fox doch erkennen …

73

Fox

Was für ein interessanter Tag das heute war. Kurz bevor Jenny zu uns kam, traf die E-Mail ein, mit der ich schon lange gerechnet hatte: Es war jetzt offiziell, ich hatte keinerlei Auffangnetz mehr. Mein Zugang zum Treuhandfonds war hinüber, und zum ersten Mal in meinem privilegierten Leben würde ich finanziell auf eigenen Füßen stehen müssen. Ab jetzt würde ich meinen Kontostand im Kopf haben müssen, wenn ich meine Kreditkarte benutzte. Musste ich künftig beim Einkauf von Lebensmitteln auf Preise achten? War Biogemüse wirklich so viel teurer als das normale? Ich biss mir auf die Lippe. Zum Glück hatte ich einige Rücklagen gebildet; dass Bibi irgendwelche Chemikalien essen musste, kam überhaupt nicht infrage.

Von dem Moment an, in dem ich – dank meines Vaters und seiner weitreichenden Kontakte – kurz und schnöde von der UBS gefeuert worden war, wusste ich, dass noch mehr auf mich zukommen würde. Mir meinen Job wegzunehmen war nur der erste Schritt gewesen. Über Suzanne waren meine Eltern an jede Menge Informationen über meine Arbeit gelangt. Suzannes Eltern hatten von ihr verlangt, sich in mein Leben zu drängen. Ob das mit einschloss, dass sie auch den Versuch machen sollte, mich ins Bett zu kriegen, oder ob das ihr eigener Impuls gewesen war, ließ sie im Unklaren. Jedenfalls rief ich ihre Eltern eines Abends an, während Suzanne mithören konnte, und teilte ihnen unverblümt mit, dass sie Monster seien. Wie ungeheuerlich ich es fand, dass sie ihre geliebte Tochter zu diesem widerwärtigen Komplott gezwungen hatten, um in ihren Kreisen weiter aufzusteigen. Suzanne wirkte ziemlich fasziniert. Wahrscheinlich hatte noch nie zuvor jemand es gewagt, so mit ihren Eltern zu reden.

Dass mir meine Erzeuger als Nächstes den Treuhandfonds entziehen würden, ahnte ich bereits und machte deshalb so schnell wie möglich eine sichere Investition. Einen ordentlichen Batzen Geld in ein Haus in Mayfair zu stecken, schien mir ein vernünftiger Plan zu sein. Außerdem würde ich das Haus als Firmensitz nutzen können, um mich selbstständig zu machen, da ich nun ja auch keinen Job mehr hatte.

Die letzten Tage hatten wir in großer Ungewissheit über unsere Zukunft verbracht. Dennoch genoss ich in vollen Zügen, dass Haze und ich reinen Tisch gemacht hatten. Wir hatten uns alles gestanden, ich hatte endlich auch meine berufliche Situation und Finanzlage offenbart und war enorm erleichtert darüber. Bis zu diesem Punkt war mir nicht klar gewesen, wie sehr es mich belastet hatte, so viel vor ihr verbergen zu müssen.

Als ich an diesem Tag aufwachte, war ich darauf vorbereitet gewesen, dass unser Leben sich von Grund auf verändern würde. Aber wenigstens hatte ich die Gewissheit, dass Haze und ich uns näher waren als je zuvor. Ich rechnete damit, dass Jenny mit einem Team von der Polizei anrücken würde, um uns abzuführen. Deshalb hatte ich mich schon auf eine ausführliche Verhandlung mittels Anwälten eingestellt, damit nur ich hinter Gitter kam. Meine Mädels sollten zu Hause bleiben dürfen und würden dann leider Jahrzehnte auf meine Rückkehr warten müssen.

Ich hatte also einen rabenschwarzen Tag befürchtet – der stattdessen eine glückliche Wendung nahm. Das Angebot einer risikofreien Methode, unsere Nebentätigkeit wieder aufzunehmen und böse Männer aus der Welt zu schaffen? Kein Zwang mehr, mich zwischen dem Glück meiner Frau und der Sicherheit meiner Tochter entscheiden zu müssen? Was wir gemeinsam mit einer Polizistin alles erreichen konnten …

In den letzten Jahren war es mir erfolgreich gelungen, meine dunkle Seite zu unterdrücken, indem ich sie auf andere Tätigkeiten verlagert hatte. Ich war durch und durch Nathaniel geworden. Hatte sich das positiv auf meine Persönlichkeitsentwicklung ausgewirkt? Ich dachte an die unzähligen Stunden bei den AA-Treffen, an die hohen Geldsummen, die ich beim Pokern verpulvert hatte, an mein Anlageportfolio, das endgültig im Eimer war, und an meine Ehe, die um ein Haar gescheitert wäre.

Nathaniel konnte jetzt ausrangiert werden, er würde mir nicht fehlen.

»Okay.« Ich schaute zwischen den beiden Frauen hin und her. »Ich bin dabei.«

74

Sechs Monate später

Haze

Ich parkte und schaute zu dem Haus hinüber. Nach ein paar Minuten stieg ich aus, ging zur Tür und klingelte.

Schritte waren zu hören, dann wurde geöffnet.

»Hi«, sagte ich unsicher. Mir war etwas mulmig.

»Haze!«, rief Mattys Mutter und strahlte mich an. »Komm rein!«

Sechzehn Jahre waren vergangen, seit ich Cathy zum letzten Mal gesehen hatte. Aber als wir durch den Flur gingen, in dem noch immer so viele Fotos von Matty hingen, kam es mir vor, als wäre es erst gestern gewesen.

»Entschuldige, dass ich einfach so hereinplatze«, sagte ich.

»Ich freue mich sehr, dich zu sehen.« In der Küche schaltete Cathy den Wasserkocher ein und stellte zwei Tassen auf den Tisch. »Tee oder Kaffee?«

»Tee, bitte.«

Ich setzte mich an den Tisch.

»Hast du Erfolg mit deinen Ausstellungen? Und wie geht es deinem Mann und deiner Tochter?«

Ich legte den Kopf schief. Woher wusste sie das alles?

Cathy blickte beschämt zu Boden und rang die Hände. »Ich muss etwas beichten.« Sie holte tief Luft. »Ich habe Mattys Handy behalten. Meines hatte ich kurz nach seinem Tod verloren. Und auf seinem waren so viele Fotos von ihm abgespeichert. Die habe ich mir derart oft angesehen, dass ich beschloss, sie immer bei mir haben zu wollen.«

Mein Herz schlug schneller.

»Tut mir leid, wenn ich irgendetwas Unpassendes geschrieben habe«, sagte ich. »Ich habe ihn nur so schrecklich vermisst. Und unsere Gespräche.«

Das Wasser kochte, wir nahmen uns beide einen Teebeutel aus einer Packung, die Cathy auf den Tisch stellte, und sie goss ein. »Ich habe mich gefreut, von dir zu hören. Und es tut mir leid, dass ich sozusagen in deine Intimsphäre eingedrungen bin. Du hast nicht damit gerechnet, dass jemand deine Nachrichten liest.«

Im Lauf der Jahre hatte ich Matty oft geschrieben, wenn ich betrunken war. Hatte ich dabei etwas ausgeplaudert?

Cathy setzte sich mir gegenüber.

»Natürlich hat es mir schrecklich leidgetan, dass du so gelitten hast. Aber es hat mir geholfen zu spüren, dass es jemanden gibt, der auch lange um Matty trauert.«

Ich nickte. »Das verstehe ich.«

»Ich bin froh, dich zu sehen. Habe mir Sorgen gemacht. Weil du seit Monaten nichts mehr geschrieben hast.«

»Ich hatte das Gefühl, ich sollte damit aufhören.« Das war keine bewusste Entscheidung gewesen, es war einfach passiert.

Cathy beugte sich zu mir herüber. »Ich hoffe sehr, dass du dir niemals die Schuld an Mattys Tod gegeben hast. Das wollte ich dir schon sagen, als wir uns kennenlernten. Aber ich habe es nicht geschafft. Es war noch zu früh dafür damals.«

Ich schaute auf meinen Tee. Wagte es nicht zu sprechen.

»Er hatte schon lange Depressionen«, fuhr sie fort. »Dass du in sein Leben getreten bist, hat es verlängert.«

Ich seufzte. »Es ist nur … Wenn ich nicht so eine selbstbezogene Zwanzigjährige gewesen wäre, hätte ich ihm helfen können. Ich wäre vielleicht zu ihm durchgedrungen.« Schließlich hatte ich von

Mattys schlechten Tagen gewusst. Ich dachte damals einfach, das sei bei allen so. Für mich galt das jedenfalls. Aber ich war nicht auf den Gedanken gekommen, dass jeder Mensch sein Leid anders erlebt – und anders damit umgeht.

»Wenn Matty an einem Gehirntumor gestorben wäre – hättest du dir dann auch Vorwürfe gemacht?«, erwiderte Cathy. »Als wären nicht Ärzte, sondern du für seine Gesundheit verantwortlich gewesen?«

Ich schüttelte langsam den Kopf.

»Seine Depression war genauso gefährlich wie ein Tumor. Sie hat sein Gehirn vollkommen beherrscht. Du hättest nichts dagegen unternehmen können.«

Schwarzer Abgrund, schwarze Wucherung. Beides potenziell tödlich.

Ich atmete tief ein. »Vielen Dank. Das hilft mir tatsächlich.«

Cathy drückte mir die Hand.

Ich nahm einen kleinen Gegenstand aus meiner Tasche und stellte ihn auf den Tisch.

»Das hier habe ich nach Mattys Tod mitgenommen. Tut mir leid. Es gehört euch.«

Cathy lächelte, als sie den kleinen Vogel ergriff. »Wie wunderschön der ist. Bist du sicher, dass du ihn nicht behalten willst?«

»Ich hatte ihn lange genug. Jetzt sollt ihr Freude daran haben.« Matty würde ich ohnehin niemals vergessen; ich brauchte die Skulptur nicht, um mich an ihn zu erinnern.

»Ich hoffe, dein Mann lässt dich wieder malen? Es war ja nicht gut für dich, dass du nicht tun konntest, was du liebst.«

Zum Glück hatte ich bei meinen verrückten Nachrichten zumindest darauf geachtet, nicht alles preiszugeben, was mir fehlte.

»Er war ein bisschen überbehütend, weil er weiß, dass Malen auch sehr anstrengend für mich ist«, erwiderte ich. »Aber dann ist ihm klar geworden, dass ich ohne meine Kunst einfach nicht ich selbst bin. Und jetzt male ich mehr denn je.« Hamish von der Galerie war hellauf begeistert von meiner Produktivität.

Lange saßen wir zusammen, tranken Tee und erzählten uns Lieblings-Matty-Geschichten. Schließlich verabschiedete ich mich und umarmte Cathy an der Tür.

»Bitte lass uns in Kontakt bleiben.« Ihre Stimme zitterte ein bisschen.

Ich rieb ihr tröstend die Schulter. »Du hast ja meine Nummer«, sagte ich mit einem kleinen Lächeln.

Als ich im Auto saß, schaute ich noch mal zu dem Haus hinüber.

Ich war wirklich eine gute Freundin für Matty gewesen. Genauso wie für Jenny – und ihr Leben hatte ich retten können. Ich konnte da sein für die Menschen, die ich liebte, ohne zu befürchten, dass alles schiefgehen würde. Ich war kein Unheilsbringer. Das Leben konnte chaotisch, unberechenbar, ungerecht und wunderschön sein, und ich konnte es nicht steuern. Das Schlimmste an der Liebe war, dass man geliebte Menschen verlieren konnte. Aber durch diese Angst wollte ich mich nicht aufhalten lassen.

Ein Erlebnis von gestern fiel mir ein. Bibi war im Park auf einen Labrador zugesteuert, mit Würstchen an der Leine. »Schau mal, Mama, Freund für Würstchen!«

Ich war stolz auf sie. Und stolz auf mich.

75

Fox

Meine Firma hatte bereits den ersten dicken Fisch an Land gezogen. Der mächtige Algernon Lockwood III. hatte beschlossen, dass mein Golfspiel gut und mein Handschlag fest genug war, um mir seine Investitionen anzuvertrauen. In der Zeit, als Haze mich rausgeschmissen hatte, hatte er mir oft beim Abendessen im Club Gesellschaft geleistet, und wir hatten uns bei Gesprächen über unsere herrschsüchtigen Eltern angefreundet. Ich war sicher, dass es ihm ein diebisches Vergnügen bereitete, meinen Eltern den Mittelfinger zu zeigen, indem er mich unterstützte.

Für das Haus in Mayfair waren ein paar Renovierungen und etwas Papierkram nötig gewesen, aber jetzt war es bezugsfertig. Langfristig wollte ich einige der kleinen Büros vermieten, aber die beiden oberen Etagen waren für Cabot Matthews Investments reserviert. Eine kleine private Vermögensverwaltungsfirma mit einem inoffiziellen Nebenunternehmen, das für die Vernichtung böser Männer zuständig war.

Den Konferenzraum nutzten Jenny, Haze und ich, um die nächsten Morde minutiös zu planen. Organisatorisch arbeiteten wir jetzt auf höchstem Niveau, inklusive PowerPoint-Präsentationen und Karten. Ich fühlte mich sicherer denn je. Unser kleines Privatunternehmen war mittlerweile zu einem exzellent funktionierenden Killerkommando herangewachsen. Wir nahmen uns Männer vor, die ich uns früher nicht zugetraut hätte, weil sie so reich und mächtig waren, dass wir nicht an sie herangekommen wären. Das hatte sich jetzt geändert. Mit Jennys Polizeiressourcen konnten die Prozesse beschleunigt und unsere Spuren hocheffizient verwischt werden.

Ich wurde geradezu süchtig danach, die übelsten Typen zu erledigen, da wir damit umso mehr Menschen retten konnten. Unlängst hatten wir einen Kerl umgebracht, der ein Missbrauchsnetzwerk gegründet hatte, um für die abscheulichen Bedürfnisse seiner Kundschaft Frauen und Kinder heranzuschaffen. Seit seinem Tod herrschte Chaos in der Unterwelt. Ich wusste zwar, dass es nicht lange dauern würde, bis ein anderer seinen Platz einnahm, fand aber die Vorstellung beruhigend, dass wir dann auch den erledigen würden. Wir würden so lange weitermachen, bis niemand mehr solche Positionen übernehmen wollte. Diese Typen wussten nicht, wer wir waren, aber sie sollten uns fürchten.

Wir arbeiteten häufig am Wochenende und brachten dann Helga in einem der leeren Zimmer im Haus unter, damit sie sich um Felix und Bibi kümmern konnte. Wenn die Arbeit getan war, gingen wir mit den Kindern ins Science Museum. Wir achteten auf flexible Arbeitszeiten. Eine ausgeglichene Work-Life-Balance war uns sehr wichtig.

Mit Jenny verstanden wir uns hervorragend. Tatsächlich fühlte es sich an, als wären wir immer schon ein Team gewesen. Sie hatte quasi meine Rolle als Stimme der Vorsicht übernommen. Manchmal bremste sie meinen Eifer und warnte davor, bei den falschen Leuten zu viel Aufmerksamkeit zu erregen. Ihre Einwände anzuhören, war hilfreich, aber sie unterschätzte manchmal immer noch, wie gut wir waren.

Nach Bills Tod war Jenny aufgeblüht. Haze hatte sie in einen teuren Friseursalon in Knightsbridge mitgenommen und ihr klargemacht, dass es ganz und gar nicht antifeministisch war, auf sein

Äußeres zu achten. Im Gegenteil: Wenn sie dieses Doppelleben erfolgreich führen wollte, tagsüber Polizistin und nachts Einsatzzentrale einer Killeroperation zu sein, brauchte sie auch ein möglichst imposantes Aussehen.

Ich hatte Haze damals ermutigt, sich eine »Mama-Freundin« zu suchen, damit sie mit einer anderen Frau über die Herausforderungen und Sorgen des Mutterdaseins reden konnte. Dabei hatte ich natürlich eher an Spielplatzverabredungen als an gemeinsame Mordtreffen gedacht.

Doch so waren wir nun einmal. Wir würden immer vom konventionellen Pfad abweichen – und hatten nun außerdem Jenny als Unterstützung (die exzellente Arbeit leistete). Sie zu kennen, hatte Haze glücklicher gemacht. Jenny war nicht die Mama-Freundin, die ich mir ursprünglich vorgestellt hatte. Aber sie war genau die Freundin, die meine Frau brauchte.

Manchmal warf Jenny mir seltsame Blicke zu, und als ich nachfragte, stellte sich heraus, dass sie sich dann an Gerard erinnert fühlte. Im Nachhinein packte mich noch immer das Grauen, wenn ich an diese verrückte Zeit zurückdachte, in der alles auseinandergebrochen war. Wie hatten wir nur zulassen können, dass es überhaupt so weit kam? Damals hatte ich mein Leben wirklich nicht mehr im Griff. Anstatt mich zwanzig Kilo schwerer zu machen und mir einen französischen Akzent zuzulegen, hätte ich lieber die Verkleidung in den Koffer zurückpacken und offen mit meiner Frau reden sollen.

Doch sie war damals eben ziemlich furchterregend – entweder mörderisch gelangweilt oder voller Wut und Entrüstung.

Aber das war jetzt endgültig vorbei! Haze' Leidenschaft, die mir so sehr gefehlt hatte, war zurückgekehrt, und wir waren wieder im Einklang. Glücklich und zufrieden. Und verrückt nacheinander. Es hatte sich auch gezeigt, dass Frustration und Geheimnistuerei nicht gerade wildes Verlangen erzeugen. Um einander zu begehren, muss man sich verbunden fühlen … sich verbunden fühlen *wollen.*

Jetzt war unser gemeinsames Leben besser denn je.

Wir konnten dort draußen in der Welt Höchstleistungen vollbringen und hatten zu Hause ein erfülltes Sexleben. Und wir nahmen unsere diversen Verantwortungen sehr ernst – sowohl unserer Tochter gegenüber als auch gegenüber sämtlichen Frauen auf der ganzen Welt. Wir kämpften für das Gute und eliminierten Männer, die eine Bedrohung darstellten, damit sie ihr böses Werk nicht fortsetzen konnten.

Ob ich mit meiner Frau in einem Restaurant dinierte oder gemeinsam mit ihr einen Mann tötete – wenn ich sie ansah, dachte ich immer, dass wir die große Liebe gefunden hatten. Wir waren am Boden zerstört gewesen, aber stärker und reifer denn je auferstanden. Nun waren wir unbesiegbar, davon war ich überzeugt.

76

Haze

»Zielobjekt im Anmarsch.«

Jenny hatte dafür gesorgt, dass wir mit Headsets arbeiteten. Wahrscheinlich träumte sie schon lange von einem Leben als Geheimagentin.

Wir waren über ein langes Wochenende in Wien. Jenny hatte herausgefunden, dass unser anvisiertes Opfer an einer Gala in der Wiener Oper teilnehmen würde, und alles komplett durchgeplant, inklusive meines roten Alexander-McQueen-Kleids. Es saß nicht nur wie angegossen, sondern war auch noch um sechzig Prozent herabgesetzt gewesen. Jenny hatte mich vergnügt angegrinst und gesagt: »Von dem, was wir eingespart haben, kannst du dir noch passende Schuhe kaufen.«

Jenny war die allererste Freundin meines Lebens. Vorher hatte sich mir der Sinn von Frauenfreundschaften nie erschlossen. Ich hatte Filme darüber gesehen und die Augen über die »Slay, Queen!«-Posts auf Instagram verdreht. Es war sicher nett, eine enge Freundin zu haben, aber für mich war das nie infrage gekommen. *You go, girl!* Dieser ganze Scheiß war unter meinem Niveau. Ich war immer eine einsame Wölfin gewesen, die höchstens mit Leuten abhing, mit denen sie Sex haben wollte. Ich tötete gern böse Männer, um Frauen zu helfen, aber reden musste ich nicht mit ihnen. Ich hatte mich vorsätzlich abgekapselt und merkte erst jetzt, was ich verpasst hatte.

Wenn Leute über Freundschaft sprechen, benutzen sie häufig Plattitüden wie »Ich würde mein Leben für sie geben«. Ich fand »Ich habe ihr das Leben gerettet« genauso stark. Ich hatte meinen Mann davon abgehalten, meine Freundin zu töten. Ich war eine Heldin. Eine Frau, die Frauen beschützt.

Das letzte Jahr war verdammt hart gewesen. Man hört immer wieder, dass man eine Weile braucht, um sich zu sortieren, wenn man ein Kind bekommen hat. Aber schaut uns jetzt mal an. Unsere Tochter entwickelte sich prächtig, unsere Ehe war wieder am Start. Wir hatten gelernt, offen zu kommunizieren und Ängste und Frustrationen nicht mehr voreinander zu verbergen. Und vor allem hatten wir gemerkt, dass es viel besser war, böse Männer zu töten, als uns gegenseitig mit dem Messer an die Gurgel zu gehen.

Der Ball in der Wiener Staatsoper, einem prachtvollen Gebäude an einem Boulevard, war eines der wichtigsten gesellschaftlichen Ereignisse der Saison. An die fünfhundert Menschen mussten hier sein, ein glamouröses Event, zu dem man mit Frack, Pelzstola und funkelnden Diamanten erschien. Auf der Bühne schmetterte eine Opernsängerin mit opulentem Kopfschmuck eine Arie, die kraftvolle Stimme erfüllte den Zuschauerraum mit der hohen Kuppel.

Ich trat hinaus ins Foyer und sah den kleinen weißhaarigen Mann, der die Marmortreppe heraufkam.

»Zielobjekt gesichtet«, murmelte ich und hielt dabei mein Champagnerglas an die Lippen.

Fox' Stimme: *»Separee ist bereit.«*

Ich folgte dem Mann eine Treppe hinauf, hörte dabei den Gesprächen der Vorübergehenden zu. Es wurde Französisch, Italienisch, Deutsch und Englisch gesprochen. Internationales Publikum.

Die meisten Leute waren unten und lauschten der Sängerin. Als ich einen Korridor entlangging, kamen mir lediglich ein paar Männer entgegen.

Einen Moment lang war ich beunruhigt. Doch dann lächelte ich in mich hinein. Durch Jennys und Fox' gründliche Vorarbeit und umfassende Sicherheitsvorkehrungen waren wir komplett geschützt. Mein Unbewusstes wollte nur kein Blut auf diesem wundervollen Kleid sehen. Ich hatte nicht die Absicht, dieses Prachtstück zu ruinieren.

Ich näherte mich dem weißhaarigen Mann von hinten und sagte: »Luca?« Er drehte sich um, und ich berührte ihn am Arm. »Ich habe nach Ihnen gesucht. Wollen wir uns in ein Separee zurückziehen?« Wir hatten den verschwundenen pädophilen Lehrer von Jennys Ermittlungswand gefunden. Fox – der mittlerweile hohe Ansprüche hatte und Wert auf hochkarätige Opfer legte – war etwas unwillig gewesen. Er fand, ein gewöhnlicher Kinderschänder sei ein zu kleiner Fisch.

Auf dem Foto, das von dem Mann in Umlauf war, sah er ganz anders aus als in der Realität. Kein Wunder, dass die Polizei ihn nicht hatte aufspüren können.

Seine Augen weiteten sich, und er grinste.

Das Grinsen würde ihm bald vergehen.

Ich führte ihn zur Höhle des Löwen, wo mein Fox ihn erwartete.

Unsere Ehe war nicht mit anderen Ehen zu vergleichen. Für uns gab es keinen Ratgeber, keine Vorlage, an der wir uns orientieren konnten. Wir konnten nur auf unsere Intuition hören. Intensiv lieben, noch intensiver kämpfen. Wir hatten einander. Und wir hatten unsere Messer. Unsere Zukunft war strahlend und blutig. Gemeinsam konnten wir alles schaffen. Wer sollte uns aufhalten?

Danksagung

Dieses Buch zu schreiben war ein großes Vergnügen, und es hätte ohne mein großartiges Lektoratsduo, Jack Butler und Jenny Chen, bestimmt nicht annähernd so viel Spaß gemacht. Inspirierend, erfinderisch, der reinste Traum – ich bin so unendlich dankbar, was ihr und eure Teams bei Wildfire und Bantam für *A Serial Killer's Guide to Marriage* getan habt.

Alice Lutyens, meine Superagentin – wie wundervoll, dich an meiner Seite zu wissen. Danke, dass du mich kontinuierlich vorangetrieben hast (auch dann, wenn ich es gar nicht wollte) und dass du mir immer wieder gesagt hast, was für eine umwerfende, vergnügliche, anspruchslose Klientin ich sei (okay, hast du nicht, aber ich weiß, dass du es denkst).

Ich habe viel zu selten Gelegenheit, die Menschen schwarz auf weiß zu verewigen, ohne die mein Leben erheblich ärmer wäre – deshalb will ich diese Danksagung ausgiebig dafür nutzen.

In der TV-Branche: ein großes Dankeschön an meine exzellenten Agentinnen Camilla Young und Katie Battcock, die mich fantastisch unterstützen und unermüdlich anfeuern.

An die legendäre Ileen Maisel – ich war sehr glücklich darüber, mit dir zusammenzuarbeiten, und noch glücklicher, mit dir befreundet zu sein. Nie werde ich vergessen, was du alles für mich getan hast – unter anderem, mir den brillanten Michael Duggan vorzustellen. Wir geben alles, um dich stolz zu machen!

Rebecca Thornton. Dieses Buch ist für dich – ein kleines Stück aus einem gigantischen Dankesberg, weil du immer für mich da warst und dafür gesorgt hast, dass ich nicht den Verstand verliere (na, jedenfalls nicht komplett).

Theodore Backhouse. Mein brillanter, lauter, heiß geliebter Freund. Ich halte hiermit mein Versprechen, in einem meiner Bücher von dir zu schwärmen. Dich zwanzig Jahre in meiner Nähe zu haben, war nicht einmal annähernd genug, und meine Welt ist ohne dich viel trauriger (und stiller).

Caroline Barrow, Lara Smith-Bosanquet, Georgia Tennant – ganz viel Liebe und Dank an euch, weil ihr mit anhaltender Begeisterung alles lest, was ich euch schicke, und mir bei allem das Händchen haltet.

Besonders erwähnen möchte ich auch George Backhouse, Chris Blackford und Will Callewaert, die mir mit schwarzem Humor und Schlehen-Gin durch die düstersten Tage geholfen haben.

Damit meine Kinder sich in mein Schreiben eingebunden fühlen (und um mich dafür zu entschuldigen, dass ich so viel Zeit an meinem Laptop verbringe), dürfen sie sich Namen für Figuren ausdenken … Sollten Sie also eine Lehrkraft sein, die hier namentlich erwähnt wird, hoffe ich, dass Sie das ebenso amüsant und nett finden, wie es von den jungen Kreativen gemeint ist. Ich bin sehr dankbar dafür, dass es im Leben meiner Kinder Erwachsene gibt, die auf Fragen informativere Antworten geben können als: »Keine Ahnung, google mal.«

Wie immer ein riesiges Dankeschön an:

Meine Eltern – für alles. Liebe ist, auf einen Karottenkuchen zu verweisen, den ich 1991 gebacken habe, während alle anderen sich über meine mangelnden Kochkünste lustig machen. Ganz besonders soll mein geliebter Dad erwähnt werden, der mein bester Erstleser all meiner Manuskripte ist – und zwar seit meinem fünften Lebensjahr.

Meinen Partner in Crime, Andrew Trotter, der mich aus der Schusslinie gehalten und das Naserümpfen anderer Eltern weggesteckt hat, weil ich ein Buch über Mord und Ehe geschrieben habe. Und weil er der Elternteil ist, der mit den Kindern das ganze spaßige Zeug macht, das ich verweigere (Achterbahn ist Teufelswerk).

Tavie, Arlo, Gus und Silva – ihr seid das Beste von mir, und ich bin endlos stolz, dass ihr die Meinen seid.

All meine anderen Lieben, die diesmal nicht vorkommen; nehmt es als Ansporn, euch mehr zu bemühen und an diese Auszeichnung zu denken, wenn ihr künftig über das Budget für meine Geburtsgeschenke debattiert.

Und schließlich an alle, die dieses Buch bis zum letzten Satz gelesen haben – wusstet ihr schon, dass jedes Mal, wenn ihr im Internet ein Buch mit fünf Sternen bewertet, Regenbogen am Himmel erstrahlen, flauschige Häschen vor Freude in die Luft hüpfen und Autor*innen begeistert jubeln, dass es all die Mühe wert war?

MIX
Papier | Fördert gute Waldnutzung
FSC® C083411
www.fsc.org

Das bei der Produktion dieses Buches entstandene CO_2
wurde durch die Finanzierung von Klimaschutzprojekten kompensiert:
climate-id.com/17531-2110-1001/de

Die englische Originalausgabe erschien 2025 unter dem Titel
›A Serial Killer's Guide to Marriage‹ bei Wildfire, London.

First published in Great Britain in 2025 by WILDFIRE
An imprint of HEADLINE PUBLISHING GROUP
An Hachette UK Company

1. Auflage 2025

Übersetzung: Sibylle Schmidt
Umschlaggestaltung: Lübbeke Naumann Thoben, Köln
Herstellung: Corinna Gathmann, Berlin
Satz: Fagott, Ffm
Gesetzt aus der Chaparral Pro
Druck und Verarbeitung: CPI books GmbH, Leck
Gedruckt auf säurefreiem und chlorfrei gebleichtem Papier
Printed in Germany
ISBN 978-3-7558-0025-5

www.dumont-buchverlag.de